공선옥 소설집

피어라 수선화

창비

차　　례

목마른 계절

소음은 끝이 없다. 아파트 뒤편 길은 아직 포장도 제대로 안된 이면도로인데도 불구하고 남해고속도로로 직통으로 빠지는 길이라서 차량의 소통은 큰길의 그것에 뒤지지 않는다. 아니 오히려 시내로 들어가는 큰길의 교통체증을 미리 염려한 운전수들은 아파트 뒷길로 난 이 이면도로를 선호한다. 버스와 택시와 승용차만의 통행이라면 또 그런대로 참을 만하겠는데 어디서들 오는지는 몰라도 몸체에 흙을 잔뜩 묻힌 덤프트럭과 레미콘, 지게차들의 무서운 행렬이란, 컨테이너와 트레일러와 유조 차량의 육중한 질주란, 그것들이 질주하며 내뿜는 매연과 굉음과 먼지들이란 숨이 탁 막히고 귀가 멍멍할 정도다. 숨이 막히고 귀를 멍멍하게 하는 소음은 뾰족한 촉감까지 지녀서 골수 구석구석까지 송곳처럼 파고들어, 끝내는 머리를 감싸쥐고 거대한 소음의 벽 속에 갇힌 채 울어버릴 수밖에 없는 지경이 되고 만다.

아파트는 복도식이다. 아이들은 복도에서 논다. 차갑고 딱딱한 콘크리트 바닥을 마당 삼아 아이들은 고무줄놀이도 하고 크레용으로 금을 그어놓고 가위바위보놀이도 한다. 고래고래 고함을 지르며. 어디 찻소리 네가 이기나, 우리들의 고함소리가 이기나 하고.

찻소리가 시끄러우니 아이들의 목소리도 커지고, 목소리가 커지니 텔레비전 볼륨도 올라갈 수밖에 없다. 소음은 저 혼자만 소음이 되는 것이 아니고 충분히 소음이 되지 않을 수도 있는 단순한 소리들을 제 주변으로 끌어당겨 이내 소음화시켜버린다.

아이들이 유아원에 가지 않는 일요일날은 아예 소음의 도가니다. 아이들은 노는 것이 아니고 흡사 싸움질하는 것 같다.

아파트 뒤편의 소음은 그렇다 치자. 그렇다면 아파트 앞편의 소음 사정은 또 어떤가.

아파트는 일렬 횡대로 1, 2, 3동이 늘어서 있다. 일렬 횡대의 1, 2, 3동 앞에 4, 5동이 늘어서 있고. 아파트는 15층이다. 15층짜리 아파트 한 동당 세대수는 한 층에 각 20세대씩 총 300호가 들어가 산다. 일렬 횡대의 세 개 동에 그러니까 900호가 되는 것이고, 앞마당이 따로 없는 앞의 두 개 동까지 합친 1500호의 마당은 세대수가 많으니 의당 드넓은 광장이 되지 않을 수 없는 것이다. 1500호의 마당이 되어야 할 광장, 엄밀히 말해 주차장, 문제는 그 주차장에 있다.

한밤중의 영구임대아파트 주차장을 한번쯤이라도 본 적이 있는가. 그곳은 화물차 터미널이다. 화물 집하장이다.

언젠가 재벌회사가 지은 민영아파트에 사는 친구가 내 집을 방문하고 나가는 길에 그 거대한 주차장의 화물트럭들을 목격하고는 감탄을 금하지 못하는 것이었다.

"바로 이거야, 끔찍한 리얼리티라는 게."

왜냐하면 주차장에는 승용차라고는, 하다못해 국민차라 불리는 조그만 티코 한대도 섞여 있지 않았기 때문이다. 거대한 화물트럭들 속에 섞여 있는 작은 '차'라고는 오토바이와 자전거와 리어카뿐이었으니.

그러나 진짜 끔찍한 리얼리티는 화물트럭들이 움직이는 신새벽에 있다. 그것은 말 그대로 끔찍의 극치다.

거대한 산이 무너진다. 새벽마다. 땅이 갈라진다. 새벽마다.

아이가 운다.

"엄마, 내가 막 흔들려. 가만히 있는데."

나는 속수무책으로 아이를 끌어안는다.

"조금만 기다려라. 지진은 아니다."

주차되어 있는 화물트럭들이 제각각 해산하고 난 뒤에는 또 쓰레기차의 소음이 아이를 더 잠들지 못하게 한다. 세대수가 많으니, 쓰레기 치는 시간도 길 수밖에 없다.

영구임대아파트의 아침은 이렇게 하여 뒤편의 소음과 앞편의 소음이 어울려 이루어내는 웅대한 소음의 오케스트라로 하루의 서막을 열게 되는 것이다.

견딜 수 없이 화가 났다. 앞과 뒤 중에서 어느 한 곳의 소음만이라도 나지 않게 할 수는 없을까. 앞쪽은 어차피 어쩔 수 없는 곳이라 하더라도, 뒤편에다는 방음벽이라도 설치할 수 있잖은가.

영구임대아파트의 시공자인 주택공사에 전화를 걸었다. 화가 나서 견딜 수가 없는 심정을 꾹꾹 눌러 삼키며.

"시정하도록 건의 올리겠습니다."

첫번째 전화를 했을 때, 주택공사의 여직원이 나긋한 목소리로 답변했다.

"서명을 받아오세요."

무소식을 못 견디다 세 번째 건 전화에서의 답변이다.

서명을 받겠다고 통장 집으로 가서 반상회에 방음벽에 관한 안건을 올려주십사 여쭈었더니, 내 앞에서는 그러마고 해놓고 이 또한 감감무소식이다.

통장 아줌마한테 어떻게 된 사연인지 정중하게 여쭈었더니,

“아줌마가 신경을 꺼부러.”

도저히, 도저히 한번 켜진 신경불을 끌 수가 없어서 없는 시간을 틈내 서명을 받겠노라고 내 가까운 이웃집부터 방문을 하였다.

내 바로 옆집인 302호는 낮에는 리어카 행상을 나가느라 아무도 없음을 알고 있으므로 바로 건너 303호의 초인종을 눌렀다.

나는 이사 와서 한달 만에 처음으로 303호 여자를 만나본 것이다. 그 여자는 이제 마악 외출할 준비를 하고 있었다.

“저는 301혼데요. 이 아파트가 너무 시끄럽지 않으세요?”

“모르겠어요.”

“아파트 뒤로 저렇게 덤프트럭이 질주를 하잖아요.”

“어쩔 수 없는 일 아녜요? 이만한 아파트에 살게 된 것도 어딘데.”

나는 서명받기를 일찌감치 포기하기로 마음먹을 수밖에 없었다. 그렇다. 이만한 ‘아파트’에 살게 된 것도 어딘데. 이만한 아파트에 살게 해준 것만도 어딘데. 셋방살이 신세를 면하게 해준 것만도 어딘데 거기다 대고 소음이 어쩌니 환경이 어쩌니, 그것이 도대체 가당키나 한 소리인가. 자고로 중이 저 살기 싫으면 절을 떠날 수밖에.

신경을 끄고 살아버릴 수밖에 달리 길은 없는 것이다.

303호와의 인연은 그렇게 맺어졌다.

우리는 통성명을 하였다.

“인사가 늦었어요. 저는 아람이 엄마라고 합니다.”

유정이 엄마는 그러시냐고, 먹고 사는 일에 바빠서 이웃에 사는데도 얼굴을 못 보았다고, 언제 자기 까페에 오면 술 한잔 대접하겠노라고, 오늘은 가겟일 때문에 바빠서 나가봐야겠다고 했다.

“유정이를 데리고 다니세요?”

“봐줄 손이 없어서요.”

“우리 애들이 유아원에서 오면 같이 놀게 두고 가세요.”

유정이 엄마는 고맙다고, 친절한 이웃을 만났다고 기뻐하며 다섯살 유정이를 두고 까페에 나갔다.

유치원 종일반인 내 아이들이 올 시간까지 유정이는 내가 봐주어야 했다. 유정이는 내 아이들의 장난감을 만지작거리며 혼자서 청승스런 노랫가락까지 흥얼거리며 착하게 놀았다.

"나는나는저팔개왜나를싫어하냐아…… 나는나는저팔개……"

한번도 써보지 않은 장편소설을 무슨 궁리를 써서 쓰겠단다고 덜컥 해버린 출판사와의 약속 때문에 나오지 않는 그놈의 궁리들을 짜내느라 낑낑대는 날들이었다. 한참을 바스락거리던 장난감 소리가 언제부턴가 나지 않는 것을 안 것은 내가 나오지 않는 궁리들을 짜내느라 정신없이 워드의 자판과 씨름을 하다 어쩐지 등뒤가 허전한 느낌이 들어 굽혔던 허리를 펴고 뒤를 돌아다보았을 때였다.

청승스레 노랫가락까지 흥얼대며 놀던 유정이가 보이질 않는 것이었다.

나는 서둘러 유정이를 찾으러 아파트 문을 열고 뛰쳐나갔다. 복도에도 아이는 없다. 예의 귀청을 찢는 소음만이 가득할 뿐.

"유정아아!"

겁이 덜컥 나서 아파트 계단을 뛰쳐내려갔다.

아파트 광장에는 오늘도 경로잔치가 벌어졌다. 낮에는 텅 비는 아파트 광장은 아이고 어른이고 뒹굴고 놀고 싶은 유혹을 일으키기 딱 맞게 드넓고도 드넓은 광장이다. 뛰고 춤추고 놀기 딱 알맞은 그 광장을 내버려두면 괜히 서운해져서 아파트의 노인들은 밤에 편한 잠을 잘 수가 없다는 것이었다. 그래서 '경로잔치'는 날마다 벌어질 수밖에 없다.

때는 바야흐로 봄날, 햇빛은 나른하게 아스팔트 광장으로 쏟아져내리고, 어디서 구해왔는지는 모르지만 '전남대학교 민주동문회' 마크가 찍힌 차일까지 쳐놓고 노인들의 화전놀이가 벌어지고 있던 것이다.

화전놀이는 할머니와 할아버지 편으로 나뉘어 있었고 유정이는 저도 여자라고 할머니들 틈에 끼여 있었다.

술이 오른 할머니들은 덩실덩실 춤을 추었고 다섯살배기 유정이는 덩실덩실 춤추는 할머니들 틈에서 천연덕스럽게 나비처럼 하느작거리고 있는 것이었다. 유정이는 내가 불러도 빤히 내 얼굴을 바라보며 눈하나 깜짝하지 않고 하느작이는 손동작을 멈추지 않았다. 그리고 그애는 하느작이며 내게 다가왔다. 나비처럼.

이상한 일이었다. 아이의 무구한 눈빛이 하느작이며 내게 다가오고 있을 때, 나는 이상하게 가슴이 뭉클해오는 것이었다. 나는 유정이를 꼬옥 안아주었다. 햇빛이 내 등뒤로 따스하게 쏟아져내리는 봄날이었다.

영구임대아파트로 이사온 지난 일년 동안 내 아이들은 유정이하고 놀았다. 소음 가득한 영구임대아파트의 복도에서. 유달리 겁이 많고 심약한 내 큰아이는 유아원 빼고는 저희 집 문이 빤히 보이는 복도를 벗어나 놀지 않았으므로, 큰아이보다 어린 유정이와 내 둘째아이는 큰아이를 따라 복도에서 놀 수밖에 없었다. 유정이는 밤이 되어도 제 집에 들어가지 않고 내 아이들하고 잤다. 나는 졸지에 세 아이들의 엄마가 되어버렸다.

장마비가 쏟아지는 여름밤이었다. 세 아이들을 겨우 재워놓고 비도 와서였겠지만 이상하게 마음이 착잡해져서 베란다에 나가 흘러간 옛노래를 소리 죽여 부르고 있었다. 비가 오는 날, 내리는 비를 바라보며 추억 어린 노래를 부를 때면 종종 내가 부르는 내 노래에 내가 위안을 받아오곤 하던 터였다. 아파트 광장에 켜켜이 주차해 있는 화물트럭들에도 체념인지 애정인지는 모르지만 웬만큼은 관대해질 무렵이었으므로 나는 비를 맞고 서 있는 그것들을 아무런 적대감 없이 바라보며,

가사가 생각나지 않으면 내가 새로 가사를 지어낸 노래를 하냥 흥얼대고 있었다. 비를 맞고 서 있는 화물트럭들과 리어카들과 포장마차들을 가만히 바라보고 있자니 기이하게도 어떤 따스한 슬픔 같은 것이 내 가슴을 적셔오고 있었다. 바로 그때 전화벨이 울렸다.

"애들 자니?"

유정이 엄마 현순씨하고는 이제 언니 동생 할 정도로 친해져 있었다.

"응."

"애들 자면 나와라 야."

"왜, 또 장사가 안돼요?"

"장사도 안되고, 비도 오고 싱숭생숭한 게 도저히 그냥은 못 들어가겠다."

아파트 광장으로 나와 택시를 탔다. 비는 억수로 쏟아졌다. 택시 속에서 듣는 유행가 같은 찬송가 가락도 그런 날은 마음을 울렸다.

…… 내 영혼이 은총 입어 중한 죄 짐 벗고 보니, 슬픔 많은 이 세상도 천국으로 화하도다…… 할렐루야아……

비가 오는 가로수 밑에 서서 현순씨는 나를 기다리고 있었다. 심야영업이 금지되어 있었으므로 지하 까페 '소정'으로 내려가는 계단은 어두웠다. 까페로 들어서자 술냄새와 습기냄새가 혼합된 축축한 냄새가 끼쳐왔다. 까페 소정에는 두 여자가 앉아 술을 마시던 중이었다. 주인 현순씨와 그리고 종업원 '미스 조'.

술을 마시던 두 여자를 눈매 선해 보이는 생쥐가 의자 밑에서 올려다보고 있었다. 미스 조는 술집 종업원임에도 불구하고 술은 그다지 잘 하지 못하는 듯했다. 그녀는 내가 자리에 앉자 곧 일어섰다.

"언니, 나 먼저 갈게. 더 있어봤자 손님도 없을 것 같고."

"그래라."

현순씨는 미스 조에게 택시비를 쥐어주었다. 미스 조는 발등까지 덮는 긴 원피스를 입고 있었다. 그녀가 일어서자 긴 원피스 자락이 커튼처럼 그녀의 아랫도리로 쏟아져내렸다. 그래서 나는 그녀가 걸음을 옮기기 전까지는 아무것도 알아챌 수 없었다. 그녀가 절름발이라는 사실을. 물결처럼 흘러내린 아름다운 원피스 자락 속에 슬픈 이물(異物)이 존재한다는 사실을. 미스 조는 현순씨의 부축을 받고 까페 계단을 올라갔다.

현순씨는 미스 조를 보내놓고 돌아와서 자리에 앉자마자 자기 신세타령을 늘어놓기 시작했다. 그래서 내가 미스 조의 불편한 다리에 대하여 물을 수 있는 기회가 주어지지 않았다. 현순씨는 그즈음 목하 실연의 아픔을 달래느라 몸부림치는 중이었으므로 나는 그날 밤 내가 기억해낼 수 있는 한도 내에서 온갖 위로의 말들을 현순씨에게 해주지 않으면 안되었다.

현순씨는 가게에 딸린 골방에서 표구가 안된 그림 한 점을 들고 나왔다. 그림 속의 사내는 실제로 그렇게 생겼는지 일부러 그렇게 그렸는지는 몰라도 굵은 곱슬머리에 곧은 콧날을 지닌 '유럽풍의 미남형'이었고(그 남자는 그러고 보니 이목구비가 뚜렷한 게 예수의 초상화를 닮은 것 같다) 현순씨는 자신이 애써 그린 애인의 얼굴을 발기발기 찢다 말고 또다시 통곡했다.

마흔한살의 여자가, 두 번씩이나 결혼에 실패한 경험이 있는 여자가 그날 밤 울었다. 그날 밤 마흔한살 이혼녀가 울고 서른살의 어린 이혼녀는 말도 되지 않는 위로의 말들을 찾느라 허둥대었다.

소정 까페를 나와 우리는 빗길을 택시를 타고 달려서 해장국집으로 갔다. 광주공원 광장에 즐비한 포장마차들은 빗속에서 퍽이나 이국적인 풍취를 자아내고 있었다. 현순씨는 포장마차들은 턱없이 비싸서 다 먹고 돈 낼 때 속상하므로 머릿고기집으로 가자고 했다. 돼지머리가 지그시 눈을 감고 있는 술청에서 머릿고기집 주인 아낙도 꼭 그렇게 지그시 눈을 감고 졸고 있었다. 현순씨는 더이상 통곡하지 않았다. 더이상 자신을 배신한 애인 이야기는 뚝 떼어놓고, 우리는 그날 밤 선거 이야기를 하였다.

“하여간에, 김대중이가 당선되어야 해.”

“만약에 김대중씨가 안되면 어떡할 거야.”

“전부 혀 깨물고 죽을 수밖에 없어.”

현순씨는 빨간 루즈가 두텁게 발린 입술을 다소 과격하게 움직여 혀 깨물고 콱 죽을 수밖에 없다고 말했다. 때는 여름이었고, 꼴에 어울리지도 않게 도대체 지금 우리가 왜 선거 이야기를 하는지에 대한 의의를 찾지 못한 채 우리는 그렇게 다소 정치적인 이야기를 나누었다. 나중에 생각해도 기묘한 느낌이 들던 밤이었다.

현순씨의 장사는 여름이 가고 가을이 와도 별로 신통하지 않은 모양이었다. 아파트 입구의 우편함에서 관리비가 내리 석 달째 밀려 있는 303호의 관리비청구서를 발견하고 나는 가슴이 아팠다. 그녀는 이 달에도 관리비를 내지 못하면 ‘가옥명도소송세대 유의사항’에 나와 있듯이 ‘제부금이 3개월 이상 체납되었으므로’ 가옥명도 청구소송에 제소되든지 아니면 경매처분에 들어갈 입장에 놓인 것이다.

나의 소설쓰기 또한 지지부진하였다. 소설도 쓰지 못하고 취직도 못한 상태에 놓여 있었으므로 나 또한 관리비를 못 내게 될 형편임은 마찬가지였다. 이래저래 우울한 계절, 가을이 영구임대아파트에 찾아왔다.

어미들의 민생고 문제야 어찌 됐든 아이들은 예의 소음 가득한 복도를 치달리며 기를 쓰고 놀았다.

노인과 모자(母子)세대가 주를 이룬 아파트였으므로 ‘거택보호자’인 노인들에게는 한달에 한번씩 동직원이 아파트 한구석에서 쌀을 나눠주었다. 쌀을 타려는 노인들이 부대자루 하나씩을 들고 엄숙하게 줄을 서 있었다. 그것은 언젠가 한국전쟁 당시를 찍은 기록사진첩에서 본 것도 같은 광경이다. 그러나 그 사진에서의 초조하고 수척한 사람들보다는 영구임대아파트의 노인들은 좀더 건강하고 경건한 모습이다. 한순간 나는 내가 태어나지도 않은 50년대로 되돌아간 기분이었다. 노인들은 그때나 지금이나 구호양곡으로 생명을 부지해온 사람들인지도 모른다. 하여 영구임대아파트의 거택보호자들에게 50년대와 90년대는 별반 차이 없는 세월인지도 모를 일이다. 어쨌거나 나는 50년대나 90년대를 별반 차이 없이 사는 노인들 곁을 나 또한 엄숙하게 가로질러 갔다. 거택보호자가 아닌 나는 내 손으로 돈을 벌어 일용할 양식을 사야 했으므로, 취직을 하기로 마음먹고 지역정보신문에서 본 취직자리를 찾아가보기로 했던 것이다. 가을 햇살이 비끼는 아파트 구석에서 배급쌀을 타는 노인들을 스쳐가며 나는 내 가계의 엥겔계수를 계산하였다. 그리고 밀린 광열비(난방비, 도시가스비 등)와 통화정지처분이 임박한 전화료와, 체납금과 연체료를 물지 못하여 소송에 들어간다 한들 소송비용조차 아득한 영구임대아파트 임대료. 목숨 붙이고 산다는 일의 끔찍함.

취직을 하자고 찾아간 곳은 일종의 인력수급 용역회사였는데, 내 수척한 몰골을 한눈에 훑어본 용역회사 직원은 고개를 흔들었다.

"아줌마, 주식만 먹지 말고 앞으로 부식들을 좀더 기름기있는 걸로 섭취하셔야겠는데요."

용역회사를 나오며 나는 아닌게아니라 지방분이 부족해서였는지, 다리가 좀 휘청였다.

휘청이는 다리를 끌며 그날은 좀 많이 걸어다녔다. 내 집이 없는 대한민국 사람이 가장 싼 값의 주거비용을 치르고 살 수 있다는 영구임대아파트의 임대료도 못 물고 사는 주제에 소음을 탓하다니, 소음타령을 타령으로 끝냈으면 좋으련만 먹혀들지도 못할 서명이네 전화질이네 그 주접을 떨었다니 스스로가 한심스러웠고 그리고 서글픔을 견딜 수가 없어서 미친듯이 걸어다녔다. 미친듯이 걸어다닌 보람이 있어서였는지, 길거리에서 '시인'을 만났다. 시인은 산동네에서 셋방을 살 때 바로 옆집에 살았었다. 그의 원래 직업은 교사였는데 전교조 일로 해직을 당하고 난 뒤부터는 그야말로 '시'만 쓰면서 살고 있었다.

때는 가을이어서였는가. 시인의 이름에 걸맞게 시인은 바바리코트 깃을 세우고 수심이 잔뜩 서린 얼굴로 바람 찬 광주천변 길을 걸어오고 있었다.

시인은 나의 행선지를 물었다.

"취직을 하려는데, 몸에 기름기가 없어서 안된대요."

"거 골치 아픈데요. 기름기를 채울래도 일단 취직을 해야 되는 것 아닙니까?"

"누가 아니랩니까."

"그렇다면 약소하나마, 제가 오늘 약간의 기름기를 보충시켜드리지요."

휘청이는 다리를 이끌고 미친듯이 헤매고 돌아다녔는지라 피곤하였고 어느덧 날도 저물었으므로 나는 시인의 제안을 받아들였다.

시인은 나에게 기름기를 보충시켜주기 위해서였는지는 몰라도 이인분의 삼겹살을 시켜놓고 자신은 한점도 먹지 않고 깡소주만 들이켰다.

나는 고깃점을 씹으며, 어미를 닮아서 그 또한 기름기라곤 없는 내 아이들이 걸려서 마음이 조급해져왔다. 그러나 시인이 하는 말의 허리를 자르고 일어설 수는 없었으므로 죄없는 고깃점만 질겅질겅 씹었다.

시인은 말했다.

"아줌마가 발표한 글 두 개 있지? 그것도 내리 ㅊ지에다가."

나는 본능적으로 어깨가 움츠러들었다.

"이젠 아줌마도 광주에서 벗어나야 해요. 2,30년대의 신파가 그보다 낫거든. 한마디로, 아직도 광주? 웬 광주?거든."

씹고 있는 고깃점이 단물 빠진 껌처럼 입속을 굴러다녔다.

시인과 헤어지고 나서 나는 좀 쓸쓸했다. 사실은 아이들이 저녁도 굶고 기다리고 있을 영구임대아파트 301호로 당장에 들어가야 옳았다. 그것이 어미 된 자의 도리였다. 아직은 제 손으로 끼니를 챙겨먹을 줄을 알지 못하는 어린 아이를 굶긴다는 것은 이유야 어떻든간에 죄악이었다.

그런데도 나는 시인과 헤어지고도 저 혼자만 기름기를 채운 부도덕한 어미가 되어 거리를 헤매었다.

가을날 찬바람에 가로수의 잎은 지고 있었다. 다가올 겨울은 무엇으로 양식을 살까. 미물인 산짐승들도 겨우살이 준비를 하는 이 가을에 나는 무엇으로 두 아이의 양식을 사고 무엇으로 추위를 막을 의복을 살까.

주부사원 모집의 광고가 붙어 있어서 들어가본 방직공장은 노동쟁의 중이므로 차후에 소식을 주리라 하였다. 용역회사의 직원은 기름기를 더 채워서 오라 하였다. 그렇다면 오늘 밤 나는 다소의 기름기를 채웠으니, 내일 다시 그 용역회사에 가보리라. 그들이 다시 왼고개를 흔들면 나는 기름기를 채운 내 뱃속을 까발려 보여주어야 하리라. 그러나 뱃속을 열어 보일 방법은 없다. 내 손으로 내 배를 갈라 내가 죽고 난 연후가 아니고는. 그것 참 난감한 일이로구나.

어이, 현순씨. 당신이라면 대답해줄 수 있을지도 모르겠소. 죽지 않고도 뱃속을 열어내 보일 방법을 말이오.

용왕님 앞의 토끼처럼. 어떻게든 뱃속을 열어 보이지 못하면 나와 내 아이들이 굶어죽게 된단 말이오.

"토깽이는 뭐 열어 보이기나 했간디? 다아 지혜로써 목숨들을 연명

해가는 것이지."

현순씨는 새끼들이 불쌍타며 내게 된호통을 치고 좌우당간 자리에 앉기나 하라고 내 지친 몸을 가게 구석방으로 끌어다 앉혔다.

"웬거요?"

나는 골방에 가득 차려진 음식들을 보고 눈이 휘둥그래져서 물었다.

"내 생일이란다. 에미 생일이라고 우리 딸년이 저렇게 솜씨를 부려놨어."

나는 그때 처음으로 유정이말고 현순씨에게 큰딸이 있음을 알았다.

"저것이 말도 못하고 듣도 못하지만 손재주하고 인정은 있어서……"

현순씨는 울먹이고 있었다. 현순씨의 딸, 잔디는 말하자면 첫남편에게서 난 아이인데, 어미 생일이라고 서울서 내려온 모양이었다. 그 아이는 서울에서 장애인 고등학교에 다니고 있다고 했다. 현순씨는 딸을 서울의 장애인학교에 넣은 것을 대단히 자랑스러워했다.

"학교는 어떻게 하고 왔어?"

"아파서 며칠 쉬기로 했단다."

잔디는 만성 열병에 시달리는 와중에서도 제 어미의 생일상을 알뜰히 차려주고 영구임대아파트로 돌아갔다.

"우리 잔디가 어떤 애냐 하면, 내가 말이다, 애비 없는 자식 낳는 게 우세스러워 오일팔 때 죽은 귀신들 묻힌 산골짝 동네로 들어가지 않았겠니. 애를 방바닥에 쏟아놓고 뭐가 잘못됐는지 하혈이 멈추지 않아 이제는 죽었구나 하고 누워 있는데, 그애가 우리 잔디가, 이제 열 살 먹은 우리 잔디가 그 험한 산골짝 동네에서 십리나 떨어진 약국으로 비가 억수로 쏟아지는 밤중에 약을 사러 간 애라구. 말도 못하고 듣도 못하는 애가 약국 문을 손으로 때리고 발로 차서 어떻게 어떻게 약을 구해왔는데, 그게 진통제야. 그걸 먹고 나는 그대로 떨어져버렸는데 한참만에 눈을 뜨고 보니까, 우리 잔디가 말도 못하고 듣도 못하는 애가 이렇게, 이러어케 귀를 내 배 위에 대고 있는 거야. 뭐를 듣겠다고, 제 에미 살았나 죽었나 볼라고."

나는 현순씨에게 홍도야 우지 마라가 따로 없네 얼씨구, 어쩌고 하며 일부러 타박을 주었다. 타박을 주며 울지 않으려고 무진 애를 썼는데 나중에는 그렇게 애를 쓰는 자신이 영 내가 아닌 것 같아져서 결국에는 울어버렸다. 아무리 독한 사람이라 할지라도 조금이라도 인간의 마음을 가진 사람이라면 어떻게 그런 사연들을 듣고 울지 않을 수 있단 말인가.

나는 매번 현순씨의 딸들에게 알 수 없는 감동을 느끼곤 한다. 하느작이며 춤을 추던 유정이, 그리고 말도 못하고 듣지도 못하지만 어미의 생일상 하나는 그렇게 멋있을 수 없이 차려낸 잔디. 사람의 신체기능 중 어느 한 곳이 이상이 있으면 어느 다른 한 곳의 감각은 발달하는지도 모른다. 맹인이 청각이라든가 촉각은 성한 사람 이상이듯이. 그런 의미에서 잔디는 특히 미각이 발달되어 있는 것 같았다. 미각과 함께 손재주도. 듣지 못하고 말하지 못하니, 오직 제 눈앞에 보이는 손으로 온갖 '만들기'를 하는 것이다. 음식을 만들고 공작을 하고.

그날도 손님은 들지 않을 모양이었다. 현순씨는 자신의 장사가 안되는 건 길목이 안 좋아서도 아니고 제 수완이 나빠서도 아니고, 순전히 서민들의 경제를 파산시킨 정권 때문이라며 술 한잔 들어간 김에 다소 과격한 발언을 서슴지 않았다.

"한참 술 마실 시간에 딱하니 영업을 금지시키니, 죽어나가는 건 요런 외진 곳에 있는 나 같은 사람들이지."

현순씨는 그녀가 데리고 있는 유일한 종업원인 미스 조를 불렀다. 나는 그제서야 소정 까페의 미스 조를 내가 깜빡 잊고 있었음을 알았다. 미스 조는 술을 못 마실뿐더러 도통 말도 없었다. 나는 현순씨에게 미스 조도 들을 수 있을 만큼 노골적으로 물었다.

“주인장 아줌마, 저렇게 얌전한 사람을 써서 장사 되겠어요?”

미스 조는 커튼이 드리워진 구석 테이블 속에서 천천히 걸어나오고 있었다. 그녀는 오늘도 언젠가 보았던 하얀 원피스를 늘어뜨리고 있었다. 그녀는 내게 조용히 다가와 술잔을 내밀었다. 나는 미스 조에게 술을 따랐다. 그녀는 술잔을 가만히 응시하고 있다가 단숨에 들이켰다. 술을 마시고 제 잔을 내게 내밀었다. 나는 술을 받았다. 이상한 고요로움. 미스 조의 손동작은 섬세하고 고요했다.

참 이상도 하다. 내 감정이 헤퍼서 터무니없는 감동을 이 사람 저 사람에게 느끼는 것인가. 나는 미스 조가 따라준 술을 방금 전 미스 조가 내 잔을 받고 그랬듯이 또한 가만히 응시를 해본 뒤에 마셔지는 것이었다.

못난이 생일에 못난이들의 축제도다. 스텝 바이 스텝.

현순씨가 손가락을 튕겨내며 노랫가락같이 읊조렸다. 현순씨의 소음 속에서 미스 조의 낮은 노랫소리가 은은히 흘러나오고 있었다. 미스 조의 노랫소리가 이어지는 동안 현순씨는 끊임없이 한옆에서 자작을 하며 떠들어대었다.

…… 그러니까 이 가게를 처분하고 단란주점이라는 것을 해봄이 어떻겠음? 에또 그러니까, 한달에 보증금 백에 12만원씩이면 단란주점을 단란허니 꾸릴 수는 없단 계산이란 말임?

지혜구나. 죽지 않고도 뱃속을 열어 보이는 방법. 목숨을 붙여나갈 수 있는 지혜. 한참을 혼잣말로 장광설을 늘어놓던 현순씨가 느닷없이 목청을 돋구어 노래를 부르기 시작했다.

…… 오월, 그날이 다시 오면 우리 가슴에 붉은 피 솟네, 오월 그날이……

갑자기 쏟아지는 고음이었으므로 미스 조와 나는 잠시 어리둥절하지 않을 수 없었는데, 그러나 금방 무슨 노래인지를 알았으므로 따라부르지 않을 수 없었다. 세 여자는 발까지 쾅쾅 굴렀다. 현순씨는 발을 구르고 팔을 휘둘렀다. 노래가 끊어지는 것이 두렵다는 듯 행진곡이 끝나고 나면 너도나도 침울해질 것을 미리 염려하여 우리는 되도록이면 고성방가를 하였다.

“웬 흘러간 노래여?”

고성방가를 한 덕분에 누가 들어온 것도 몰랐다. 우리는 부르던 노래를 딱 멈추고 까페의 입구로 일제히 눈동자를 고정시켰다. 그중에도 유독 현순씨의 눈빛은 먹이를 발견한 고양이의 것처럼 반짝이고 있다는 느낌이 들었다.

하참, 내 정신 좀 봐. 장사할 생각은 않고. 딸년 덕분에 오랜만에 스트레스만 풀고 앉았었네. 현순씨는 순식간에 말끔한 까페 주인 본연의 얼굴빛으로 돌아갔다. 미스 조도 굼뜨게 일어섰다.

축제는 끝났다. 나는 이제 내 집으로 돌아갈 일만 남았다. 탈탈 굶었을 아이들이 불쌍해 나는 또 울컥 목이 메었고 목이 메이므로 다리가 휘청거렸다. 내 죄를 사하여주소서. 주신(酒神)이여. 나는 기도하는 마음으로 마지막 한잔의 술을 마저 마시고 자리에서 일어섰다.

까페 안은 시끄러웠다. 늘 있는 일이겠거니 하고 나는 현순씨에게 손을 번쩍 들어올려 작별인사를 했다.

“봐요. 아줌마, 심야영업은 불법이란 말이오.”

“불법 좋아하네. 동생들하고 생일파티 한 것도 불법이여?”

“어이, 지금 나가려는 사람 내려와.”

사내는 비위 틀어지는 반말지거리를 썼다. 나는 올라가려던 계단에서 돌아섰다.

“지금이 새벽 한시란 말요. 불법영업을 하려면 간판불 끄고 샤타 내리고, 커튼 치고 소리죽여 하든지, 뭔 배짱이요들?”

들어온 사내는 손님이 아니고 심야영업 단속을 나온 형사였고 현순씨와 미스 조와 나는 셋이 한 오랏줄에 묶일 판이 된 것이다.

심야영업이 아니었다고 증명해 보일 어떤 증거도 없는 것이다. 상황이 이렇게 된 판이라 나는 이제 불쌍한 새끼들한테로 가기는 다 틀렸구나고 생각하며 계단에 쭈그리고 앉았다. 형사가 먼저 앞장을 서며 따라오라고 말했다.

"어이, 당신도 같이 가줘야겠어."

형사는 현순씨와 미스 조에게는 말을 높이면서 유독 나에게만은 반말을 썼다. 나는 불법영업을 하지 않았는데도(영업을 하려 했대도 손님은 없었을 것이다) 새벽까지 불을 켜두었다는 이유만으로 법을 어긴 죄인이 되어야 하는 현순씨의 상황도 화가 났지만 형사가 꼬박꼬박 나에게만 반말을 쓰는 데도 화가 났다. 그래서 일어서지 않았다. 형사의 미간에 심지가 돋치고 있었다. 현순씨가 변명조로 말했다.

"내 동생인데, 내 생일이라고 축하인사차 온 거라구."

형사가 내게 했던 것과 반대로 현순씨는 형사에게 반말을 쓰고 있었다.

"동생이란 증거 있소?"

"동생이라면 동생이지. 그것도 소설가 동생이라구."

형사가 쌍심지 돋은 미간에 이번에는 조롱기를 담뿍 띄우고 나를 바라보았다.

"쓴 소설 제목이나 한번 읊어보시지?"

늘 침을 뱉고 싶은 순간을 참아내며 살아오는 데는 이골이 나 있는지라 나는 형사의 조롱기 어린 미간을 여유있는 미소까지 띠고 가만히 맞받아 보았다. 이번에도 현순씨가 나서서 동생을 변호했다.

"위대한 대로망이지, 그런 샤쓰빤쓰하며. '사랑의 종말'이라고 요번에 출간될 거야."

실은 현순씨는 내가 무슨 글인가는 몰라도 글을 좀 끄적거리는 것으로는 알고 있지만 구체적으로 내가 쓴 글을 한번도 읽어본 적이 없었으므로 되나캐나 주워섬길 수밖에 없었던 모양이다. 그래도 현순씨의 변호가 효험이 있었던지 형사의 미간에 돋쳐 있던 심지가 풀어지면서 현순씨에게 협상의 제스처를 보낼 기미가 보이기 시작했으므로 '사랑의 종말' 작가는 이제 쭈그리고 있던 계단에서 일어서서 까페 '소정'의 출입문을 나섰다.

내가 출입문을 나섬과 동시에 지하 까페의 간판불이 내려졌다. 바야흐로 심야영업은 그때부터 시작되었던 것이다. 나는 현순씨가 쥐어준 택시요금을 확인한 뒤에 멀리서 다가오는 택시를 향해 내 빈곤한 팔뚝을 번쩍 들고 사정없이 뒤흔들었다.

목이 말랐다. 속쓰림과 갈증이 한꺼번에 덮쳐와 죽을 것만 같았다. 통증과 갈증을 참을 수 없어 불을 켰다. 오늘은 네 명의 아이가 내 집에서 자고 있었다. 현순씨의 큰딸 잔디와 그 밑으로 조무래기들 셋. 잔디를 정점으로 아이들은 구도도 정교한 대각선을 이루어 난장판을 만들어놓고 널브러져(자고 있다기보다 널브러져 있다는 표현이 적합할 그런 모습으로) 있었다. 어미는 있되 바람난 어미의 자식들모양. 쓰린 속에서 나를 향한 욕지기가 마른 목구멍을 타고 넘어왔다. 나는 아이들의 널브러져 있는 모습을 대충 일별하고 욕설 서너마디도 주절주절 뱉어내가며 부엌이 딸린 복도로 나가 물주전자를 기세도 좋게 기울였다. 기세 좋게 기울인 보람도 없이 물주전자에서는 물이 나오지 않았다. 냉장고에도 물은 없었다. 끓인 물은 아무데도 없어서 수도꼭지를 틀었다. 이상했다. 수도꼭지에 힘이 없다. 가르릑가르릑, 수도꼭지 속에서 가래 끓는 소리만 난다. 어디서 수도공사를 하나? 아침까지 나오던 물이 나오지 않았다. 나는 온수가 나오는 쪽의 수도꼭지를 틀었다. 온수는 콸콸 쏟아진다. 할 수 없다. 나는 김이 펄펄 오르는 뜨거운 수돗물을 마셨다. 뜨거운 물도 물은 물이니까. 뜨거운 물이라도 마시고 나니, 갈증은 여전하지만 속쓰림은 좀 나아진 듯했다.

제한급수는 그때부터 시작되었다. 가뭄이라 하였다. 수원지의 물이 모자라서 격일제 급수를 하는데, 이상하게 뜨거운 물은 계속 나왔다.

아래층의 물 쏟아지는 소리도 격일제 급수가 시작된 그때부터 시작되었다.

찬물이 나오지 않는 날은 물소리가 나지 않다가 찬물이 나오는 날엔 여지없이 폭포수 쏟아지는 소리가 밤이고 낮이고 들려왔다. 물소리는 바로 201호에서 올라오고 있었다.

처음에는 물소리 자체가 시끄러워 견딜 수가 없었다. 그러나 참기로 했다. 찻소리도 그랬지 않은가. 참고 살다보면 난청이 되든 어쩌든 그래도 어떻게 살아지던 것이었으므로 물소리도 마찬가지라 여겼다. 물이 나오지 않는 날 주인이 깜박 잊고 수도꼭지를 열어둔 채 어디 외출을 한 모양이다. 이제 곧 집주인이 돌아오겠지. 하루만 참으면 될 것을. 날마다가 하루만 참으면 되겠지였다. 그러다가 한달이 갔다. 폭포수 쏟아지는 소리를 하루 건너 하루씩 보름을 들은 것이다.

가을은 짧아, 겨울이 왔다. 물소리는 계절이 바뀌어도 끊이지 않았다. 관리사무소에 신고를 했다. 진작에 신고하지 못한 것을 입술을 깨물어 후회하며 급박한 어조로.

“물소리가 계속 나거든요. 소리도 소리지만 물이 아까워서요.”

내 입에서는 차마 ‘혹시, 속에 무슨 사고가 나 있는지도 모르거든요’ 소리는 나오지 못했다. 설마, 그런 사고가 나 있을 리는 없을 것이다.

그런데 관리사무소측의 대답은 내 급박한 어조와는 사뭇 대조적으로 느긋하였다.

“문이 잠겨 있으면 어떻게 해볼 수가 없거든요. 나중에 집주인 오면 크게 혼내주십시오.”

혼을 내주라니. 그러면 나는 아래층 주인이 돌아와서 물을 끌 때까지 기다리고 있다가 혼내줄 일만 남았는가. 아래층 201호 옆집 202호의 초인종을 눌렀다.

"201호에 사는 사람 어디 가신 줄 모르세요?"

"그러고 보니, 어째 요새는 토옹 뵈지를 않네요."

"혼자 사시는 분인가부죠?"

"예에, 거택보호자 할머니예요."

202호 아줌마의 거택보호 할머니라는 말이 내 머리끝을 쭈뼛 잡아당겼다. 하지만 내색을 할 수는 없었다.

나는 형사처럼 물었다.

"혹시 할머니가 어디 갈 만한 데는 없나요?"

"글쎄, 딸이 하나 어디 살고 있다던데 거기 갔나. 아니 근데 왜 그러시우?"

"요새 물이 나왔다 안 나왔다 하잖아요. 근데 물 나오는 날에 201호에서 물소리가 그치지 않거든요."

"위층에 살우?"

"예에."

"당신이 캐고 다닐 일이 아니지. 관리사무소에 신골 하시구랴."

"예에."

나는 비루먹은 강아지모양 어깨를 움츠리고 내 집으로 가는 계단을 오를 수밖에 없었다. 202호 아줌마 말대로 관리사무소에 재차 전화를 걸었지만 대답은 처음처럼 어쩔 수 없으니 주인이 돌아올 때까지 기다렸다가 혼내주자는 것이었다. 화가 났지만 그럽시다 하고 전화를 끊었다. 사람이 죽어 있든지 말든지 당신들이 알 바 아니란 말이지.

영구임대아파트에서 거택보호 노인이 죽다. 죽은 지 몇달 만에 하냥 쏟아지는 물소리에 의심을 품은 위층 여자에 의해 발견되다.

물소리가 시끄럽다. 그리고 아깝다. 이 가뭄에 낭비되는 물들이. 그 말까지는 좔좔 나왔다. 그러나 정작 중요한 그 말, 혹시 사람이 죽었을지도 모른다는 소리는 이상하게 목구멍 밖으로 나오지 못했다.

현순씨는 내가 물소리와 싸우는 그동안 감방엘 들어갔다. 그것도 빚만 몽땅 지고서. 어느날 젊고 예쁜 계집아이 둘이 현순씨네 까페에서 일을 하겠다고 왔더라 했다. 병든 아버지 약값과 동생들 학비를 대야 한다며. 현순씨는 그러냐고, 갸륵도 하다고 또 솔직히 장사 욕심도 나시 그애들이 요구하는 목돈을 일수를 내서 주고 일을 시켰는데 바로 그날 단속에 걸렸다는 것이다. 일수 돈을 챙긴 계집아이들은 온데간데없이 사라지고 현순씨만 미성년자를 고용한 악덕업주가 되어 쇠고랑을 찬 것이다.

면회를 가서 퍼런 죄수복을 입고 고무신을 신은 현순씨한테, 그녀의 말대로 '그놈의 미(미성년자)자가 들어 있는 줄을 몰랐던 죄로 빚지고, 장사 못하고, 몸 버리고, 우세 사고, 전과자가 되어버린' 현순씨한테 나는 한가하게 물소리 타령을 하였다.

"우리 미스 조는 어찌 지내고 있든?"

그제서야 나는 미스 조를 한번도 찾아가보지 않은 것이 생각났다.

"잘 지내고 있겠지. 언니보다야 더하겠수?"

"아니야, 엊그저께 걔 애인이 죽었거든. 면회 와서 울더라야."

"애인이 죽었는데, 그럼 울지 안 울어요? 그러다가 또 새 애인 사귀는 거고."

"그랬으면 오죽 다행이겠니. 그애는 그게 아니야."

"그럼 뭐란 말이우?"

"그애 애인이 오일팔 때 시민군이었대. 감옥 나와 십년을 시난고난 앓다 요번에 제 명을 다 못 살고 죽은 거라. 914호에 산다. 내 대신 한번 찾아가서 위로나 해줘."

우리는 미스 조의 죽은 애인 얘기를 하느라고 정작 자신들 이야기는 하지 못하고 말았다.

“그럼 미스 조 다리도 그해 오월에 다친 거다요?”

“아니, 사고로 그랬다더라. 열차 사고가 나서 양친 다 잃고 저는 다리 한쪽 나가고. 아파트로 이사 오기 전에 철도변에서 살았던가보더라. 경비 영감이 소개시켜줄 때만 해도 신찮더니, 그래도 애가 지 딴에는 살라고 버둥대는 것이 안타까워 쓰기는 썼는데 영 마음이 아퍼야. 애인을 사귔는데 그 애인도 심신이 그리 건강허지는 않았던가보더라. 결혼을 하기에는 또 미스 조가 책임져야 할 동생이 둘이나 되고.”

나는 현순씨가 나올 때까지 유정이를 맡을 수밖에 없었다. 현순씨 말로는 다섯살이라는 유정이는 일곱살인 내 딸보다 몸집이 컸다. 그래서 나는 그애의 나이를 의심하지 않을 수 없었다. 내 딸에게 취학통지서가 왔다. 면회를 가서 취학통지서 얘기를 꺼냈다. 현순씨는 그제야 유정이의 나이를 실토했다. 유정이는 올해 학교에 들어가야 할 나이였다.

“어떡허지? 호적에도 안 올렸는데.”

“성은 누구 성으로 할 거야?”

“지 애비 성이 박가이긴 하지만 종적을 알 수 없으니 할 수 없는 일, 내 성을 따를 수밖에. 아이고야, 아다리가 딱 들어맞아분다. 우리 잔디 애비도 김가, 그래서 우리 잔디도 김가. 나도 김가, 그래서 우리 유정이년도 김가.”

현순씨는 발까지 굴러가며 좋아라 했다.

요번 참에 성도 박가가 김가가 되었으니, 일습으로 이름도 새것으로 짓자 하여 즉석에서 유정이의 호적에 올릴 성과 이름을 지어냈다. 김향아.

향아, 향항. 교도소를 나와 마침 '향항'이란 선술집 간판이 눈에 띄어 그곳으로 들어갔다. 속이 쓰린지 마음이 아픈지 분간이 안되었지만 나는 좌우간 술을 마셔야만 답답한 속이 풀릴 것 같아 막걸리 두 병을 들입다 마셔버렸다. 그래서 나는 실지로 목로주점 향항에서 향항을 보았다. 향항의 부두에서 향아가 하냥 웃고 서 있었다.

나는 그 다음날 내 손으로 작성한 현순씨 이름의 위임장을 들고 동회로 가서 벌금 오만원을 물고 김향아를 주민등록시켰다.

그러노라고 나는 또 미스 조를 깜박 잊고 말았다. 잊자고 해서 잊은 건 아니고 지척에 있는 미스 조를 찾지 못한 어떤 이유가 있었다. 발을 삐었던 것이다. 발을 삐어서 이틀을 꼼짝 못하고 누워 있는 중이었다.

발은 왜 삐었는고 하니, 시끄러웠다. 물소리가. 시끄러운 찻소리를 견디며 살고 있듯이 물소리도 견디며 살 수 있다고 이를 악물었다. 소리쯤은 견디며 살 수 있다고 하자. 그러나, 이 가뭄에 하수구 속으로 속절없이 버려지는 물이라니. 그것은 견딜 수가 없었다. 지금까지 쏟아져내린 양만 해도 아파트 전체가 하루 쓰는 양보다 많으면 많았지 덜하지는 않을 것이었다. 왜냐하면 물이 나오는 날은 여지없이 밤이고 낮이고 한시도 쉬지 않고 쏟아졌으니까.

진정 물이 아까워서인가. 그러나 진정으로 내가 이층으로 들어가려는 이유는…… 그랬다. 거기에는 노인이 죽어 있을 것이었다.

노인은 지금쯤 썩어서 형체조차도 남아 있지 않을지도 몰랐다. 관리사무소에 근무하는 주택공사 공무원(공무원인가 공무원이 아닌가?)들에게 할머니의 처참한 주검을 보여주어야 할 것이었다. 이보세요, 이래도 사람이 올 때까지 기다리고만 있으란 말입니까? 당신들은 부모도 없습니까? 노인이 이렇게 죽어 있는데, 어쩔 수 없으니 기다려보자구요? 사람 죽일 양반들 같으니라구.

나는 베란다의 철책에다 로프를 묶었다. 현관문이 잠겼으니, 베란다의 새시문을 통해 들어갈 생각이었다. 창문이 열리지 않으면 깨고라도 들어가볼 참이었다. 들어가서 나는 할머니의 시체를 관리사무소의 무정한 공무원들에게 보여줄 것이었다. 격렬한 항의와 함께. 이러고도 당신들이 아파트관리비를 챙길 수 있단 말입니까? 사람이 죽어나도 나 몰라라 하는 사람들이 관리비가 웬말입니까?

향항에서 술을 마셔서였는가. 술을 마신 혼미한 내 의식이 아래층으로 로프를 타고 내려가지 않으면 안되게 내 가라앉은 도덕성을 자극했다. 세상 사람들 이래서는 안된다구요. 옆집에 사람이 죽어나는데, 누구 하나 알려고 들지 않는 이런 삭막한 세상을 만들어서는 안된다구요.

아래에서 휘파람 소리가 났다.

"어이, 당신 도둑이야?"

나는 엉겁결에 로프를 놓아버렸고 잔디밭으로 떨어져내렸다. 그날 밤 나는 사람 없는 이층을 털려던 도둑까지는 안되었어도 로프 도둑까지는 되었다. 왜냐하면 로프는 내가 이층으로 내려가기 위하여 아파트 지하실에서 관리실의 허락도 없이 가져왔던 것이기 때문에.

다친 첫날은 그런대로 견딜 만하여 김향아 주민등록도 시키러 가기도 했는데, 주민등록시키고 난 이튿날부터 어디가 잘못됐는지 발목이 시큰거리며 부어오르기 시작했다. 그래서 그날부터 연이틀을 누워버렸다.

사람이 누워 있으면 잠이 한도 끝도 없이 왔다. 황소처럼 미련스럽게, 무작정 부기가 빠지기를 기다렸다. 한숨 자고 나면 나도 모르는 새에 빠져 있겠지. 잠을 잤다. 그리고 눈을 떴다. 발목을 내려다보았다. 부기는 그대로였다. 실망을 하려다가 이상하게 실망을 하지 않아도 될 어떤 변화가 있음을 알아챘다. 물소리. 물소리가 나지 않는 것이다. 시계를 보았다. 오후 한시. 물이 나올 시간인데도 물소리는 나지 않는 것이다. 역시 발목을 삔 보람이 있었구나. 발이 아파 밖으로는 못 나가고 베란다로 나가 이층의 창문이 열려 있는지를 확인하고 싶었다. 열려 있으면 아마 할머니의 시체를 발견했을 터이다. 베란다로 나가려고 내가 막 일어서려는 순간이었다. 딩동댕, 인터폰이 울렸다.

"사람이 죽었습니다, 신원을 확인해주십시오."

나는 발목 아픈 것까지도 다 잊어버렸다. 정신없이 이층으로 내려갔다. 드디어 이층 201호 현관문을 열었다. 그런데 이상했다. 문이 열리지 않는 것이다. 이층 복도에는 사람이 없었다. 사람들은 아파트 뒤편으로 몰려가고 있었다. 바람이 거셌다. 엊그제 내린 눈이 아직 덜 녹아 아파트 뒤편 응달은 황량하기 그지없었다. 황량한 그곳으로 사람들이 몰려가고 있었다.

시체는 응달에서 퍼렇게 얼어들고 있었다. 나는 그때 보았다. 시신의 아랫도리를 적신 물기가 플라스틱 다리 위에서 얼음이 되어가고 있는 것을.

나는 더이상 시체 곁으로 다가가지 못했다. 경찰차가 삐용거리며 달려왔고 사람들의 접근을 허용하지 않았다. 영구임대아파트 뒤꼍 햇빛 한줌 들지 않는 싸늘한 응달의 시멘트바닥 위에 미스 조는 퍼렇게 얼어들고 있었고, 사람들은 이만큼 비껴서서 시체를 건너다봤다. 죽음과 삶의 거리가 꼭 그만큼인 듯. 죽은 시신이 얼어들듯 산 사람들도 얼어가고 있었다.

미스 조가 죽은 며칠 뒤 나는 201호 할머니를 보았다. 그것도 우연히. 일층 현관을 들어서는데, 할머니가 무거운 짐가방을 들고 선 채

경비원으로부터 된타박을 듣고 서 있었다.

"이봐요, 할머니. 어데를 가면 간다고 말을 하든지, 말을 안 하려면 집단속이나 잘 하고 다니시든지. 할머니 집에서 물이 계속 쏟아져서 민방공 훈련허드키 사다리까지 동원했단 말이요."

할머니는 중죄나 저지른 사람처럼 하냥 머리를 조아리고 있었다.

"제가 들어드리지요, 할머니."

할머니가 웃었다. 합죽하게.

"어디 멀리 갔다 오시는 모양이지요?"

"딸년이 애를 났거든. 백일까장 세고 온다우."

할머니는 201호 문앞에 멈추었다.

나는 말없이 돌아섰다. 뒤에서 할머니가 호물거리는 목소리로 말했다.

"애기 엄마 고맙소."

돌아서 오는 내 눈에 이상하게 그럴 이유도 없건만 뜨거운 것이 용솟음치고 있었다. 할머니는 짐까지 들어다준 여자가 왜 느닷없이 우는지 영문을 모른 채 자기가 무슨 잘못이라도 저지른 듯 허둥대고 있었다. 나는 계단을 올랐다. 내 집과 현순씨의 집이 있는 3층을 지나 자꾸자꾸 올라갔다. 이제서야 나는 미스 조가 살았던 9층에 올라가볼 생각을 먹은 것이다. 9층으로 올라가는 계단에는 소음의 공명이 가득하였다. 늘 그랬듯이, 늘 참고 살아왔듯이, 소음이 대수랴. 나는 소음을 뚫고 계단을 올라갔다. 올라가는 동안 눈물은 어언 말라 있었다.

914호의 문은 굳게 잠겨 있었다. 그래서 913호의 초인종을 눌렀다. 고개를 내민 사람은 키가 몹시 작은 사람인 게라고만 여겼더니, 그것이 아니었다. 913호 사람은 아랫도리가 뭉턱 잘려나가고 없었다. 그는 썰매를 타듯 제 남은 몸뚱이를 양손으로 밀고 와서 문을 열었던 것이다.

"옆집엔 아무도 없습니까?"

"죽은 아가씨의 동생들이 있어요. 밤에 올 거예요."

913호의 남자는 현관문의 손잡이가 닿지 않아서인지 눈따개로 쓰는 듯한 둥근 쇠막대를 만지작거렸다. 속도 모르고 초인종을 누른 것이 한량없이 죄송스러워져서 나는 허둥허둥 문을 닫아주었다. 문이 닫혀지는 순간에 남자가 꾸벅 인사하였고 그리고 나는 남자가 다시 제 남은 몸뚱이를 밀고 들어가는 소리를 들었다. 실평수 일곱평 반의 삶의 공간 속으로 제 온몸을 밀고 들어가는 소리.

미스 조가 없는 미스 조 집의 굳게 닫힌 문과 쇠막대로 문을 열고 닫고 하는 옆집의 닫힌 문 앞 복도에 서서 나는 저 아래 찻길을 내려다보았다. 그리고 미스 조가 이렇게 서서 제가 뛰어내릴 곳이라고 미리 봐두었을 것이 틀림없는 시멘트바닥. 고소공포증인가. 어지러웠다. 찻소리하고는 구별되는 이명도 들렸다. 미스 조의 목소리. 나는 확실하게 미스 조의 목소리를 들었다. 그리고 느꼈다. 그녀의 딱딱한 플라스틱 다리가 내 등을 툭툭 차고 있는 것을. 죄가 있다면 살아 있다는 것이야. 살아 남음이 죄라구. 싸늘한 추위가 내 등뒤를 훑고 지나갔다. 나는 복도 난간을 붙잡았다. 더이상의 죄를 짓지 않기 위하여. 그때, 913호의 문이 왈카닥 열리며 거기 앉은뱅이 남자가 눈을 부릅뜨고 앉아 있었다. 아니 그는 서 있었다. 방바닥을 짚은 팔뚝에 푸른 힘줄이 파득거렸다.

그는 눈을 부릅뜨고 내게 소리쳤다.

"못난 짓거리 하지 말아요! 나도 살아요. 나 같은 인간도 산다구요."

나는 쫓기듯 9층 복도를 내려왔다. 뒤에서 앉은뱅이 남자가 계속 소리질렀다. 내려가, 한정없이 내려가. 내려가서 살라구. 기를 쓰고 살라구. 밑바닥을 박박 기어서라도 살아내라구.

현순씨를 보고 왔다. 하혈이 계속 쏟아진다고 해서 두툼한 생리대도 차입해주었다. 김향아 주민등록시킨 것도 보고하였고 미스 조의 죽음도 알렸다. 현순씨는 충격을 받거나 깊은 슬픔을 느낄 때는 늘 하는 버릇인 듯 입술 끝을 일그러뜨리고 그렇잖아도 큰 눈을 땡그랗게 치켜뜨며 말했다.

"아이엔진 거라."

"뭐라고?"

"현재진행형이라구."

"뭐가?"

"그만 얘기하고 그만 덮어두고 그만 울고 그만 그만하고 싶어도 할 수 없어. 역사란 그런 거야. 갑오년이 따로 없고 기미년이 따로 없다구. 그러드키 오일팔이 따로 있는 게 아냐. 기미년의 삼일운동은 임신년에도 삼일운동으로 이어지듯이 경신년의 오일팔은 계유년의 오일팔로 새로 시작되는 거라구. 역사는 귀신이여. 귀신은 상관 있는 놈도 물고 늘어지지만 상관 있는 놈하고 끈이 맺어진 상관 없는 놈들도 끌고 가거든. 그것이 바로 역사귀신이거든. 상관 없는 년이 어쩌다 상관 있는 놈을 만나 덜커덕 물린 게라고. 그 귀신한테, 배곯은 귀신한테 잡아먹힌 거거든. 거 멋이냐, 역사 앞에서 자유로운 사람은 없는 거거든. 그런 거거든."

현순씨는 계속계속 거거든, 거거든 하고 말했다. 현순씨의 꼴에 어울리지 않는 '……거거든' 소리가 슬며시 지겨워져서 나는 냅다 큰 소리를 냈다.

"아니야, 그게 아니라 미스 조는 김대중이 대통령 안되었다고 죽은 거야. 단순한 걸 왜 그리 복잡하게 얘기해. 미성년자 고용한 악덕업주 주제에."

나는 퍼런 죄수복을 입은 현순씨 앞에서 터무니없이 씨근덕거렸다. 내 입속에서는 아직도 나오지 못한 말들이 소용돌이치고 있었다.

'미성년자 고용한 악덕업주 주제에 역사를 입에 올리지 말라구. 그런 식으로 역사를 해석하지 말라구. 당신에게는 역사를 운위할 자격이 없어. 왜 죽음으로 시작되어야 해? 역사가 이어지는 건 살기 때문이야. 죽어서는 안돼. 죽음으로는 아무것도 이룰 수 없고 이을 수도 없는 거야.'

터무니없이 큰 소리를 내는 나에게 현순씨는 화내지 않았다. 화낼 시간도 없었다. 현순씨가 충분히 화낼 시간이 없는 것이 화가 났고 이유없이 화가 나는 자신이 경멸스러워져서 나는 또 화가 났다. 현순씨는 면회시간에 쫓기며 재빨리 말했다.

"김대중이가 지 할애비냐?"

"언니가 그랬잖아. 김대중 대통령 안되면 모두들 혀 깨물고 죽어야 한다고."

"옘병. 죽을 각오로 살자 그거여. 누구 좋으라고 죽냐 죽기를."

이제 또다시 봄이 왔다. 영구임대아파트로 이사온 지도 일년이 되어간다. 그리고 귀청을 찢다 못해 뇌수까지 파고드는 듯한 소음은 여전하고 현순씨는 벌금형이 떨어지긴 했지만 벌금 낼 돈이 없어 아직 징역을 살고 가뭄은 해갈되지 않고 있다. 관리실에 연결된 인터폰이 울린다.

"광주시의 식수 사정이 여의치 못하야 격일제 급수를 삼일제로 실시코자 하오니 이 점 양지하시기 바랍니다."

나는 서둘러 고무통에 물을 받는다. 물을 한움큼 떠서 입속으로 흘려넣는다. 이상하다. 물을 마셔도 마셔도 갈증이 인다. 나는 아예 고무통 속에다 얼굴을 처박는다. 그리고 허겁지겁 마신다. 찬물 속에 내 눈에서 나오는 미적지근한 액체가 섞인다. 그것을 감추기 위해서라도 나는 물속에 처넣은 얼굴을 들지 않는다. 아이들이 들어온다.

"엄마, 세수를 거기다 하면 어떡해. 삼일 동안 마실 물인데."

"그래. 미안해."

고개를 든다. 눈물 섞인 물을 아이들에게 먹일 순 없다. 반쯤 찬 물을 버리고 다시 물을 받는다. 그러나 이미 수도꼭지에서는 가르륵 소리가 나기 시작한다. 다시 물을 받으려는 순간에 물은 끊어지고 만 것이다. 나는 또다시 내 딸에게 된호통을 맞는다.

"물을 버리면 어떡해. 거 봐, 인제 하나도 안 나오잖아."

아이는 거의 울상이다. 울상인 아이를 달래느라고 나는 또 허둥댄다.

아이들은 허둥대는 나를 남겨둔 채 복도로 달려나간다. 소음 가득한 복도에서 이윽고 아이들의 고함소리가 들려온다. 아파트 광장에는 햇살이 속절없이 쏟아져내리고 그 햇살 아래 올해도 어김없이 영구임대 아파트의 거택보호자들이 모조리 나와 화전놀이를 벌이고 있다.

나도 저 속에 들어가 춤이라도 추어볼거나, 때는 바야흐로 만화방창 호시절, 문민시대의 위대한 신한국이 열리지 않았는가, 열리지 않았는가 하고 내려갈 참인데, 아파트 광장으로 육중한 컨테이너 트럭이 질주해와 화전놀이를 벌이던 거택보호자들이 혼비백산하는 것이 보였다.

<1993, 창작과비평 여름호>

불탄 자리에 무엇이 돋는가

1

나, 해희, 김해희. 불량소녀. 나, 술 먹어본 적 있네. 사랑도 해보았네. 담배를 피우지는 않았지만 담배 피울 줄 아는 여자아이들하고 술 마셨네. 담배 피울 줄 알고 술 마시는 소녀들로부터 위로도 받아보았네. 그것이 죄라면 죄라네.

지금 캄캄한 대낮이네. 내게는 한여름인데도 춥고 대낮도 캄캄하네. 나 지금 불량한 소녀. 할머니집에 유폐되었어. 우리 할미는 불량할미, 그녀, 술 마시고 담배 피우고 연애해. 술 마시고 담배 피우고 연애하는 불량할미집에 나, 불량손녀딸 유배중이라네.

이곳은 명옥동 산 21번지. 나, 불량소녀 김해희, 그런대로 유배지에서의 나날들 견디며 산다네. 그런대로, 그런대로 견디며 산다네. 견디며 산다는 일은 어차피 중요해. 나, 지금 어차피 중요하다라고 말하네. 나, 열일곱이네. 열일곱 김해희가 지금 말하네.

견디며 산다는 일은 어차피 중요해. 그래도, 그래서……

왜 중요할까. 견디는 일은 외롭고 힘들어. 하지만 중요하지. 우리 불량한 할미집 울타리는 담벼락이 아니고 대숲. 대숲에선 끊임없이 소소한 바람이 분다네. 바람이 있는 날도 바람이 없는 날도 소소한 바람이, 조금만 귀 기울이면 그렇게 소소거리는 바람이, 이는 소리가 들려온다네. 대바람 소리가 제일 가까운 그곳, 그곳은 바로 할미집 제일 갓방. 나, 늘 내 유배지인 할미집 가운뎃방에 들어앉아, 대바람 소리 듣는 척하고 갓방 소리 들었네. 아, 들리네. 대바람 소리같이 소소거리다가 격렬하게 흐느끼다가, 나중에는, 나중에는 흔적조차 없어지는 소리.

'흔적조차 없어지는 소리'. 나, 그 얘기 해보려 하네.

나, 지금 착한 소녀. 개과천선한 소녀. 방학 끝나면 학교 갈 수 있어. 그래, 학교에 가서 말갛게, 훌훌하게 모든 과거의 아픔 털어버린 마음으로 공부할 수 있다네. 그러니, 나, 너무 불량한 이미지만 있는 건 아니지. 단호하게 결정을 지을게 들어봐요.

나, 김해희 그다지 불량하진 않아요. 누군들 사랑의 쓴잔을 마시고 불량해지지 않거나, 태연할 수 있는 사람 없지 않겠어요?

해희, 지금 술 마시지 않고 더는 서러워하지 않고 가만히 있다. 가만히 있는 해희, 한낮은 적막하고 적막한 속에 혼자, 혼자 말한다. 할미가 나가고 없는 낮, 점쟁이는 점을 치지 않고, 점쟁이 딸은 점 치지 않아서 돈을 못 버는 아버지 땜에 레슨비를 더이상 내지 못하여 늘 피아노 소리는 레슨비 중단된 달에 배운 그 곡조밖에 아는 게 없어 날마다,

딩동딩동딩동딩동딩동댕 딩동댕동 딩동……

날마다 엘리제만 위한다. 날마다 엘리제만 위하고 사는 소녀 옆에 한때 불량소녀였던 김해희 살고 김해희 옆에 여자가 산다. 대바람 소리

듣는 척하고 날마다 들었던 여자의 목소리. 해희, 갓방의 여자를 그냥 '여자'라고 지칭해둔다.

여자, 지금 아무 소리 없고 해희, 가만히 거울 들여다보다가 말한다.

흔적없는 여자의 소리 !

흔적없는 여자의 소리라고 말하다 말고 해희, 또하나 말하고 싶은 것 있다. 박모에 대하여. 엷은 어둠. 엷은 어둠이 내리는 시간대에 대하여.

뜨거웠던 낮에 해희 잤다. 차렵이불을 뒤집어쓰고 땀인 듯 눈물인 듯 온몸에 끈적한 습기 칭칭 말아감고 잤다. 자버렸다. 그러다가 박모가 내리는 지금 해희, 깨어났다. 깨어나서 사방을 둘러보았다. 문을 열면 맨 처음 울타리인 대숲이, 대숲 너머로 포도밭이, 포도밭 너머로는 논이 있지만 논은 보이지 않고 숲이 보인다. 감나무숲 너머로 밤나무산이. 아직 하늘은 푸른빛이 가시지 않았고, 지상에만 엷은 어둠이 조금씩…… 아직 푸른 기운 잃지 않은 하늘엔 흰구름이…… 흰구름 아래 포도밭의 포도나무들은 소소거리는 저녁바람에 허옇게 배를 뒤집는다. 발랑발랑 까지는 포도잎들. 이윽고 대나무들이 머리 풀기 시작하고 그러다 보면 어둠은 사방에……

지상에 엷은 어둠이 내리는 때에 아직은 푸른 하늘을 보고 떠가는 흰구름 보노라면 알 수 없는 설움이…… 미어지는 슬픔이……

미어지는 슬픔. 그것. 문득 '존재'라는 단어를 떠올렸다. '목숨'이란 단어도 떠올렸다. 그보다는 '존재' 앞에, '존재'라는 단어 앞에 해희, 한없이, 한없이 미어지는 서러움 알았다. 설운 존재는 이윽고 아직도 푸른 기 가시지 않은 하늘과 경계를 이룬 검은 밤나무산의 선명한 경계, 그 가름선에 걸렸다. 해희. 하늘과 밤나무산이 이룬 그 선명한 띠, 그 가름선에 걸린 제 '존재'의 미어지는, 아득한 설명할 길 없는

'그것'을 본다. 그것, 슬픔이라 해야 할까.

옆방에 귀를 모둔다. 아랫방에서는 점쟁이 딸의 피아노 소리가 한낮의 정적 속을 서럽게 떠돈다. 점쟁이는 왜 점을 보지 않을까. 왜 점은 보지 않고 날마다 술만 마시나. 저렇게 술만 마시고도 내렸다는 신기(神氣)가 무사할까. 그나마 있는 신기마저 떨어지면 어떻게 점을 보며 점을 안 보면 어떻게 사나. 어떻게 쌀을 사고 어떻게 예쁜 딸의 피아노 레슨비를 대나. 대낮인데도 할머니집 위에 있는 저수지 둑에서는 야호 하는 사람 소리가 나고 매미 소리도 지겹다. 지겨운 매미 소리 한가운데를 점쟁이 딸의 서툰 피아노 소리가 서러웁게 서러웁게 밀물진다. 할머니는 어디 갔나. 해희는 부스스 눈을 뜨고 옆방에서 나는 여자의 흐느낌 소리를 듣는다. 아, 이제는 가버렸나. 간다, 간다 해쌓던 그 남자가 가버렸나. 어떤 한기가, 제것인 것만 같은 한기가 끼쳐와 해희는 얇은 차렵이불 깃을 턱밑까지 끌어당긴다. 라디오를 켜놓고 잠이 들었나. 저녁시간대에 어김없이 흘러나오는 노랫소리. 명곡의 시간. 두둥실 두리둥실 배 떠나가아네……

그러면 지금은 한낮이 아니고 저녁인가. 저녁인데도 이다지 덥고 환할 수 있나. 낮이 만리장성같이나 긴 여름이라서인가. 해희는 조심스레 턱밑까지 끌어올린 이불을 걷어내고 방문을 연다. 삐그덕, 문소리마저 조심스럽다. 옆방에서의 흐느낌.

괜찮아요, 아줌마. 제가 술을 한잔 드려도 될까요? 저는요. 지난 겨울에 실연을 했었는데요, 껄렁패 경심이가요 술을 주데요. 결국 그 때문에 학교에서 쫓겨난 신세지만요. 저는요 지금도 경심이가 고마운 게요, 위로해주려는 그 마음이요 어뜨케나 고마운지요. 제가 아줌마 위로해드려요? 그러면 술을 사드려요? 너무 상심하지 마세요. 저는요, 저는요 지난 겨울에요 눈보라를 맞구요, 맞구요……

아랫방 툇마루에서 술만 마시던 점쟁이, 명가점술원집 점쟁이, 급기야 울고 만다.

으이구, 그년이 말이야. 내가 신 좀 내렸다고 그년이 딸 둘 있는 것 하나씩 찢어 가지자구서는 그년이 글쎄 나를 버리고 작은딸년 하나 꿰차고 으흐윽…… 그러나(단호하게 액센트를 줘서), 그러나 그년, 나를 아직 사랑하는 것은 틀림없어. 그래, 맞어. 어젯밤에도 말이야 그년이 틀림없었어. 나는 알아, 그년이 전화한 거였어. 그랬어. 맞어. 집 나간 양심은 있어서 말은 못하고 툭 끊는 품이, 맞어. 우리 미진이 엄마야. 으흐흑.

해희, 술을 마시고 우는 점쟁이는 돌아보지 않고 옆방에 귀를 모둔다. 옆방 여자, 이제 울음이 잦아들었다. 금속성의 자그락거리는 소리. 문 여닫는 소리. 오줌을 누러 나온 것이 틀림없다. 이윽고 수돗물 트는 소리. 언젠가도 얼핏 본 적 있다. 화장실이 대문가에 있어서 여자는 종종 갓방 부엌 앞에 있는 수돗가에다 오줌을 누는 눈치였다.

해희는 열일곱이다. 꽉 찬 열일곱. 어쩌면 열여덟인지도 모르겠다. 해희 엄마는 해희를 낳은 날이 섣달 스무여드레인지 섣달 그믐인지, 혹은 설날인지도 모른다고, 해희 널 낳을 때, 얼마나 정신없이 낳았는지 날짜조차도 헷갈린다고 늘 말했다. 엄마 말대로 생일이 섣달이면 모자란 열여덟이고 설날이면 꽉찬 열일곱인데 어쨌거나 해희는 제 나이를 열일곱이라 친다. 호적에도 열일곱 나이로 올려져 있고 학교도 그렇게 다녔으므로. 그리고 지금 해희는 학교를 그만두었다. 제 스스로 그만둔 것은 아니고 정학을 맞았는데 어쨌든 해희는 지금 학교를 안 나가는 상태다. 엄마 아버지는 해희를, 정학 맞은 해희를 얼마전 지금 해희가 머물고 있는 이곳 할머니집에 맡겨버렸다.

해희는 엄마 아버지 말씀에 이번만은 복종하였다. 왜냐하면 해희 저도 이곳 할머니집에 머무는 것이 그닥 나쁘지는 않을 것 같은 기분이

들었기 때문이다. 나쁘지 않다는 것은 해희를 누가 간섭할 만한 사람이 이곳에는 없다는 뜻이다. 엄마 아버지는 말했다.

“맘 잡기 전에 집에 들어오기만 해봐라. 다리몽댕이를 분질러버릴 테니.”

해희도 순순히 고개를 끄덕여주었다. 눈에는 그럴싸한 눈물까지도 달았다. 그러는 딸이 안쓰럽기도 했던지 엄마는 덩달아 눈물을 보여주고 그래도 단호하게 맘 잡기 전에는 집이고 학교고간에 얼씬도 하지 말라는 충고를 잊지 않고 떠났다. 도대체 뭔 맘을 잡으라는 건지. 엄마 아버지가 탄 고물 채소트럭이 저만큼 멀어져갔을 때 해희는 저도 모르게 났는지, 어쨌는지 모를, 제 눈 끄트머리에 달린 눈물방울을 보려고 얼른 할머니집 마루에 달린 거울 앞에 서서 기적같이 영롱한 눈물을 닦았다. 닦고 나니까 얼굴은 말짱해져서 다시는 눈물이 나올 것 같지 않았는데 해희는 그것이 공연히 아쉬워서 거울을 들여다본 채로 괜한 코를 씰룩여가며 훌쩍여봤다. 그랬더니, 그랬더니 정말 이제야말로 기적같은 눈물이 폭포수 되어 해희 얼굴을 뒤덮는 것이었다. 걷잡을 수 없이.

내가 어쩌다 이런 인생이 되었누. 해희는 중얼거렸다. 어무니, 아부지 미안해. 할머니 나 미워하지 마. 언니야 동생아…… 생각나는 대로 사람들 이름도 불러보았다. 열일곱 생이 살아온 세월만큼의 회한이 가슴에 덮쳐 해희는 엄마 아버지가 자기를 데려다 놓고 떠난 그날 할머니집 마루에서 어스름녘이 될 때까지 실컷 울어보았다. 그날 밤 해희는 썼다.

눈물은 해일같이 내 가슴을 덮치다……

눈물은 해일같이 밀려와 내 가슴을 적신다.

학교에서, 학예회 때다. 남학생은 이제 갓 변성기를 넘어온 해맑은 목소리로 ‘애너벨 리’를 슬프게 슬프게 낭송하는 거였다. 그때도 눈물은 강물같이, 강물은 해일이 되어 해희 가슴을 덮쳤던 거였다. 그날의 일기장은 눈물로 범벅되어 그 눈물은 꽃이 되어, 영영 알아볼 수 없이 글씨들은 꽃이 되어버렸다.

지난 겨울은 추웠다.

해희는 지난 겨울은 추웠노라고 아무 수식어 없이 썼다. 그러자 눈보라가 또 한번 휘몰아쳤다. 해희 가슴에.

밖에는 목련이 소리없이 무너져내리고 있었다. 무너지는 목련. 집을 나서면 훈풍 속에 매캐한 먼지냄새와 함께 꽃냄새가 서럽게 떠다니고 있었다.

지난 겨울에 나는 결혼하고 싶었다, 라고 해희는 썼다.

지난 겨울에 그의 집에 갔을 때 해희는 그랑 결혼하고 싶었다. 그 사람은 말했다. 민법총칙이라 쓰인 두꺼운 책이 항상 그 앞에 있었다. 밤이고 낮이고.

나는 이러는 네가 싫어. 나는 공부를 해야 한다구. 빨리 가줄래?

해희는 응, 하고 냉큼 대답해놓고도 일어서지 않았다. 밖에는 눈보라가 몰아쳤으며 눈보라 치는 그 길을 걸어가기도 겁이 났지만 무엇보다, 무엇보다 마음이 시렸기 때문이었다. 그의 집 벽지는 온통 오래된 신문지로 도배를 해놓았는데 해희는 그것들을 읽었다. 누렇게 바랜 벽지들. 시내 고교생들 패싸움 연말연시 강력한 지도가 요망된다…… 서울시내 대학생들 서울역 집결 계엄 해제 정치 일정 밝히라 구호 외치며 시위……

밖에는 눈보라 소리가 무섭고 이제 좀 있으면 날도 어두워질 것이었다. 케케묵은 벽지들을, 헤아리지도 못할 사건들을 읽어내려가며 그를 기다렸지만 그는 끝내 안방에서 이곳 아랫방으로 내려오지 않았다. 민법총칙 한권 달랑 들고 나간 그는. 해희는 그래서 그 집 아랫방을 소리없이 나와 안방이 있는 안채를 잠시 바라보다가, 그가 벗어둔 신발도 좀 잠시 쳐다보다가 그 집을 나왔다. 그의 집은 대나무가 둘러쳐진 외진 곳에 있었으므로 대나무 모퉁이길을 돌아나올 때는 눈바람이 사정없이 해희 가슴으로 쏟아져 들어왔는데 해희는 그토록 매운 추위도 느껴지지 않을 만큼 참담하게 서러웠으므로 그냥 그 눈길을 헤치고 걸어갔다. 어떤 예감 같은 것이 있었다. 아아, 내 생에 이렇듯 바람 불고 눈보라 치는 날이 있으리라. 이후의 내 생에. 그럴 때 나는 그 눈바람을 맞고, 고스란히 맞고 걸어갈 수 있으리라. 오늘처럼. 오늘이 있었으므로.

차부가 있는 면소재지까지 해희는 무감각하게 걸어갔다. 손발이 마비되고 해희 마음까지 마비되고 모든 땅과 하늘이 추위에 마비되었다고 생각될 때쯤에 차가 왔다. 깐닥거리는 시골 완행버스가 해희 앞에 섰다. 해희는 뒤돌아보지 않았다. 멀어져가는 다시는 오지 않을 이 곳.

목련이 무너지는 날, 해희는 집을 나왔다. 무너지는 작은 가슴. 눈물이 해일되어 가슴을 무너뜨리는 날.

눈보라를 헤치고 집이 있는 도시로 들어왔을 때 해희는 터미널을 묵묵히 빠져나와 집에 가는 버스를 기다렸다. 발은 꽁꽁 얼어 있었고 집에는 들어가고 싶지 않았지만 갈 곳이 없었다. 그래서 해희는 참담하게 버스를 기다렸다. 그날은 일기를 쓰는 것조차 힘에 겨울 것 같아 잠속으로 들어가버렸다. 잔뜩 웅크리고 벽 쪽을 향해 돌아누워 조금 울어보려 했지만 가슴이 메말라버려서 눈물은 나오지 않았다. 해희는 그날 그냥 그렇게 잤다. 엄마 아버지는 먼데까지 장사를 나갔으므로 집에는 언니 동생뿐이었다. 그네들은 엄마 아버지가 없으므로 지네들끼리 뽀시락거리며 군것질을 하였다.

해희는 돌아누워 언니 동생이 뽀시락거리는 소리를 억지로 참았다. 다른 날 같으면 벌써 해희는 신경질을 내고 말았으리라. 잠들려고 할 때 언니 동생이 무언가를 소삭여대며 쩝쩝거리는 소리를 듣기란 참으로 참아내기 힘든 것이었다. 단순한 언니, 무식한 동생. 깊은 고뇌도 없이. 그렇세 단정지어버리고 해희는 제 짐속으로 들이가비렸다. 잠속에서 눈보라의 칼바람 소리가 해희 가슴을 후볐다. 해희는 더욱 작게 웅크리고 입술을 앙다물고 먼 어느날을 예감하였다. 언젠가, 그런 날이 올 것이라는 걸. 아아, 내 이후의 생에 눈보라 치는 날이 올 것이다. 참아내야 할 것이다. 고스란히 맞아야 할 것이다.

새학기가 되고 대학생인 그도 서울에 있는 그의 학교로 돌아갔을 것이다. 해희도 이학년이 되었고 목련꽃 필 무렵이 되었다. 어느 저녁 무렵, 훈풍에 먼지냄새와 꽃냄새가 해희 가슴에 물밀어오는 저녁, 해희는 넘쳐나는 눈물을 어쩌지 못하고 집을 나왔다. 다른 건 다 참을 수 있어도 슬픔은 참기 힘든 것이라고 해희는 중얼거려봤다. 그것도 사랑의 슬픔만은. 그러자, 슬픔만은 참기 힘든 것이라고 생각하고 중얼거려놓고 나자 그것은 정말로 참기 힘든 것이 되어버렸다. 어떻게 할 것인가. 해희는 무작정 집을 나와 걷다가 가게에 가서 술을 한병 샀다. 어느 공원 같은 숲속에 들어가 술을 마셨는데 술은 썼다. 쓴 술에 사람들은 쓴 가슴을 달래나보다고 생각했다.

목련꽃 무너지는 저녁의 음주 전력이 있었으므로 껄렁패 경심이치들이 지키는 그곳 학교 뒷산에서의 술 마시기는 그다지 낯설지는 않았다. 그애들이 술병을 던지고 도망쳤을 때 해희는 영문을 몰랐다. 선생님은 그날 해희를 교무실 바닥에 무릎꿇렸다. 결과는 정학이었다. 경심이들이야 내놓은 애들이고 공부 잘하고 얌전한 해희 네가 어떻게 그럴 수 있느냐고, 그래서 더더욱 용서할 수 없다고 담임선생님은 교무실이 들썩거리게 씩씩거렸다. 아아, 경심이 같은 껄렁패들도 상심한 해희를 알아보아 위로한다고 하는 것이, 그 나이에 바람직한 건 아니지만 적어도 지네들이 할 수 있는 방법치고는 꽤나 근사하게시리 해희에게 술을 줬던 것인데 도대체 아무것도 알지 못하는 선생님은 위로는 커녕 정학이라니.

상심한 해희, 학교 나와 유배지인 할머니집으로 엄마 아버지 손에 이끌려 왔다.

할머니는 요새 바람이 났는지도 몰랐다. 차라리 그런 할머니가 해희는 좋았다. 어딘가 낯선 듯한 할머니 냄새. 진짜 할머니 냄새가 아니고 어딘지 가짜 같은, 멋을 잔뜩 낸 할머니의 낯선 듯 재미있는 모습이 해희는 이상하게 친밀한 느낌이 들기도 하는 것이었다. 할머니는 요새 유독 술이 늘었는데 이유는 해희 네 에미 애비가 전보다 더 잘 버는데도 못 벌 때보다 더 돈을 안 준다는 거였다. 그래서 늙은 인생이 더 서럽고 죽은 할아버지 생각에 술을 마시노라고 하는데 정작 해희가 볼 때는 그런 이유라기보다는 이웃집 풍각쟁이 영감 때문인 듯도 한 것이, 어느날 할머니는 풍각쟁이 영감이 먼저 중절모에 하얀 두루마기 입고 골목을 저만큼 나서자마자 그 뒤를 예의 멋 잔뜩 부린 신식 통치마를 입고 따라나서던 거였다. 혼자 사는 노인들끼리의 다정한 사귐이야 있을 수 있는 일이긴 하지만 할머니는 풍각쟁이 영감과의 외출에서 돌아와서는 굳이 꺽꺽 우는 시늉으로 말하는 것이었다.

"니 에미 애비가 돈을 안 준다. 그래서 더 서럽고 죽은 영감이 보고 자퍼서."

할머니는 사설조로 울었다. 아니, 우는 시늉을 기차게 사설조로 해 보였는데 일테면, 아이구 영감, 풀은 여러번 살아 작년같이나, 당신 죽을 때같이나 푸르른데 당신은 어인 일로 일자 소식 주지 않고 나 혼자 외로이……

"할머니 외로워?"

해희가 돌아보았을 때 우는 줄 알았던 할머니는 천연덕스레 자면서 중얼거리고 있었다. 해희는 잠들어서 중얼거리는 할머니보고, 저승의 영감이 그리워 이승의 다른 영감하고 연애(?)한 할머니보고 배시시 웃어주었다.

여름방학이 얼마 남지 않았을 때 정학을 당했으므로 해희는 혼자서만 방학을 조금 빨리 맞은 셈이 되었다. 선생님은 방학 끝나고 보자 했다. 방학 끝나고 개과천선해서 만나자고 했다. 엄마 아버지는 방학이고 뭐고간에 맘 잡지 않으면 집이고 학교고 국물도 없다고 했다. 그들은 알려고 하지 않았다. 왜 해희가 술을 마셔야만 했는지. 훈풍이 부는 날, 목련이 무너지는 날 해희 가슴도 왜 무너져내리는지의 이유를 그들은 진정 알려고 하지 않은 채 단순히 경심이패들에게 잘못 꼬여넘어갔다라고 단정 지어놓고는 해희 가슴 저 밑바닥에 고여 있는 슬픔은 알아주지 않았다. 차라리 그것이 다행이었는지도 모르지만.

열일곱살이 감히 결혼하고 싶었다는 사실을, 설사 그 사실을 말한다해도 아무도 그 진실을 믿어주지 않을 것이었다. 정작 결혼하고 싶었던 상대방조차도 해희의 넘쳐나는 열망을 이해해주지도, 받아들여주지도 않았지 않은가. 해희는 정말로 넘쳐나는 '사랑'을 알아버렸다. 자신도 주체할 수 없을 정도의 이 큰 사랑을 어느 누가 있어 받아들일 수 있단 말인가. 넘쳐나는 열망이 받아들여지지 않을 수도 있는 것이 세상이구나, 알았을 때 해희는 체념했다. 그리고 요즘은 고즈넉해졌다. 열일곱의 나이가 체념을 했으며 고즈넉해져버렸다. 할머니는 풍각쟁이 영감과 어김없이 외출을 했으며 그리고 할머니가 없는 새에 젊은 두 남녀가 방을 얻으러 왔다.

두 사람은 마당을 휘둘러보고 빈 텃밭에 자기네들이 이사 오면 여러가지 채소와 화초를 심을 수도 있겠노라고 좋아하며 아직 주인인 할머니와 대면도 안한 상태에서 자기네들끼리 이 집에 이사 와야 하겠다고 결정지어버리는 것이었다. 그래서 해희는 얼떨결에 그러세요, 하고 말았다. 그리고 그들은 돌아갔다. 밤에 할머니가 돌아왔을 때 아까 낮에 어떤 남자와 여자가 방을 구하려고 와서 갓방을 자기네들이 좀 쓴다더라고 말을 했는데 할머니는 요새 풍각쟁이 영감하고 어떻게 재미가 좋은지 어쩐지 그 여파로 그러는 것이 분명하게 그러면 그러라고 해놓고는 잠이 들어버렸다. 해희는 그런 할머니보고 또 배시시 웃어주고 할머니 곁에 엎드려 썼다.

장미가 지네. 흐득흐득. 새빨간 장미가 지금 저기에 피흘리며 누워 있네.

다음날 아침 부리나케 이사 온 두 남녀의 짐보따리는 이상하게 살림보따리는 아닌 성싶었다. 늦은 잠에서 깨어난 할머니는 그때서야 집주인으로서 정신을 차리고 아니, 댁들이 뉘시우 어쩌고 폼을 잡는 척하다가 예의 풍각쟁이 영감이 골목 밖으로 나가는 것이 보이자 그럼 알아서들 하라고, 방세는 꼬박 주어야 하느니 어쩌니 몇마디 해놓고는 쏜살같이 세수하고 치장하고 집을 나가버리고 말았다. 해희는 젊은 남녀의 짐보따리를 구경하다가 방으로 들어가 라디오를 들었다. 두 사람은 어떤 사람들일까. 동거하는 사람들?

동거? 그랑 동거라도 해보았으면 싶었다. 열일곱, 해희는. 결혼이 아니고, 결혼식도 못 올릴 기막힌 사연 있어 비극적으로 동거하는 두 남녀. 비극적이어서 더 사무칠 두 사람. 그런 잡다한 생각을 하다가 잠이 들었다가 눈을 떴는데 이번에는 아래채에 웬 이삿짐들이 들이닥쳤다. 엄마 아버지는 요새 할머니에게 생활비며 용돈을 예전보다 덜 주고 있는 것이 확실한데, 해희가 이곳에 온 뒤로 엄마 아버지로부터 아무런 소식도 없었고 할머니 입에서도 분명히 그렇다고 불평하는 소리를 들었던 것이다. 그렇다면 할머니는 무슨 돈이 있어 새삼스레 분통이며 입술연지를 샀을까 궁금하던 차에 아래채에 이사 온 사람이 전세를 든 사람이라고 해서 해희는 할머니의 분통값의 정체를 알았다.

그런데 아래채 세들어온 사람은 결코 할머니도 예상 못했을 점쟁이 남자였다. 할머니는 이제 또 풍각쟁이 영감과의 데이트에서 돌아오면 미리 받은 전세보증금 중의 일부를 이미 풍각쟁이 영감과의 데이트에 드는 제반 비용으로 써버린 죄 있어 혼자 속으로만 방방 뛸 것이었다. 아이구 내가 못살아, 예수님 집에 웬 점쟁이람, 이것이 웬말인구. 할머니가 방방 뛰든 말든 어쨌거나 해희 오고 나서 할머니집에 갑자기 두 집이나 세가 들어서 이제 할머니는 세든 사람들 눈치도 좀 보아가며 풍각쟁이 영감과의 외출을 시도해야 할 처지가 된 것은 분명해졌고, 조용하게 물기없던 집안에 오랜만에 사람 훈기 날 것 같은 예감도 해희는 그리 나쁘지는 않았다. 엄마 아버지는 아마 할머니집에 곧 세들어올 사람이 있을 것이란 것을 미리 알아서 할머니에게 돈을 예전보다 덜 보냈는지도 몰랐다. 할머니는 세가 들어오건 말건 자식들의 그 영악한 수작에 할머니대로 골이 나서 골난 핑계로 밖으로 싸돌아다니고 해희는 오지 않는 엄마 아버지, 외출한 할머니, 그들이 없는 빈집에 혼자 가만히 앉아 있다가 가끔씩 썼다.

슬픔은 강물처럼이라거나, 장미가 핏빛으로 지고 있다든지. 더이상 멋진 문구가 영 떠올라주지는 않아 늘 애가 타긴 했지만. 그리고 멋있는, 보다 엄밀히 말하면 거울을 보고 기적같이 영롱한 눈물을 흘릴 수 있을 만큼 가슴 저미는 문구들을 떠올리려 애타게 낑낑대는 그 몇날이 가고 그리고 본격적인 방학이 되었을 때, 어느날 해희는 자신이 가슴 저미는 문구들을 떠올리는 시간보다 이웃에 세든 사람들의 소리에 귀 기울이는 시간이 더 많아졌다는 사실을 깨달았다. 이제 더이상 강물같은 눈물이란 표현에 기적 같은 눈물은 흘려지지 않았고 대신 해희는 옆집 사람들 소리에 자신의 귀를 모두었다.

점쟁이 소리는 시끄러웠다. 그는 제 마누라가 신이 들린 남편을 버리고 내빼버렸다고 날마다 우는 소리를 했다. 그 집에 딸이 하나 있는

데 그애는 이제 국민학교 사학년쯤이나 된 애가 벌써 가슴이 봉긋하고 참으로 예쁘게 생겼고, 점쟁이 아버지하고는 영판 어울리지 않을 멋진 피아노를 가지고 있었다. 여름날, 도시가 가까운 외곽 변두리인 할머니집 마루에 가만히 앉아 있노라면 점쟁이집 딸이 치는 피아노 소리는 서툴지만 서럽게, 멀리서 우는 매미 소리와 묘하게 조화를 이루어 해희를 감동시키는 무언가가 있었다. 그리고 갓방의 두 남녀. 해희는 그들의 신분을 영 감잡지 못하고 있는데 어쨌건 해희는 호기심이 유달리 많은 성격인 것은 사실이고 부딪쳐오는 어떤 상황이나 사물이나 사람들에게 그 호기심으로 귀 쫑긋거릴 수밖에 없었는데, 해희는 지금, 그렇다, 지금 그 얘기를 하고 싶어 안달하고 있는 것이다.

지금 해희는 자신이 술 먹고 정학당했다는 사실 따위는 까마득히 먼 일로 잊어버렸다. 하지만 그것 하나, 그 사람, 그 사람하고 결혼하고 싶었던 지난 겨울을 어떻게 누구에게 얘기할 수 있으며 그리고 잊어버릴 수 있겠는가. 하지만 해희는 그 말, 정말 제가 그랬노라고, 그 사람을 향해서 맹렬히 사랑의 불꽃이 타올랐노라고 누군가한테 말하고는 싶지만, 또 한편으로는 말하기가 겁나기도 하고 그리고 무언가 말해서는 안될 것 같은 완강한 느낌에 절대로 자신의 것은 말하지 않겠노라고 그냥 열일곱의 한탄스런 비밀로 간직해두자고 다짐해두고 나서 옆방 얘기를 지금 하려고 한다. 해희 얘기를 들어보자. 아니, 제 속의 것은 꾹 다물고 딴 사람 얘기하는 해희 입을 보자. 해희, 지금 쫑긋거리고 갓방 쪽으로 간다. 귀를 모둔다. 그러고 나서 한참 뒤 해희, 울고 있다. 쪼그만 계집애, 일찌감치 그 나이 열일곱에 감히 누군가를 사랑해버렸고 감히 제 나이가 몇살인데 한 남자랑 결혼을 꿈꾸었으며 실연의 비애가 뭔지도 알아버린 해희. 일찍이 열일곱에 실연의 비애를 견디기 힘들어 술 좀 먹었기로서니, 아무것도 모르는 선생님으로부터 정학선고를 받고 먹고살기 바쁜 엄마 아버지로부터 버림을 받아버린

(버림을 받았다는 표현이야말로 슬픈 해희가 더 슬픈 감정을 낼 수 있을 것이기에) 해희가, 유배지인 할머니집에서 감정 잡고 날마다 해일처럼 밀려드는 슬픔이라고, 국어공책 뒷장에 써놓고 나서 기적같은 눈물 기다리던 해희, 그런 해희가 갓방에 귀를 모두고 돌아선 뒤 그 얼굴이 눈물로, 진짜로 해일 같은 눈물로 뒤범벅되었다.

해희 울면서 말한다.

'남자는 가버렸다. 여자 혼자다, 지금.'

2

방을 보러 왔을 때 저기 저 빈터에 채소와 화초를 심을 수도 있겠다고 좋아하던 그들은 그러나, 채소와 화초를 심어보지도 못하고 끝나버렸다. 남자가 가버렸으므로 여자는 그것들을 심지는 않을 것이었다. 주인할미집의 손녀딸은 누구보다 여자의 그런 심정을 잘 알고 있었다. 처음에는 흐느껴 보다가 그 울음도 나오지 않으면, 여자는 술을 마실 수도 있을 것이었다. 여자와 남자는 실제로 술을 자주 마셨다. 때로는 여자 혼자서 술을 마셨고 남자는 혼자서 술 마시는 그 여자를 그다지 좋아하지 않았다.

"술주정은 쓸데없는 정열이야."

그러면 여자가 되받아 대꾸했다.

"누가 날 술 먹게 하는데."

그러면 남자는 문을 열고 밖으로 나갔다. 밖으로 나온 남자는 이윽고 마당을 가로질러 대문 밖, 골목으로 나섰고 골목을 벗어나 논둑길을 걸어가버렸다. 캄캄한 밤이거나 동이 터오는 새벽이거나 상관없이, 그렇게 남자는 가버리면 그만이었다. 여자는 조용해졌다. 조용히 남자가 가는 소리를 들었다.

조금만 더 잘할 수도 있으련만. 여자는 혼자서 쓴 입맛을 다시듯 술을 마셨다.

처음에 남자를 만났을 때, 남자는 그 여자에게 집을 나왔다고 말했다. 여자는 놀라서 물었다.

"부인하고 싸우셨나요? 요새는 종종 부부싸움하면 남자가 집을 나간다는데."

이번에는 남자가 놀라는 시늉을 해 보였다.

"예? 부부싸움이라니요? "

"그럼 아직 결혼을……"

남자는 부부싸움을 한 끝에 집을 나온 것이 아니고 부모형제가 있는 집에는 이제 더이상 자신이 비집고 들어가 살아도 될 만한 공간이 없어서, 그리고 공간이 있다 해도 비집고 들어가 살아도 될 집안 분위기가 아니라서 집을 나오게 되었다고 말했다. 그 이유는 여러가지가 있지만 표면적인 한가지 이유는 자신이 직업도 없이 늙은 어머니와 형제의 눈칫밥을 먹는 것이 견디기 힘들고 그것을 견디기에는 자신이 나이를 너무 많이 먹어버렸다는 것이었다.

"몇살인데요?"

"서른셋입니다."

그 여자는 제 나이를 헤아렸다. 서른. 서른셋의 미혼남과 서른살의 이혼녀가 마주앉아 술을 마셨다.

그 여자가 하는 양품점 앞에 포장마차가 있었다. 그 여자가 퇴근할 무렵이면 포장마차가 양품점의 닫힌 셔터문 앞에 자리를 잡았다. 차가 다니는 큰 도로변도 아니고 그렇다고 좁은 골목도 아닌 길이라서 그다지 단속을 받지는 않는 모양이었다. 지난해 늦은 가을서부터 그 여자의 퇴근 무렵이면 어김없이 나타나는 것을 보면. 여자는 그러나 아직 한번도 포장마차에 들러본 적은 없었다. 시간이 없었다. 집에 가면 아이와 언니가 있었다. 아니, 두 아이가 있었다. 여섯살 난 딸과 서른셋의 언니는 27년 세월의 차이와는 상관없이 오늘도 둘이 치고받고 싸우기도 하며 네가 옳으네, 내가 옳으네 토라지기도 했다가 니 코야 내 코야, 코 하며 사이좋게(?) 놀았을 것이다.

그런 생각만 하면 가슴이 미어지고 코끝이 맹해지며 금방 누가 등이라도 툭 치면 투둑 굵은 눈물이 나올 것만 같았다. 그런 세월이었다. 그래서 양품점 셔터문을 내리자마자 마음이 급해졌다. 반찬거리 사는 시간도 아까워 반찬가게에 사람이 밀렸다 싶으면 그냥 있는 반찬에 먹지 하고는 집으로 달려갔다. 집으로 달려가서 니 코야 내 코야, 코 하고 얌전히 놀고 있는 딸과 언니의 얼굴을 확인하고 나서야 안심이 되는 것이었다. 그래 됐어. 오늘도 잘 놀았으면 되는 거야.

잘 놀고 오늘도 잘 지냈으면 되는 거지. 그런데 어쩌자고, 어쩌자고 딸과 언니는 똑같이 놀고 똑같이 잘 지내는데, 한 아이는 크고 한 아이는 늙어가는 것인지. 실제로 언니는 요새 와서 늙어가는 것 같은 느낌을 주었다.

그 여자가 "언니 어디 아퍼?" 하고 물으면 늙어가는 아이는 말했다.

"얘가 자꾸 속상하게 하잖아."

"뭘?"

"옷 망가뜨리고 말야, 방 어지럽히고. 내가 죽겠어 그냥."

여자는 딸을 나무란다.

"이모 속상하게 하지 마. 알았지?"

"치이, 이모가 무슨 어린애야? 어른이면서."

"맞다 맞다. 내가 어른이다."

맞다고 자기가 어른이라고 해놓고 나서 어른임을 인정한 아이와 아직 어린 아이가 니 코야 내 코야 싸우기 시작한다.

니 삔 이리 주라, 내 삔 이거 주께.

싫어. 어른이 무슨 이런 삔 차냐?

싫으면 관둬라. 내가 더 이쁜 거 줄라고 그랬더니.

그런 소리들을 들으며 그 여자는 피곤한 몸을 부엌 쪽으로 돌리고 늦은 저녁쌀을 씻었다.

양품점 집주인은 거의 무자비하게 말했다. 전세금 인상요구는 그 여자에게 치명적이라 할 만큼 삶에의 공포를 유발시키는 것들 중의 하나였다. 모든 희망이, 생을 향해서 그래도 여지껏 남아 있던 희망이 와르르 무너지는 느낌 앞에서 그 여자는 맥을 놓아버렸다. 생전 처음으로 돌아가신 부모를 원망했다. 어려서 일찍 돌아가신 어머니는 그렇다치고 아버지는 또 어쩌자고 어린애가 되어버린 언니를 내게 맡기고 눈을 감아버렸는지.

결혼을 앞둔 어느날, 지금은 가버린 남편은 그 여자가 처해 있는 모든 상황을 받아들이겠노라고 했었다. 딸을 낳았다. 딸을 낳은 지 며칠 지나지 않아 삼대 독자인 남편은 그 여자에게 말했다.

"딸을 낳은 것도 다 괜찮아. 하지만 나는 지금 이 상황을 견딜 수가 없어."

언니는 남편 앞에서 한없이 착하기만 했는데 남편은 그런 착하기만 한 언니를 견디기 힘들어했다. 언니를 견디기 힘들어했는지, 삼대 독자로서 그 여자가 딸을 낳은 것이 견디기 힘들었는지는 알 수 없었다. 다만 남편이 처음에 다 받아들이겠다고 했던 상황을 이젠 견디기 힘들어한다는 사실밖에 그 여자가 알 수 있는 것은 없었다. 아이는 자신이 키우겠다고 우겼다. 남편은 순순히 동의했다. 그리고 그것으로 끝이었다. 딸이 태어난 지 육개월 만의 일이었다.

아버지는 홧병으로 죽었다. 언니가 사고를 당한 지 근 일년 만에 아버지는 십년은 늙은 모습으로 그 여자에게 마지막 부탁을 했다.

"내가 너한테 미안하구나. 니 운명대로 너를 못 살게 한 것이 다 이 애비 탓이다. 언니를, 그래도 하나뿐인 동기간인 네가 맡아주어라."

아버지는 깊은 숨을 몰아쉬다가 눈을 감았고 그 여자는 고개를 숙였다. 고개를 숙이고 죽은 아버지의 앙상한 복숭아뼈만 만지작거렸다.

언니는 약속시간이 넘었는데도 오지 않았다. 학교 앞의 대치상황은 보통날보다 길었다. 팽팽한 긴장을 유지한 채로 양쪽은 아직 공격을 개시하지 않은 상태로 서로 상대편 쪽을 향해 침묵을 유지하고 있었다. 언니가 그 자리에 있을 줄은 몰랐다. 아침에 등교하기 전에 언니는 오랜만에 효녀 노릇 좀 하자고 평소와는 다른 얼굴로 그 여자에게 말했던 것이다.

"내일이 아버지 생신인데 이 딸이 그래도 장녀 노릇은 해야 할 거 아니니. 이따 학교 앞 찻집에서 보자. 내가 못 갈 것 같아서 그러는데 니가 나 대신 아버지 선물 갖다 드리고 생일상 차려드려라."

이제 막 신입생인 그 여자는 언니가 하는 일을 알고는 있었지만 아직은 선뜻 언니의 하는 일에 동참할 만한 용기는 가지고 있지 않았다. 자신도 언젠가는 언니 일에 같이할 수 있으리라는 막연한 느낌만은 가지고 있는 채로 그 여자는 아직 신입생다운 호기심으로 대학생활에 적응해가는 중이었다. 언니는 가끔씩 그 여자에게 자신이 하고 있는 일과 그리고 앞으로 살아갈 날에 대한 이야기를 진지하게 들려주기는 했어도 자신이 하는 일이나 가고자 하는 길에 대해 동생도 같이해주기를 강요하지는 않았다. 때로 이렇게 말할 뿐이었다.

"아는 건 첫째야. 모순에 대한 인식은 아는 데서 나오지. 하지만 아는 것이 더 나쁠 때도 있거든. 그것이 행동이 되지 않을 때지. 확실한 건 그래, 이 언니가 믿는 한가지 확실한 건, 정의는 이긴다는 거야. 믿음에 대한 확실한 인식과 그리고 행동, 그것이 이 언니가 나아가고자 하는 길이야."

언니는 오랜만에 동생인 그 여자의 손을 잡고 노래도 불러주었다. 언니가 가만 가만히 노래를 부를 때, 그 여자는 그런 언니가 더없이 커 보였고 이상하게 가슴이 꽉 차오는 어떤 감동스런 기분이 드는 것이었다.

아버지는 언니의 행동을 이해하는 편이었다. 이유는 단순했다.

"하먼, 배운 것이 있으믄 배운 만큼 남헌티 유용허게 쓰는 것이 배운 사람이 헐 행동이지. 하먼."

언니가 하는 야학을 두고 하는 말이었다. 그러나 아버지는 알지 못했다. 야학이란 것이 내가 배운 만큼 그 배운 바를 누군가한테 유용하게 쓰여지도록 가르쳐주는 곳이라고만 알았지 그 이상의 의미에 대해서는 알지 못했다. 아버지는 너무 늙었고, 늦은 결혼으로 얻은 딸 둘을 남기고 결혼한 지 오년 만에 세상을 떠나버린 아내 대신 평생 홀아비로 두 딸을 키우느라 삶의 고단함과 외로움에 지쳐 있었다. 지쳐 있는 아버지는 그래도 잘 자라준 딸들을 자랑스러워했으며 그런 귀하고 자랑스런 딸들의 학비는 제손으로 대야 했기에 집안일에는 신경 쓸 겨를 없이 평생 해오던 목수 일을 나갔다. 공사현장이 먼 지방에 있었으므로 딸의 사고 소식을 듣고 아버지가 달려왔을 때는 사고가 난 지 하루가 지난 뒤였다. 아버지는 당신의 생일날에도 딸들의 학비를 벌기 위해 지방으로 일을 나갔던 것이다.

"긴 대치상황이었어요. 누나는 후미에 있었지요. 그래서 아무도 누나의 사고를 예상하지 못했습니다."

"긴 대치상황이라서 서로들 지쳐 있기는 했습니다. 약이 오르기도 했겠지요. 대치상황이 길었던만큼 치열한 공방전이 벌어졌습니다."

"누나가 쓰러진 옆에 떨어져 있었습니다."

언니가 산 아버지의 속내의 한벌과 양말꾸러미에서 최루탄 냄새가 났다. 그 여자는 작게 재채기를 하고 그것을 받아들었다.

그 여자는 휴학계를 내고 교정의 긴 진입로를 걸어나왔다. 늙은 아버지, 그리고 목숨은 건졌지만 의식이 없는 언니. 언니를 맡기기에는 아버지는 너무 늙었다. 언제 다시 올 수 있을지 모를 긴 교정의 진입로를 돌아나오며 그 여자는 자신이 이제 어디로 가야 할지를 알았다. 그래도, 그래도 살아야 한다는 의지가 그때 그 여자에게 신념처럼 있었다.

집안일을 돌보기 위해서는 좀더 자유로운 직업이 필요했다. 공장을 나간 지 한달 만에 그것을 깨달았다. 새벽에 나가 늦은 밤에 귀가해야 하는 공장 일은 보수도 보수려니와 집안일을 돌볼 수 있는 여유가 조금치도 주어지지 않았다. 풀빵장사를 나선 것은 순전히 옆집 야채장수 아줌마 덕분이었다. 작년까지 풀빵장사를 하다 올해는 리어카로 골목골목 누비며 야채를 파는 아줌마는 그 여자에게 자신이 쓰던 기계를 무상으로 대여해주었다. 풀빵장수가 된 그 여자. 그 여자는 어깨를 한번 으쓱해보았다. 그렇게 해보는 것도 생에 대한 의지가 아직은 살아있다는 뜻이었다.

그 여자는 술을 마셨다. 술을 마시며 풀빵 얘기만 줄창 했다. 포장마차 주인은(나중에야 알았지만 포장마차 주인과 남자는 그들이 이십대 때 공장에서 만난 친구 사이라 했다) 자신이 양품점 앞에 자리잡은 지 몇달 만에 바로 그 양품점 주인과 이제야 인사를 한다고 좋아라 했다.

"풀빵을 얼마나 맛있게 구웠는지 아세요? 그 맛 한번 본 사람들은 다시는 다른 풀빵 먹지 않고 우리 풀빵만 먹었더랬어요."

남자가 웃었다.

"풀빵뿐이었나요?"

"무슨 소리세요? 풀빵도 있고 붕어빵도 있고 국화빵도 있고……"

그 여자는 좀 횡설수설했던 것 같다. 자신이 그걸 느꼈다. 술에 취한 한켠으로 가슴은 천근으로 무거운 것을 그 여자는 술 취한 내내 의식하였다.

전세금 인상…… 이백만원…… 이백만원……

"집을 나오셨다구요?"

무거운 가슴을 털어내버리기라도 하겠다는 듯이 여자가 머리를 세차게 흔들며 묻는 말이었다.

"예."

"왜 나왔다구요?"

"아까 말씀드렸잖습니까. 분위기도 그렇고 무엇보다 이놈의 나이가……"

"나이가요? 서른셋이랬지요?"

"예."

서른셋, 서른셋의 울언니, 아이가 되어버린 울언니, 그리고 서른셋에 집을 나와버린 남자. 서른셋에 올데갈데 없어 친구의 포장마차에서 죽치는 남자.

"그 전에는 뭐했는데요?"

"그 전에요? 야, 너 그 전에 뭐했냐?"

남자의 친구인 포장마차 주인이 소주 안주인 어묵 한국자를 떠주며 남자를 향해 다소 힐난조로 물었다. 남자는 대꾸하지 않고 대답 대신 손바닥으로 얼굴을 쓸어내렸다.

그 여자는 사실 마음이 급했다. 돈 이백만원을 구하지 못해 내일 당장 양품점 문을 닫는다 해도 집에 있는 아이와 언니는 돌봐야 하는 것이다. 밥은 먹었을까. 오늘따라 반찬도 다 떨어졌는데. 그 여자는 다리에 힘이 빠지고 의식이 몽롱해옴을 느꼈다. 일어서려는데 힘없는 다리가 휘청거렸다. 휘청거리는 의식 너머로 왈칵 죽고 싶다는 생각이 들었고 그러자 죽고 싶다는 생각을 지금까지 한번도 해보지 않고 살았던 지난 세월이 대책없이 서러워지기 시작했다.

집을 나와서 오갈 데 없는 당신에겐 사치스런 말 같을지 모르나, 그렇습니다. 전세금 이백만원이 없어 지금 죽고 싶은 사람도 있습니다. 죽고 싶은 생각 한번 하지 않고 살았던 사람이 그렇습니다, 지금. 새끼고 언니고 다 내다버리고 싶단 말입니다. 빌어먹을.

"빌어먹을."

여자는 화들짝 놀랐다. 제 속에 있던 말이 남자의 입을 통해서 나왔기 때문이었다.

"뭐가요? 뭐가 또 그쪽은 빌어먹을입니까?"

"세월이지요. 이제는 다시 오지 않을 지나간 세월들 말입니다."

"열내지 마 임마."

포장마차 주인이 남자를 다시 한번 힐난하듯, 아, 그렇다 힐난조로 어묵 국물을 퍼주었다. 포장마차 남자가 변명하듯 그 여자를 보고 말했다.

"친구가요 실연을 당했거든요. 소위 말하는 '사랑'에 실패를 했다는 겁니다."

"아, 예."

그랬다면, 목하 실연의 쓴 가슴이라면 그 가슴에 쓴 소주를 들이부을 수도 있는 법이지요. 그러니, 많이 아파하시고 내일 아침엔 숙취의 쓰린 가슴에 해장국을 마시듯 새로운 사랑을 맞을 준비를 하세요. 그것이 좋은 생각이에요. 그럼요.

여자는 자리에서 일어났다. 내일은 양품점과의 전세 계약이 끝나는 날이고 그 여자는 전세인상금 이백을 구하지 못한 상태에 있으므로 내일 하루 장사로 양품점 문을 닫아야 할 것이다. 건물 주인은 쐐기를 박듯 그렇게 말했던 것이다.

"한두 해 봐준 것도 아니고 벌써 사년이야. 사년을 장사했으면 됐잖아. 그깟 이백 못 만들었다는 게 말이 돼? 안되면 할 수 없지. 어차피 이백이 아니라 오백 더 얹고 들어올 사람이 당장이라도 있으니 낸들 할 수 없지 뭐."

양품점 문을 닫더라도 포장마차는 내일도 모레도 이 자리에 와 장사를 할 것이다. 새로 들어올 사람이 무슨 장사를 할지는 모르지만 여전히 포장마차는 이 자리에서 장사를 할 수 있었으면 좋겠다고 그 여자는 생각했다.

양품점 문은 닫았고 여자는 세월이 한탄스런 집 나온 남자와 기묘한 동거를 하게 되었다.

다음날, 양품점을 예정대로 정리하고 건물주인으로부터 전세보증금을 건네받은 뒤 여자는 마지막 인사나 하려고 어김없이 양품점 셔터문 앞에 자리잡은 포장마차 비닐을 들추었다. 집 나온 남자가 또 거기 있었다. 여자는 전날 자신의 술값을 남자가 지불했음을 그때야 떠올렸고 길게 있을 생각은 없이 남자에게 고마움의 표시 겸 그리고 실연을 당했다니 위로의 마음도 동해서, 어제 자신이 마셨던 만큼만 남자에게 술을 사주고 싶었다.

"집을 나왔으니, 어디서 먹고 자지요?"

그 여자는 자신이 걱정할 바는 아니지만 기왕에 들은 바가 있으므로 약간의 걱정스런 표정을 남자에게 보내며 그렇게 물었다.

"어디서 먹고 자냐구요? 야, 너 어디서 먹고 자지?"

포장마차 주인은 늘 그러는 것이 버릇인 모양이었다. 그리고 친구의 그 물음에 남자는 손바닥으로 얼굴 쓸어내리는 것이 버릇인가. 하다못해 '글쎄요'라든가 '뭐 어떻게 되겠지요' 같은 막연한 대꾸조차도 없이.

그래서 그 여자는 스스로에게 말하듯,

"뭐, 어떻게 되겠지요?" 했다.

"그래요. 어떻게 되겠지요."

어떻게 될 것인가. 어떻게. 풀빵도 있고 붕어빵도 있고 국화빵도 있다. 메뉴도 가지가지로. 무엇이 문제란 말인가.

"서른셋이랬지요?"

"그럼요."

오랜만에 나온 남자의 명쾌한 대답.

"서른셋의 어린애가 되어버린 여자 얘기를 아세요?"

"그럴 수 있겠지요. 모르긴 하지만."

"그런 얘기가 아니구요. 댁이 그럴 수도 있다는 그런 말이 아니구요."

"뭐지요?"

"세월 얘기예요. 저도."

여자는 남자에게 자신이 이상한 친밀감 비슷한 감정을 느끼고 있다고 생각했다. 단지 남자가 서른셋이란 이유 하나만으로 그 여자는 남자에게 언니의 서른셋을 얘기할 수도 있을 것 같은 그런 기분이 드는 것이었다. 그러나 여자는 더이상 얘기하지 않았다. 도대체 무엇을 얘기한단 말인가. 단지 남은 결과는 아무 소리도 할 수 없는 참담함일 뿐인데. 여자는 참담함에 대해서 얘기하고 싶었다. 그러나 그것도 그뿐, 단지 싶었을 뿐.

여자는 남자에게 제의했다.

"제가 먹고 잘 수 있는 공간을 제공해드리겠어요."

세월이 한탄스런 남자가, 사랑을 놓쳐버린 남자가 포장마차 밖으로 나갔다. 남자는 포장마차가 있는 큰 골목을 가로질러 주택가 골목으로 걸어들어갔다. 여자도 남자가 들어간 골목으로 들어갔다. 좁다란 골목이 끝난 끄트머리에 쓰레기더미로 울타리를 이은 채소밭이 있었다. 남자는 채소밭에 오줌을 누었다. 여자는 문득 이쪽으로 어두운 등을 보이고 채소밭에 오줌을 누는 남자에게 자신이 지니고 있는 전세보증금을 다 주어버려도 괜찮을 것 같은 생각이 들었다. 다 주어버리고 그리고 또다시 풀빵을 팔까. 양품점 따위는 죽어도 하지 말고. 풀빵도 팔고, 국화빵도 팔고 처음에 남편이 그랬던 것처럼 기차게 맛있는 풀빵이라며 입에 침도 안 바르고 칭찬해주는 어느 귀하신 집의 삼대 독자 하나 만나고 아니, 오대 독자라도 좋아. 처음말 다르고 끝말 다른 사람만 아니라면…… 여자는 남자에게 다가갔다. 후후 휘파람을 불듯 입바람을 불며 남자 곁에 다가간 여자는 저도 남자가 그랬던 것처럼 채소밭에 오줌을 주었다.

달도 없이 캄캄한데, 인근 주택가에서 번져나온 불빛이 남자와 여자의 그림자를 채소밭 쪽으로 희미하게 만들고 있었다.

여자는 남자에게 말했다.

“당신에게 당신이 살 수 있는 방을 하나 마련해주겠어요. 대신 당신은 제가 풀빵장사하고 돌아왔을 때 잠깐씩 그 방에 앉아 있다 가는 걸 제게 허락해주세요.”

“그것뿐입니까?”

“네.”

“나한테 왜 그러지요?”

“………”

“우린 아무 사이도 아니잖아요.”

“아무 사이는 아니지만 당신이 서른셋이기 때문이지요.”

서른셋의 언니는 지금 니 코야 내 코야, 코 하고 놀다 잠이 들었을까. 울기도 했을 것이다. 여섯살 조카한테 얻어맞고 콧물 눈물 흘리고. 밥은 먹었을까. 빌어먹을.

"이해할 수 없군요."

"좌우간 그래요. 어차피 전 지금 갖고 있는 돈으로 아무것도 할 수 없어요. 그러니, 풀빵장사가 제격이지요. 당신은 운이 좋은 거예요."

남자는 여자를 빤히 쳐다보았다.

"외로우세요?"

"물론이죠."

"저한테 무얼 원하십니까?"

"글쎄요."

글쎄요, 해놓고 여자는 손바닥으로 남자가 그랬듯이 제 얼굴을 쓸어내리는 시늉을 해 보였다.

쓰레기더미로 울을 친 채소밭 저쪽으로부터 밤바람 한줄기가 불어와 여자의 짧은 머리카락을 흩뜨렸다. 여자는 그것을 빠르게 쓸어넘겼다.

여자는 풀빵장사를 나가기 전에 남자에게 방을 얻어주고 남은 돈으로 몇개월은 먹을 만큼의 식량을 샀다. 김치도 평소보다 배는 더 담그고 밑반찬들도 가지가지로 충분히 만들어두었다. 언니는 아무리 어린애의 의식에서 더이상 진전이 없는 상태지만 냉장고의 반찬은 배가 고프면 꺼내서 제 조카랑 밥을 챙겨먹을 줄은 알았다. 문제는 배가 고파도 참아버리는 어린애 특유의 망각증세였다. 그것도 잡도리만 잘하면 고쳐질 수 있으리라. 여자는 그렇게 제가 없어도 두 사람이 충분히 챙겨먹을 만큼의 먹을것들을 준비해두고 여전히 잘 먹고 잘 자고 잘 노는 두 어린 사람에게 신중한 당부를 해둔 다음에 시내버스 종점인 변두리, 남자의 방으로 갔다.

남자는 자신의 짐을 정리했고 여자는 남자에게 필요하다 싶어 사온 물건들을 방안에 진열했다. 칫솔, 치약, 비누, 비눗갑. 그리고 여자의 집에서 가져온 헌 전기밥솥과 컵, 그릇, 숟가락…… 그런 것들이 방안 윗목에 도열하듯 놓여졌다. 남자의 짐은 어떤 것인가. 그렇다. 책들. 작은 라면박스로 하나가 되는 책들. 그리고 낡고 까만 비닐가방. 가방 속에서는 일회용 면도기가 세 개 나왔고 어김없이 또 책이 서너 권 나왔다.

Progress Publishers Moscow.

출판사 이름이 책 제목보다 더 크게 인쇄된 『변증법적 유물론』 영문판, 황지우 시집 『겨울-나무로부터 봄-나무에로』와 로트레아몽 『말도로르의 노래』, 『헤겔에서 니체에로』, 『고요한 돈강』 제3권……

남자는 더이상 일렬로 도열할 일거리가 없어지자 여자를 빤히 쳐다보았다.

이제 어떡하지요?

저도 몰라요.

두 사람은 똑같이 서로 눈치채이지 않을 만큼 어깨를 들었다 놓았다.

밤이 왔다. 여자는 남자에게 밥을 해주었다. 제 집에서 가져온 쌀과 제 집에서 가져온 반찬으로 여자는 남자에게 저녁을 마련해주었다. 남자가 술생각이 나는 것 같은 눈치길래 여자는 처음 보는 동네긴 하지만 개의치 않고 골목으로 나가 구멍가게를 찾아 맥주도 사왔다.

아아, 서른셋이랬지요? 당신에게는 말해도 될 것 같았어요. 적어도 같은 이십대를 살았잖아요. 울언니, 어른애가 되어버린 울언니랑요.

남자는 술을 마시며 말했다.

"꼭 수배중일 때 같아요. 이런 변두리 허름한 곳에서 말이지요. 아무도 모르는 곳에서 말이지요……"

"예에."

여자는 고개를 깊게 끄덕였다. 마치 자알 알겠다는 듯. 당신의 실연의 정체가 무엇인지 자알 알겠다는 듯.

"무엇으로 이 은혜를 갚지요? 하기사 늘 두고 쓰는 말이면서도 한번도 은혜를 갚아본 기억은 없습니다만."

여자는, 남자가 하는 것을 자기도 이제는 배워버렸다는 듯이 손바닥으로 얼굴을 쓸어내렸다. 천천히.

"그것은요, 그것은요…… 글쎄요. 술이나 마시지요. 그리고 천천히 생각하지요 뭐."

"제가 은혜 갚는 게 뭔지를요?"

"그것도 그렇고 그리고 또 여러가지를요……"

여러가지를. 어떻게 살 것인가. 무엇을 할 것인가. 당신도 나도.

"우리는 무엇을 해야 하지요?"

"저두요?"

"아, 아니요. 제가요."

"………"

여자는 그날 밤, 자신이 돌봐야 할 '인종'들이 있는 집으로 돌아가지 않았다. 남자는 깊이 든 잠결에 이렇게 말했던 듯도 싶다.

어쩌면, 어쩌면 말이지요. 나는 당신을, 당신을……

나를……

당신을……

남자는 그 여자의 손을 쥐었고 쥔 손에 천천히 힘을 가했고 그리고 그 여자의 머리카락을 쓸어넘겼고 머리카락을 쓸어넘긴 이마에 차가운 입술을 대었다.

여자는 생각했다. 그 '인종'들이 기다리겠지. 애타게 울었을 수도 있다. 그냥 노는 것에 지쳐 잠들었을 수도 있다. 차라리 잠들어버려라. 만사 잊고 이 '나쁜 어미', 이 '빌어먹을 동생년' 따위는 잊고 잠들어버려라.

3

간 줄 알았던 남자는 가지 않고 왔다. 갓방에 귀를 모두었던 해희, 여자가 뛰어나가는 소리를 들었다. 나가는 모습보다 소리가 먼저 들렸다. 소리가 났는가 싶었을 때 여자가 맨발인 채로 대문을 박차는 모습이 보였다.

명가점술원집 점쟁이의 신세타령은 매미 소리만큼이나 지겹다.

"가는 사람을 왜 붙잡어. 붙잡으면 더 가고 싶은 것이 남자 맘인 거 몰라?"

할머니는 왜 이다지 돌아오지 않나. 이제는 아예 외박까지 할 셈인가. 점쟁이 딸은 하루 종일 엘리제만 위하다가 피아노 위에서 잠이 들고, 잠이 든 척 아비의 술주정 소리에 귀를 틀어막고 울고, 담벼락 대신 친 대나무 울타리는 바람도 불지 않는데 소소거린다. 이윽고 지상에 어둠이 내리면 대나무 울타리 너머 감나무숲, 감나무숲 너머 밤나무산, 밤나무산 위의 저녁 하늘에, 아직 푸른 기 가시지 않은 저녁 하늘에 해희의 '존재'가 걸릴 것이다. 검은 밤나무산과 아직 푸른 기 가시지 않은 하늘과의 그 가름선에 '존재'라든가 '목숨'이라든가 하는 그런, 생각하면 목구멍이 칼칼해오는 그런 느낌이 드는 단어들이 줄줄이 걸려 해희, 드디어 강물 같은 눈물 흘릴 수 있으리라. 그럴 수 있으리라, 하고 혼자 먼산 바라보는데 여자, 터덜터덜 걸어들어왔다. 해희, 바람난 할미가 거두지 않아 잡초만 무성한 화단의 바랭이풀을 뜯는다. 손에는 금세 푸른 물이 멍처럼 들었다. 여자, 갓방으로 절룩이며 들어간다.

점쟁이 술에 취해 한마디, 안할 수 없다.

"니기미, 누구는 계집이 가고 누구는 서방이 가고, 자알 돌아가는 세상이여. 으으흑 여보 미진이 엄마……"

할머니는 늦은 밤 술에 취해 돌아와 울었다. 이번에는 사설조가 아니고 진짜로 해희가 주로 흘리기 좋아하는 강물 같은 눈물을 주룩주룩 흘리며 울었다. 우는 할머니, 그러나 아무리 울어도 말발은 센 할머니. 강물 같은 눈물 뚝 그치고 하는 말.

"사람은 누구나 사랑받고 싶은 본능이 있는 것이어야. 아무리 늙었어도."

아무리 늙었어도, 해놓고 할머니는 외롭게 두 눈을 깜박인다. 할머니만 두 눈 깜박일 뿐 조용한 대나무울타리집. 조용한 속에 누군가 삐거덕 대문 여는 소리.

"산에 갔어요. 저기 밤나무산에."

"………"

"밤나무잎을 송충이같이 생긴 벌레들이 다 갉아먹어버렸습디다."

"………"

"부르는 소리 들었어요. 산에까지 메아리가 되어 들리데요."

"당신 짐 갖고 가라고."

"………"

"아까 집주인 할머니 소리 들었는데요. 사람은 누구나 그런다데요. 사랑받고 싶은 본능이 있다고."

“그래요?”

“네, 아무리 늙어도요.”

“………”

“………”

“어떡할까요?”

“가셔야지요.”

“아무런 도움도 못 주면서 또다시 누군가에게 짐이 된다는 사실이 싫었구요, 그리고 여잔 아직도 그 자리에 있습니다. 제가 떠나온 그 자리에. 그걸 생각하면 제가 이 자리에 있다는 사실이 견딜 수 없습니다. 아, 그리고 뭐가 뭔지 모르겠습니다. 제가 서야 할 자리는 그 어디에도 없다는 이 불안감, 예전에는 그러지 않았습니다. 그리고 이제 저는 서른셋입니다. 뭔가를 해야 하고, 여자가 있는 그 자리에 다시 돌아가지 않더라도 뭔가를 해야 하는데……”

“그리고 저는 풀빵장사를 해야 하구요.”

“살아야지요.”

살아야 한다며 남자는 장난삼아, 혹은 무의미하게 번역해가며 읽었던 맑시즘 관련 원전 한장을 찢어냈다.

“언젠가 공원엘 갔는데 거기 번데기장수가 있데요. 천원어치를 샀는데 싸주는 종이가 이런 거였어요. 이젠 폐기처분해도 좋다는 그런 건가요?”

“울언니가, 예전에 『자본론』을 가지고 들어왔데요. 얼굴이 발개져가지고. 지금은 그걸 찢어서 딱지 만들어요. 그래가지구서는 조카하고 신나게 치는 거죠.”

“………”

“결론은 그래요. 모든 것이 그러함에도, 당신은 당신은……”

“당신을 전혀 사랑하지 않은 건 아니에요.”

"사랑이요?"

남자가 쑥스럽게 웃었다.

"예, 사랑이요."

"사랑으로 말할 것 같으면 당신에겐 사랑이 있었고 그리고 어쨌거나, 말하자면……"

"그래요. 그 여자는 갔어요. 아니, 제가 그 여자를 떠났는지도 모르지요. 하지만 아직도 제게는 그 여자로 상징되는 모든 것들, 그래요 제가 살아온 그 세월들이 아직도 제게는 사랑으로 유효합니다."

해희, 가만히 갓방 문을 연다.

엄마, 아버지가 왔다. 어언간 방학 겸 정학 기간도 끝나가고 할머니도 볼 겸 해희 용태도 살필 겸 해서 왔으리라. 할머니는 언제 자기가 돈 안 준다고 아들 내외를 원망했던가 싶게 전세금 받은 돈을 엄마한테 내밀었다.

"뜨건 날 장사하는데 을매나 힘드냐. 다 쓰면 곤란허고 조금 띠어서 보약이라도 지어묵으라."

해희는 엄마 아버지 보기가 민망하여 얼른 갓방 쪽 모퉁이로 돌아들어가 버렸다. 모퉁이를 돌아설 때 엄마 목소리를 들었다.

"쟈, 어떻습디까?"

"내가 닦달을 좀 해놨더니 반항 않고 잘있드라. 요조숙녀가 다 되야부렀어야. 문장가가 될랑가 뭣인가를 끄적여쌓고."

할머니의 능란한 거짓말도 들린다. 닦달당해야 할 사람은 누구인고. '할머니는 바람났다'고 소리치고 싶은 것을 꾹 참고 해희, 갓방 문을 열었다.

갓방은 텅 비었다. 술병이 두 개 방문 옆에 세워져 있다. 한병은 비었고 한병은 병뚜껑 대신 종이마개로 막아져서 반병쯤이 남아 있다.

해희, 반쯤 남은 술병의 종이마개를 뺀다. 그것을 마신다.

봐요, 나, 김해희 불량소녀, 여기 있어요.

병마개로 썼던 종이가 나풀, 방문 밑으로 떨어진다. 해희, 그것을 줍는다.

복잡한 영어글씨 위에 뚜렷한 우리말, 싸인펜으로 굵게 새겨진 우리말.

살아야지요. 모든 것이 그러함에도 살았듯이, 살아야지요.

해희, 남은 술을 밑바닥까지 입에다 몽땅 털어넣고 말한다.

나, 김해희, 그리 불량한 이미지만 있는 건 아니에요. 누군들 사랑의 쓴잔을 마시고 불량해지지 않거나 태연할 수 있는 사람 없지 않겠어요?

그리고 나, 김해희 내일 학교에 갑니다. 학교에 갈 거란 말이지요. 개과천선한 불량소녀 나, 김해희 살아야지요, 그래도 살아야지요, 조용히 읊조리는데 웬 날벼락 같은 소리 갓방 쪽 모퉁이로 날아온다.

"오메 오메, 저것이 아직도 술 못 끊었어."

<1994, 문예중앙 가을호>

그들이 사라진 저쪽

필순에게서 전화가 왔을 때, 나는 '나야, 나'라고만 하는 그 '나'가 누군지 한참을 허둥대야만 했다. 필순은 나야, 나를 몇번 반복한 뒤에 나라니까 했고 나는 끝없이 '나'임을 강조하는 그 전화선 저쪽의 주인공이 바로 필순임을 서서히 깨달아갔다. 그래서 밑도 끝도 없이 응, 그래 했다.

이제 알겠어?

응, 그래.

내가 누군데.

피, 필순이.

필순은 전화선 저쪽에서 히힝하고 웃었다. '나'가 누구인지 알아준 '너'가 고맙다고. 고마워서 히잉하고 웃는다고.

필순은 전화를 끊는 즉시 내 집에 오겠다고 말했다. 당장 오겠다는 그 서슬에 오지 말라는 소리도 못하고 나는 전화를 끊었다. 전화를 끊고 나서 십분도 안되어 필순은 들이닥쳤다.

그 가게가 아직도 그대로 있더구나. 니가 했던 그 가게 말야.

그래?

후배가 그 동네로 이살 했대서 갔는데, 옛날 그 가게가 글쎄 그대로 있더라니까. 그 밑에 내가 살던 연립은 버얼써 옛날에 허물어졌다는데 말야.

신기했어?

응.

들어가보지 그랬어.

들어갔지. 니 남편이 아직도 옛날 그대로의 모습으로 가겔 지키고 있더구나. 니가 아일 데리고 집을 나가버렸다고 울어쌓는데 가관이더라.

재미있었어?

재미가 다 뭐냐 야, 얼마나 기분 나쁘던지.

왜?

아, 글쎄, 가게 안쪽에서 이따만큼 큰 머슴애가 나오더니 아부지이 하는데, 소름이 쫙 끼치지 뭐니.

그랬어.

으응, 그, 그랬어.

심드렁한 내 대꾸에 필순은 무안했나보다. 나는 그런 필순의 무안함을 덜어주기 위하여 차를 내왔다.

커피? 아니면 다른 거?

아, 아무거나 줘.

거기서 가르쳐주데?

응.

지난번 가서 전화번홀 가르쳐주고 왔지. 양육비 문제로 말야.

그랬어?

필순은 깊게깊게 고갤 끄덕였다. 필순은 내게 명함 한장을 놓고 갔다. 커피 한잔을 달게 마신 뒤에. 나는 필순의 명함을 바람벽 못에 걸려 있는 아무 옷이나 손에 잡히는 옷의 호주머니에 집어넣어 두었다.

별이 참 맑았다. 장독대 위 빨래는 볕 좋은 공중에서 돛단배처럼 일렁였다. 여름내 무성했던 잎사귀는 파삭파삭 떨어져내리고 화려했던 꽃들은 야무진 씨앗이 되어 볕 좋은 세상 밖으로 뛰쳐나왔다. 그리고 그 씨앗은 아무도 몰래 떨어져내린 마른 잎사귀 속으로 숨었다. 마른 잎사귀는 흙이 되고 씨앗은 이제 그 흙속에 덮여 영영 세상 사람들로부터 잊혀질 것이다. 언제 그 자리에 꽃이 피었었던가. 사람들이 까마득히 잊고 있을 즈음에 꽃은 세상에 고개를 내밀 것이다. 저 여기 있어요. 저 여기 있어요. 뾰족, 뾰족.

반복. 끊어지지 않는 생명. 누가 알건 모르건 저 혼자 꽃을 피우는, 저 혼자 꽃 피워놓고도 흐드러지게 즐겁기만 한 여름 꽃밭의 축제.

자기 집 화단의 꽃들이 저 혼자 꽃을 피우든 저 혼자 까르륵대든 상관 않는 집주인 할미가 방을 비우라 한다. 방을 비우라는 할미의 무정한 얼굴에 대고 나는 말한다.

할머니, 방금 전 꽃씨가 가랑잎 속에 숨었어요.

잔말 말고 방이나 비우라니까. 작은아들네가 폭삭 망해먹고 에미 집에 살겄다고 온대요. 낸들 어떡하우.

아이를 '아기둥지'로 보낸다. 산동네의 버려진 아이들이, 깨복쟁이 아이들이 모여든다. 탁아소를 하는 여자 목사님은 늘 『상록수』에 나오는 여주인공 같다. 키가 후리후리하고 인상이 서글서글하고 마음씨가 후덕하여.

날마다 맨 꼴찌에 오곤 하던 내 아이가 오늘은 일착으로 온 것이 신기한 듯 서글서글한 눈매를 더 서글서글하게 치켜뜨고 눈으로 묻는다. 나는 눈으로 대답한다.

방을 구하러 다녀봐야겠어요.

목사님은 알았다고 꿈벅꿈벅한다.

산동네의 길들은 좁다랗다. 포장이 안된 흙길이다. 흙길 양켠엔 밭이 있고 쓰레기 중간하치장이 있고 블럭집들이 계단처럼 줄을 지었다. 복덕방 영감은 요즘 보기 드물게 빈약한 수염을 팔자로 꼬았다. 대님을 매지 않은 삼베핫바지 허리끈에 영감에겐 불공스런 표현이지만 '쇠불알'만한 안경집이 매달렸다. 나는 그 영감을 따라가고 있다는 사실만으로도 재미있다. 영감은 부지런히 앞장서 걷다가 길이 꺾어지는 곳에서 가만히 서 있다. 나를 기다리기 위해서. 그러고는 또 휘적휘적 앞장서 걷는다.

케케묵은 구식 영감이 소개를 해서인가. 소개받은 방마다 구식을 지나 해방 전 주거형태도 이보다는 낫겠다 싶을 정도로 열악하다.

방문을 열 때마다 좀똥 냄새가 머리를 어지럽힌다. 부엌이라고 들어가보면 아궁이 속에는 흥부 집은 저리가라 할 만큼 생쥐들이 오글거린다. 그것들은 내가 문을 열어도 도망가지 않고 빛이 들어오는 내 쪽을 빤들빤들 쳐다보고 있었다.

영감은 질색을 하는 나에게 '사람 사는 데 쥐가 있지'라고 말했다.

그건 그렇지요. 하지만 그 집 아궁이 속에다는 숫제 소쿠리로 쏟아부어 놨잖아요.

그래도 하눌님이 볼 때는 그도 또 어여삐 여기는 생물이여.

나는 은근히 화가 났다. 처음에는 어딘가 촌스럽고 예스러워 보이는 맛에 멋모르고 쫄쫄 따라다녔는데, 소개시키는 집마다 어쩌면 그리 영감을 쏙 빼닮은 집들뿐인지 나는 지쳐버렸다. 거기다가 또 내가 한마디 하면 휘적휘적 앞만 보고 걷는 줄 알았던 영감은 뒤를 홱 돌아보며 내지르고는 하였다.

패애앵, 나므 지브 살 주제에 웬 트집은 그리두 많누.

방 구하기를 포기하고 망연자실 맥을 놓고 앉아 있다. 이른아침이다. 누군가 내 방 문을 은밀하게 두들긴다. 복덕방 영감이다.

저짝에 맞춤헌 방이 하나 났는데.

안 봐요.

쥐새끼 있을까봐?

좌우간 할아버지가 소개시키는 방은 싫어요.

패애앵.

샐쭉하는 영감의 표정이 이번에는 자신있다는 투다.

애기 탁아방도 가차와. 우물터에서 막 돌아간 집이야.

얼른 내 머리에 떠오르는 파란대문집. 그 집이면 괜찮겠다 싶다. 영감은 그러나 도통 따라나설 기미를 보이지 않는 내 눈치를 요리조리 살피다 다시 한번 패애앵, 코방귀를 뀌고 가버린다.

아기둥지에 아이를 데려다 주고 오는 길에 파란나무대문집 앞으로 가본다. 아니나다를까, '빈방잇씀'의 종이딱지가 붙어 있다. 방은 좀 작아도 부엌이 깨끗한 게 마음에 든다. 자고로 애 키우는 집이 부엌이 깨끗해야지. 어미 된 자로서의 내 지론이다. 들어간 김에 계약을 하고 그리고 이사를 했다. 이사하고 며칠 후다. 아침부터 골목 안이 소란스럽다.

웬일이래요?

소방도로가 난대요.

오늘 아침에 갑자기요?

갑자기는 무슨. 진작부터 그리 고지가 났어요.

고약한 영감 같으니라구.

마침 저 아래서 복덕방 영감이 씩씩거리며 올라오는 참이다.

영감은 나를 보자마자 다짜고짜 플라스틱망사 토시를 낀 뼈가 앙상한 팔을 휘두를 기세다.

순 고얀지고.

왜요?

복비도 안 주고 이사를 혀?

할아버지도 차암. 복비고 뭐고간에 다시 이사하게 생겼어요. 저렇게 부르도자가 밀고 오잖아요.

이사를 하게 생겼든 말든 이 집에서 며칠을 살았으니 복비를 달라는 거다. 아침부터 웬 젊은 여자와 늙은 영감 간의 삿대질인가, 그렇잖아도 싸움 구경에 기갈이 난 산동네의 온갖 사람과 짐승들(잡종개가 주류를 이루고 있지만)이 모여든다. 불도저는 저 아래로부터 집들을 집어삼키며 쳐들어오고 있다.

파란 대문이 온데간데 없이 사라진 파란대문집은 마당이 싹둑 잘려나간 채로 대로변에 오도카니 서 있다. 집만은 멀쩡한 채다. 마당이 잘려나간 집은 외롭다. 한데나 마찬가지다. 소방도로를 질주하는 것은 소방차가 아니다. 산동네 한가운데로 난 이 길이 저 건너 아파트단지로 가는 지름길이다. 해서 이제 내가 사는 방 앞은 건너편 아파트단지에 사는 사람들의 전용도로가 되었다.

아이를 들쳐업었다. 가자 아가야, 우리들의 영원한 안식처로. 너와 내 몸을 그곳에 누이면 우리들 영혼 속 한가운데로 천사의 은피리 소리가 낭랑하게 부딪쳐오는 낙원으로 가자꾸나.

파란 대문이 없어진 파란대문집에서 가을과 겨울을 보내고 난 이른 봄날이었다. 나는 아이를 업고 시외버스를 탔다.

여보세요, 저기가 창촌 맞지요?

이전에 한번도 얼굴을 마주한 적 없어도 농부들은 낯익다.

그렇다우. 그런데 창촌 누구네를 가시우.

글쎄요. 하지만 창촌은 제 고향이랍니다.

농부가 고개를 끄덕인다. 나는 허청허청 창촌으로 들어가는 농로로 접어든다. 농로 양켠 무논에는 자운영꽃이 지천이다. 나는 자운영꽃 밭으로 몸을 던진다. 아이도 즐겁다. 드넓은 꽃밭을 보니 가슴 벅차게 행복하다. 머리에 수건을 쓴 촌 아낙이 지나간다.

뉘 집에 오셨수?

아주머니, 이 동네에 빈집이 있을까요?

집을 사시게요?

사는 게 아니라 얻어볼려구요.

글쎄 빈집이 있긴 하지만 전부 폐가들뿐이라오.

마을로 들어선다. 알 만한 사람이라도 지나갈 법한데 마을은 고즈넉하다. 내 탯자리 묻힌 자리가 어디쯤일까. 나를 낳은 지 한달도 안되어서 엄마는 '밤도망'을 쳤대지. 빚구덩이 속에서 가족들을 처박아두고 세상을 떠나버린 아버지의 묏등은 어디쯤에 있나.

마을은 을씨년스럽다. 골목에 나와 노는 아이도 없다. 아이를 업고 고요한 골목길을 오르는 내 그림자가 저 혼자 외롭다. 양철 삽짝이 삐긋이 열린 틈새로 노인이 보인다. 사기요강을 문지르는 손거죽에 저승꽃이 만발했다.

할머니, 묏등이 어딨어요?

공동산?

예에.

노인은 저쪽을 가리킨다. 저어쪽, 저승꽃 만발한 손을 들어, 저어쪽이라오.

나는 가방을 뒤져 할머니에게 알사탕 한봉지를 내민다. 마치 할머니를 보러 창촌에 온 사람처럼, 그래서 손님 행세 하느라고 사탕도 사고 밀감도 사서 허위허위 온 사람처럼.

나는 허청허청 걷는다. 이사를 오게 되면 할머니 집에 세를 들어야지. 저기 갓방이 맞춤하겠구나. 툇마루에 노랗게 햇빛이 잘 들고 토방 밑에는 채송화를 심기 딱 알맞겠고. 보아라 저 낮은 슬레이트 지붕 위로는 저리 감나무가 무성하지 않으냐. 봄이면 감꽃이 내 머리를 뒤덮겠다. 여름이면 잎사귀들은 초록이 지친 은빛으로 출렁이겠지. 가을이면 또 어떤가. 겨울엔 또. 감나무 한그루만 있으면 그리도 넉넉하고 푸근할 것을.

뫼등은 구릉이다. 뫼등들은 저 아래 개골창이랑 논이랑 신작로랑을 굽어보고 졸고 있다. 키 작은 리기다소나무가 드문드문하다. 드문드문한 리기다소나무 사이로 포릉포릉 산새들이 자맥질한다. 아이도 따라서 자맥질한다. 포릉포릉 호르르.

어디지? 어디가 울아부지 산소까?

나는 뒤적인다. 처음에는 천천히, 그러다가 휘젓는다. 어디까. 어디까……

농부가 지나간다.

아저씨, 여기가 창촌리 공동산이 맞나요?

창촌이라면 구창촌이요, 신창촌이요?

나는 직감적으로 구창촌이라고 대답한다. 구창촌에서는 여기다 뫼를 안 썼지요. 저어짝이요, 저어짝.

촌 사람들은 모두 다 '저어쪽'이라고 말한다. 이쪽도 저쪽이고, 먼 곳도 저쪽이다. 저쪽은 어디인가. 바로 한발짝만 떼면 저쪽에 닿을 수도 있고 어쩌면 가도 가도 닿을 수 없는 곳인 저쪽인지도 모른다.

아저씨, 그럼 구창촌리는 어디지요?

어디서 오셨는데 그걸 모르시우. 불나서 몽땅 없어진 지가 삼십년 차요.

창촌은 이곳이고, 창촌은 이곳이 아니다. 창촌은 이쪽에 있고 창촌은 또 저쪽에 있다.

왜 불이 났지요?

차암, 기가 맥히지요. 밤도망을 치려고 계획적으로다 불을 질렀다요. 온 동네 사람들이 불 끄는 와중에 빚쟁이 과부는 도망을 쳐부렀다요.

내 눈에서 갑자기 불꽃이 인다. 얼굴이 확확 달아오른다.

아저씨가 그걸 봤어요? 그 여자가 불 지르는 걸 봤냐구요.

생각해보슈. 불 꺼진 뒤에 없어진 집은 그 집뿐이었으니께.

그래서요? 그래서 아저씨가 봤냐구요. 그 여자가 성냥을 긋는 걸 봤냐구요!

나는 고래고래 악을 쓴다.

아아니, 웬 젊은 여자가 이리 소란이우. 남의 동네 공동산에 와서.

남자가 허둥허둥 사라진다. 남자가 사라진 신창촌 너머 저쪽 구창촌 자리에 저녁노을이 붉다.

나는 간다. 아이를 업고. 내가 쉴 곳이 어디인가. 나는 끝내 아버지의 산소자리를 찾지 못하고 돌아선다. 아이를 업고. 아이를 업은 내 등어리로 저녁노을 빛이 따뜻하다.

엄마, 응아.

그래.

나는 아이를 길가 풀섶에 내려놓는다. 아이가 응아를 하는 풀섶 저 안쪽으로 오들오들 산비둘기가 숨어든다. 하룻밤의 안식처를 찾아.

아이 아버지로부터 전화는 오지 않았다. 나는 포기하기로 마음먹는다. 처음부터 바라진 않았으므로 포기하기는 쉽다. 나는 바람벽의 옷들을 뒤적거린다. 어떤 호주머니지? 그때가 가을이었으니, 가을옷 호주머니 속에 들어 있겠구나. 필순이가 내게 주고 간 명함이 있었지.

깨복쟁이 아이들이 내 아이를 부른다. 조고만 아기들이 옹기종기

'아기둥지'로 간다.

나는 명함 하나 들고 필순을 찾아갔다. 필순은 '정치발전연구소'에서 일한다. 사무실엔 두 여자가 있다. 필순이 나를 먼저 여자에게 소개한다.

제 친구예요. 대학 동기.

그 다음엔 여자를 내게.

정치발전연구소 소장님의 싸모님. 우리 선배이기도 하고.

여자의 얼굴에선 행복의 기운이 뚝뚝 듣는다. 나에겐 그런 사람의 표정이 낯설다. 그래서 잔뜩 고개를 움츠린 채로 눈을 내리깐다.

여자는 깔깔거린다. 윤택한 웃음이다. 필순이 선배라는 여자의 머리를 쥐어박는 시늉을 한다. 전혀 불공스러워 보이지 않는다. 그저 스스럼없는 동작들이다. 나는 눈을 내리깔고 움츠린 어깨를 더욱 움츠리고 조그마해진다. 몸도 마음도.

조그마해질 대로 조그마해진 내 모습이 안돼 보였는지 여자가 일어선다. 경쾌한 동작으로 필순의 엉덩이를 툭툭 치며.

오늘은 좀 빨리 들어오라구 해. 딴 술자리 있음 니가 좀 말려주고.

알았어.

여자가 손을 들어 내게 인사하고 나간다.

여자를 배웅하고 돌아온 필순이 내게 미안하다고 말한다. 미안하다고 말하는 필순에게 나는 되레 미안해서 허둥댄다. 필순은 사무실 여기저기를 정리한다. 신문 스크랩을 하는 필순의 손이 날렵하다. 스크랩을 하는 손도 날렵하고 말을 하는 입술도 날렵하다.

시의원인데 차기 총선을 겨냥해서 만든 사무실이래.

그래?

아까 그 언니 되게 행복해 보이지?

응.

그치만 아니올시다다. 이걸 볼래?

필순은 책장 구석에서 가죽서류가방을 꺼낸다.

너만 살짝 봐.

서류뭉치 속에 은박으로 싸인 콘돔이 보인다.

저걸 왜 갖고 다니니. 필요하면 집에서나 쓸 일이지.

나는 무안해진다. 필순은 핸드백을 챙긴다.

할일이란 게 뭐 보통 이래. 전화 받고 신문 스크랩하고, 나가자.

거리엔 따스하고도 산뜻한 초봄의 바람이 불고 있다.

지난 가을에 오고 왜 통 연락이 없었니?

나대로 바빴잖니? 일도 있었고.

무슨?

천천히 얘기하자.

나는 필순의 뒤를 졸졸 따라간다. 돈 얘기는 못할 것 같다. 돈이 필요한데. 내가 지닌 돈으로는 이사 비용 하고 나면 바닥이 날 것이다. 당장에 필요한 양식과 땔감과 물건을 살 만한 돈이 있어야 할 텐데. 지난번 받은 번역원고료는 거의 바닥이 났다. 이후로 이사가 잦은 내게는 번역원고 청탁도 오지 않았고 그리고 나 또한 아무 글도 쓰지 못했다.

날씨 조오타. 얘, 저어기 시외버스 정류장이 있는데 우리 오늘 시외로 바람이나 쐬러 가자.

필순은 늘 느닷없는 걸 좋아한다. 느닷없는 그의 제안에 나는 늘 어쩔 수 없이 수락하고 만다.

시외버스를 타기 전에 필순은 소주 한병과 담배 한갑과 오징어 한마리를 샀다. 소주와 담배와 오징어가 든 비닐봉지를 내게 맡기고 필순은 자판기에서 쑥차 두 잔을 빼왔다. 쑥차에서는 보글보글 연두색 거품이 일고 있다. 필순은 쑥차를 호루루 맛있게 마셨다. 나는 보글보글한 거품이 비위에 맞지 않아 만지작거리다가 필순이 잠깐 화장실을 간 사이에 길가 휴지통에 버렸다. 필순이 화장실에 갔다오는 사이 시외버스가 왔다. 행선지는 운주사(雲舟寺). 우리는 그날 운주사에 갔다.

운주사로 들어가는 입구라며 운전수는 우리를 황량한 국도 위에 내려놓았다. 시외까지 나올 의사가 전혀 없이 필순을 찾아갔던 길이었으므로 나는 단단히 챙겨입지를 못했다. 황량한 국도 위로 차들이 바람을 일으키며 지나갈 때마나 내 얇은 홑바지 속으로 시린 한기가 스며들었다. 나는 필순 몰래 내 앙상한 두 다리를 모두었다.

다리는 다리끼리, 손은 손끼리. 바람은 바람끼리, 사람은 사람끼리……

내가 웅얼거리는 소리를 필순은 못 들은 척 앞장서 걸었다.

불상은 불상끼리, 불탑은 불탑끼리……

운주사 입구로 들어서기 직전 필순이 내 목소리를 흉내내어 웅얼거리는 것을 이번에는 내가 못 들은 척했다. 우리는, 바람끝이 아직은 매서운 이른 봄날 운주사에 갔다. 운주사에 가서 석불좌상도 보고 칠성바위도 보고 와불도 보았다. 하늘의 별처럼이나 많은 불상과 불탑들.

불상과 탑을 보고 난 뒤에 나는 공중화장실엘 다녀와야 했다. 공중화장실 변기 아래로부터 운주사의 매운 솔바람이 올라오고 있었다.

화장실에 갔다와서 보이지 않는 필순을 찾았다. 피, 필순아아……

산중턱 어디선가 필순의 목소리가 메아리인 듯 울려왔다. 여기야 여기……

나는 달려갔다. 달려가는 도중에 넘어졌고 공사중인 절마당의 진흙길에 넘어졌으므로 손과 무르팍이 진흙범벅이 되었다.

여자는 수도에 달린 파란 호스의 끝을 오므려 물을 마시고 있었다.

파마기가 있는 건조한 머리는 질끈 동여매었고 전체적인 얼굴 색조와는 대조적으로 눈에서 이상한 광채가 난다고 느꼈다. 여자는 광채 나는 눈을 한번도 깜박이지 않고 나를 빤히 바라보며 오래오래 물을 마셨다. 그러다가 불쑥 호스의 끝을 손으로 움켜잡더니 내 손 가까이 갖다 댔다. 나는 말 잘 듣는 어린아이처럼 얌전히 고개를 숙이고 여자가 대주는 수돗물에 손을 씻었다. 무르팍의 흙도 털었다. 여자가 만족스러운 듯 호스를 거두고 수도꼭지를 잠근 뒤에 가방을 걸머지었다. 여자는 산을 오르고 있었다. 여자는 풍성한 상체에 비해 청바지에 감싸인 하체는 앙상해 보였다.

필순은 숲속 한가운데 앉아 있었다. 꼭 그녀가 숲그늘 속에 묻힌 수많은 불상 중의 하나인 것처럼.

내가 자리에 앉자마자 필순은 소주병 마개를 이빨로 땄다. 처음에는 필순이 찔끔 한모금 마셨다. 나는 오징어다리를 북 찢어 건넸다. 필순에게서 건네받은 소주병을 나는 입속 깊이 쑤셔넣었다. 술에서 사카린 맛이 났다. 그런 날은 술이 받는 날이다. 소주에서 해삼처럼 쓰고 비릿한 맛이 나는 때도 있다. 그런 날은 한두 모금만 마셔도 토하고 만다.

나는 급하게 담배를 찾아 물었다. 필순이 저도 한모금 빨겠다고 했다. 나는 내가 피우던 담배를 필순에게 건넸다. 필순은 한모금을 다 빨기도 전에 컥컥대었다. 공사중인 저 아래쪽 새 법당 앞으로 비구니 한 사람이 가로질러갔다. 비구니는 법당에 난방을 할 요량인지 전기스토브를 보듬어 안고 법당 안으로 사라졌다. 강아지 한마리가 비구니를 따라가다 말고 법당 뜰팡 아래 서서 해찰을 하고 있었다. 필순은 중얼거렸다. 절과 비구니와 전기스토브와 강아지라……

필순은 킥킥 웃었다. 웃고 나서 소주를 한모금 찔끔 마셨다. 나는 필순이 찔끔 마시고 건넨 소주병을 입속에 깊게깊게 쑤셔넣었다. 소주는 달다.

무슨 일이 있었니?

내가 단 술내가 풍기는 입술을 혀로 핥으며 물었다.

너는?

나? 나는 살 곳을 찾아 헤맸지. 영원한 안식처 말야. 그치만 그것도 다 틀려버렸어. 어디 간들 안식을 구할 수 있으며 또 어디 간들 안식을 구할 수 없겠니.

나는 선승처럼 말했다. 필순이 흐응하고 웃었다. 웃다가 웃음을 급하게 거두고 말했다.

아이를 뗐어. 남편이 아이를 원하지 않아.

왜?

아이가 싫대나봐.

왜?

남편은 떠나려고 해. 나에게서.

남편을 사랑하지 않니?

사랑해. 그치만 다 부질없는걸. 그는 나를 사랑하지 않아.

남편에게 여자가 있니?

그건, 모르겠어.

모르겠다고 말하고 필순은 무릎 속으로 고개를 꺾었다. 필순의 어깨가 미세하게 요동치는 걸 내버려둔 채 나는 소주병을 다시 입속에 깊게 쑤셔넣었다. 술은 금세 바닥났다. 나는 급하게 담배를 찾아 물었다.

필순이 저도 한모금 빨겠다고 했다. 나는 내가 피우던 담배를 필순에게 건넸다. 필순은 한모금도 다 빨기 전에 컥컥대었다.

컥컥대면서 말했다.

너는 본부인이 있는 줄 알면서도 아일 낳았니?

아니, 몰랐어.

나는 단호하게 몰랐다고 말했다. 필순이 킥킥 웃었다. 나도 후후 웃었다. 우리는 키들거렸다. 키들거리는 우리들 발부리 아래서 파랗게 싹을 틔운 난초잎이 때마침 불어온 바람에 저도 따라 키들거렸다.

누군가가 키들거렸다. 여자다. 먼저 키들거리던 필순과 나와 난초잎이 일제히 뒤를 돌아보았다.

여자가 키들거림을 멈추고 우리 곁으로 다가왔다.

왜 웃었지요?

필순이 기분 나쁘단 투로 여자에게 물었다.

덩달아서요.

그러고 나서 여자가 또다시 키들거렸다. 여자가 키들거려도 우리는 여자가 그랬던 것처럼 덩달아 키들대지는 않았다. 우리는 키들거리는 여자를 놓아두었다. 상관하지 않고 가만히 있었다.

왜 저어기 와불은 상족하수(上足下首) 형태가 되었지?

어떤 소설가 얘기로는 미륵의 지상 출현을 고대한 형상이라는데.

미완성 석불이잖아.

글쎄.

그때 갑자기 아직도 키들거리고 있는 줄로만 알았던 여자가 우리를 말갛게 쳐다보며 말했다.

돌감이 부족했을 뿐이에요.

여자의 눈에서는 전체적인 얼굴 색조와는 다르게 광채가 났다. 그것은 숲그늘 속에서 더 서늘하게 빛을 발하고 있는 듯했다. 여자는 우리를 빤히 쳐다보며 의기양양한 표정으로 보듬고 있는 가방의 지퍼를 열었다. 여자의 가방 속에는 인스턴트 깡통이 가득 차 있었다. 우리는 진작부터 술이 떨어져서 갈증이 나 있던 참이었으므로 여자의 가방 속을 부럽게 들여다보았다. 여자가 불쑥 맥주깡통 두 개를 우리에게 건넸다.

필순은 그제서야 기분 나쁜 표정에서 기분 좋은 표정으로 서서히 얼굴색을 바꿔가며 여자에게 물었다.

이름이 뭐죠?

히아.

히아?? 히아신스?

히아.

희아는 스물넷이라고 했다.

스물넷의 희아. 서른살의 필순과 나.

애를 낳았어요. 미혼모 수용소에서 낳았지요. 낳자마자 누군가가 데려갔어요.

이 절엔 왜 왔지요?

그냥요. 아니지요. 목적이 있어서 왔어요. 하지만 지금은 다시 '그냥'이 되어버렸어요.

필순은 깊게깊게 고개를 끄덕였다. 깊게깊게 고개를 끄덕이며 필순은 마치 노파처럼 말했다.

인연이 그리 쉽게 끊어지나요. 상처는 더 깊어지고 깊어진 상처는 끝내는 저승까지 따라가는 법이라우.

찬 맥주가 뜨거운 소주가 부어진 위장 속으로 대책없이 쏟아지고 이윽고 기다렸다는 듯 다정한 취기가 전신을 감싸왔다.

하룻밤 자고 나면 달라질지 모르죠. 저 아래 행랑채에서 하룻밤 자고 나면. 좌우간 이 가방 속의 깡통이 다 비워지고 나면 그때, 그때는 뭔가 달라지겠지요.

키들거리던 난초잎이 이제는 다소곳하게 하늘거렸다. 필순이 문득 나뭇가지를 꺾었다.

난초를 캐야겠어. 남편이 난초를 좋아해.

나는 희아의 가방 속에서 내 손으로 맥주깡통을 꺼내 마셨다. 필순은 캐낸 난초를 소주를 싸왔던 비닐봉지 속에 소중하게 담았다. 희아와 나는 말없이 맥주깡통만 비웠다.

내려가요.

필순이 희아에게 말했다. 희아는 군말 없이 우리를 따라왔다. 땅거미가 우리들 발부리에 감겨왔다. 운주사는 멀어져갔다. 우리가 운주사에서 멀어진 만큼.

우리가 타고 갈 만한 차는 쉽게 오지 않았다. 허탕인 줄 알면서도 필순은 매번 지나가는 차들마다에 손을 들었다. 멀리 산등성이 위로 달이, 둥실 떠올라오고 있었다.

희아를 어디로 데려가려고 해?

가, 가자구.

필순이 호기롭게 말했다. 희아는 말없이 우리 뒤를 따라왔다. 길은 길고 아득했다. 필순은 이제 그렇게라도 하지 않으면 영영 집에 가기는 틀렸다고 생각했는지 길 한가운데로 뛰어들어 두 팔을 세차게 흔들었다. 필순의 손에 들린 비닐봉지 속에서 난초를 감쌌던 흙이 필순의 머리 위로 쏟아져내렸다. 그래도 필순은 아랑곳하지 않았다. 차가 멈추었다. 지프차였다. 필순이 마치 자기 차라도 되는 것처럼 말했다.

타.

나는 냉큼 운전수의 옆자리에 올라탔다. 필순이 또 한차례 말했다.

타.

희아가 도망쳤다. 필순이 소리질렀다.

타. 야, 이 기집애야, 타라니까.

희아는 오던 길로 뛰어가고 있었다. 이번에는 내가 말했다.

타.

필순이 털썩 주저앉았다. 나는 차에서 내렸다. 어렵게 세운 지프차는 떠났다. 황량한 국도 위에 나와 필순의 그림자가 엷게 무늬졌다.

희아는 멀리멀리 사라졌다.

왜 그렇게 기를 썼어.

그애 가방 속에서 보지 못했니?

뭘?

약.

죽으려고 한다구?

그럴지도 모르지.

나는 힘없이 늘어진 필순의 어깨를 감싸안았다. 우리는 터벅터벅 걸었다. 필순은 아까처럼 기를 쓰고 차를 잡으려고 하지 않았다. 멀리 마을의 불빛이 보였다.

마을에 가면 전화가 있겠지?

그래.

마을에 가서 차를 부를게.

그러자.

필순이 마을로 들어갔다.

너는 여기 기다리고 있어. 혹시 사람이 보이지 않으면 차가 그냥 가버릴지도 몰라.

그래.

필순은 마을로 들어갔다. 마을로 들어가는 필순의 손에 찢어진 빈 비닐조각이 손수건처럼 펄럭였다. 필순은 가뭇없이 멀어졌다. 감나무와 달빛이 가득 찬 마을로 필순은 엄숙하게 걸어갔다. 마치 빨려가듯이.

나오지 마라. 한번 들어가면 나오지 마라. 필순아, 네 무정한 서방을 잊어버려라. 너는 그 속으로 사라져라. 희아가 숲그늘로 사라졌듯이, 너는 달빛속으로 사라져라. 나는 저 어둠속으로 사라질란다.

나는 뚜벅뚜벅 걸어갔다. '그냥' 갔다. 그리고 그것은 '그냥'이 아닐지도 모르겠다고 나는 생각했다. 희아가 그랬듯이. 아이는 어미를 기다리다 지쳤을 것이다. 아기둥지 애기들은 엄마가 불러 모두모두 가고 내 애기만 남아 있다가 그래도 오지 않는 어미를 그리다 하마 잠이 들었을까. 아가야.

나는 자꾸 갔다. 길은 멀고 아득했다. 내가 가는 곳이 어디인가.

나는 저쪽으로, 희아가 사라진 저쪽으로 걸어갔다.

<1993, 샘이 깊은 물 9월호>

피어라 수선화

죽임을 꿈꾸었던 적이 있었다. 다시 말해서 살인을 생각했었다. 그랬다. 일곱살 어린 나이에 나는 벌써 나 아닌 다른 사람을 죽여버리고 싶은 강한 열망에 며칠 낮밤을 시달려야 했다. 살인의 대상은 누구였던가. 곰곰히 생각해보자. 일곱살 유년시절부터 서른살 지금에 이르기까지 나는 수도 없이 많은 사람을 내 마음속에서 혹은 죽이고 혹은 죽여버리고 싶어하며 살아왔다. 그러므로 생각해봐야 한다. 맨 처음 죽여버리고 싶을 만큼 내게 증오의 감정을 심어준 사람이 누구였는가를.

내가 왜 지금 이런 이야기를 하는가. 글 첫머리부터 괴이스럽기 짝이 없는 '죽임' 운운, '살인' 운운하는 것인가. 그것은 나중에, 그 나중이 이 글을 쓰는 도중이 되든 그렇지 않든간에 나중에, 나중에 알아보기로 하자. 대신 우선은 어차피 첫머리부터 '죽임' 운운했으니 얼마간까지는 그 죽임과 살인 운운하는 그 대목에 유의해보자.

이제 생각난다. 내가 맨 처음 죽여버리고 싶었던 사람은 나의 큰어머니였다. 내 아버지의 형수 되는 사람.

아버지는 큰집 사람들 몰래 큰집의 논문서를 저당잡혀 도시로 나가

사업을 벌였다가 실패를 보고 실패의 끝에 병을 얻어 병원에 입원해 있었다. 영심이, 내가 일곱살, 금심이, 동생이 다섯살 때였다. 어머니는 아버지의 병수발을 위해 도시 병원에 가 있었고 나와 내 동생 금심이는 큰집에 얹혀 지내게 되었다. 때는 동짓달, 초겨울이었다. 졸지에 부모 없는 신세가 되어버린 우리 자매가 노는 곳은 주로 큰집 뒤안이었다. 큰집 뒤안은 돌담을 따라 감나무가 빽빽했고 햇볕이 잘 들었다. 추수가 끝난 지 얼마 되지 않아서 뒤안에는 그해 가을에 수확한 온갖 곡식들과 곡식을 털어내고 남은 쭉정이들이 빼곡이 쌓여 있었다. 노적가리 옆에는 짚가리가 산더미만했고 콩뒤주 옆에는 콩대가, 고구마뒤주 옆에는 고구맛대가, 수수가리 옆에는 수숫대가, 각각의 쓸모를 기다리며 쟁여져 있었던 것이다. 우리는 거기서 주로 숨바꼭질을 하거나 해바라기를 했고, 숨바꼭질을 하고 해바라기를 하다 배가 고파지면 고구마뒤주 안에서 고구마를, 무움 속에서 무를 꺼내 씹어 먹었고 배가 불러오면 햇볕을 받아 따뜻해진 노적가리에 몸을 기대고 앉아 골마리를 까고 이를 잡았다.

지금 그때 찍은 담배갑만한 크기의 누런 사진(사진 밑부분에는 무엇을 기념하는지는 모르지만 하여간에 '영심이금심이기념'이라고 적혀 있다)이 하나 남아 있는데 사진을 보면 나는 지금도 맨코를 훌쩍거린다. 왜냐하면 우리는 그때 수시로 풍선만한 콧물을 코밑에 달고 다녔으니까. 하여간에 풍선만한 콧물을 코밑에 달고 간헐적으로 그 콧물을 불었다 꺼트렸다 하며 나와 내 동생 금심이는 언니 순심이가 학교에서 돌아올 때까지 골마리를 까고 이 잡는 놀이를 계속하였다. 해가 뉘엿뉘엿 넘어가고 땅거미가 내려서 더는 살찐 이조차 보이지 않을 때까지. 언니 순심이는 늘 학교에서 늦게 돌아왔다. 삼학년인 순심이는 공부를 못해서 학교에 남아 그날 못 쓴 받아쓰기를 다 하고 와야 했기 때문이었다. 큰집 대철이오빠는 공부를 잘해서 학교가 파하면 즉각으로 왔는데 대철이오빠가 부엌 부뚜막에서 밥을 먹으며, 이를 잡으며 처량스럽게 앉아 있는 우리를 보고 말했다.

"느이 순심이는 오늘 석 대나 맞았어야. 느이들은 인자 어쩔래. 느이 순심이는 학교에서 맨날맨날 매맞고 느이들은 이나 잡고."

오빠는 처량한 몰골의 우리를 어두운 부엌에서 뒤안으로 난 샛문을 통해 내다보며 억장이 무너지게 음울한 목소리로 말했다. 정말로 오빠는 우리가 걱정스러운 인생들이라고 했다. 나와 금심이는 이를 잡는 척 골마리 속으로 고개를 푹 꺾고 닭똥같은 눈물을 뜨겁게 떨구었다. 그 언니는 학교에 다녀봤자 공부 못해 매나 맞고 그 동생들은 골마리 까고 이나 잡고.

오빠는 몰랐을 것이다. 그해 겨울, 해가 설핏하니 기우는 오후, 서늘한 바람을 뚫고 비껴들어오는 햇빛을 마주하고 노적가리에 등을 기댄 다섯살, 일곱살의 사촌누이 둘이 억장 무너지게 흐느꼈던 사실을. 왜 그리 슬프게 울어야만 했던가. 햇볕은 따스하고, 우리는 아무런 고통도 없었는데도. 아버지가 큰집 논문서를 팔아먹었든 어쨌든, 아버지가 병들어 죽게 생겼든 어쨌든 우리는 아직 아무것도 몰랐다. 아니, 상상할 수 있는 나이가 아니었다. 논문서가 상징하는 것, 논문서를 울 아버지가 팔아먹었다는 것, 그것이 큰집과 우리 집에 미칠 영향에 대하여. 그리고 죽음이라는 것. 우리는 몰랐다. 상상할 수 없었다. 우리는 그냥 살았다. 엄마, 아버지가 없으므로 피붙이인 큰집에서 큰엄마가 해주는 밥 먹고 잠 오면 자고 심심하면 놀고 골마리가 가려우면 이 잡고. 우리는 행복한지 어쩐지도 모르고 행복했다. 지금 생각하니 참으로 우스운 일이다. 그때 만약 아버지가 죽었다고 하자. 그렇다면 과연 우리는 아버지의 죽음에 얼마나 슬픈 감정을 가질 수 있었을까. 아니, 도대체 슬픈 감정이나 가질 수 있었을 것인가. 그것이 슬픈 감정인지 어쩐지도 모르고 우리는 울 것이다. 엄마가 울고 언니가 울고 주위 사람들이 울므로, 그들의 울음이 주는 본능적인 공포로. 완전한 깨복쟁이는 아니므로 아버지 초상날 떡 듣고 좋아라 하지는 않을 것이다. 저도 무엇인가 느낌은 있어서 울기는 울 것이다.

하여간에 일곱살 영심이와 다섯살 금심이는 억장이 무너지는 어떤 느낌 때문에 울었고 제 동생들이 저 때문에 울었는지 어쨌는지도 모르는 순심이가 오니, 그도 또 제 형제라고 대문 밖에서 언니 소리가 나자 부모 없는 아이들 특유의 응집성으로 '순심아아' 하고 언니한테 달려갔다. 언니는 공부 못하는 시골 계집아이들 누구나가 그러하듯이, 공부는 못해도 유리 따먹기나 시루핀 따먹기는 잘해서 책보를 큰집 마루에 던져놓고 마을회관 앞 공터로 달려나갔다. 언니가 달려나가자 우리도 놓칠세라 달렸다. 뒤처진 금심이가 울면서 좇아왔다. 시루핀 따먹기에 눈이 뒤집힌 속없는 순심이는 줄행랑을 놓고 나는 또 하루 종일 내 곁에 붙어 산 지겨운 금심이를 걸려야만 했다.

"순심이 어디 간지 앙께 괜찮애야. 눈물 뚝이다이."

금심이는 눈물을 억지로 삼키느라 딸꾹질을 하며 나를 따랐다. 우리가 마을회관 앞 공터에 다다랐을 때 언니는 이미 까맣게 윤나는 시루핀이 주렁주렁한 치마꼴(옷핀)을 앞가슴 가득 달고 시루핀 따먹기에 여념이 없었다. 동그라미를 그리고 좀 떨어진 금 쳐진 데 서서 시루핀을 동그라미 쪽으로 휘익 던져 동그라미 안에 든 것은 차지하고 나머지 동그라미 밖에 널려진 것들을 누가 기술적으로 동그라미 안으로 잘 튕겨 넣느냐에 따라서 그날의 시루핀 수확량이 달라지는 것이었다. 어둠과 한기가 으실으실 내리도록 계집아이들은 곱은 손가락을 입김으로 녹여가며 시루핀들을 따먹었다. 시루핀 따먹기는 그래도 고급놀이에 속한 것이어서 그도 없는 아이들은 사금파리 따먹기를 하였고 사금파리 따먹기 놀이조차도 할 줄 모르는(손가락을 교묘하게 튕겨서 동그라미 안으로 무엇인가를 넣는 그 기술을 나와 내 동생은 아직 습득하지 못했다) 우리는 언니의 가슴팍 치마꼴에 까맣고 윤나는 시루핀이 들어오고 나가는 것을 손에 땀을 쥐고 쳐다보았다. 시루핀을 많이 잃은 날은 내가 언니한테 신경질을 부렸다. 신경질이 나서 언니 머리끄댕이를 잡고 마구 울었다. 그러면 언니도 신경질이 나서 내 등짝을 후려쳤다. 마침 나와 언니가 싸우는 모습을 누군가 지나가면서 보고는 말릴 생각은 않고 천하태평으로 노래를 하며 갔다. 이제 생각하니, 우리 마을을 통과해서 가는 윗마을에 사는 술고래, 국민학교 이선생이었다.

"순심이 영심이 그음시이미 심심산천에 백도라지이……"

언니가 시루핀을 많이 딴 날은 나는 공연히 행복해져서 미소를 머금고 언니 옆에 가만히 있었다. 그런 날은 지나가면서 보는 사람들이 아무 노래도 부르지 않고 갔다. 술고래 이선생도 그냥 갔다.

시루핀 따먹기를 하러 마을회관에 갈 때와는 다르게 큰집으로 돌아올 때는 언니가 우리를 앞장세웠다.

"야, 큰엄마 지금 뭐허고 있능가 보고 와라이."

큰집 대문 앞에 서서 언니는 우리들 먼저 큰집 안으로 들여보냈다. 큰엄마가 무엇을 하는지 우리가 알아보기 전에 큰엄마는 우리가 무얼 하는지 알아보았다. 큰엄마는 부엌에서 구정물통을 보듬어 안고 외양간 쇠죽솥으로 달음질치며 대문에 가려 보이지도 않는 언니를 불렀다.

"순심아아, 숟구락 놔라아."

순심이언니는 비호같이 부엌으로 내달렸다. 어린 나와 금심이는 언니가 밥상에 숟가락을 놓는 부엌바닥에 오물오물 앉아 저녁밥을 기다렸다.

할아버지와 큰아버지와 사촌오빠들이 한상을 받았고 큰엄마와 순심이와 영심이와 금심이가 한상에서 밥을 먹었다. 그날은 큰집에 먼 데서 오신 손님이 있어서 여자들은 부엌에서 밥을 먹었다. 부엌바닥에 앉아 있자니 자꾸만 땔감으로 쓰는 솔가리가 궁둥이를 쑤셨다. 그래서 나는 궁둥이를 긁적거렸는데 큰엄마는 그것이 순전히 내 몸속의 이 때문이라고 단정짓고는 앉은 자리에서 내 깨를 벗겼다. 큰엄마는 부엌문을 잠그고 무쇠솥에서 김이 펄펄 오르는 물 한 바가지를 퍼다가 찌그러진 세수대야 속으로 나와 물을 동시에 담았다.

나는 지금도 말할 수 있다. 그토록이나 적은 양의 물로, 그토록이나 뜨거운 물로, 그토록이나 아픈 목욕을 나는 해보았다고. 일곱살 그해 겨울 저녁에.

목욕을 하고 나니 몸이 새털같이 가뿐해졌다. 목욕을 하고 난 뒤에 미처 못 먹은 밥을 마저 먹으려고 솔가리 덤불에 앉았는데 솔가리가 내 궁둥이를 쑤시지 않았다. 그래서 나는 헷갈리고 말았다. 아까 내 궁둥이가 가려웠던 게 솔가리 때문이었는지, 이 때문이었는지. 그러나 이 때문에 가려운 게 아니었다고 분명하게 말할 수 있는 것이 솔가리가 내 궁둥이를 정말로 콕콕 쑤셨던 것을 나는 확실하게 기억하는 것이다. 이가 스멀스멀 기어가는 가려움과 솔가리가 콕콕 쑤시는 가려움의 차이를 체험해보지 않은 사람은 아마 모를 것이다. 그러나 나는 분명 그것을 체험했던 것인데, 웬 조홧속인지 목욕을 하고 나니, 그놈의 솔가리가, 금방까지도 궁둥이를 콕콕 쑤셔대던 솔가리가 딱하니 '콕콕 쑤시지'를 않는 것이었다.

무슨 얘기를 하려고 이토록이나 장황한 유년의 추억을 더듬고 있는가. 그렇다. 나는 지금 내가 맨 처음 살의의 유혹을 느꼈던 때가 언제라는 것을 말하고 싶은 것이다. 그리고 그 대상은 누구였으며 왜 그를 죽이고 싶었던가를. 왜 나는 별로 유쾌하지 못한 '죽음' 그것도 괴기스러운 '죽임' 다시 말해서 끔찍하다면 끔찍한 '살인'에 대하여 이야기하고자 하는가. 그 이유는 무엇인가. 무엇을 말하려 함인가. 나도 아직은 모른다. 내가 왜 아득한 저 유년의 기억까지 동원하여 끔찍한 '살의의 유혹'에 대하여 이야기하고자 하는가의 이유를. 그러나 나는 지금 말하고 싶다. 정말 '말하고' 싶다. 말하고 싶은데 말은 못하니, 이렇게 글로 쓴다. 조곤조곤 이야기하듯 쓴다. 나는 그랬노라고. 세상에, 그 계집아이가 그랬노라고. 누군들 상상할 수 있겠는가. 일곱살 조고맣고 초롱한 아이의 가슴에도 누군가를 향한 맹렬한 적개심이 타오를 수 있으며 그 적개심은 급기야 날선 칼이 될 수도 있다는 사실을. 콩당콩당 앙증맞게 요동치는 일곱살 가슴속에 태산만한 애증의 감정이 파도칠 수 있다는 것을.

이제 또다시 나, 영심이의 유년의 뜰로 들어가보자. 무엇을 말하고자 하든지간에.

그토록이나 적은 양의 물로, 그토록이나 뜨거운 물로, 그토록이나 짧은 목욕이나마 목욕을 하고 나니 내 몸은 새털처럼 가뿐해졌다. 솔가리 위에 앉아도 목욕을 하고 난 내 몸을 솔가리가 쑤시지 않았고 짚덤불 위에 앉아도 짚덤불이 목욕을 하고 난 내 궁둥이를 간지럽히지 않았다. 이튿날 나와 금심이는 여느때와 마찬가지로 큰집 뒤안의 노적가리 옆 짚더미 옆에서 숨바꼭질을 하고, 해바라기를 하고 놀았다. 어제 목욕을 하고 새옷을 입은 관계로 내 몸에 이가 박멸된 상태에 있었으므로 그날은 이 잡는 놀이를 할 수 없었고 그래서 다른 날보다 조금은 더 심심했던 것 같다. 겨울 하늘은 푸르렀고 푸른 하늘로 비행기가 흰 포물선을 그리며 날아갔다. 비행기가 그리는 하얀 포물선을 하염없이 바라보고 있던 바로 그 순간이었을 것이다. 심심하던 차, 갑자기 내 머릿속에 정말로 가슴 뛰는 '놀이' 한가지가 떠올라온 것은.

그랬다. 나는 '불놀이'를 하고 싶었다. 계집애들에게는 금지된 장난 그것, 불놀이. 왜 비행기의 하얀 포물선을 보고 나는 갑자기 불놀이를 하고 싶은 강렬한 충동을 느꼈던 것일까. 비행기가 그리는 포물선을 보고 나는 아마 연상작용을 일으켰는지도 모르겠다. 흰 포물선을 연기로, 연기를 피워올릴 수 있는 방법은 불을 때는 것으로. 금심이와 나는 산더미만한 짚가리 속에서 한줌의 지푸라기를 꺼냈다. 금심이는 순전히 내가 시키는 대로 했다. 나는 담담하게 노란 지푸라기 한줌을 짚가리 속에서 빼내 금심이가 빼온 한줌과 한곳에 모두었다. 짚을 빼낼 때와 마찬가지로 성냥을 가지러 큰집 부엌으로 들어갈 때도 나는 담담하게 갔다. 성냥은 눈을 감고 찾아도 찾을 수 있게 늘 부뚜막 위에 있다는 것을 나는 알고 있었다. 나는 성냥통을 담담히 들고 금심이가 쪼그려앉은 한줌의 지푸라기 앞으로 갔다. 성냥을 그었다. 밝은 햇빛 아래 성냥불꽃은 눈에 보이지 않게 타올랐다. 이윽고 지푸라기에 불이 붙었다. 나와 금심이는 공중으로 올라가는 불꽃을 처연하게 바라보았다. 불꽃은 자꾸 하늘로, 하늘로 올라갔다. 나는 투명하게 공중으로 올라가는 불꽃을 넋을 놓고 바라보았다. 마냥 바라보았다. 그래서 불이 나고 있는 줄도 몰랐다. 어떤 희열의 감정이 내 전신을 간지럽히듯 휘감아오고 있었다. 나는 불이 나는 것을 내버려두었다. 그것은 일곱살 내 힘으로는 이미 어떻게 해볼 수 없을 만큼 집채만한 불길이었기 때문이다. 불끄기를 체념한 그 순간에 전신을 휘감아오던 희열의 감정도 불길 밑으로 허물어져내리는 짚더미처럼 사그라져버렸다. 희열의 감정이 빠져나간 그 자리에 공포의 감정이 불길보다 맹렬한 기세로 마녀의 혓바닥처럼 나를 핥아대고 있었다. 무서운 현실이 벌어져버렸던 것이다. 나는 냅다 뛰었다. 금심이가 '영찌마' 하고 울부짖든 말든 좌우간 나는 뛰고 볼 일이라는 듯 불이 난 현장을 내버려두고 큰집 안마당으로 뛰어나갔다. 내가 숨은 곳은 변소였다. 숨자고 들어간 것은 아니었다. 나는 정말로 뒤안에서 불이 나는 그 순간에 맹렬하게 오줌이 마려웠던 것이다. 오줌을 누러 들어간 변소길이 이상하게 진정한 내 의도와는 다르게, 숨어든 꼴이 되어버렸단 것을 변소간에 들어오고 나서도 한참 지난 뒤에 나는 서서히 깨달아갔다. 결코 지금 나가서는 안된다는 것을, 공포스런 불길이 타고 있는 그 순간에는 아무리 내 사랑하는 동생 금심이가 '영찌마아, 영찌마아' 해싸도 나가서는 안된다는 것을. 그 순간에 내가 거대한 불길 앞에 근심걱정 없이 떠억하니 나가게 된다면 나는 아마 여태까지 할딱거리던 숨이 딱 멎어버릴 것만 같아서 도저히 나갈 수가 없었던 것이다. 사람들이 오기 전까지는 그랬다. 변소간에 앉아서 듣건대, 금심이는 사지를 부들부들 떨면서 울고 있는 것 같았다. 금심이가 부들부들 떨며 내는 울음소리를 나는 변소간에 쭈그리고 앉아 부들부들 떨면서 들었다. 이윽고 사람들이 뒤안으로 몰려가는 소리가 났다. '불이야아 부우우을' 하는 사람들의 목소리도 부들부들 떨며 내는 소리임이 분명했다. 누군가 변소 입구 벽에 걸린 쇠스랑을 낚아채서 뒤안으로 내달렸다. 쇠스랑을 낚아채가는 누군가가 변소간에 쭈그리고 앉은 내게, 조만간에 또 다른 누군가는 쇠스랑이 아니라 나를 낚아채가서 낚아채간 그 즉시 불구덩이 속에 처박아버릴지도 모르겠다는 위기의식을 일깨워주었다. 어디로 숨는다지? 두리번거렸다. 바로 그때 눈에 띄는 것이 있었다. 씨암탉 한 마리가 알을 낳으려고 '달걀걀'거리며 변소간 옆 헛간의 천장에 매달린 둥우리 속으로 뛰어올라가고 있었던 것이다. 닭 저야, 주인집에 불이 나건 말건 신경 안 쓰고 저 할 일만 해도 누가 뭐라는 사람 없는 동물일 뿐인 것이다. 아니, 오히려 주인집에 무슨 일 났다고 제 할 일 젖혀두고 주인집의 '무슨 일'에 신경이라도 쓰게 된다면 닭 저는 틀림없이 주인뿐 아니라 사람들 누구한테서나 발길질당하는 신세를 면하지 못할 것이다. 신경질 돋친 욕설과 함께.

"재수가 없을라니, 암것도 모르는 달구새끼까지 지랄이야."

사람들은 그 순간 내가 나가면 나를 '암것도 모르는 달구새끼' 취급은 안할 것이었다. 왜냐하면 나는 사람새끼이고, 더군다나 그 순간의 나는 불을 내고 도망친 '범인'이 아니던가. 어떤 범인이 되었든간에 사람들은 일단 범인을 잡으면 그냥 놓아줘버리지는 않는다는 것을 나는 알고 있었다. 내가 기억하는 범인만 해도 몇명인가. 당숙모집 암소를 훔쳐가다 붙잡힌 범인, 남의집 대나무밭에서 대를 베어내 팔아먹은 범인, 남의 대나무를 팔아 생긴 돈을 품속에 숨겨 가지고 오다 그 돈이 남의 대나무 팔아 숨긴 돈임도 알아내버린 영기 아버지가 아까 쇠스랑 낚아채간 사람임이 분명한 이상, 지금 나가면 나는 틀림없이 무시무시한 '범인'이 되어 사람들로부터 잡도리를 당할 것임이 분명했다.

나는 씨암탉이 알을 낳기 위해 밑알 한개가 놓여 있는 알둥우리 위로 점프했던 것과 똑같이 헛간 시렁 위 채반 위로 점프했다. 이듬해에 쓸 요량으로 얹어둔 누에채반 위로 둥실 올라앉은 나는 누에섶으로 몸을 가리고 알 낳는 닭처럼 가만히 있었다. 변소 입구에 문 대신 쳐놓은 가마니때기 틈새로 보이는 바깥의 밝음 속을 사람들이 쿵쿵 내달리는 것을 나는 가만히 앉아서 헤아렸다. 저건 영기 아버지 발자국 소리, 저건 당숙 거, 저건 바보 태식이 거, 저건, 저건……

어둠속에서 듣는 밝은 세상의 소리들은 선명하고도 또렷하였다. 알을 낳는 닭도 바깥소리가 심상치 않다고 느꼈던지 눈알을 뚜릿뚜릿하였다. 이윽고 불이 다 꺼졌는지 사람들이 허어 참 어쩌고 해싸며 대문 밖으로 나가는 소리가 들렸다. 사람들이 나가는 꽁무니에, 내가 가장 두려워하고 있는 한 사람의 목소리가 났다.

"참말로 욕보셨소들."

큰엄마 소리였다. 닭이 마지막 안간힘을 쓰는 듯 꽁지를 잔뜩 오그리고 눈알에 힘을 주고 있었다. 누에가 고치집을 지을 때 그러는 것처럼 나도 내 사지를 더이상 오그릴 수 없을 만큼 오그렸다. 그때 누군가 변소 거적때기를 확 들추고 변소 안으로 쓰윽 들어섰다. 바보 태식이였다. 그는 당숙집 머슴이었는데 일곱살 내가 볼 때는 스무살 어른인데도 늘 어린애들하고만 논대서 우리는 그를 만만하게 취급했고 어쩌다 바보야 해도 히잉하고 웃어서 그 뒤로는 마음놓고 어이 바보, 어이 태식이 하고 불러오던 터였다. 바보 태식이는 똥통에다 오줌을 누지 않고 두엄더미에다 오줌을 누었다. 나는 태식이가 들어올 때부터 이미 각오를 하고 있었다. 들키지 않으면 다행이고 만약 들키게 된다면 모종의 협상을 할 마음의 준비까지 해놓았다.

"나 여기 있단 것 안 알리면 나중에 여기 나가서 다시는 어이 태식이 안할 거여. 다시는 어이 안하고 아재애 할 거여."

그러면 태식이는 역시 바보답게 "그 말 진짜제?" 하고 내 진짜 같은 거짓 협상에 넘어가줄 것이었다. 그러나 태식이는 아직 나를 발견하지 못한 모양이었다. 드디어 마지막 안간힘을 쓰던 닭이 김이 모락모락하는 알을 낳아놓고 '꼬꼬댁 꼬꼬댁' 둥지를 박차고 뛰어내렸다. 느닷없는 꼬꼬댁 소리에 오줌을 누던 태식이 흠찔 놀라며 닭둥우리 쪽으로 고개를 홱 쳐들었다. 오그린 몸에서 고개만 쳐들었던 나도 홱 고개를 꺾었다. 불을 낸 '범인'은 그날 캄캄한 변소간에서 또다른 '범인'을 발견하였다. 오줌을 다 눈 태식이는 바로 나가지 않고 닭둥우리 쪽으로 살짝이 다가오고 있었다. 나를 발견한 모양이지. 그래 좋다. 잡을 테면 잡아봐라. 태식이의 시커먼 손이 서서히 위쪽으로 뻗어올라왔다. 내 조그만 몸뚱이가 태식이의 우악스런 손아귀에 덥석 붙잡힐 일만 남았다. 그런데 이상했다. 태식이의 손이 나와 한뼘 정도의 사이를 두고 있는 닭둥우리 속으로 쓰윽 들어가는 것이었다. 태식이는 이제 마악 나온 새 달걀을 재빨리 품속에 감추고 냅다 뛰어나가는 것이었다. 나는 그 순간에 나도 모르게 내 나이에 어울리지 않는 욕설을 뇌까렸다.

"씨벌눔. 내가 여기서 나가는 날에 너는 내 밥이다."

달걀도둑 태식이도 나가고 소화작업이 끝난 큰집은 괴괴하였다. 밝은 겨울햇살 아래 큰 기와집은 말할 수 없이 적막하였다. 불을 끄느라 소란스러울 때 엄습해오던 공포와는 또다른 공포가 그 적막 속에서 왔다. 금심이의 울음소리가 그 적막을 갈랐기 때문이다. 드디어 내 공포의 실체였던 '범인에 대한 잡도리질'이 시작되었기 때문이다.

"요런 망할것, 성이 불 내잔다고 불을 내? 성이 죽으라믄 죽을래?"

내 동생, 금심이의 찢어지는 울음소리.

"니 에미 애비가 없다고 큰어메가 느그들한테 뭣을 서운케 허든? 무슨 억하심정들이냐고들. 애비는 형 집이 논문서 팔아묵고 느그들은 큰집이 태워묵을라고 작당들을 허냐? 애비 자식들이 작당들을 혀?"

찢어지는 내 가슴. 불끈 쥐어지는 내 작은 주먹. 치가 떨리는 내 작은 입술.

누군가가 내게 '인생'을 이야기해온다면 나는 말할 수 있을 것이다. 당신이 진정 인생을 아느냐고. 나는 일곱살 그해 겨울, 캄캄한 변소간 속에서 우리 인생에서 일컬어질 수 있는 모든 것을 다아 알아버렸노라고. 사랑도 미움도 기쁨도 슬픔도 나는 그 순간에 다아 알아차려버렸노라고. 심지어 살의의 유혹을 물리치는 방법까지도.

나는 뛰쳐나갔어야 했다. 나가서 내 동생을 큰엄마의 매질로부터 구해내야만 했다. 힘에 부쳐서 구할 수 없으면 다시 불을 질러서라도 불쌍한 금심이를 억울한 금심이를 살려내야만 했다. 그런데 나는 가만히 있었다. 뛰쳐나가고 싶었다. 비호같이 뛰쳐나가서 "큰엄마, 나쁜 년" 하고 고래고래 악을 쓰고 싶었다. 온 마당을 데굴데굴 구르고 동네 사람들의 구경거리가 된대도 무서워할 것 없이 나는 당장이라도 뛰쳐나가면 그렇게 할 수 있을 계집애였다. 그렇게 빤들빤들하고 숭악한 계집애였다, 나는. 하지만 가만히 있었다. 그리고 기다렸다. 하 세월을 기다렸다. 큰엄마의 매질이 끝나기를, 그래서 금심이의 찢어지는 울음도 그치기를. 모두모두 끝나고 모두모두 그치고 나면 내 마음속의 불길도 가라앉으리라. 희한하게도 나는, 방금 전 분명히 불놀이를 하고 그도 넘어서 불까지 낸 계집애였는데도 불구하고 또다시 그놈의 불놀이가 하고 싶었다. 마음놓고 확확 불을 질러대고 싶은 내 욕망, 이제는 짚벼늘이 아니라 넓은 들판에 나가 드넓은 광야에 나가 가슴 벅차오르게, 그야말로 불꽃놀이를 하고 싶었다. 그래서 나는 기다렸다. 지금 당장 나가면 나는 동생이 겪는 잡도리 못지않은 잡도리를 당할 것이고 그러다 보면 그 누구도 숭악한 계집애의 숭악한 행동을 제지할 사람이 없을 것이고, 누군가가 제지하려는 그 순간에 이제는 큰집의 짚벼늘이 아니라 큰집 자체에 이미 불이 붙고 있을 것이다. 불상사, 그렇다. 그것은 틀림없는 불상사다. 불상사를 예방하기 위하여 나는 스스로를 다독였다. 금심이의 찢어지는 울음소리는 귀를 막아도 소용없이 계속 들려오고 있었다. 밝디나 밝은 그해 초겨울 한낮이었다.

이제 그다지 유쾌할 것이 없는 내 유년의 추억으로부터 잠시 걸어나와보자. 그리고 저 소리를 들어보자. 갈근갈근 내 귀를 갉아먹듯이 들려오는 저 소리. 소리는 쓰윽싹 쓰윽 싹 하다가 찌익찍 찌익 찍 하기도 한다. 누가 내는 소리인지 나는 안다. 그애는 소년이라기보다는 청년에 더 가까운 나이이고 모습을 했다. 나는 그애하고는 바로 벽 하나를 사이에 두고 옆집에 살고 있지만 아직 한번도 그애하고 말을 나눈 적이 없고 단지 그애의 어머니 되는 사람하고만 몇번 인사를 나눈 적이 있다. 날마다 나는 밤도 늦은 새벽에 그애의 어머니가 일 나갔다 들어오는 소리를 듣는다. 그리고 가끔씩 나는 밤도 늦은 새벽에 일 나갔다 들어오는 그애의 어머니와 그애가 다투는 소리를 듣는다. 듣고 싶지 않아도 들리는 다투는 소리 때문에 나는 잠을 깬다. 그리고 듣고 싶지 않아도 듣는다.

"야이 씨발눔아(처음에 나는 어떻게 어미가 자식에게 그런 쌍소리를 아무렇지도 않게 내뱉을 수 있는지 경악을 금치 못했는데 나중에는 귀에 익숙해져서 듣는 내가 아무렇지 않은 것이었다), 아무리 씨다른 동생이라고 어떻게 니놈 배만 채우고 동생이야 굶어 뒈지든지 말든지 잠을 퍼잘 수 있냐, 응?"

"어디서 이상한 년을 낳아갖고 와서 왜 나를 못살게 굴어. 왜 저애만 싸고 돌아. 엄마가 정말 내 엄마야? 나는 엄마 자식이 아니고 저애만 엄마 자식이야?"

격렬했던 여자의 목소리가 차악 갈앉으며 조근조근하게,

"생각해봐라, 이 씨발눔아. 너는 그래도 니 배가 울면 니 손으로 챙겨먹을 수 있지만 쟈는 아직 어리잖냐. 지 밥 지가 챙겨먹을 줄 모르니 불쌍하잖냐."

"으으윽."

소년도 아니고 청년도 아닌 사람이 내는 뭐라고 표현하기 어려운 단말마의 외마디. 그리고 정적. 정적 속에 달그락거리는 그릇소리. 계집아이 깨우는 소리. 방금 전 싸움이 있었다고는 도저히 믿어지지 않는 평화로운 숟가락 부딪치는 소리. 가족의 참담한 야식(夜食) 소리.

그애의 어머니가 무슨 일을 하는지 나는 구체적으로 모르지만 짐작은 하고 있다. 왜냐하면 날이 저물어 내가 일터에서 돌아오는 그 시간대에 그애의 어머니는 곱다기보다는, 내가 마주 보기에 거북살스러울 정도로 야한 화장을 하고 나가는 것을 늘 보아왔기 때문이다. 옆집의 그 여자는 일 나가기 전에 늘 그녀의 어린 딸에게 초코파이 두 개와 요구르트 하나를 들려주고 집을 나서곤 한다. 아이는 오빠가 학교에서 돌아올 때까지 달기가 이루 말할 수 없는 초코파이를 조금씩 뜯어먹으며 제 집 문앞에 앉아 있었다. 옆집에 사는 이웃된 도리로 그 조고만 계집아이가 안돼 보여서 하루는 그애를 우리 집에 불러 저녁을 먹이고 있을 때였다. 초인종 소리가 나서 나가보니 계집아이의 오빠인 그애가 제 동생을 불러냈다. 제 동생에게 밥을 먹이고 있는 이웃 아줌마인 내게는 눈길 한번 주지 않은 채. 계집아이는 오빠의 부릅뜬 눈초리에 기가 질렸는지 먹던 밥숟가락을 얼른 놓고 제 오빠를 따라 제 집으로 들어가는 것이었다. 이윽고 얼마 안 있어 계집아이의 자지러지는 울음소리가 났고 그럴 이유도 없건만 나는 계집아이의 울음소리가 나자 이상하게 화가 났다. 그래서 옆집으로 달려갔다. 문은 잠겨 있지 않았다.

"이봐 학생, 동생은 잘못한 거 없어. 내가, 이 아줌마가 심심해서 동생 불러다가 아줌마 밥 먹을 때 같이 먹은 것뿐이야. 그리고 어린 동생을 그렇게 울리면 쓰겠어?"

소년이랄 수도 없고 그렇다고 청년이랄 수도 없는 공고(工高) 3학년에 다닌다는 그애가 멀뚱히 나를 쳐다보고 있었다. 그 뒤로는 눈물이 얼룩진 조고만 계집아이의 애처로운 눈이. 나는 뭐라고 더 말을 하고 싶었으나 말이 나오질 않는 것이었다. 멀뚱한 그 눈빛은 사람을 질리게 하는 데가 분명히 있었다. 나는 제물에 질려서 도망치듯 옆집을 나와버렸다. 다행히 계집아이의 울음소리는 더이상 들려오지 않았다.

"그 에미에 그 자식이라더니, 옆집 여자 자식 하나는 우습게 키워놨네."

그 뒤로는 어쩐지 그애와 마주치는 게 싫었다. 물론 아침 일찍 일 나가서 날이 저물어 집에 돌아와 씻고 밥 먹고 자는 일도 벅차서 그애를 마주칠 수 있는 기회는 그리 많지 않았다.

토요일 오후였다. 모처럼 잔업 없이 오전에 일을 끝내고 일찌감치 집에 돌아와 피곤한 몸을 방바닥에 누이고 한정없이 누워 있었다. 깜빡 잠이 들었다가 옆집의 투닥거리는 소리에 눈이 떠졌다.

"뭐야? 이 개자식. 니가 우리 선생님이야? 나가, 당장에 나가."

소년도 아니고 청년도 아닌 공고생의 목소리.

“야이, 씨발눔아. 시험 치고 오랬더니 시험은 안 보고 와서 왜 니 에미를 갉아먹냐 왜.”

그애의 어머니인 그 여자 소리. 누군가 뛰어나가는 소리. 계집아이의 압빠아 하고 부르는 소리.

집에 들어올 때 계집애가 예의 달기가 이루 말할 수 없는 초코파이를 한정없이 뜯어먹고 있길래 그 여자가 오늘은 좀 빨리 나갔나보다라고만 생각했는데 여자는 어린 딸을 집 밖으로 내보내고 사내를 들였던 모양이었다.

귀를 기울이지 않아도 얇은 블록벽 너머의 옆집 소리들은 또렷하게 들려왔다.

“내 전기이론기능사 시험문제지도 저 새끼가 빼내줬지. 맞지?”

“알면서 왜 물어. 맞다. 그 작자가 니 애비 돼준다고 하드라. 자식이 시험 본다는데 애비가 시험문제지 좀 빼줬대서 뭐가 잘못이냐. 다아 저 좋고 너 좋고 에미 좋으라고 하는 짓이지.”

“그 새끼 우리 학교에서 바람둥이 선생인지 엄마가 알아 몰라?”

“그러든지 말든지, 지가 나 사랑하는데 뭐가 문제란 말이냐?”

“으으윽.”

그 일이 있고 난 며칠 뒤부터였을 것이다. 저 소리, 쓰윽싹 찌익찍거리는 소리가 들려오기 시작한 것은. 그러고 보니 소리가 나기 시작한 때부터는 모자간의 다투는 소리도 뜸해졌다. 오랜만에 옆집에 평화가 왔다. 그러나 옆집에 평화가 온 때와 동시에 지금 이 글을 쓰는 이영심이한테는 불안과 공포의 날들이 시작되었다.

무엇을 말하고자 함이었는가. 사실 진작에 밝혔어야 했다. 그다지 유쾌할 것 없는 유년의 기억을 인용할 것도 없이 지금의 나, 지금의 내가 느끼고 있는 살의의 정체, 또는 대상이 누구인가를 나는 말해야만 했는데 자신이 없었다. 부끄러웠다. 무엇이 부끄러운가. 그리고 무엇보다 나는 정말로 불안하고 공포스러웠다. 무엇이 불안하고 왜 공포스럽다는 말인가. 지금 이 부분에서 나는 말해야만 한다. 그러나, 그러나 아직도 나는 용기가 없다. 없다. 그래서 또 딴 이야기를 좀 해야겠다. 그애, 소년도 아니고 청년도 아닌 공고생 얘기를 조금만 더 하자.

소리가 났다. 쓰윽싹 쓰윽 싹 찌익찍 찌익 찍. 그러다가 딱 멈출 때가 있다. 일 나갔던 그애의 어머니인 그 여자가 돌아올 때쯤 소리는 멈추는 것이다. 처음 하루이틀은 무심히 들었다. 소리가 나기 시작한지 사흘째 되는 날부터였을 것이다. 얇은 블록벽을 넘어 들려오는 소리를 들으며 나는 죽음을 떠올렸다. 피비린내 나는 누군가의 죽음. 입에 담기도 무시무시한 그 말, 살인.

'칼' 가는 소리. 누군가는 이미 얼마 안 있어서 저 칼에 의한 죽음이 예정되어 있는 것이다. 그 누군가가 누구인가.

떠오르는 생각 하나가 있었다. 얼마 전, 토요일에 있었던 싸움 말이다. 실제로 저 섬뜩하게 날선 칼소리는 그 싸움이 있고 난 다음부터 나기 시작했고 지금의 저 섬뜩한 칼소리는 그 싸움과 결코 무관하지 않으리라는 생각, 또는 심증이 갔다. 그렇다면 그애는 '그애 어머니인 그 여자가 제 아들의 선생님인 사내가 빼내준 전기이론기능사 시험지를 그 여자의 아들인 그애에게 들려서 전기이론기능사 시험장에 내보내고, 제 선생님이 빼내준 것도 모르고 그리고 가장 중요한 시험지 빼돌려준 그 선생님이 제 어머니와 연애중임을 모르고 어떻게 빼돌렸는지는 모르지만 제 어머니가 빼돌려준 시험지(물론 정답이 표시되어 있는)가 있었음에도 웬일인지 시험을 보지 않고 일찍 집으로 돌아와버린 그애. 그리고 그애와 마주친 시험지 빼내준 선생님. 제 어머니와 연애중인 선생님. 그애의 어머니가 자기를 사랑한다고 말했던 남자. 그애의 씨다른 어린 동생이 압빠아 해도 뒤도 안 돌아보고 내빼던 그 남자' 바로 그 남자를 향한 증오의 칼에 날을 세우고 있는지도 모른다는 생각.

조만간에 나는 조간신문 사회면에서 일단짜리로나마 이런 기사를 보게 될지도 모른다는 생각.

'어머니의 정부 살해한 고교생 김아무개군 구속. 지난 ○일 0시 30분 모 공업고등학교 3학년 김아무개군이 어머니와 정을 통해온 자신의 담임교사 박아무개씨를 흉기로 찔러 숨지게 했다. 김군은 평소 이혼한 어머니의 문란한 사생활로 인하여 정신적인 갈등과 우울증세를 보여온 것으로 알려졌다.'

그리고 또하나의 생각. 정말 무시무시한 생각 하나. 그애는 어쩌면 제 어머니의 정부를 죽이려는 게 아니고 제 어머니를 죽이려는지도 모른다. 지금까지의 모자간의 싸우는 소리들만으로도 그애가 얼마나 제 어머니를 미워하고 있는지는 짐작할 수 있다. 소년도 아니고 청년도 아닌 그 나이, 그 나이가 무서운 나이다. 혹자는 내 생각을 두고 벼락 맞을 사람이라고 욕을 할지도 모르지만 나는 그애가 제 어머니를 충분히 죽일 수도 있다고 생각한다. 제 속에서 만들어 이 세상에 내보낸 목숨으로부터 제 목숨을 빼앗기는 일이 있을 수 있다. 정말 그럴 수도 있다.

나는 오늘도 그애를 보았다. 평소때도 그애를 보면 늘 무엇인가 섬뜩한 느낌이 들어서 일부러 눈길을 딴데다 두고 지나치곤 했는데 요새 밤마다 들려오는 그놈의 쓰윽싹 하는 '칼' 가는 소리 때문에라도 그애하고 마주치자 나는 얼른 고개를 돌리고 총총히 그애 옆을 지나쳤다. 그런데 사지를 잔뜩 옹송거리고 총총히 걸어가는 내 뒤통수 쪽이 자꾸만 당기는 것 같은 느낌이 들었다. 그래서 훔찔 뒤를 돌아보았다. 그애도 훔찔하는 것 같았다. 그것은 분명했다. 내가 훔찔하며 그애 쪽으로 고개를 돌리기 전까지 그애는 내 뒷모양을 집요하게 주시했던 것이 분명했다. 찬 기운이 확 끼쳐왔다. 그렇다면, 그렇다면. 그렇다. 표적은 내가 생각했던 그 사람들이 아닐지도 모른다. 표적은 바로 나, 옆집 사는 아줌마, 이영심이일지도 모른다. 이유는 무엇인가. 내가 저 아이에게 죽임을 당해야만 하는 이유는 무엇인가. 내가 이유를 모르듯 그애도 이유 같은 건 없을지도 모른다. 또다시 누군가에게 벼락 맞을 소리라고 욕을 먹을지도 모르지만 나는 안다. 이유 없이도 사람을 사람이 죽여버릴 수도 있다는 것을.

어쨌든 나는 총총히 걸어갔다. 나는 무척 배가 고팠다. 늦은 귀가를 해서보면 집에 나를 기다려줄 아무도 없다는 사실도 더욱 나를 배고프게 한다. 달그락거리며 늦은 저녁을 지어먹을 힘도 내게는 없다. 그래서 늘 라면이다. 그 라면 하나를 사러 가는 길에 하필이면 또한 라면을 사들고 오는 그애와 마주친 것이다. 내 뒤에서 누가 부른다.

"아줌마."

라면을 내민다. 손, 날카로운 금속이 할퀸 자국이 분명한 상처.

"괜찮아. 나도 라면 사올 건데."

"가게 문 닫혔어요."

"그래? 그러면 할 수 없지 뭐. 그냥 굶어야지."

그애가 웃는다. 일그러지게. 음침하고 섬뜩하게.

"아줌마, 날마다 굶기 아니면 라면만 먹어서 아줌마 애기가 견디겠어요?"

나는 고개를 수그린다. 내 눈이 멎는 곳. 박바가지만하게 솟아오른 내 아랫배. 나는 황급히 그애가 내민 라면을 받아든다. 되도록이면 그애의 피멍울 든 손가락과 닿지 않으려고 애쓰며.

나는 예비 살인자가 내민 그 라면을 먹지 않고 미련없이 쓰레기통에 버렸다.

왜 이제사 얘기를 하는가. 이 글이 소설이라면 단편 분량이나 될까 말까한 글을 쓰며 왜 이리도 헤매고 있는가. 그것은 고의다. 나는 진작에 말했어야 했다. 나야말로 '살인'을 꿈꾸고 있는 중이라고. 이 글이 애초의 계획과는 달리 전혀 별개의 이야기들 몇개로 나누어져버린 이유도 나야말로 살인을 꿈꾸고 있는 중이라고 선뜻 밝힐 용기가 없었던 데 있다. 용기없음의 부끄러움에 있다. 그래도 인간이 지녀야 할 최소한의 수치심 또는 자존심은 남아 있어서. 철저한 위선자의 모습이다. 나는 내가 끔찍하다. 갈가리 찢겨진 내 육신. 산산이 부서진 내 영혼. 그것들이 천지사방으로 흩어져 휘도는 악몽을 눈을 뜨고 있는 낮에도 꾼다. 내 안의 나는 죽었다. 살아 있는 것은 내가 아니다. 내가 아닌 내가 사는 곳은 공장지대가 가까운 재개발지역이다. 행정가들 말로는 주택개량지구이다. 공장지대가 가까운 이곳 주택개량지구 한뼘 방에 세들어 사는 나, 이영심이. 한번의 결혼 경험이 있고 남편은 없는 나, 이영심이. 남편은 없는데 애를 배고 있는 나, 이영심이. 남편이 가버렸으므로 당연히 뱃속에 들어찬 그 씨를 죽여버려야만 할 신세에 놓인 나, 이영심이. 불쌍한 처지가 되어버린 나, 이영심이.

글 첫머리부터 내가 임신부임을 밝히기가 나는 말할 수 없이 곤혹스러웠다. 아니, 엄밀히 말해 부끄럽고, 죄지은 것 없이 죄스럽고 창피했던 것이다. 바로 그것, 글 첫머리부터 현재 사실을 밝히지 못하고 아득한 유년시절 이야기부터 꺼낼 수밖에 없었던 내 부끄러움. 남편도 없이 애를 밴 것이 부끄러웠고 남편도 없이 애를 밴 것을 부끄러워하는 내 마음이 부끄러웠다. 애를 뱄다는 것도 부끄러웠고 애를 떼어내겠다는 것도 부끄러웠다. 부끄러워 견딜 수가 없어서 나는 더이상 부끄러워하지 않을 방법은 스스로 죽어버리는 수밖에 없다고 단정지었다.

내 안에 생겨난 죽음 하나. 그와 거의 동시에 들려오기 시작한 '죽임'을 예비하는 소리. 옆집의 그애가 지금 칼을 갈고 있듯이 나 또한 무수히 많은 칼을 갈며 살아왔다. 내 동생 금심이를 두드려 패는 큰엄마를 죽이고 싶었던 칼. 달걀도둑이라고 이를까봐 유일한 목격자인 나를 죽여버릴 것만 같은 태식이를 죽여버리고 싶었던 칼(내가 달걀을 훔치는 태식이를 보고도 두려움 때문에 못 본 체하였듯이 태식이 또한 불내놓고 숨은 나를 틀림없이 발견하고도 달걀 때문에 못 본 척했으리라는 상상은 꽤 오랫동안 그리고 집요하게 나를 괴롭혔다. 그 괴로움은 때때로 태식이가 나를 죽이려고 흉기를 숨겨가지고 빙글빙글 웃으며 나타난다든가 내가 당산나무 아래서 낮잠 자는 태식이의 목을 조르고 있는 악몽을 꾸게도 했다).

그리고, 그리고 무엇보다 내 뱃속에 들어찬 목숨 하나. 나는 이제 내가 만든, 내 목숨이나 다름없는 또하나의 생명을 죽여야만 될 시점에 와 있다. 나는 내 속의 그 생명을 죽임으로써 빌어먹을 남편도 죽일 것이고 짧은 세월이나마 빌어먹을 남편과 같이 한 세월조차도 죽일 수 있을 것이다.

이제 오늘이 마지막이다. 찢겨진 육신과 부서진 영혼이 천지사방으로 흩어져 휘도는 악몽에서 깨어난 아침을 맞이하는 것도 오늘이 마지막이다. 어젯밤에도 옆집의 칼 가는 소리를 들으며 잠이 들었었다. 이제 소리는 그쳐 있다. 그리고 나는 방금 전 오랜 악몽에서 갓 깨어난 채다. 한동안은 가만히 누워 있겠다. 열이 오른 몸은 혼곤하다. 악몽의 잔해들이 마치 블랙홀로 빨려들어가듯이 가만히 누워 있는 내 위 허공에서 천장 한가운데 쪽으로 사라져간다. 그러고 보니 나는 어젯밤 내내 잠은 한숨도 자지 못하고 비몽사몽인 듯 꿈만 꾸었던 듯하다. 찢겨진 육신과 부서진 영혼들이 천지사방으로 흩어져 휘도는 꿈. 광포한 그 꿈 너머로 희미한 하나의 꿈이 잡힌다.

큰엄마다. 분명히 그 여자는 큰엄마다. 검은 항아리치마 말기를 질끈 올려붙이고 무명저고리 깃을 허리까지 내린 여자. 큰엄마가 '잠밥'을 '멕인다'. 열이 오른 나는 가만히 누워 있다. 가끔씩 큰엄마의 손 비비는 소리에 눈을 떴다 감았다 한다. 큰엄마는 손을 비비며 중얼거리듯 주문도 외운다. 찬 물수건이 내 이마 위에 얹혀 있고 내 머리맡에는 쌀을 담은 박바가지와 시커먼 부엌칼이 있다. 칼은 박바가지 안의 쌀에 꽂혀 있다. 호롱불이 너울너울한다. 큰엄마가 너울너울한다. 나는 너울너울하는 큰엄마에게 몸을 맡기고 죽은 듯이 누워 있다. 손을 비비며 뭐라고 중얼중얼하던 큰엄마가 별안간에 일어나 문 밖으로 내달린다. 이어서 마당 한가운데 서서 누군가에게 벽력같이 호통을 치는 큰엄마. 쌀 한줌이 마당 사방 귀퉁이로 뿌려진다. 밤공기가 싸아하고 쌀을 뿌리는 큰엄마 어깨 위로 뿌옇게 서리가 내리고 있다. 바람냄새, 서리냄새가 밴 큰엄마 치마가 내 얼굴 위에서 서걱거린다. 박바가지가 뒤엎어지고 칼은 어디론가 숨었다. '잠밥 멕이기'를 마친 큰엄마의 꺼끌꺼끌한 손바닥이 내 얼굴에 닿는다.

"어이구, 망할것, 어이구 짠헌것, 불내놓고 을매나 놀랬을꼬 우리 새끼. 어이구…… 어이구……"

요망스러운 나. 나는 죽은 듯이 가만히 있다. 한밤중에 오줌이 마려워 잠을 깬 나. 일곱살 영심이. '잠밥'을 먹은 나는 어느사이 가뿐하게 열이 내렸다. 비척비척 일어나 어둠속에 드러난 무덤 하나를 본다. 나는 무덤을 가만히 들춘다. 시커먼 칼이 파마늘 냄새를 풍기며 내 옆에서 자는 큰엄마처럼 하나도 무섭지 않게 누워 있다. 박바가지 속에 놓여 있는 칼에서 풍겨 나오는 파마늘 냄새를 맡으며 나는 배가 고파진다. 아까 저녁에 저 칼로 요리한 맛있는 '쑤루메국'을 자존심 세우고 씩씩거리느라 먹지 않았으므로.

마당귀에 길게 길게 오줌을 눈다. 큰엄마가 잠밥 먹일 때 내가 모르는 척 누워 있었듯이 이번에는 내가 오줌 눌 때 큰엄마가 모르는 척 누워 있다는 것을 나는 안다. 그래서 자는 척 누워 있는 큰엄마 앞에서 부엌으로 들어가 못 먹은 쑤루메국을 먹을 수도 없다.

고픈 배를 부여잡고 잠 속으로 꾸역꾸역 기어들어간다. 큰엄마가 뭐라 웅얼거린다. "영판 수선화 맹이네." 무엇이 그러냐고 아무도 묻는 사람 없는데 큰엄마는 한참 뒤에 잠잘 때만 내는 숨소리를 길게 한번 뱉어낸 다음 꼭 누가 물어나 본 것처럼 혼잣대답을 한다.

"별이……"

별은 쑤루메국이고, 별은 수선화고, 그리고, 그리고, 별은 칼이다.

칼은 내 머리맡에 있다. 파마늘 냄새가 나지 않고 '칼' 그대로의 '칼'이다. 큰엄마 나쁜 년이라고 서슴없이 욕설을 내뱉던 나를 안아다 아프게 목욕시키고 쑤루메국을 끓여주던 큰엄마. 악감정에 치받혀 끝내는 아파버린 나에게 감미로운 '잠밥'을 먹여주던 큰엄마가 지금 이 순간에 애틋해진다.

큰엄마를 향한 살의의 감정은 그토록 단순하게 잠밥 하나 먹고 사그라져버렸다. 바보 태식이를 향한 그것은 언제 어떻게 없어졌는지도 모르게 없어져버렸다. 바보같이 히잉 웃기만 좋아하는 마음씨 착한 우리 태식이아재는 하마 그것을 알까. 한때 그 쬐그만 계집아이가 자기의 목숨을 호시탐탐 노리고 있었다는 사실을. 나는 허공에다 대고 한번 불러본다. 내 인생에서 처음이자 마지막으로 한때 죽이고 싶었던 만큼 좋았던 사람들 이름을 불러본다.

"크느메(큰엄마)."

"어이, 태식이아재."

그리고 그 이름. 부르고 싶어도 부를 수 없는 너. 아가야. 이제 칼은 내 손 안에서 빛나고 있다. 나는 조금치의 주저함도 없다.

싸우는 소리가 난 것도 같다. 그야 늘 있는 일이다. 어쩌다 요새 뜸했을 뿐. 가물거리는 의식 속에서도 나는 옆집의 싸움소리를 듣고 생각도 한다. 누군가가 우리 집 문을 흔드는 소리도 듣는다. 귀는 열려 있지만 고개는 돌려지지 않는다. 고리가 빠지겠지. 숟가락을 꽂았던가 어쨌던가.

왜 저들이 싸우지 않고 내 방에 와 있는지 영 기분 나쁘다. 나는 내 얼굴 위에서 두릿거리는 두 모자(母子)를 본다.

"내가 아침에 퇴근해서 보니 우리 딸이 없어졌잖우."

"나는 자버려서 몰랐어."

"야이 씨발눔아, 그래 동생이 어디 나간지도 모르고 잠만 퍼잔단 말이냐?"

"걔가 새벽에 나가 그네 탈 줄 어떻게 알았겠어. 그리고 솔직히 말해 오늘 엄마 나 구박할 자격 없어. 말 안해도 그건 엄마가 잘 알 테고."

"야이, 씨발눔아. 다 느이들 먹여살리자고 하는 짓거린데 뭐가 불만이란 말이냐?"

"으으윽."

귀로만 듣던 모자의 싸움 소리를 오늘은 눈으로도 본다.

"왜들 그러세요?"

나는 내 앞에서 싸우는 그들이 불편해져서 모로 돌아눕는다. 팔목에 붕대가 감겨 있고 방바닥에 흘린 핏자국 위로 파리 세 마리가 무료하게 앉아 있다. 피는 말라가고 있는 중이다. 모로 누운 내 등을 바라보고 싸움질하기도 뭣했는지 두 모자가 일어서 나가려 한다.

"그래서요? 딸애가 없어졌다면서요."

모로 누운 채로 일어서려는 그들의 발목 밑에다 묻는다.

"그래설라무네 갸를 찾으려고 야는 이 집 문을 뚜드리고 나는 저 집 문 뚜드리고 그러다가 야는 당신 구하고 나는 우리 딸 구했지. 아이참 우스와서. 내 딸년이 글쎄, 캄캄한 놀이터에서 넘넙허니 그네 위에 앉아 하늘거리고 있는데, 호호호 아이고 우스와라."

"엄마는 도대체 제정신이요? 속없이 웃고 있게?"

"아이고 내 정신이야. 그래요, 그래. 나도 다아 이해하지. 씨벌놈 그놈들 때문에 나도 많이 죽었다 깨어난 사람이라우."

몸조리 잘하고 생각 다잡아먹고 살라는 말을 남기고 모자가 일어선다.

"학생, 칼은 다 갈았어?"

"칼이라니요?"

"날마다 칼 가는 소리 났잖아."

"아, 그 소리요? 소리가 여기까지 났어요? 금속공작 숙제예요. 낼 모레까지 제출해야 하거든요."

모자가 나가고 난 뒤 이윽고 쓰윽싹거리는 소리가 옆집으로부터 들려오기 시작한다. 이어서 모자의 투닥거리는 소리.

어둠이 좁은 방안에 밀려든다. 어둠속에서 나는 꿈틀한다. 무엇인가가 꿈틀한다. 그곳은 깊고 어두울 것이다. 모든 생명이 움트는 그곳은 어디나 다아 한가지로.

<1993, 상상 겨울호>

목 숨

마지막까지 남아 있던 두 남녀가 비틀거리며 일어나 여인숙 골목으로 들어가는 것을 건조한 눈으로 바라보고 있다가 혜자는 셔터문을 내렸다. 맞은편 골목 전신주 밑에서 왝왝거리며 구토를 해대던 사내가 혜자를 향해 급하게 손을 들어 보였다. 문을 닫지 말라는 신호다. 이미 억병으로 취한 사람한테 더이상 술을 팔고 싶은 생각은 없다. 그렇지 않더라도 초저녁부터 억지로 해오던 장사가 아니었던가. 혜자는 일부러 셔터문을 요란하게 끌어내렸다. 셔터고리를 잠그고 홀 안으로 돌아선 잠시 후 철문의 푸른 주름이 파도처럼 출렁이며 사내의 고함소리가 들려왔다.

불을 껐다. 철문 새로 희미하게 가로등 불빛이 스며들어왔다. 한참을 시끄럽게 굴던 사내가 마지막 발악으로 문을 걷어차고 나서 오줌을 내갈기는지 철문 안으로 냄새나는 물줄기가 강을 이룬다. 늘 하던 성질대로의 혜자라면 그냥 있을 수는 없다. 철문을 걷어내고 나가 파출소로 가는 한이 있다 해도 드잡이를 하든지 사내의 그것을 잡아 비틀어 내든지 둘 중에 하나는 하고 말 것이다.

그러나 지금은 그 모든 것이 귀찮다. 그러거나 말거나 제깟 놈이 지쳐 나가떨어지기만을 기다린다. 오줌을 싸대고도 철문을 붙잡고 한참을 용두질을 하는지 지랄을 하는지 기를 쓰던 사내가 된침을 뱉고 멀어진다.

홀 안에 우두커니 서 있던 혜자는 그제서야 가게 한구석에 딸린 골방으로 들어갔다. 골방문을 열자 습기냄새가 확 끼쳐온다. 삼십촉 백열등을 켜자 사방 벽 귀퉁이에 내려와 꼬물거리던 바퀴벌레들이 일시에 날아오른다. 불빛에 놀라 허둥대는 바퀴벌레들. 혜자는 다시 전등 스위치를 내린다. 소란스럽던 바퀴들이 사삭사삭 다시 어둠속으로 내려앉는다. 여인숙 골목 쪽으로 난 손바닥만한 환기통 겸 창문을 통해 희부윰한 빛이 들어온다.

저녁 내내 쿵쾅거리던 전축의 볼륨을 최대한으로 내려 카세트테이프를 꽂는다.

"누구인가 불어주는 휘파람소리, 행여나 찾아줄까 그 님이 아니 올까 기다리는 마음 허무해라……"

임희숙의 목쉰 소리가 혜자 가슴을 후벼판다.

'젠장, 술이나 한조곰 마셔볼거나.'

마지막 남녀가 마시다 남겨두고 간 테이블로 내려앉는다. 초저녁에 튀겨놓은 닭다리는 금세 습기를 먹어 축축하고, 하얗게 튀겨 부풀린 강냉이 한 접시가 그중 먹을 만하다. 몇모금의 술이 목구멍을 타고 내려가 온몸으로 퍼진다. 다리가 먼저 풀리고 가슴이 화안해지면서 자꾸 헛웃음이 나온다. 입안이 간질간질해지면서 입안에 몰아넣었던 강냉이알이 튀어나오고 뒤미처서 욕지기 몇알도 따라나온다.

"지에미 씹붙어먹을 놈, 호랑이가 물어가도 아깝잖을 순 후레자식……"

술이 오른다. 임희숙이 절규한다.

혜자는 조금 울었다. 가슴속은 끊어질 듯이 흐느끼는데 이상하게 눈물은 나오지 않는다. 마른 울음. 메마르고 삭막한 울음.

"야야, 행복이 뭔지 모르고 살아온 년이지만 말이다. 그래도 지 울고 싶어서 펑펑 눈물 쏟아내며 울어질 때, 그 눈물 받아먹어주는 사내 있을 때 기중 행복하더라야. 이도 저도 없으면 눈물도 그걸 아는지 나오도 안해야. 깡마른 가슴팍에서 겨울도 아닌데 윙윙 바람소리만 나지. 그때 되면 이미 지집 인생 초친 상추인생이지 뭐. 죽은 목숨인게라. '행복'이 없으니께."

그것은 밤안개집 미스 장 언니의 푸념만은 아닌 성싶다. 아무리 쥐어짜도 눈물은 안 나오고 눈물이 안 나오니 뻥 뚫린 가슴에 바람만 들고난다.

'사람이 사람을 사랑할 수 있다는 것은 그 얼마나 큰 축복인가.'

언젠가 혜자네 풍차호프집 맞은편 세차장 한귀퉁이 구두닦이센터(센터라고 해봤자 강아지집보다 조금 큰 움막이지만)에서 일하는 자칭 시인 이군(李君)이 혜자 앞에서 읊조린 자작시다. 그는 요즘 곧잘 재호 대신 혜자네 가게일을 돌봐준다. 술을 나르고 구두 닦는 짬짬이 시장을 보아다 주고 손님 거스름돈을 바꿔다 주고.

이군, 그는 이군이라고 불리기보다 미스터 리 쪽을 더 선호한다.

"미스터 리, 언젠가 니가 지었다는 그 시 다시 한번 읊어봐라야."

"메뉴가 하도 다양하니까네 특별 주문을 하이소."

"사람이 사람을 어쩌고 허능 거 있잖냐."

"하이고 고것 말입니꺼. 웃기지 마이소, 고거는 내가 지은 기 아니고 어디서 베낀 거라요."

"베낀 거도 좋다."

"내가 읊는 거는 문제가 아인데 그나저나 형님이 왜 안 보입니꺼. 혹시 누님 차버리고 도망친 거 아입니꺼?"

"옘병, 읊조리기 싫으면 관둬라. 그나저나 니는 고향이 어디냐. 니 입은 팔도사투리 공장이냐?"

미스터 리가 배시시 웃었다.

"나요? 진실을 까놓자면 그렇지요. 말도요 목숨 붙이기하고 밀접한 관계가 있다 하능 거 아닙니꺼. 나는 고향이 없시요. 가만히 생각해본께네 내가 배냇말로 배운 거는 저기 남쪽말이고요. 조금 크니까네 그쪽 말 쓰믄 사람들이 쉬피 봐싸서 중앙말로 안 바꿨습니꺼. 그란데 요새는 또 우리 꼬봉이 경상도 아닙니꺼. 꼬봉한테 붙어서 밥 빌어먹고 살자니 자연히 그쪽 말이 써집데다."

"순 사기꾼 스타일."

혜자가 눈을 흘겼다.

"사기꾼이 돼도 상관없십니다. 사람이 태어났응께 살아야 허고 살라면 벨수가 없는기라요. 진짜 사기꾼은요 나가 아니고요 전두환입니다. 고런고로 나는 그도 벨수없이 살라고 고런 것이라 허고 개인적으로 용서헐 마음이 있십니다."

미스터 리는 늘 거창한 걸 좋아한다. 일도 말도 뭔가 그럴듯하게 휘황하게 꾸미고 벌리는 것. 실제 까놓고 보면 별것 아닌 것이 숱하지만서도.

"그래 개인적으로다 전두환이를 겁나게 용서하시셔."

그러고 닭튀김냄비 쪽으로 돌아서는 참인데 비위가 틀어지며 헛구역질이 나오는 거였다. 마침 손님이 나간 틈을 타 미스터 리가 담담하게 물었다.

"애 뱄습니꺼?"

혜자가 이군을 노려보며 말했다.

"왜, 나 같은 인생은 애 낳지 말라는 법이라도 있냐?"

"그란데 형님은 어데 갔습니꺼."

혜자는 입을 다물었다.

"내 그럴 줄 알았습니더."

혜자가 니가 뭘 아느냐고 따질 새도 없이 이군이 유리문을 밀고 나갔다.

"요상스런 놈이네 거."

혼잣말로 이군을 타박해놓고는 났지만 가슴 한켠으로 찬바람이 몰리는 것만은 어쩔 수 없었다.

날이 저물고 있었다. 손님들이 들어차기 시작했다. 어느 순간 손님처럼 그가 들어설 것만 같았다. 드르륵 유리문이 열릴 때마다 바람 부는 가슴이 한자씩 내려앉았다.

세차장 옆 오뚜기 기사식당에서 일하는 주방장 하씨가 뛰어들어왔다.

"요놈의 가시내가 그 개자식한테 속아 팔아넘겨졌다 아닙니까. 어쩐지 아침부터 둘이 속닥거려쌌다 허고 옷가방이 나간다 허더니 기어코 안 들어오네요."

정순이는 강원도 산골에서 엊그제 주간지서 본 '가정부 구함' 광고만 믿고 무턱대고 올라와 무허가소개소 여편네한테 넘겨져 온 계집애다. 온 첫날부터 눈물 콧물 짜내더니 그새를 못 참고 별스럽게 살갑게 구는 세차장 조씨한테 넘어간 모양이다.

"어디로 간지는 모르고?"

"알면 이러고 애간장 탑니까. 그 개자식 좆을 확 뽑아불던지 좌우당간 칵."

"또 알아요? 정말 존 데 취직시켰을지도."

"그 더런 놈이 그럴 놈입니까? 정순인가 뭔가 허는 그년만 신세 조진 게지."

밤이 이슥하여 마지막 손님을 내보내고 물걸레질을 하고 있을 때 미스터 리가 심각한 얼굴로 들어섰다.

"누님."

그가 혜자를 부르며 내놓는 것은 돈이었다.

"누님한테 그만한 비용이야 없겠소만 이거는 내 마음이오. 늦기 전에 병원에 가소. 어차피 우리네 인생 다 그런 거 아니오? 우리도 뭐 얼매든지 못 나올 수 있었던 목숨들이 나와서 요 고생질 아니오? 이거 받고 술이나 주소."

"싸가지 없는 짓 하지 말그라. 니가 무슨 권리로 이러냐?"

덜컹 유리문을 두드리며 비바람이 불었다.

"아이를 떼든 말든 그거는 내 일이지 니 일이 아녀야."

차마 그 사람 재호 일이라고까지 하기에는 자신이 없었다. 한사코 화까지 내는 혜자를 이기지 못한 미스터 리는 그렇다면 이 돈만큼 술을 처먹어버리겠다며 정말로 술만 왕창 부어대고는 돌아갔다.

태풍이 불 것인가. 장마비치고는 제법 사납게 내렸다. 골방에 들어와 누워 밤내 바람에 묻힌 빗소리를 들었다. 비가 오면 더도 덜도 없이 호젓해지고 같잖게 외로워지는 심사가 저도 사람이기 때문인가. 정이 그리워지는 밤. 그래서 비 오는 밤의 여인숙 골목은 오래도록 저벅저벅 또각또각 사람냄새에 주린 '인간'들 소리가 이어지고, 그 소리를 듣는 혜자 가슴이 지레 설렌다.

비 오고 바람 부는 밤에도 오지 않는 그는 이제 영영 오지 않을 것이다.

가만 아랫배를 눌러본다. 몸엣것이 나오지 않았다. 헛구역질이 나왔고 그리고 얼마 뒤 아랫배에 둥두렷이 잡혀지던 이물질.

그것이 처음 경험은 아니었다. 떼어내자고 마음먹기란 쉬웠다. 그것은 자연스런 과정이었고 어쩌다 재수없어서 잉태된 씨앗에 불과했다. 그 과정은 수차례 반복되었고 어느해 겨울이던가, 낯선 뒷골목 공중변소간에다 핏덩이를 쏟았다. 그 해를 마지막으로 한번도 수태가 되지 않았다.

그래서 처음 자신이 아기를 가졌다고 확인되는 순간에 혜자는 야릇한 흥분에 휩싸여야 했다.

'내가 아기를 가질 수 있구나. 천하에 망가질 대로 망가진 년인 줄만 알았던 내 자궁 속에 새끼가 들어섰구나.'

통경제를 먹었었다. 미스 장 언니를 본따라서.

"그것도 휘딱 먹어야지, 글안하면 애먼 돈 나가야."

사실 돈이 아깝기도 했었다. 엄마는 끊임없이 아쉬운 통신을 구구절절 애처롭게 보내왔고 의붓아비 약값도 만만치 않았다. 이미 태어나 있는 목숨들 부지해나가기도 힘든 판이라 태어나지도 못하고 태어날 수도 없는 목숨한테 들여야 하는 돈을 아끼기 위해 병원비보다 값이 덜 먹히는 약을 먹었다. 쓰고 비릿한 통경제가 목구멍을 타고 내려가 자궁 속을 휘저었다.

통증. 그것은 분명 아픔이었다. 그러나 모른 체할 수밖에 없는 아픔. 허리가 끊어질 듯이 아팠고 약의 독성을 이기지 못한 생명이 핏덩이가 되어 쏟아져나왔다. 한 며칠 누워 있고 싶었으나 그럴 수가 없었다. 돈이 필요했다. 통경제를 써서 자궁벽을 긁어내는 아픈 세월에서 벗어나려는 것만도 그것은 돈이 필요한 일인 것이다.

그것이 매번 지옥의 나락으로 떨어지는 고통이었으면서도 일부러 무신경한 척 습관인 척 술손님을 받았고, 그들과 밤거리로 나가 결국은 하룻밤밖에 못 데워줄 불빛이지만 당장에 밤거리의 추위에 밀려 들어가는 곳은 백열등 전구가 요때기 위에서 바르르 떨고 있는 싸구려 여인숙이었다.

바람처럼 스쳐 지나가는 사내들 중에 그 사람 재호가 물었었다. 너는 어디서 왔냐고, 니 고향이 어디냐고. 그는 그렇게 물어놓고 제 말이 꼭 유행가 가사 같다며 웃었다.

혜자는 희뿌연 백열등 불빛에 제 몸을 드러내놓은 채 말했다. 유행가 가사 같으면 어떻고 아니면 또 어떻느냐고. 내가 누구며 어디서 왔느냐고 물어주는 것만으로도 감사하다고.

역전 옆 개천가에서 엄마는 하루종일 불콰하게 술이 취한 채 돼지머릿고기에 막걸리를 팔았다. 커다란 전대 겸 앞치마를 두르고 입술을 새빨갛게 칠한 엄마는 손님이 뜸한 낮시간에는 전축을 틀어놓고 춤을 추었다.

"싸랑해썬 안될 사람얼 싸랑허는 죄이라써, 말 못허는 이 가슴만 오날밤 울어야 허나…… 엇싸 엇싸, 쿵작쿵작……"

그런 날 머릿골을 후벼파는 쿵작이는 전축소리에 혜자는 치를 떨었다. 자욱한 담배연기 속에서 입술이 새빨간 엄마가 술에 취한 채 젖가슴이 풀어헤쳐진 줄도 모르고 춤을 추다가 엎드려 울기 시작하면, 남이 볼세라 방문 대용으로 친 포장천을 빨랫집게로 꼭꼭 여미고 혜자가 엄마 대신 술을 팔았다.

빨간 입술을 칠한 엄마는 불안하다. 속으로 어린 혜자는 엄마를 무수히 저주했다.

"빌어먹을 화냥년."

아버지가 천장에서 늘어진 전등줄을 잡아당겨 엄마 뺨을 후려갈기며 입술을 앙다물어 내뱉은 말이었다. 그 말은 그 순간에 혜자 뇌리에 날카로운 칼이 되어 와서 박혔다. '화냥년'에다 힘을 주어 입술을 깨물면 묘하게 죽은 아버지 얼굴이 되살아났다.

엄마네 대포집 옆으로 나라비 선 선술집 늙은 작부 승주댁이 혜자를 거든답시고 들어와, 엄마하고 노상 하는 신세타령으로 늘어지곤 했다. 그 여자는 그렇게 앉는 것이 버릇이 되어선지 아니면 일부러 누구 눈이라도 홀리려고 작정한 것인지 다리 한쪽을 짜악 벌려서는 속옷이 보일 듯 말 듯하게 문턱에 걸터앉아서 게슴츠레한 눈으로 홀 안을 건너다봤다. 젊은 사내들이 연거푸 휘파람을 불고 늙은 영감들은 차마 그쪽을 보지 못하고 돌아앉아 헛기침들을 해대고, 혜자는 기영물에 퉁퉁 불은 손을 담근 채 고개를 처박고 저 밑에서부터 올라오는 슬픔과 모멸감과 역겨움을 참아내느라 마른침을 목구멍이 아프게 눌러삼켰다. 이윽고 승주댁도 제 집으로 건너가고, 엄마는 코를 탱 풀고 일어나 또다시 씩씩한 전사처럼 앞치마끈을 허리에다 질끈 동여매고 나와, 우리 불쌍헌 딸년 우리 불쌍헌 딸년을 주문처럼 주절대며 머릿고기 찌어먹을 초고추장에다가 칠성사이다를 들이붓고 조금 남겨서 혜자한테 내밀었다. 그것이 엄마가 혜자한테 줄 수 있는 유일한 애정표현이었다.

역전거리는 늘 바람이 불었었다. 사람들이 몰려오고 몰려가고, 개천 너머 기차가 한번 지나갈 때마다 게딱지같은 선술집들의 루핑지붕이 들썩거렸다. 그럴 때마다 혜자는 검은 물속으로 흘러가는 유령의 무리 같은 불빛을 지켜보았다.

유령은 밤마다 혜자의 꿈속에서도 나타났다. 쥐 잡아먹은 것같이 입술이 새빨간 엄마가 유령을 껴안고 검은 물속으로 소용돌이쳐 갔다. 때로는 엄마가 보옥이로 변해 있기도 했다. 보옥이는 선술집 뒤로 들어선 사창지대의 유녀였다. 사람들은 흔히 그들을 창녀라 부른다는 것을 혜자는 한참 큰 나중에사 알았다. 엄마는 굳이 보옥이를 유녀라 불렀다. 유녀 보옥이는 늘 눈동자가 풀려 있었다. 풀린 눈으로 쉐타 하나 걸치고 검은 물이 흐르는 개천가 혜자의 등뒤로 소리없이 다가와 가만히 혜자 등을 어루만졌다.

"기차 타고 싶으나?"

"응. 기차 타고 영영 가면 어데까지 가나?"

"어데까지 가고 싶으나?"

"이 세상 끝까지 가고 싶으다."

"이 세상 끝이 여게다."

보옥이가 쓸쓸하게 웃었다. 그때쯤 저만큼 앞쪽에서 술 취한 사내가 비틀거리며 다가왔다. 그럴 때 보옥의 게슴츠레 풀린 눈이 반짝 빛났다. 마치 사냥감을 발견한 포수의 그것처럼. 사내와 보옥이 옥신각신 골목으로 사라지고 나면 혜자는 또다시 지나갈 기차를 기다리며 검은 물속에 어리는 불빛들을 눈물 어룽진 눈으로 바라보았다. 그러고 있으면 이상하게 머릿속이 투명해지는 맑디맑은 슬픔 한자락이 제 몸을 따스하게 감싸오는 듯한 기분을 맛보곤 했었다.

보옥이는 오늘 공치지 않았다네…… 혜자는 혼잣말 잘하는 엄마를 흉내내어 혼자 주절주절 중얼거리다가 노래도 불렀다. 홍도야 우지 마라 오빠가 이있다아……

인생은 어디를 가나 바람인게라. 너무 설운 맘 묵지 말고 항시 돈독헌 맘 묵고 살다보면 빛볼 날 있지 않겄냐.

의붓아비와 발 뻗으면 한뼘도 안 남는 골방에서 함께 잠을 잘 수는 없었다. 그때 벌써 혜자 나이 열여섯이었다.

"못난 에미 니를 공부 못 시킨 것이 질로 큰 죄다. 가는 길로 배움의 길도 찾어보고, 니 에미 본따르지 말고 니 자작으로 한번 성공할 길을 찾어보그라."

엄마는 혜자더러 자작으로 성공할 길을 찾아보라고 했다. 열여섯살 딸과 의붓아비를 차마 한방에서 재울 수 없어서 엄마는 혜자를 떠나보냈다.

"그렇게 올라온 서울살이의 끝이 여게요."

"그 인생도 오지게도 심란한 팔자구만."

사내가 제가 빨던 담배를 혜자한테 한모금 빨려주며 짧은 한숨을 내쉬었다. 혜자가 여기저기 내던져진 옷들을 주섬주섬 꿰어입고 나가려는데 그가 혜자 옷자락을 꽉 붙잡고 말없이 혜자를 올려다보았다.

“꼴같잖게 왜 이래?”

“우스운 소리 말고 앉아봐.”

“일 다 끝났잖아. 내가 댁한테 얘기한 건 일종의 써비스일 뿐이라구.”

“너 그 집에 빚 있냐?”

난데없이 혜자의 목구멍에서 뭉턱 헛웃음다발이 토해졌다.

“그래 있다. 그 빚 갚을라믄 부지런히 기어들어가서 또 벌어줘야 돼.”

“얼마나 있냐?”

“씨팔 놔 이거.”

저도 모르게 역겨운 욕지기가 뱉어졌다.

“나 너랑 살고 싶다.”

“왜?”

“니 살냄새가 좋다.”

“계집 살냄새 처음 맡아봐?”

순간 그가 혜자를 끌어안았다.

“좆같은 먹물들 말로 외로워서 그런다, 씹년아.”

수택이라고 있었다. 남진이 노래처럼 정말로 순정을 다 바쳐서 사랑했었다. 양팔도 못 벌리고 한팔 들어서 이쪽저쪽이 꽉 닿는 골목을 사이에 두고 줄줄이 늘어선 구로동 노동자택지 안에 있는 방 한칸. 그 방으로 올라가려면 사다리를 이용해야 했다. 벽돌과 합판으로 이어붙여진 그 공중 방에다 살림을 차렸었다. 성대하게 합방(合房) 축하 소주병도 터뜨려가며. 그는 하기 쉬운 말로 놈팽이인 것은 당연했었고.

그래도 좋았다. 밤에 일 끝나고 돌아갈, 저를 기다려주는 사내가 있는 따스한 불빛의 제 방이 있다는 것이 그야말로 ‘행복’했었다. 난생 처음으로 공책과 연필을 사다가 무엇인가를 적었었다. 잠든 수택이 얼굴을 손으로 되작여가며 '내 사랑' 수택이라고. 그 '내 사랑' 수택이는 떠나갔다. 줄줄이 윗목에 모셔진 소주병으로 냅다 혜자 얼굴을 내갈기고.

돈이 없었다. 수택이가 요구하는 돈이 쉽게 마련되지 않았다. 겨울이었다. 눈도 내리지 않는 삭막한 그해 겨울. 한밤내 퉁퉁 부어오른 뺨을 어루만지며 혜자는 수택이한테 줘야 될 돈 궁리를 했다. 바람에 전선줄이 에이는 소리에 가슴 조이며.

희미한 기억이었다. 아버지가 천장에서 늘어진 전등줄을 잡아당겨 엄마 뺨을 후려갈기던 기억. 엄마는 푸르딩딩하게 부어오른 뺨 위에다 누런 호박에 밀가루를 개어 붙였다. 엄마는 그렇게 퉁퉁 부은 얼굴을 하고 큰집엘 갔었다. 명절이었던가. 설. 설운 설. 설날 아침, 큰집 큰방에 아버지의 여자가 엄마 먼저 할아버지한테 세배를 올렸다.

큰집을 나와 땡땡 얼어붙은 골목을 한달음에 달려내려온 엄마는 넓은 광목 앞치마를 벗어두고 짐을 꾸렸다. 아버지가 또 한번 엄마를 후려갈겼다. 엄마 뺨에 붙였던 호박범벅이 사방으로 튀었다.

나중에 엄마는 혜자 느이 애비가 순 오입쟁이에다 독사같은 의처증 환자라고 말했다. '독사같은' 아버지는 그리 오래 살지 못하고 죽었다. 새 여자가 재발시킨 결핵 병균으로.

아버지 제삿날. 엄마는 의붓아비를 밖에다 세워놓고 대포가게 한켠에 포장을 친 그곳 한뼘 방에다 제사상을 차렸다. 수택이가 떠나간 그해 겨울의 아버지 제삿날이었던가.

수택이는 옷가방을 챙겼다. 혜자가 전에 있던 '정든집' 미스 홍한테 얻은 빚과 혜자의 유일한 재산으로 간직하고 있던 적금통장을 거머쥔 수택이가 자신도 확신할 수 없는 몇마디를 떨구고 방문을 거세게 밀고 나갔다. 사각형의 좁은 방문 너머로 공단 쪽에서 피어오르는 굴뚝연기가 까맣게 하늘로 퍼져올라가는 것이 언뜻 눈에 비쳤다.

"이 돈은 갚아준다. 공짜가 아니라구. 너무 서러워할 것 없어."

그를 찾아갔었다. 미스 홍한테 떠밀려서.

"별스럽게 올 겨울엔 눈도 안 와야."

"공장 연기가 하늘을 막아버려서 그런갑다."

그렇게 미스 홍과 재재거려가며 가까운 친구라도 찾아가는 것처럼 하고. 찾아갈 때는 일말의 기대를 안고 갔었다. 그래도 그는 적어도 '내 사랑'이 아니었던가.

공단 오거리 복래여인숙 지하. 불기도 없는 냉랭한 방엔 여자가 있었다. 여자는 아주 심한 기침을 했고 창백한 낯빛을 들어 혜자를 멀거니 치어다보고 있었다. 마침 수택이가 나일론줄에 묶은 연탄을 들고 나타났다.

"병들었어야, 결핵으루다. 약값이 만만찮어서 혜자 니 도움이 필요했다."

그럴 장소도 아니건만 공연히 눈물이 났다. 혜자는 아무 말 없이 돌아섰다. 수택이가 돌아서는 혜자한테 그 말 한마디만 하지 않았어도 혜자는 먼 옛날 역전 개천가 시절의 눈물 이후 처음으로 맛보는 따스한 눈물을 조금은 더 흘릴 수도 있었을 것이다. 그러나 수택이는 모질었다. 기어코 한마디 하는 걸 잊지 않았다.

"내 몸을 팔았어야, 너한테. 약값 때문이지."

그날 엄마를 찾아갔었다. 죽은 아버지 제사상에 절을 올리자고.

밤기차를 탔다. 돈이 없어서 제일 싼값으로 탈 수 있는 완행기차를 탔다. 그날 밤 눈이 내렸다. 참으로 오랜만에. 눈발은 잠시잠시 쉬는 역마다에서 조금씩 조금씩 대합실에서 흘러나온 불빛에 나비처럼 흩날려 보이더니, 기차가 남쪽으로 내려올수록 풍성한 나비떼가 되어 춤을 추었다. 수택이로 인하여 갈기갈기 찢어진 가슴도 풍성한 눈발 덕분에 모처럼 느껴보는 고요함으로 잦아들었다.

'고향 가는 길은 따스하다네.'

혜자는 창문으로 비치는 제 얼굴을 바라보며 조금 웃어보았다. 음영이 짙게 깔린 얼굴이 묘하게 일그러져 보였다. 일그러진 혜자의 얼굴 너머 통로 저쪽의 남녀가 서로의 몸을 부둥켜안고 있었다. 남자가 제 웃옷을 벗어 여자를 덮어주는 척 재빨리 여자의 가슴으로 제 손을 밀어넣었다. 한순간 여자가 소스라쳤고 그와 동시에 기적이 울었다. 남자가 여자 귓불에 대고 속삭였다. 여자가 안된다는 시늉으로 고개를 가로저었고, 남자가 소주병 마개를 이빨로 따서 단숨에 절반을 들이켜고 나서 여자한테 입을 맞췄다. 그들 옆의 창틀에는 벌써 여러 개의 비워진 술병이 놓여 있었다. 기차가 덜컹거리며 멎었고 조치원역임을 알리는 안내방송이 흐릿한 불빛 아래 잠든 여행객들을 깨웠다. 남자가 여자를 끌고 황급히 일어났다. 여자가 마지못한 듯 남자를 따라나갔다. 그들이 나가고 곧이어 기차가 출발했다. 혜자는 언뜻 보았다. 저쪽 역 광장 가로등 너머 어둠속으로 사라지는 두 남녀의 그림자를.

눈 내리는 밤. 또 하나의 사랑이 황급히 달구어지는 밤.

두 남녀의 맞은편에 앉아 내내 눈을 감고 있던 군용잠바를 입은 텁수룩한 사내가 그제서야 눈을 뜨고 중얼거렸다.

"니기미, 오지게도 춥네 거."

텁석부리 사내가 손을 세차게 비빈 다음에 남녀가 마시다 남기고 간 소주병을 흔들어 조금 남은 술을 입속에다 털어넣고는 군용잠바 깃을 세우고 의자 위로 드러누웠다. 양손을 사타구니 속으로 집어넣어 제 그것을 열심히 문지르는 것이 흐릿한 불빛 속에서도 여실히 드러나 보였다.

새벽이었다. 가당치도 않을 욕망과 불면에 시달린 사람들을 싣고 온, 밤내 눈을 뒤집어쓰고 온 밤기차가 종착역에 도착한 것은. 역 광장은 밤새 내린 눈빛으로 눈이 부셨다.

개천가 함석지붕 밑에서 엄마는 초라한 제사상을 차려두고 울고 있었다.

"새끼가 들어섰어야. 이 나이에 새끼를 나서 무슨 누리를 누려본다고. 수술해부렀다. 저 양반은 저절로 유산된 줄 알고 저리 속상해한다만도. 온 김에 미역국이나 끓여줄래?"

좁은 골판지 방에 비릿한 냄새가 진동했다. 늙은 어머니의 자궁에서 나오는 역한 피냄새.

의붓아비는 병들어 있었다. 간질환. 늘 배가 임산부의 그것처럼 불룩 나와 있었다.

"병이 들어논께 죽기 전에 자식 생각이 간절하던갑서야."

불룩 나온 배 위에다 언젠가 혜자가 사서 부친 다후다 잠바를 걸치고 눈발에서 시래기를 다듬고 있는 의붓아비의 눈에는 눈물은 보이지 않지만 줄줄이 울음이 매달려 있었다.

멀건 미역국을 입속으로 퍼넣으며 엄마가 물었다.

"뭣을 헌다고?"

"부라자 맹글어."

작부가 됐다는 소리는 차마 나오지 않았다.

"너는 만날 고것 맹그는 데만 다니냐?"

"그래야 도가 튼께. 그래야 그 방면에 인정을 받고."

"집세가 밀렸어야. 저 인사 약값은 놓아두고라도 당장에 니 에미가 털려나게 생겼어야."

혜자는 수택이를 생각했다. 수택이한테 건네준 엄마도 모르는 적금통장과 미스 홍한테서 빌린 돈.

돈을 내놓지 못하는 딸을 향한 엄마의 노골적인 적의와 불룩하게 복수가 찬 배를 내밀고 살고 싶다고 애원하는 의붓아비의 간절한 눈빛이 개천가 함석집에 더는 머무를 수 없도록 혜자를, 생각하면 소름끼쳐도 어쩔 수 없는 상행길로 떠다밀었다.

내려올 때 그랬던 것처럼 올라갈 때도 밤차를 탔다. 눈이 내려서 꽁꽁 언 산야를 굽이돌며 밤기차가 목메이게 울었다.

'늘 올라가는 길은 스산한 길이지요. 수택이는 서혜자한테 몸을 팔았대요. 서혜자는 당신들한테 몸을 팔지요. 당신들은 어디다 몸을 파나요. 마음을 사갈 사람은 없나요. 누가 내 마음을 사가세요. 내 몸값은 너무나 싸지요. 돈이 없어요. 누가 내 마음까지 사가셔서 오늘 밤 두둑한 이불과 따뜻한 밥과 사랑을 주실랍니까.'

용산역 광장에서 수많은 사내들과 수많은 계집들과 아이와 노인을 스쳐가며 혜자는 어딘가 따스한 곳을 찾아 헤맸다. 그러다 당도한 곳은 진홍빛 오촉짜리 전등알이 저 혼자 깜박이는, 제 키만한 직사각형의 방이었다. 꽁꽁 언 몸과 마음을 부릴 수 있도록 혜자에게 유일하게 허용된 공간.

골방 인생. 골방의 사랑. 골방의 행복.

축축한 요때기. 사내들의 체액 냄새를 맡으며 살아가는 바퀴벌레들의 서식지. 그 이상은 허용되지 않았다. 고층빌딩의 형광등빛은 얼음보다 차갑다. 따스한 것은 햇빛이 아니다. 홍등. 붉은 싸구려 여인숙의 불빛. 그것은 고향의 빛이지. 내 고향. 그곳은 또한 바퀴벌레의 고향.

"나는 너한테 오늘 밤 돈을 주지 않겠다. 대신 나랑 살자."

"당신 몸을 나한테 팔려고? 바퀴벌레처럼 내 몸에 엉겨붙어 서식하면서 그럴싸한 폼으로."

"여자가 있었다. 도망쳤다. 한동안 계집을 저주했다. 세월이 흘렀다. 또다시 옘병할 병이 도졌다. 그것은 고상한 말로 신의 섭리인 고로 어쩔 수 없다. 너는 작부다. 그런 건 상관없다. 어차피 잘 만난 것 아니냐, 서로 쎔쎔인 인생끼리. 먹물 좀 먹어봤단 년도 사귀어봤다.

계집은 다 똑같다. 계집뿐 아니라 인간 전부가 다 똑같다. 그런데 또 틀리기도 하지. 몸과 마음이 따로 노는 사람이 있는가 하면 또 같이 노는 사람이 있기도 하고. 너나 나나 볼장 다 본 사람들이지만 나는 너한테서 나한테 없는 무언가를 느낀다. 창녀라고 동정하는 거냐, 내가? 그렇지 않다. 희망이라고 허는 거 순수라고 허는 거 벌써 옛날에 잊어버린 말들이긴 하지만서도 그런 걸 너를 통해서 다시 되찾을 수도 있으리라는 예감이 얼핏 들었었다. 내가 잘못된 거냐? 나 정신병자 아니다. 니 냄새 참 좋다. 오랜만에 나는 사람냄새를 맡아봤다. 이 냄새야말로 미치고 환장할 냄새다. 살자."

빚은 없었다. 모아둔 게 없을 따름이었다. 새로운 (생각해보면 하나도 새로울 것도 없지만) 생활을 시작하기란 쉬웠다. 언제였던가, 돌아다보면 까마득한 옛날 같은 그 시절. 처음 제 자작으로 '인생의 성공할 길'을 찾아 엄마한테 등을 떠밀려서 밤기차를 타고 허위허위 올라왔던 상행길의 첫돌머리에 밥을 빌어먹었던 정릉 꼭대기 부라자공장. 혜자의 '오야'였던 미싱사 경님이는 동거하던 남자와 싸우고 돌아설 때마다 버릇처럼 뇌까렸다.

"개같은 인생, 좆같이 살다 가버리면 그만이여. 공장장님 말씀 그른 것 하나도 없다구우. 인생이 심각한 건 불순분자들한테나 해당되는 소리지 우리 같은 공순이 인생? 씨팔, 수틀리면 전태일이 뒤따르면 되야부러. 전태일이 따로 있간디? 이경님이 몸에 불 붙이면 전태일이지."

화끈하고 유식하고 잘났던 오야, 그리운 내 오야 이경님이. 실연의 아픔에 술을 마시고 술이 몸에 들어가면 늙은 공장장한테 달려가 품삯 좀 더 내놓아라, 안 그러면 니 공장에 전태일 하나 난다 얼러대기도 하다가 결국은 제 말대로 전태일이 갔던 길을 따르기 위하여, 진짜 노동자가 되겠다고 불순한 모임을 꾸리려던 경님이. 공장장한테 발각되어 협상조로 제 몸을 요구하는 늙은 공장장을 피해 시다 혜자를 데리고 구로공단으로의 탈출을 감행했던, 그리고 그곳에서는 맘 잡고 마음씨 고운 남자 만나 잘 살아간다는 입 큰 가시내 이경님이. 그 경님이 말대로 혜자들같이 초친 인생들한테야 망설이고 자시고 할 것도 없다.

옷보따리를 싸들고 주춤주춤 재호 방문으로 들어섰다. 재호가 혜자 신발을 신문지로 싸서 방안으로 들이면서 말했다.

"눈 떠보면 없어져버린다. 좀도둑이 끓어."

재호의 방은 혼자 사는 사내 방 같지 않게 따뜻하고 정갈했다. 낡았지만 깨끗한 이불. 낮은 천장에 매달려 온 방 구석구석까지 밝고 다사롭게 내리비추는 형광등. 그리고 무엇보다 가슴 따스해지는 것은 아랫목에 묻어둔 밥 한 그릇.

그날 밤 밥 한 그릇을 나눠먹고 나서 나란히 누워 둘이는 창문을 때리고 지나가는 바람소리를 들었다.

"바람소리가 이렇게 따스하게 들리는 건 처음이네."

독하지 못한 혜자. 헤픈 혜자. 정 많은, 그래서 고달픈 혜자.

"니가 할 수 있는 게 뭐냐?"

어둠속에서도 재호의 각진 턱과 짙은 눈썹 위 이마에 문신처럼 새겨진 주름이 꿈틀하는 것이 선명하다.

"보다시피 서울 막 와서 봉제일 좀 했지만 손끊은 지 오래고."

"공순이 아니면 작부냐?"

혜자가 고개를 끄덕였다.

"하룻밤 몸값치고는 비싸긴 하지만 모아둔 게 조금 있다. 가게를 열자."

그래서 하게 된 것이 풍차호프집이었다. 풍차호프집. 이름 하나는 그럴싸하다고 생각했다. 전에 왕대포집을 하던 할머니가 병이 들어 시립양로원으로 들어가고 난 뒤 또 누군가가 코흘리개들을 상대로 떡볶

이집을 하다 장사가 안돼 그만둔 자리였다. 아무리 궁리를 해도 선뜻 자신있게 할 수 있는 밥벌이 방법이 떠오르지 않고 기껏 생각나는 것이 또 그놈의 막걸리집이었는데, 밤이고 낮이고 술꾼들한테 시달려야 하는 대포집보다는 편할 것 같아 결국 '풍차호프집'이란 거창한 이름을 내걸고 보리술 장사를 하게 된 것이었다. 재호는 선뜻 내켜하지 않았지만 혜자 재주가 그밖에 안되니 할 수 없는 노릇이었다. 게딱지같은 가게에 풍차호프집이란 간판이 저 혼자 찬란했고 혜자는 제 푼수에 도무지 어울릴 것 같지 않은 그 휘황한 간판을 올려다보며 얼마간 속으로 감격의 눈물을 삼켰다. 사는 흉내 내느라고 장롱 대신 헌 가구점에서 잡동사니 집어넣을 베니어 찬장을 사서 들이고 흑백텔레비전도 한 대 샀다.

계절이 바뀌어 모진 바람이 아닌 꽃샘바람이 들창을 때리고 지나갔다. 밤이 늦어 혜자가 일을 끝내고 들어서면 재호는 부엌에서 쇳가루에 찌든 작업복을 빨고 있다가 혜자를 돌아보고 웃었다.

영등포 쇳공장 노동자와 술집 작부, 이재호와 서혜자의 '행복한 신혼'이 바야흐로 펼쳐지는 순간이었다. 그는 일주일 간격으로 아침에 혹은 저녁에 영등포 쇠파이프공장을 나갔다. 그는 성실했고 '희망'이 조금씩 보이는 듯도 했다.

희망. 사람이 목숨을 부지해나갈 수 있는 밥 같은 끈. 밥이 마련되었고 희망이 생겼다. 혜자와 재호의 공동체 안에.

그러나 그것은 혜자만의 희망이었던가. 재호의 희망은 어디에 있는 것인가.

"살아 있달 것이 없어. 그날 이후 나는 어쩌면 죽은 목숨인지도 몰라."

"지금 이렇게 살아 있잖아. 이 눈도 이 가슴도 그리고 이것도."

혜자가 재호의 아랫도리를 장난스럽게 건드렸다. 장난기, 그것은 몸과 마음에 차오르는 생기의 증표. 생기, 그것은 불안과 의심이 사라진 자리에 움트는 생을 향한 용기.

꽃피는 사월이었다. 마지막 손님을 내보내고 따순 물로 세수를 하고 콜드크림을 바르고 자리에 누우면 그가 있었고, 혜자는 제 곁에 누운 재호의 존재가 신기스럽고도 오져서 일부러 코를 킁킁거려가며 그의 냄새를 맡곤 했었다.

“그날 이후가 무슨 말이요?”

그가 똑바로 돌아누웠다. 그는 울고 있었다. 눈물 젖은 눈이 어둠속에서도 또렷이 빛나고 있었다.

“너는 아냐?”

“뭣을?”

“사람답게 살고 싶어 몸부림치다 죽은 사람들 얘기.”

“알어. 왜 지난번 있었잖아, 유전무죄 무전유죄 외치다 죽어간 탈주범들. 또 그러고 전태일씨.”

“니가 전태일을 알어?”

언젠가 야학이란 데를 다닌 적이 있었다. 열여섯살 나던 해 겨울. 엄마는 혜자를 밤기차에 실려놓고 말했다. 니 자작으로 니 인생 개척하라고. 남의 첩질을 해도 개천가의 보옥이년 같은 갈보는 되지 말라고. 그리고 무엇보다 되도록이면 문자를 터득하여 ‘성공의 길’로 나아가라고. ‘성공’으로 통하는 유일한 인생길인 문자를 터득하는 일은 그 첫 관문이었다. 가망 없는 성공의 길. 그렇더라도 가슴에 새기지 않을 수 없는 엄마의 말씀.

역 대합실에서 바구니에 오징어, 땅콩 등속을 담아들고 여행객들한테 파는 황아줌마 큰딸이 다닌다는 부라자공장은 낯설었지만 혜자랑 같이 올라온 황아줌마 둘째딸 향이가 울고 짤 만큼의 설운 감정도 혜자한테는 들지 않았다.

그것은 익숙한 느낌이다. 떠돌이들만이 가질 수 있는 근성 같은.

그랬다. 차갑고 매몰차고 엄마 표현을 빌리자면 억장 무너지게 막막한 날도 있었고, 낯선 곳에서 차를 내려 엄마 치마끈을 붙잡고 어디 다리 쉴 곳을 찾아 헤매던 밤도 있었다.

낯선 공장. 낯선 계집애들. 온통 낯선 것들이 반대로 낯익기도 한 그런 느낌.

엄마는 숙명이라고 했다. 숙명이 뭔지 모르지만 그런 숙명은 하나도 반갑지 않은 숙명이다. 낯선 것은 낯선 것으로 받아들여지고 그래서 눈물도 좀 나고 그랬으면 좋으련만. 제가 생각하기에도 더럽게 모진 숙명이다.

낯선 곳에서 밤을 보내고 이튿날 새벽부터 일터로 내몰렸다. 혜자는 이제 전태일이라는 이름을 알게 된 내력을 재호한테 가만가만 들려주기 시작했다. 그런데 참으로 이상한 것은 가만가만 이야기가 이어질수록 혜자 가슴이 더없이 고요하게 잦아드는 것이었다. 재호는 혜자의 다음 말을 기다리며 조용히 눈을 감고 있었다.

멀지 않은 과거인데도 아주 먼 옛날 같은 공장의 시다생활. 생애의 처음, 그 유년기가 밑도 끝도 없이 막무가내로 그리운 시절이라면 정릉 그곳 부라자공장 시절이 서울살이의 유년기였던가. 그래서 생각해보면 좋을 것 하나 없었을지라도 그 시절이 아련히 그리워지는 것이었다. 시골서 올라온 촌년들이 굴뚝연기 냄새가 그립고 해안가에서 올라온 년들은 해초 냄새가 그리워 환장들을 하지만, 혜자는 개천가 탁류 냄새가 그립고 밤낮없이 먼데로 떠나는 기차소리가 그립고 공장의 먼지냄새가 그립다. 지난하던 시절도 지나가버리면 좋았던 시절로 둔갑해버리는 것은 흔한 일이지만.

고향 같은 부라자공장 그리고 구로공단. 그 시절엔 쉰 술내와 사내의 체액 냄새로 이토록이나 찌들지는 않은 시절이 아니었던가. 그리고 무엇보다 엄마 말대로 어떻게든 문자를 터득하여 빛나는 성공의 길을 뚫어볼 심사도 마음 한곳에 옹골차게 담고 있었으므로.

개천가 집에서 들고 온 옷보따리를 베개삼아서 황아줌마 큰딸 옆에 누웠으나 잠이 잘 오지 않았다. 향이는 줄곧 제 언니 품속에서 서럽게 울었다. 황아줌마 큰딸이 제 동생을 꼭 안으며 말했다.

"이런 데서는 울어도 누가 봐주지도 안해야. 설운 곳이 서울이여. 마음 단단히 먹어야 쓴다이."

시다를 했다. 기숙사라고 지어진 하꼬방에다 옷보퉁이를 내려놓고 설익은 공장 식당밥을 먹으며 맨 처음의 서울살이가 시작되었다. 열여섯, 한창 물이 오를 나이지만 세상살이에 주눅이 들어선지 어쨌선지 아직 몸엣것도 나오지 않던 시절, 그해 겨울은 눈이 많이 왔었다.

원래 일하는 시간은 아침 여덟시부터지만 공장 이웃에 호화주택을 짓고 사는 늙은 공장장은 일곱시부터 눈알을 휘번득이며 '기상, 밥 처먹어, 현장에 입실'을 외쳐대고 온갖 싫은 소리를 아침마다 내갈겼다.

화장실이 같이 붙은 세면장엔 따순 물이 없었다. 부라자공장 아가씨들은 똥 누고 세수하는 것을 동시에 하고 찬물로 감은 머리에 고드름을 주렁주렁 매단 채, 그야말로 공장장 말대로 입속에 처넣은 밥을 목구멍으로 넘길 새도 없이 현장으로 내몰렸다. 공장장의 입에서 '현장 입실 완료'가 떨어지면 그 뒤에 들어서는 사람은 여덟시가 됐건 안됐건 무조건 지각이었고, 지각 세 번이면 결근이 하루였다. 혜자는 행여 반장에게나 주임에게나 공장장한테 타박이나 맞을까 어깨를 움츠리고 고개를 처박고 부라자 컵 속의 실밥을 따냈고, 하이타이물을 풀어 못 쓰는 칫솔로 '때 나오시'를 문질렀다. 손이 퉁퉁 부르터도 개의치 않고 고개가 부러질 것 같아도 절대로 들어올리지 않고 화장실 가는 것도 되도록이면 참고, 그렇게 최하급 보조시다 노릇을 하고 나니 어느날 반장이 혜자 어깨를 추스려올려주며 말했다.

"이경님이가 성질은 좀 못됐어도 최고 미싱사거등. 최고한테 붙기도 힘들다이. 도와줘가면서 눈치껏 잘 배워봐바."

최고 미싱사 이경님이는 연애대장이었다. 자신의 연애행각을 까발리고 다니며 맨날 하는 소리가, 회사에서 삯만 많이 주면 혼자 살 수 있다며 표어처럼 입에 굳어진 '우리 데모해불자'였다. 국민학교 졸업도 못하고 들어온 봉제공장 생활이 십년이 다 되어가지만 이런 지독스런 공장 처음이라며 어떻게든 뜻대로 안되면 딴 데로 튀자고 혜자 귀에 대고 속닥거렸다. 이경님이의 미싱 기술은 혜자가 보기에 거의 신기에 가까웠다. 점심시간 짬짬이 혜자한테 신기에 가까운 미싱기술을 배워주던 이경님이가 기어코 사단을 저질렀다.

"씨팔, 평생 박박 기며 살아야 할 공순이 생활이 지겨워서 그란다. 데모는 학생들만 허는 거냐? 우리도 한번 팍팍 소리도 질러보고 안되면 몸으로라도 밀어붙여보자니까."

아, 무서운 년 이경님이. 어느날 아침 뜻이 통하는 몇몇이서 짜고 그날도 예외없이 박박 악쓰는 공장장을 딱 무시한 채 현장 입실을 거부하고 나섰다.

주임한테 머리채가 잡혀 질질 끌려가던 이경님이, 피곤죽이 되어 돌아올 줄만 알았던 그 이경님이가 전혀 예상 밖으로 말짱한 얼굴로 기숙사방에 돌아온 것은 오밤중이었다.

"늙은 미친개가 뭐라 한 줄 아냐? 내 몸만 주면 딱 없던 일로 한단다. 여기를 뜰란다. 가자니까 딴 데로. 혜자야, 나 따라올래?"

구로공단으로 진입하겠다는 거였다. 정릉 꼭대기 호화주택의 철벽같이 둘러쳐진 벽돌담벼락 위로 노란 개나리가 흐드러지던 어느 일요일, 혜자가 직속 오야인 미싱사 이경님이를 따라 짐을 싸들고 정릉 언덕배기를 내려와 버스를 두어 번 갈아타고 간 구로공단.

“더럽고 추잡한 놈들 곁에 오래 붙어 있어봤자여야. 돈 같지도 않은 돈에 나중엔 몸만 처져서, 퉤퉤. 너도 미싱대에 오르려거든 나를 따라와.”

경님이는 공장문을 나서며 된침을 뱉었다. 새로 들어간 구로동 와이셔츠공장은 정말 공장이란 이런 데를 말하는구나 싶게 크고 사람도 많았다.

“미싱했어요?”

노무관리자가 금테안경 속의 눈을 날카롭게 빛내며 근로계약서를 들이밀었다.

“미싱 얼마나 했어요?”

혜자가 우물쭈물하는 동안 경님이 재빨리 대답했다.

“저는 십년 되구요, 얘는 한 이년 돼요.”

이년짜리 미싱사. 순식간에 혜자는 이경님이에 의해 이년짜리 미싱사로 둔갑했다. 현장에 들어가자 꼬장꼬장하게 생긴 반장아줌마가 미싱을 밟아보라 하였다. 후들후들 떨렸다. 경님이 혜자의 귀에 대고 말했다.

“살살. 세게 하지 말고 옴족옴족.”

주머니 갓선을 때리는 작업에 배치되었다.

‘아, 꿈에도 소원이던 미싱사가 드디어 되는 날이구나.’

복도를 사이에 두고 양옆으로 늘어선 기숙사방은 정릉 부라자공장에 비하면 천국이었다. 아침에는 따순 물로 머리를 감을 수 있었고, 탈수기가 있어 빨래를 해서 밖에다 널 필요 없이 기숙사방에 널어놓으면 일껏 빨아 햇볕에 넌 옷가지들을 도둑맞을 염려도 없었다. 이런 곳에서라면 시집갈 때까지 오래오래 있을 수 있겠구나. 기숙사방엔 경님이, 혜자 말고 영남이, 정례 또 누가 있었던가. 수시로 들고나는 사람이 많아 잠자는 공간은 넓어졌다 줄어들었다 했다.

그때, 들어온 지 얼마 안돼 이름도 채 익히기 전에 슬그머니 사라져버린 애가 달이 공단 희뿌연 하늘에 달무리를 이루며 떠오르던 날 밤 공장 담을 넘어 들어왔다. 마침 생리중이던 사감이 생리때면 늘 허리가 아파 꼼짝 못하고 일찍 잠든 관계로, 오랜만에 자다가 일어나 기숙사방을 자유롭게 나설 수 있던 밤이었다. 그래서 말이 있었다. 사감 월경날은 해방날이라고. 창살 없는 감옥 기숙사에서 한달에 한번 이런 날도 없으면 무슨 맛으로 살겠느냐고.

머리카락이 길고 눈이 유난히 깊은 아이였다. 기숙사 뒤편 담벼락과 마주친 으슥한 곳으로 누군가 검은 그림자가 소리없이 움직이고 있었다. 이른 저녁에 먹은 식당밥만으로는 배가 고팠다. 수위들 때문에 공장문을 나설 수 없어 담벼락을 통해 고구마 튀긴 것이라도 사먹을 속셈으로 기숙사방을 빠져나오던 참이었다.

검은 그림자가 혜자를 손짓했다. 놀랍게도 그는 엊그저께 슬그머니 온다간단 말 없이 사라졌던 그애였다.

"놀라지 마. 기숙사방에다 아무도 모르게 이거 좀 뿌려줄래."

"그게 뭔데?"

"유인물. 노동자가 사람 사는 세상 일구어나가는 길 알려주는 거."

도대체 알 수 없는 소리였다. 좋다. 그거야 어렵지 않지. 각 방마다 몇장씩 돌리면 되겠네. 그날은 긴 머리카락을 질끈 동여맨, 눈동자가 깊은 그애가 순간적으로 혜자의 입을 가로막았다.

"아무도 몰래 해야 돼."

"그러면 나도 너한테 부탁 좀 하자. 수위 몰래 고구마 튀긴 것 좀 사다주라."

고구마 튀김과 유인물 한보따리가 혜자 벙거지 속으로 들어갔다. 혜자는 그때 몰랐다. 유인물이라는 것이 무엇이고 유인물이라는 그 말이 주로 무슨 뜻으로 쓰이는지, 노동자 세상 알려주는 길이 도대체 어떤 것인지. 세상엔 알면 하기 어려운 일이 있기도 하고 모르면 망설일 것 없는 일이 있기도 했다. 그날 밤, 혜자는 두려울 것은 없었지만 아무도 모르게 해야 한다는 약속은 지켜야 했으므로 그것이 조금 부담스러울 뿐이었다.

달 밝은 밤이었다. 멀리 공장 지붕들 너머로 솟아오른 굴뚝에서 야간작업을 하는지 검은 연기가 그렇잖아도 희끄무레한 달을 서서히 뒤덮고 있었다.

"나 있는 데 오려면 가리봉 오거리서 3공단 쪽으로 올라오다 보면 큰 목욕탕 옆 교회가 있단다. 공부도 시켜줘. 생각 있으면 찾아와."

눈이 깊은 아이가 도둑고양이처럼 잽싸게 담을 넘어 사라졌다. 뭔가 심상찮은 느낌이 슬몃 들지 않은 건 아니지만 불안하진 않았다. 기숙사로 들어와서는 모두가 잠들기를 기다려 재빨리 복도 한가운데다 유인물을 풀어 세 군데로 나누어놓고 살금살금 방안으로 들어섰다. 이제 잠에서 깨어나면 공순이들은 공순이도 '사람 사는 세상 일구어나가는 길'을 보여준다는 종이쪽들을 보게 될 것이다. 아직도 품속에서 꺼내지 못한 고구마 튀김은 다 식어 있었다. 다음날 혜자는 설사를 하였다. 생리통으로 그렇잖아도 밉상인 얼굴을 잔뜩 우그러뜨린 사감이 기상나발을 불 때, 자리에 누운 채 속옷에다 설사를 지렸다. 배가 아팠다. 이토록 찢어질 듯이 배가 아픈 이유는 다 그 아이 때문이다. 오밤중에 도둑괭이처럼 스며든 그애만 아니었다면 그토록 불안하진 않았을 것이고 따뜻한 고구마 튀김은 이 세상 최고의 후식이 되었을 것이다. 그놈의 유인물인가 뭔가 하는 종이쪽들 때문에 고구마 튀김을 꺼낼 수도 없었고, 고구마 튀김 사온다며? 묻던 계집애들에게 들통날까봐 바람만 쐬고 들어왔다고 거짓말했던 죄로 아무도 몰래 쑤셔넣은 차디찬 고구마 튀김은 기어코 탈을 일으키고 말았다.

'뭐? 가리봉 오거리? 3공단 쪽? 그래, 어디 뭣을 하는 곳인가 찾

아가보자. 찾아가서 단단히 손해배상을 청구해야지.'

아침이었다. 배가 아파 꾸물거리고 있자니 사감이 도끼눈을 뜨고 '서혜자 기상'을 외쳐댔다. 그리고 전 기숙사가 발칵 뒤집혔나. 정말 도저히 예상할 수 없는 무서운 사단이 벌어졌다. 각방이 수색되었다. 꼬투리는 잡히지 않았다. 멋모르고 유인물을 집어간 몇몇이 노무과로 불려갔다. 아픈 배와 뜨끔한 가슴을 붙안고 겨우 현장에 들어갔을 때 주임의 핏발선 눈이 작업장 안을 살얼음으로 만들었다.

"스위치 꺼!"

주임의 입에서 존대가 나오길 기대하는 것은 식당밥에 고깃국이 나오길 기대하는 것보다 어렵다. 주임 말에 의하면 우리 공순이들 가운데 누군가 '불순분자'가 섞여 있다는 거였다. 만에 하나 그 불순분자에게 몸과 마음을 빼앗기게 되면 본인 신세 조지는 건 말할 것도 없고 회사가 거덜나며 국가가 흔들린다는 거였다. 고래로 만고의 역적 전봉준이가 있었으며 김일성이가 있었고, 근래로 들어와서는 그것이 집단으로 변해 암흑가의 조직처럼 신분도 안 밝히고 쥐도 새도 모르게 포섭이 되며 포섭되는 날에는 그 길로 끝장이라고 하였다.

호기심으로 종이쪽을 집어간 옆방 미순이가 볼이 퉁퉁 부어 들어왔다. 사람들의 시선이 차갑게 미순이한테 가서 박혔다. 주눅이 들 대로 들어버린 혜자는 숨도 제대로 쉴 수가 없었다. 그날은 배가 아파서도 그랬지만 불량이 엄청 나와서 일 끝나고 또 반장한테 된구박을 맞았다.

밤이었다. 경님이가 슬며시 혜자 옆구리를 찔렀다.

"다 알고 있어야. 니년 짓인 거."

"누가?"

"내가 알지."

"그걸 어떻게 알어?"

“니 동태 파악하는 데는 형사다 이년아.”

“그게 그렇게 엄청난 짓이야?”

그때 한방에 같이 기거하는 정례가 들어왔다. 경님이가 빠르게 혜자 귀에 대고 말했다.

“너도 모르고 나도 모르고 하느님도 모른다, 이?”

일요일. 모처럼 맞는 휴일이었다. 썰렁한 공단 담모퉁이를 돌아 황사바람이 맵게 불던 날이었다. 눈 깊은 애가 일러준 그곳 ‘교회’란 곳을 찾기란 어렵지 않았다. 혜자가 굳이 교회를 찾아가는 솔직한 이유는 배 아팠던 것 때문은 결코 아니고 공부도 시켜준다는 그 말 때문이었다.

“어떻게 오셨습니까?”

안경 쓴 대학생풍의 남자가 부드럽게 웃으며 물었다. 혜자는 알 수 있었다. 그 얼굴과 목소리만으로도 그가 배운 사람인지 안 배운 사람인지는 금방 태가 났다.

“손해배상 청구하러 왔지요.”

강당처럼 생긴 큰 마루 한옆 조그만 샛문을 열고 나오는 얼굴은 그애, 눈 깊은 애였다.

“너 땜에 배가 아팠어야. 오금도 졸아들었고. 시방도 심장이 뛰어야. 어떤 수로든 그에 값할 대가를 치러줘야.”

‘그애’가 말했다.

“너 배우게 해주께. 늘 배우고 싶댔지?”

“여기 나오면 검정고시 칠 자격도 준다냐?”

그애가 웃었다.

“그래. 검정고시 치는 것도 좋지. 하지만 검정고시 쳐서 학교에 갈 수 있다 해도 금은보화보다 소중한 노동자 사상 배워주는 데는 없다.”

“나는 그런 뜬구름 잡는 소리는 몰라도 되어야. 내 소망은 학교에 가고 싶어."

"그래, 학교 공부도 할 수 있어. 강학이라고 대학생 선생들 많다, 여기. 글자, 수, 역사, 지리, 노래, 춤까지 배울 수 있어."

그 말 한마디에 혜자는 누그러졌다.

"그런데 이곳에 다닐려면 기숙사를 나와야 해야."

"방을 얻으라고?"

"그래."

"돈이 없어."

"니가 정 배우고 싶다면 내 방에 올래? 방은 좁지만 같이 지낼 수는 있을 거다."

여전히 황사바람이 맵던 날, 늦은 밤근무를 마치고 가리봉시장 곁 그애 유숙이의 자취방으로 옷가지가 담긴 궤짝을 옮겼다.

야학을 다니던 한달쯤 뒤에 혜자는 해고당했다. 유숙이의 말대로 은밀하게 사람을 모으지 않고 공공연히 야학 선전을 하고 다닌 것이 화근이었다. 주임이 '존말'할 때 나가라고 하였다. 아이들 야학물들인다고. 빨갱이물들인다고. 서혜자 니 신상 조지는 건 상관할 바 없지만 회사가 니 하나 때문에 안녕하지 못하면 주임 저 밥줄이 끊어진다고.

해고는 혜자에게 절망이었다. 회사에서 그만두라면 그만둘 수밖에 그 이상 어떻게 해볼 방법을 혜자는 알지 못했다. 노동자를 사람 취급하지 않는 세상에 온몸을 불살라서 항거하다 죽어간 전태일이란 사람이 있다고 했다. 그럴 수는 도저히 없다고 생각되는 한편에 또 그러할 수도 있다고 여겨지는 것은 어떤 이유에선가. 그렇잖아도 하도 빼서 나오지도 않을 것 같은 땀 뻘뻘 빼며 열나게 미싱발을 밟고 있는데 저 혼자 인상 박박 쓰며 쭉쭉 빼 쭉쭉 해대는 주임을 향해, 이경님이가 니기미 니 좆이나 쭉쭉 빼 처먹어라는 말끝에 늘 하던 소리가 있지 않았던가. 노동자 뒈져불면 너희들 콧물도 없어. 상호 공존 공생할 때가 존 거여야.

그토록 화끈하던 경님이에 비하면 유숙이는 무엇인가. 은밀한 것 좋아하고 철저하게 '조직'이란 데 휩싸여서 혜자 자기 같은 순진한 사람, 간첩들 하는 수작으로 '포섭'이란 것을 해서…… 또 그 다음엔 무엇인가. 정말로 유숙이는 불순분잔가. 내가 불순분자에게 꾀여서 이제 나도 모르게 서서히 내 인생 조져먹어가고 있는가. 그렇다. 돈 준 것도 없는데 선선히 제 방을 내어주고 지나치게 살갑게 구는 것이 뭔가 냄새가 풍긴다 했더니. 회사에서 쫓겨난 그날 혜자는 유숙이가 아직 돌아오지 않은 틈을 이용해 그 방을 빠져나왔다. 그날 처음으로 술을 마셔봤다. 경님이는 슬피 우는 혜자 등을 다독거려가며 못 먹는 막걸리를 샀다. 그리고 성수동으로 가보라 했다.

"넌 인제 공단에 못 있을 거다. 한번 쫓겨나면 다 쫓겨나게 되어 있어. 이곳을 떠서 성수동 쪽으로 가봐라. 그쪽에 봉제공장 숱해야."

아, 언제 어디서나 유식한 이경님이.

그날 밤 안으로 공장을 찾아 잠잘 곳을 마련해야 했다. 옷궤짝이 무거웠지만 택시를 탈 엄두는 나지 않았다. 그리고 그날 밤, 성수동으로 옷궤짝을 싣고 버스를 타고 가던 날 밤 차장이 된 순예를 만났다. 순예, 혜자가 유일하게 다녀본 학교인 국민학교, 그때 오학년때의 짝. 말을 할 수 있는데도 학교에 오면 말 한자리도 하지 않고 하루종일 제자리에 붙박혀 앉았다가 집으로 돌아가곤 하던 반편이 같던 그애 순예가 지금은 씩씩하다 못해 우악스러운 차장이 되어 있었다.

"재밌냐?"

"이 세상에 힘 안 드는 게 어딨냐? 재미커녕은 죽지 못해 하는 거지."

"인제 말은 술술 잘하냐?"

순예가 비긋이 웃으며 눈을 흘겼다. 차라리 순예가 부러웠다, 제 처지에 견준다면. 구로동에서 성수동은 꽤 멀었다. 종점이 가까워진 모양이었다. 순예가 드문드문 자리에 앉아 졸고 있는 손님들을 일일이 깨워가며 승차권을 걷어 오다가 혜자를 스쳐가며 말했다.

"우리 차고로 가자."

이렇다 저렇다 혜자 제 사정을 얘기하지도 않았건만 순예는 객지 생활 몇년만에 행색만 보고도 사람 볼 줄 아는 눈이 생긴 모양이었다. 그 다음날부터 꿈에도 생각 못했던 시내버스 여차장이 되었다. 유숙이는 원수였고 순예는 은인이었다. 그날 밤.

인생은 강행군이라 생각했다. 추위와 어둠이 채 가시지 않은 신새벽 안내양 기숙사를 빠져나오며 그 생각을 했고 파김치가 되어 차고에 붙은 기숙사로 돌아오며 그 생각을 했다. 강행군할 수밖에 없는 혜자네 인생. 행군하지 않으면 아무도 밥과 잠자리를 주지 않는 고달프고 씁쓸한 인생. 그러나 산 목숨이기에 포기할 수는 없었다. 어떻게든 살자. 살아내자. 끝없이 참고 인내하다 보면 어떤 서양시인의 싯구처럼, 아니 서양시인까지 갈 것도 없이 개천가 함석집 엄마의 말대로 빛볼 날이 오지 않겠나. 동전 몇푼의 의심 때문에 사타구니까지 검색당하는 모욕도 겪었고 하루하루가 수면부족의 연속이었다. 차를 타고 다니다가 때때로 시위현장을 지나갈 때면 혜자는 '불순분자'들의 난동을 생각했다. 경님이가 성질난 김에 뇌까리던 데모 소리는 어쩐지 장난처럼 여겨지더니 진짜 데모는 무서운 것이었다. 아편에 중독된 아편쟁이들이었다, 데모꾼들은. 그들의 신상은 물론 국가를 흔들리게 할 수 있는 무섭고 더러운 고집쟁이들.

여차장 생활 삼년, 혜자는 자동 축출되었다. 감원을 해야 한다는 것이다. 여차장이 필요없어졌다는 거다. 차를 탈 수 있는 기회를 주지 않아 받아갈 급료가 없었다. 또다시 옷궤짝을 들고 헤매다가 찾아간 곳이 구로동이었다. 그곳에 자기를 기다려줄 누가 있어서 간 것은 아니었다. '나는 버려진 사람'이라는 의식이 그곳 초라한 노동자택지가 밀집해 있는 구로동으로 발길을 옮기게 한 이유인지도 몰랐다. 늘 차를 타고 지나면서도 무심히 생각했던 구로동이, 예전에 한번 혜자가 머물다 밀려났던 그곳이 제 의식 속에서 그래도 고향 행세를 하고 있음을 혜자는 그때야 깨달았다. 결코 낯설지 않은 공장 담모퉁이와 노동자와 건달들과 창녀가 뒤엉켜 사는 그곳 노동자택지만이 그날 혜자가 유일하게 만만히 찾아들 곳이었다.

공장 담은 예나 지금이나 높았다. 높은 담벼락에 기대어 혜자는 제가 어디로 가야 할 것인가를 생각했다. 야간작업을 하는지 공장 안에서 끊임없이 기계소리가 들려왔다. 그 순간 그리운 것은 엄마가 아니었다. 공장 안에서 들려오는 일하는 소리였다. 공장의 담벼락에는 수많은 광고종이들이 어지럽게 붙어 있었다. '밤안개집'은 그 수많은 광고쪽들 중의 하나에 불과했다. '여종업원 구함. 숙식제공, 선불 줌'의 광고나부랭이를 믿은 건 아니었다. 구인광고 문안에도 나와 있듯이 당장에 숙식처가 급했다.

작부. 혜자는 작부가 되었다.

"남의 첩이 되더라도 몸파는 신세는 되지 말그라이."

낯선 여인숙의 희미한 전등불 아래 낯선 사내와 누워 있노라면 엄마 얼굴이 떠올랐다. 지나온 삶, 강행군의 삶이 회한으로 밀려왔다.

"어쩌면 나, 봄부터는 돈 못 벌지도 모르겠다."

"왜?"

"오월이 오잖냐."

"오월이 무슨 특별한 달이데?"

"광주가 있잖냐."

광주? 혜자는 개천가 함석집을 떠올렸다. 오월, 엄마는 혜자한테

급히 타전을 했다. 밤늦게 막차일을 끝내고 안내양 기숙사에서 막 잠이 들려던 참이었다.

“여게는 시방 난리랑께. 데모 바람이 전국적으로 불어부렀어야. 거게는 어쩌냐?”

“우리허고는 상관없당께. 근무 잘 서고 있어. 염려 마시요, 엄마.”

광주는 늦은 밤 엄마하고의 애절한 통화로만 기억난다. 그러고 감감무소식이었다. 무소식이 아니라 불통이었다. 엄마는 어둠 저쪽에 유폐된 채 끊임없이 피어린 목소리로 혜자를 불렀다. 어둠, 피, 죽음. 경황없이 끊어버린 전화선 어둠 저쪽에서 엄마가 죽어가고 있는 환영에 시달리던 몇날 며칠. 그해 여름, 짧은 휴가를 내 그곳 개천가를 찾아갔을 때 엄마는 역전 분수를 가리키며 말했다.

“엄청났어야. 인공때는 저리 가라였당께. 피허고 불허고 저 분수보담도 더 크게 솟았어야. 인제 본께 저놈의 분수는 나는 암것도 모르요 허고 있다이.”

늘상 더러운 물이 음울하게 흐르는 개천가를 돌아나오면 거기 새하얀 분수물이 찬란하게 치솟아오르고 있었다. 어디를 봐도 불과 몇달 전에 있었다는 죽음의 흔적은 찾아볼 수 없었다.

재호는 말했다.

“오월에 나는 폭도였다. 시골 집은 씨 다른 형님이 한 분 있지만 먹을 게 없었고 어머니는 날 공부시킬 힘이 없었지. 내 한 입이라도 덜어주는 것이 유일하게 집에 보태는 길이었고, 나어린 놈이 집 나와서 할 수 있는 일이란 공장 시다질을 하거나 뒷골목 부랑아가 되는 두 가지 길뿐이었다. 혼잣몸뚱이 굴려가며 그런대로 이렇게저렇게 살다가 그해 오월에 사람 죽이는 군인들을 봤다. 데모 한번 안해본 나도 죽을 뻔했고, 손 한번 잡아보지 않았지만 맘속에 두고 있던 여자가 군인이 휘두른 칼에 맞아 죽었다. 도저히 믿을 수 없는 일이지만 또 그곳 사람들은 도저히 잊어버릴 수 없는 일이다. 싸울 수밖에 없었다. 싸우는 길만이 그때는 살아남는 길이었다. 마지막 날 새벽, 예전에 나랑 같이 뒷골목에서 개폼 잡고 살던 놈팽이, 넝마주이, 주방장 하던 내 친구들 영택이, 하준이, 용수 다 죽었다. 나는 모른다. 그 친구들이 지금 어데 가 묻혔는지. 망월동에 묻혔는지 아니면 청소차에 쓸려가서 쓰레기처럼 어딘지도 모를 산허리 구덩이에 매립당했는지. 이것도 저것도 아니라면 불구덩이 속에 처넣어졌는지 나는 모른다. 그리고 남겨진 나는 어쩌다 구차한 목숨이 붙어서 아직까지 살아 있다. 마누라는 나보고 미쳤다고 하더라. 죽어분 영택이 하준이들이 니 형제 니 친척이라도 되냐고. 세상은 그보다 더한 일을 저질러놓고도 어차피 힘있는 사람들이 잘 먹고 잘사는 꼴로 흘러가는 것이라고. 우리같이 못난 인생들은 아무리 억울하고 분하고 괴로워도 꾹 참고 살아가는 수밖에는 살 방법이 없다고. 마누라 말대로 개좆같은 세상에 나도 개좆이 되어 살아보자고도 했다. 그러나 그것이 잘 되지 않았고 마누라는 새끼 하나 떨궈놓고 지 살 길로 갔다. 마누라를 타박하진 않는다. 너랑 살자고 해놓고도 겁이 났다. 내가 어쩌자고 또 죄없는 계집 하나를 꿰차버렸는가. 나는 어쩌면 미쳐버렸는지도 모르겠다. 미친 놈이 그래도 몸뚱이는 살아서 저도 사내라고 계집 욕심을 내는 것 보면 스스로 기가 막힌다. 나는 너한테 많은 것을 줄 수 없고 너한테 많은 것을 바라지도 않는다. 많은 것이라 한다면, 니가 이런 미친 놈 곁에 끝까지 붙어 살아주는 것도 포함된다. 가능한 한 최선을 다해보자만 예감은 그리 좋지 않다. 또 모르지. 데모를 하다 백골단에 맞아 뒈지든지 이도저도 아니면 더러운 세상 살자니 나도 같이 더러운 놈이 되어 살인 강도짓을 벌이다가 가막소 안에 처박히게 될지도. 앞날은 장담 못할 일이다."

말을 마친 재호의 품속으로 혜자가 기어들었다. 멀지 않은 공장지대에서 끊임없이 야간작업하는 소리가 탁탁거리며 들려왔다.

봄. 재호가 말한 돈 못 벌지도 모른다는 봄이 무르익어가고 있었다. 그는 아팠다, 봄 내내. 재호가 돈 못 버는 거는 아무것도 아니었지만 시름시름 앓는 것은 정말 마음 아픈 일이었다. 그리고 그 봄의 막바지에 재호는 아직도 아픈 기가 빠지지 않은 몸을 일으켜 풍차호프집, 혜자 곁을 떠났다. 혜자와 재호 자신이 함께 살아갈 날이 그리 호락호락하지는 않을 거라던 그의 예감을 실행으로 직접 보여주기라도 하려는 듯 혜자가 잠시 저녁 장사거리를 마련하러 시장을 갔다온 사이 재호는 없어졌다. 떠났다고 단정할 수 있는 것이, 풍차호프집을 나간 뒤 전화 한통 없었고 아무곳에도 그의 연락처를 남기지 않았다. 오월, 그가 말한 오월도 후딱 넘어가고 유월이 왔건만 아직까지 그는 아무런 소식이 없다.

비바람은 밤새 불었다. 비바람 소리에 허전해진 심사를 달래가며 온밤내 뒤척이다 잠이 든 것은 창문을 비추던 골목 외등이 깜빡 꺼지고 부연 아침빛이 스며들 무렵이었다. 잠결에 혜자는 두 남녀의 발자국 소리를 들었다. 어젯밤 잔업까지 마치느라고 늦은 잠자리를 찾아나섰을 공돌이 공순이의 것이 틀림없는. 그들은 이른 아침의 출근을 위하여 입기 싫은 옷들을 억지로 꿰입고 갈증과 허기에 지친 몸들을 추스려 그래도 삶의 전장에 나서는 비장한 각오들은 각각의 가슴에 새겨넣은 채 여인숙 문을 나섰을 것이다. 그들은 오늘밤 잔업까지 끝마치고 공장 담모퉁이 어딘가에서 만나 복덕방을 찾아나설 것이다. 그리하여 방값도 아끼고 지친 육신도 서로의 손길로 더듬어주는 그들의 벌집 인생은 바야흐로 시작될 것이다.

혜자는 멀어져가는 두 남녀의 발소리를 들었다. 그것은 혜자 가슴을 밟고 멀어져가는 재호의 발소리 같았다. 떠난 자리에 커다란 자국만 만들어놓고 사람은 보이지 않는.

눈을 떴다. 습관처럼 손을 내밀어 옆자리를 더듬었다. 아무도 없다. 문득 아기 가진 것을 확인한 이후 한동안 끊었던 담배 생각이 간절해진다. 윗목 찬장 구석에 구겨두었던 담배를 꺼내 불을 붙였다. 매운 담배연기가 목구멍을 타고 내려와 후끈 폐 속을 뒤덮는다. 혜자는 순간적으로 진저리를 친다. 서둘러 한모금 빨았던 담배를 비벼끈다.

어떤 환영. 자궁 속에 엎디어 있는 생명체에게 뒤집어씌워지는 맵고 더운 담배연기. 무서운 환영이다.

재호, 니 자식을 낳을 것인가 말 것인가. '순정'만 믿고 밀고 나갈 것인가. 결국에는 사랑에 속고 돈에 우는 홍도 인생이 될지라도. 아니면 센터 '리'의 말대로 더 늦기 전에 마음 고쳐먹고 또 그놈의 긁어내는 짓을 해야만 할 것인가. 결정은 유보해두겠다. 나는 우선 너의 행방을 찾아야겠다. 그것이 혹 수택이란 놈 찾아나섰다가 당한 꼴이 될지라도. 죽을 만들 것인지 밥을 만들 것인지는 니 꼴상을 확인한 뒤에 결정하겠다.

지금은 유월 장마철. 미스터 리의 고상한 말대로 '기나긴 우기'.

셔터문을 반쯤만 올리고 빼꼼이 밖을 내다본다. 밖은 한낮이다. 비구름이 낮게 내려앉은 하늘이 어둑신할 뿐이지 사람들의 움직임에선 이미 한창 가속도가 붙은 한낮의 치열한 냄새가 난다. 분주한 삶. 여차장질에서 밀려나와 밤안개집에서의 삶 이후 늘 한낮의 삶들이 낯설었었다. 노상 무질서한 제 삶에 견주어, 거리에는 한낮 소란스러움 속에도 어떤 질서가 있는 듯이 보였다. 잠을 깨보면 부지런한 개미처럼 부산하게 움직이는 사람들, 사람들.

솔기에 치렁치렁 주머니가 달린 국방색 얼룩무늬 바지를 입은 대한가스 배달원 청년. 폭이 넓은 밑동은 양말 속으로 밀어넣고 엉덩이는 꽉 밀착된 그의 유일한 일상복이자 작업복을 입고 그는 무거운 가스통을 가볍게 어깨에 걸치고 까쓰요오 까쓰으를 외친다.

계란이요 계란, 싱싱하고 굵은 계란이오. 계란장수의 확성기는 사람의 육성인가 녹음테이프인가. 똑같은 억양, 반복되는 말. 그것은 화장지장수도 마찬가지다. 값싸고 질좋은 화장지를 공장도 가격으로 판매하고 있으니 구경들 하세요.

그토록 서먹서먹하던 한낮의 소음들이 낯익기 시작한 것이 언제부터였던가. 그것은 생각하건대 풍차호프집 이후부터일게다. 그것은 바로 재호와의 생활 이후다. 그런데 재호가 없는 지금 한낮의 소란스러움은 혜자한테 적막이다. 혜자는 지금 정말로 고적하고 적막하다. 그리고 배가 고프다. 허전한 심사가 허기로 이어진다. 먹지 않아도 배부르다는 말의 뜻을 혜자는 이제야 알 것 같다. 누군가 저를 이녁 살처럼 아껴주는 사람이 있다는 것은 그 얼마나 마음 든든한 것이더냐. 그러나 이제 사람이 없는 지금 혜자는 만사가 헛헛해진다. 헛헛해진 심사를 달래기 위해서라도 무엇인가를 먹어둬야 한다. 그리고 배가 고프면 헛구역질은 더 심해진다. 어젯밤 미처 치우지 못한 부엌 개수대는 난장판이다. 음식 찌꺼기가 달라붙은 채 기영물통에 처박혀진 그릇들 중에 대접 하나만 달랑 씻어 찬밥을 퍼담고 우걱우걱 입속으로 몰아넣는다.

'어디 가서 재호 널 찾을 것인가. 찾아서 뭘 어떻게 할 것인가.'

혜자는 밥알을 입속에 담은 채 씹을 생각도 없이 문득 재호의 고향이란 데를 떠올린다. 제 어머니가 그곳에 있다고 했다. 자주 한 얘기는 아니지만 가정사가 엉망이라고 했다. 형님하고 성이 다르다고 했다. 그는 어떤 사람일까. 국민학교 졸업도 하기 전에 객지로 떠돌 수밖에 없었다는 그의 살아온 내력을 그곳에 가면 알 수 있을까. 그런데 나는 또 왜 굳이 그의 시시콜콜한 내력까지도 알려고 드는 것일까. 뱃속에 뜬금없이 들어찬 새끼 때문인가. 정말로 혜자 너는 재호 새끼를 낳고 싶은가. 그것은 아직 모르겠다. 하지만 서혜자는 지금 이재호, 너란 사람이 어떤 사람인지 확인하고 싶다. 적어도 너는 수택이 같은 인간은 아닐 거라는 실낱같은 믿음을 내게 주었지 않느냐. 이 게딱지 같은 풍차호프집에서의 몇달간 말이다.

혜자는 마지막 밥숟갈을 마저 입속에 몰아넣고 나서 일어선다.

눅눅한 하늘에선 금방이라도 쏟아질 듯이 무거운 구름장들이 모여든다. 셔터문을 잠그고 골목으로 나서는 순간 어디선가 매캐한 냄새가 바람을 타고 날아든다.

"가리봉 오거리서 데모가 났었대여. 에취."

경기슈퍼 아줌마가 혜자를 향해 묻지도 않은 말을 건넨다.

"누가 죽었다믄서? 김뭣인가 하는 여학생이."

"이 나라에 날이면 날마다 초상나네. 참말로 웬수놈의 시국이여."

"학생들이 죽었으믄 죽은 게지 공장것들까지 웬 부화뇌동인지 몰라."

에취에취 해가면서도 사람들은 음산하게 구름이 몰려오는 공단 쪽 하늘을 바라보며 서성인다.

"도처에 깔려 있는 게 죽음이다. 니가 전태일을 안다니까 하는 소린데 그 전태일 이후만 해도 얼마나 고운 목숨들이 사람답게 살고 싶어 몸부림치다 죽어갔느냐."

재호가 한 말이 난데없이 떠오른다.

"그렇다면 우리들도 산 목숨들이라고 할 수 없겠그만."

혜자가 뭔가 좀 아는 척 한 말끝에 재호가 긴 한숨을 몰아쉬었다. 혜자는 그때 문득 재호한테 묻고 싶었었다. '폭도'였다는 당신도 불순분자들이 흔히 하는 말 중에 '노동자 사상'에 물든 사람이냐고. 그러나 그 말은 재호의 긴 한숨소리에 눌려 차마 나오지 못했다. 지금 그의 그 깊고도 긴 한숨소리가 들리는 것 같다.

터미널에서 남쪽으로 가는 버스에 몸을 실을 때부터 본격적으로 비가 쏟아지기 시작했다. 무턱대고 찾아가는 그의 고향. 그것도 어느 때던가 재호 작업복을 빨다가 호주머니 속에서 빼낸 주민등록증에서 본 주소 하나만을 믿고 나선 길이다. 버스 안에서 혜자는 내내 선잠을 자다가 깨고 길 나선 것을 후회하기도 하고 그러다가 또다시 입을 앙다물어 새로운 결심을 하고 잠을 청하곤 했다. 그것은 끈을 찾기 위한 혜자의 몸부림이었다. 다시는 되돌아가고 싶지 않은 어두운 뒷골목의 니나노집들. 재호는 어느새 혜자의 끈이 되어 있었다.

끈. 그것은 생명줄이었다. 사람답게 살고 싶은 목숨을 위한.

혜자는 재호의 고향집에 옳게 찾아가긴 찾아갔다. 엄마네 함석지붕 밑에서 하룻밤을 자고 난 이튿날이었다. 간경변이 끝내 간암으로 도져 의붓아비를 잃고 난 엄마는 상심에 날마다 술로 펑 젖어 살았다. 그러고도 혜자만 보면 늘 돈타령인 엄마한테 혜자는 화를 내었다. 화내는 혜자를 향해 주저리주저리 욕을 해대던 엄마가 잠이 들고, 잠든 엄마를 놓아두고 혜자는 시외버스 정류장으로 나가 재호네 고향으로 가는 완행버스를 탔다. 완행버스에 몸을 흔들려 가며 혜자는 그전에 엄마가 우리 불쌍헌 딸년 불쌍헌 딸년 해대던 것처럼 '불쌍한 엄마'를 되뇌었다. 털털거리는 버스를 내려서도 한참 들판길을 걸어가서야 재호의 고향집이 나타났다. 거기서 재호가 늘상 그리워해 마지않던 그의 늙은 어머니를 만났다.

유월. 재호의 시골집에서는 유월누에 농사가 한창이었다. 그의 늙은 어머니는 합죽한 입을 호물거리며 이 난데없이 찾아온 의심스런 여자를 스스럼없이 맞아주었다. 노모는 누에섶에서 끊임없이 누에송장을 추려내 올리며 그 손으로 꾸적꾸적 눈가에 달라붙은 눈물을 닦아냈다.

"누에농사도 인자는 재미 하나도 없어라우. 뙤국서 수입헌다고."

"예에."

"우리 재호허고 얼매나 가차우요?"

"시방 함께 살어요."

그 말끝에 혜자는 지금 재호가 어딨는지 아느냐고 물으려다 그만두었다.

"시방 함꾸네 산다고 허니께 말을 놓아도 숭은 안되겄지마는, 그것이 몇조곰이나 갈지는 사람 일이라서 알 수 없는 일잉게로 놓지는 안헐라요. 그러고 시방 함꾸네 산다고 허니께 허는 소리요만 우리 재호는 빨갱이여라우. 폭도였당께. 처자 생각혀서 허는 소리인께 뺄로 듣지 마시소. 내가 인생이 박복하야 머리를 두 번 올렸어라우. 재호 위로 성이 있는디 갸 아부지가 인공 적에 산으로 가부렀소. 윗동에서 머슴을 살았는디 여수서 반란군들이 산을 타고 지리산으로 넘어가는 질목이 되어놔서 어떤 한날에 쥔 대신에 우리 집 양반이 부역을 했다요. 서에서 나와서는 잡아가서 쥑인다 어쩐다 해쌓는 통에 못 전디고 그 질로 빨갱이들 따라서 가부렀당게라우. 그때 안 갔으면 참말로 한동네 사람 몇맹키로 죽기는 죽었을 것이요만, 이래 죽거나 저래 죽거나 나한테는 없는 서방이고. 몇년 수절타가 허다허다 못허고 내가 서방질을 갔소. 거게서 난 것이 재호라우. 애초에 서방복 없는 년이, 끝에 간다고 없는 복이 뜽금없이 솟아날 것도 아니고. 재호 아부지도 몇년 못 살고 죽어부렀다요. 서방복 없으믄 자식복이라도 있을랑가 혔더니 그것도 아닌 모냥이오. 재호란 놈이 저 지랄허고 댕기는 것 보먼. 지 성은 빨갱이라믄 치를 떠는 인사요. 지 아부지 따문에 지 인생이 뿌서졌다고. 혀서 재호 그놈이 광주서 그 난리 났을 적에 암것도 모른 놈이 빨갱이들 허는 수작에 놀아났다고 숫제 보들 안헐라고 허요."

대문가에 서 있는 감나무가 비를 흠뻑 머금어 싱싱하게 잎사귀들을 팔랑대고 있었다. 혜자가 싱싱한 녹색의 이파리들을 무심히 바라보고 있을 때 유치원에 다니는 듯한 사내아이가 누군지도 모를 혜자에게 꾸벅 인사를 하며 들어섰다.

"내 강아지 오신가?"

"할머니, 밥 줘요."

"느그 큰아부지 오믄 함꾸네 묵자이."

사내아이가 두말없이 유치원 가방을 마루에 던져두고 마당 귀퉁이에 있는 토끼장 앞으로 달려갔다. 인근 국민학교에 딸린 병설 새마을유치원이라고 까맣게 때가 전 가방 앞면에 씌어 있었다.

"지 에미 지 애비가 없응께로 저래 말 못허는 짐승허고 동무를 삼소. 어린것이."

이제 모든 것은 확실해졌다. 물론 처음부터 기대하고 온 것은 아니지만 재호는 여기에도 없고, 사내아이는 언젠가 얼핏 재호가 말했던 그의 아들이란 사실이. 늙은 어머니는 이제야 생각났다는 듯이 혜자에게 새삼스럽게 사내아이를 설명했다.

"재호가 광주 구신에 씌어서 발광허니라고 통 돈도 못 벌고 데모판만 좇아댕긴다고 쟈 어매가 도망가부렀다요. 형세가 고런 판국이니 이 에미 속이 어쩌겄소. 그런디요, 나는 우리 재호가 하나도 부끄럽지를 안해라우. 다 지도 뭔 속이 있어서 그러는 거이다 허는 맘만 들어가라우. 시방 저놈은 씨 다른 즈그 큰집이서 내가 키우요."

한동안 잠잠하던 비가 다시 내리기 시작했다. 가느다란 실비였다. 늙은 어머니가 부엌으로 들어가며 말했다.

"쟈 큰애비 올 때도 돼얐응께. 먼 질 오니라고 시장헐 텐디 속이나 채우고 가시소."

혜자는 오래 앉아 있던 마루에서 일어섰다. 이상하게 마음이 조급해져왔다. 가고 싶었다. 저물기 전에 구로동 풍차호프집 시큼한 냄새를 맡고 싶었다. 지금쯤 재호가 잠긴 셔터문 앞에서 혜자 오기만을 기다리며 쭈그리고 있을 것만 같았다. 혜자는 서둘렀다. 노모는 굳이 잡지는 않았다. 하얀 은백의 머리에 실비가 방울방울 내려앉고 있었다. 아이가 대문을 들어설 때 그랬던 것처럼 일어서는 혜자에게 아무 말 없이 꾸벅 작별인사를 했다.

아이의 눈망울도 비에 젖어 있었다. 노모가 아이를 손짓해 불렀다.

"홍이야, 쩌어그 찻질까장 모셔디리고 온나."

그러고 주섬주섬 치마 속을 뒤져 혜자 손에 쥐어주는 것이 있었다. 꼬깃꼬깃 색바랜 지폐 한장.

"먼 질을 못난 내 아들 하나 바래고 왔는디 줄 것이 없소. 여비에나 보태시쇼이."

아, 그때 혜자 가슴에 뜨거운 것이 용솟음치고 있었다. 그것은 정말 전혀 예상치 못한 감정이었다. 한사코 쥐어주는 지폐를 받아들고 혜자는 아이를 앞세워 누에 냄새 진동하는 재호의 고향집을 서둘러 나왔다. 동구밖에서 한번 뒤돌아본 그 작은 슬레이트집 대문간에 머리 하얀 할머니가 아직까지 조그맣게 찻길을 향해 서 있었다.

완행버스는 제 시간에 오지 않았다. 찻길에 딸린 가게에서 혜자는 먼지 뒤집어쓴 과자 몇봉지를 사서 아이 손에 들려주었다.

"뭐가 먹고 싶으니?"

"라면이요."

아이가 수줍게 웃으며 말했다. 혜자는 라면도 두 봉지 샀다. 차는 빨리 오지 않았다. 가게 처마밑에 서서 아이는 생라면을 라면봉지 속에 들어 있는 스프로 간을 해가며 뜯어먹었다. 찻길은 한창 포장공사 중이었다. 길을 넓히느라 신작로 가에 심어졌던 무성한 미루나무가 한창 잘려나가는 중이었다. 진창인 신작로 건너편 들판을 휘돌아 자욱한 비바람이 몰려가고 있었다.

"큰아부지랑 큰어머니는 어디 가셨니?"

"만날 들에서 일해요."

"큰아부지 말 잘 듣니?"

아이가 비긋이 웃을 뿐 대답이 없었다.

"아부지 보고 싶으니?"

"예."

아이가 단박에 대답했다. 대답해놓고 나서 마지막 남은 스프까지 입속에다 털어넣는 아이의 눈에 얼핏 물기가 비쳤다. 아이는 배가 고팠던가. 그래서 생라면으로 허기를 채우고 있었던가. 혜자는 더이상 아이에게 묻지 않기로 했다. 아무것도. 멀리 산모퉁이를 돌아 느릿느릿 파란 군내버스가 진창인 신작로를 기어오고 있었다. 혜자는 재호의 노모가 혜자에게 했던 것과 똑같은 행동을 아이에게 하고 있었다. 돈을 받고 나서 아이는 안녕히 가시라는 인사 뒤에 다시 한번 고맙습니다라고 인사했다.

차는 심하게 덜컹거렸다. 예전에 엄마는 어린 혜자를 보듬어안고 옷보따리 하나 달랑 들고 고향을 떠나왔었다. 그때 꼭 이렇게 차가 심하게 흔들렸었다. 굽이굽이 차를 타고 신작로길을 돌아나오며 엄마는 말했었다. 나한텐, 엄마한텐 혜자 니 하나밖에 없다고. 니 하나만 믿고 엄마는 살 거라고. 흔들리는 차 속에서 혜자는 떠나온 고향과 엄마를 생각했다. 그리고 재호의 아이. 못내 아이가 가슴에 맺혀오는 이유는 무엇일까. 아이는 생라면을 뜯어먹으며 소리없이 울었었다. 아이는 지금쯤 조그만 슬레이트집, 재호의 노모가 서리처럼 하얀 머리에 하얀 빗방울을 맞고 서 있던 그 집으로 올라갔을까. 너는 불순분자의 아들, 폭도의 아들. 그리고 나는 또 그 불순분자, 폭도의 자식을 배었구나.

서울 가는 고속버스를 타기 직전 엄마한테 전화를 했다. 엄마는 자신이 언제 돈 안 준다고 드러누웠느냐는 듯 말끔한 목소리로 대뜸 하는 말이, 못난 에미 하는 꼴에 삐쳐서 가부렀냐고 했다. 시외버스를 타고 오면서 뭔지 모를 느낌으로 꽉 맺혀 있던 가슴이 엄마 목소리를 듣는 순간 확 터져오르면서 혜자는 조금 울었다. 영문도 모르는 엄마는 전화선 저쪽에서 안타깝게 소리치고 있었다.

"썩을년아, 에미 속 불난디다 시방 부채질허니라고 그러냐."

늘 귀에 익숙한 엄마의 욕설. 그 정다운 욕설을 듣고 나자 조금은 후련해진 기분으로 혜자는 서울행 버스에 몸을 실었다.

구로동 풍차호프집에 당도했을 때는 한밤중이었다.

누가 다녀간 흔적도 없이 셔터문은 얌전히 잠겨진 채였다. 찬바람이 휘딱 가슴을 한번 쓸고 지나갔다. 피곤했지만 이상하게 드러눕고 싶은 생각은 없었다. 뭔가를 해야만 할 것 같았다. 그것은 준비였다. 재호가 돌아올 날을 위한 준비. 그가 혜자한테 돌아온 날 이렇듯 심란하게 지쳐 있는 모습을 보여서는 안될 것만 같았다. 설사 그가 돌아오지 않는다 해도 혜자는 뱃속의 아이를 낳고 싶어졌다. 생라면을 뜯어먹던 아이의 물기 어린 눈망울이 떠올랐다. 그 아이는 혜자의 아이였다. 뱃속의 아이는 그 아이 홍이였다. 아이를 낳기 위해서라도 혜자는 이렇듯 힘없이 널브러져 있어서는 안될 것이었다. 예전에 엄마도 늘 그랬었다. 혜자 하나 때문에 산다고. 자식은 웬수같은 업보이지만서도 에미 목숨 붙여주는 유일한 끈이라고. 지금 그러하다. 재호는 떠났지만 아이가 남았다. 혜자의 목숨줄이 남았다. 혜자는 입술을 앙다물고 일어선다. 이틀간 방치해둔 주방은 심란하기가 이루 말할 수가 없다. 혜자는 주섬주섬 그릇들을 기영물통에 집어넣고 설거지를 시작한다. 설거지를 다 하고 나니 극심하게 허기증이 몰려온다. 그것은 분명 근래의 지난 며칠처럼 서럽다거나 헛헛한 심사 뒤에 오는 허기증이 아니다. 왜 그랬을까. 왜 혜자는 재호의 늙은 어머니가 먹고 가라는 밥도 뿌리치고, 아직도 상심에 젖어 술에 취해 있을 엄마한테도 들르지 않고 허둥지둥 풍차호프집으로 돌아왔을까. 그것은 알 수 없는 노릇이었다. 그러나 혜자는 분명히 재호의 집에 갔다왔고 그의 늙은 어머니를 만났고 그리고 그의 아이를 보았다. 그리고 혜자는 서둘러 서울로 올라왔고, 그리고 여전히 습기차고 눅눅하고 시큼한 구로동 노동자택지 옆 풍차호프집이라는 조그만 술집에는 혜자 혼자뿐이다. 그러한데도, 혜자가 재호의 시골집을 갔다오기 전이나 지금 이렇게 갔다온 후나 풍차호프집은 여전히 고적하고 쓸쓸한데도 혜자는 분명 고적하지 않고 쓸쓸하지 않다.

혜자는 새삼스럽게 아랫배를 슬며시 눌러본다. 바로 그것인가. 뜬금없이 들어차서 얼마간 혜자를 놀래켜주기도 하고 슬픔에 빠지게도 했던 생명. 이제부터는 제가 있어줄 테니 절대로 쓸쓸해하거나 눈물짓지 말라고 가만히 혜자 자궁 속에서 속삭여오는 또하나의 목숨. 혜자는 뜨거운 밥냄비를 발밑에다 놓고 냄비째로 밥을 먹기 시작했다. 어쩐지 밥을 많이 먹어야 튼튼한 애기가 나올 것만 같았다. 배가 불러오자 뱃속으로부터 이상한 느낌이 전해져왔다. 그것은 은밀하고도 미세한 움직임이다. 꿈틀거리는 생명체. 저도 오랜만에 포식했다는 표시인가. 배가 불러오자 그때서야 여독이 느껴졌고 졸음이 오기 시작했다. 혜자는 제 배를 따스하게 감싸안고 잠이 들었다. 잠속에서 꿈을 꾸었다. 뱃속의 아이가 이미 태어나 조잘대었다. 아이가 둘이었다. 큰아이, 작은아이. 홍이와 홍이 동생이었다. 혜자는 두 아이를 끌어안고 더 깊은 잠속으로 빠져들어갔다. 꿈속에서 혜자는 행복했다.

습기 먹은 상현달이 무거운 구름장을 재빠르게 벗어나와 혜자의 조그만 들창 안을 살짝 들여다보고는 달아났다. 달님이 들여다보는 줄도 모르고 잠든 혜자 얼굴이 어둠속에서 달빛처럼 말갛게 떠올랐다.

〈1992, 창작과비평 가을호〉

우리 생애의 꽃

나는 집을 나왔다. 아이가 올 시간이었다.

언젠가 나는 아이에게 물었다.

"학교에 갔다 와서 엄마가 없으면 어떻게 해?"

"처음에 문을 열고 엄마아! 하고 부르지. 아무 대답 없으면 피아노 가방 들고 집 나와."

"밥은?"

"엄마 있으면 먹고 엄마 없으면 안 먹어."

"배고픈데도?"

"배고파도 화나면 잊어버려."

아이는 단순하게 말했다. 딸아이는 여덟살이다. 그 아이는 시위했다. 밥을 먹지 않는 것으로 엄마의 부재를 규탄했고 내가 저의 '밥 먹지 않음' 때문에 괴로워할 것을 이미 알고 있는 딸은 죽어도 제 손으로 밥을 챙겨 먹지 않았다. 나는 그것이 화가 났다. 도대체 엄마를 이해하려들지 않는 숭악한 계집애 같으니라구! 하고 나는 또 딸을 규탄했다. 규탄하면서 바람 부는 거리를 헤매고 돌아다녔다.

딸아이는 오전반일 때 아침 여덟시 반에 집을 나가서 오후 한시 반이면 집에 돌아온다. 어쩔 때, 그렇다. 어쩔 때다. 나는 고즈넉해진다. 평화로워진다. 마음이 착해질 때가 있다. 그럴 때, 그러니까 내게 아무런 마음의 동요가 일어날 만한 일이 없을 때, 그럴 때 나는 아이의 귀가를 기다린다. 아이가 학교에 가는 여덟시 반에 내가 일어나 아이에게 밥을 먹이고, 누가 봤을 때 아이를 적어도 버려진 아이로군! 하고 혀는 차지 않을 만큼 치장을 해서 학교에 보낸 날은 아이를 기다린다. 설거지하고 청소를 하고 빨래하고, 그리고 아이가 돌아왔을 때 의기양양하게 내놓을 만한 음식을 준비한다. 그럴 때, 나는 행복하다. 아니, 생각해보라. 이녁 자식에게 먹일 음식을 장만하는 이 세상의 어미치고 행복해하지 않을 어미가 어디 있단 말인가. 자기 자식에게 먹일 음식을 행복한 기분 없이 불행하다, 또는 비참하다 하며 만든다면 그 어미가 어떻게 진정한 '어미'가 될 수 있겠는가를. 그런 여자는 맞아죽어도 할말이 없다고 생각한다(생각한다, 라고 말하는 이 경박하고 구태의연한 어투가 싫다. 싫으면서도 쓴다. 그런 어투가 싫다는 자체보다 싫으면서도 썼다고 하는 진술에 유의해주기 바란다. 그리고 우리는 잠시 싫으면서도 했던 이전의 모든 짓거리들을 추모하자). 한마디로 그런 여자가 이 세상에 있다면 그 여자는 그냥 맞아죽어서도 안된다. 이 세상 온갖 망나니를 동원하여 치도곤을 쳐서 죽여도 그런 여자는 할말이 없으리란 걸 믿어 의심치 않는다.

나는 지금 당당히 말한다. 뻔뻔스럽게도. 그런데, 그런데 말이다. 문제는 내가 바로 그런 치도곤을 당해도 쌀 여자라는 것에 있다는 거다. 세상에, 어떻게 다른 사람도 아닌 내가 치도곤을 당해도 쌀 여자라고 말해도 그게 아니라고 도리질할 수 없는 이 기막힌 현실 앞에서 나는 절망한다.

나는 예전에 내가 열두어살 먹었을 때, 보다 선명히 말하자면 내가 마악 엄마 없이, 엄마라는 여자로부터 내가 여자라는 것을 배우기 이

전에 첫 월경을 경험할 무렵 나의 어머니를 욕한 적이 있다. 그것도 속으로가 아니고 입술을 움직여 독살스러운 표정으로 나의 어머니를 씹었다. '개같은 년'이라고.

이유는 이렇다. 그 여자는 나를 버려두고, 보다 구체적으로 말하자면 내게 밥을 챙겨주지도 않고 집을 비웠기 때문이다. 제 속으로 난 제 딸이 지금 그 조갑지만한 성기에서 피가 나오는지 어쩌는지 통 신경에 없던 그 어미는 제 자궁의 헛헛함을 참지 못하고 종종 집을 비웠던 것이다. 내가 그때 내 어미를 욕했던 외적인 요인은 '밥'이었다. 그렇다. 밥은 그냥 단순했다. 왜냐하면 나는 그때 열두살이었고 그 나이면 어미가 없어도 충분히 제 손으로 있는 반찬에 밥 정도는 챙겨 먹을 수 있는 나이였으므로. 하지만 '멘스' 문제는 달랐다. 내 어미는 여자의 생리하는 것을 그 발음도 요설스럽게 '멘쓰'한다고 발음했다. 그 여자도 생리중이었다. 아직 나의 어미는 젊었다. 회임 가능한 나이였다. 폐경기가 지난 여자의 입에서 '멘쓰' 하고 발음되어지는 그것은 하나도 요설스럽지가 않게 느껴진다. 아직 자궁의 수명이 다하지 않은 나의 어미 입에서 멘쓰라는 발음이 요상스럽게 흘러나올 때, 나는 구역질했다. 물론 나도 멘스가 무엇인지 구체적으로 몰랐다. 적어도 멘스가 무엇을 의미하는지. 그것이 이제 남자와 성교라는 행위를 하기만 하면 아무리 어린 나이여도 아이를 제 뱃속에 가질 수 있는 그런 상태가 되었음을 나는 모르고 다만 기분이 더러워지는 느낌으로 어머니의 '멘쓰' 발음을 들었고 그리고 나는 구역질했다. 구역질나는 심정으로는 밥을 먹을 수 없었다.

딸은 왜 밥을 먹지 않는가. 단순히 엄마의 부재 때문에 화가 나서? 아니면 그 화남은 그저 밥 먹지 않음을 변명하는 외적 요인일 뿐인가. 딸이 구체적으로 밥 먹지 않음으로 이 어미에게 화내는 또다른 말 못할 무엇이 있는가. 딸은 이 어미에게 구역질내고 있는가. 그 구역질의 실체는 무엇인가.

사람들이 나를 성토해도 좋다. 아니, 어떻게 어미라는 작자가 제 자식을 불신하고 거부하는 심정을 가질 수 있단 말인가 하고. 도덕적인 문제를 떠나서 이 문제는 거의 잔인하다고.

아이가 오전반일 때, 나는 아이가 돌아와서 먹을 음식을 장만하는 적이 있다. 그런 날은 딸과 어미의 관계가 사뭇 우호적이다. 아이는 전적으로 어미의 애인이 된다. 어미는 딸에게 전적으로 기댈 언덕이 되고 봄햇살이 되고 바짝바짝 타는 여름길 위의 잎새 휘늘어진 나무가 되는 것이다. 그러다가, 그러다가, 딸이 오전반일 때부터 내가 내 속의 반란기를 참지 못하고 집을 나설 때가 있다. 때는 대낮이다. 어미는 도망친다. 멀리 학교 앞에 딸만한 아이들이, 울긋불긋한 사람들의 '새끼'들이 기어나오고 있다. 나는 도망친다. 아이의 절망을 충분히 예감한다. 가슴이 쓰라리다. 그러면서도 나는 자꾸만 울긋불긋한 아이들이 나오는 학교로부터, 딸의 시야로부터 멀어진다. 대낮이다. 부끄러운 것은 아닌데 나는 어딘가로 기어들고 싶다. 딸이 오후반일 때가 있다. 그런 날 집을 나오면 기어들 곳이 있다. 어둠속에 불을 켠 빨간 유혹의 빛. 또는 어둠속으로 난 머나먼 길들. 나는 순식간에 딸을 잊는다. 보다 엄밀히 말하자면 괴로워하면서 잊고자 노력할 따름이라는 사실을 나는 말하기가 곤혹스러워 그냥 잊는다라고 냉큼 말해버린다. 그래, 잊어버린다. 오후반의 딸은 다섯시에 귀가한다. 오후 다섯시면 가슴은 쓰라리다. 이윽고 어린 그 나이로는 밥보다도 더 감당하기 어려운 '캄캄한 밤'이 올 것이기 때문이다. 딸이 오전반일 때 도망치는 순간보다 가슴은 두 배로 쓰라리고, 그리고 나는 운다. 울면서 도망친다. 도망치는 곳이 어디인가. 기껏 도망친다고 했을 때, 어쩔 때는 낡은 내 재개발 아파트의 베란다 창문 너머로 보이는 채전일 수도 있다. 우리 아파트와 이웃 아파트 사이에 생긴 공터는 여름이 되면 콩과 감자와 옥수수가 조화를 이룬 기름지고 무성한 채전이 되어 나는 종종 그 채전의 한가운데쯤에 둥지를 틀듯 가만히 들어앉는다. 애 하나 딸린 과부의 맹랑한 짓거리다. 무성한 수림을 이룬 콩대와 옥수숫대 사이로 아파트 창문을 본다. 옥수숫잎은 날카로운 과도처럼 서걱이며 내 살갗에 닿는다. 어둠속에 드러난 그 선명한 날섬. 진저리를 치다 문득 하늘을 보면 달은 저 혼자 밝다. 아이는 밤이 깊었을 때 까무룩 잠이 들었다가 텅빈 어미의 부재를 쓰라리게 재확인하며 불을 끈다. 베란다 창문은 어둡다. 네모난 까만 어둠. 불 꺼진 창문 안으로 달빛이 들어차듯이 아이의 텅 빈 가슴으로, 밥을 먹지 않아서 텅 빈 공복으로 울음은 달빛같이 차오를 것이다.

내 의지와는 상관없이 그때 그렇게 나는 집으로부터 멀어졌었다. 집을 나온 그 길은 어둡고 아득하고 멀었다. 바람도 불었다. 숲그늘은 숨기에 좋았다. 가슴은 언제나와 같이 쓰라리고 서러웠으며 나는 그 가슴 위로 한껏 더운 소주를 들이부었다. 이따금 숲그늘로 도서관에서 공부하는 학구파들이 기어들어 잠깐씩의 연애를 즐기다 가곤 했다. 나는 몸을 웅크렸다. 밤이 어두워지자 몸이 차가워졌다. 나는 서서히 도둑고양이처럼 자리를 이동했다. 대학 구내식당의 환풍구 옆이었다. 그 환풍구에서 오른쪽으로 조금 돌아간 곳에 써클룸으로 올라가는 계단이 있었다. 계단을, 어두운 나선형의 계단을 올라갔다. 외부로 나 있는 계단이어서 써클룸으로 들어가는 입구는 문이 잠겨 있었다. 안에서는 낯익은 목소리도 들려왔다. 나는 술을 마셨으므로 몸을 가누기가 힘들었다. 어두운 나선형의 계단 끄트머리쯤에 쭈그리고 앉아 나는 낯익은 사람들의 목소리를 들었다. 나는 최대한 몸을 웅크렸다. 낯선 이의 눈에 띄는 것은 공포였고 낯익은 이의 눈에 띄는 것은 두려움이었다. 공포와 두려움의 차이가 낯섬과 낯익음의 차이라는 것을 그때 처음 알았다. 동이 터올 무렵에 나는 서서히 나의 낯익음과 낯섬들로부터 멀어져갔다. 나는 다시는 그곳으로 가지 않을 결심을 하였다. 낯선 곳과 낯익은 곳. 그렇다면 어디로 갈 것인가. 갈 만한 곳은 없었다. 애인을 두고 있지 않았던 나는 나의 청춘에 부딪쳐오는 모든 상황이 견디기 힘들게 낯설었다(애인이 있었다고 해서 그 낯선 의식을 지울 수 있으리라고 단정짓기는 자신이 없다. 왜냐하면 청춘이라는 속성 자체는 이미 부딪쳐오는 모든 상황을 노상 낯설어하게 되어 있다는 사실을 그 낯선 청춘의 시절을 경험한 나는 알고 있다. 자체가 그러한데 어떻게 사람 하나 있다고 속성이 달라질 수 있단 말인가. 그 시절 애인이 없는 현실은 나의 견디기 힘든 상황에 그다지 관계있지는 않다).

후박나무 잎사귀가 몸을 떠는 순간에 빗방울이 흐득하고 내 서늘한 이마 위로 떨어졌고 내 작은 콧잔등 위로도 떨어져내렸다. 길은 희부염하게 밝아왔다. 빗방울이 간헐적으로 떨어져내린 길에서 물큰한 흙내가 올라왔다. 그 길 옆으로 아직 문을 열지 않은 전자오락실이 보였고 그리고 방금 문을 연 '대학슈퍼' 아저씨가 길게 하품하는 게 보였으며 그 앞으로 어젯밤 연애했던 학구파가 그 또한 찢어지게 하품을 하며 전자오락실에 딸린 화장실의 판자문을 열고 들어가는 것이 보였다. 그리고 또 무엇이 있었던가. 비가 후두득 떨어져서 흙내가 올라오는 그 길 위에. 깨어진 벽돌, 최루탄의 잔해들. 나는 그것들을 건너뛰어 천천히 걸어갔다. 온밤내 추위와 허기에 떨며 나는 무엇을 열망했던가. 먼길. 그랬다. 먼길을 떠나고 싶었다. 그리고 먼길을 열망하는 그 심저에는 무엇이 있었던가. 귀가하지 않는 딸을 기다리는 어머니. 그녀의 쓰라린 절망감. 어젯밤, 나는 귀가했어야 옳았다. 귀가하지 않을 이유가 없었다. 어머니는 이제 늙었고 늙은 어머니를 미워해야 할 아무런 이유도 없었다. 집으로 가면 나는 충분히 안락할 수 있었다. 젊은 시절의 어머니는 그녀가 젊다는 그 이유 하나만으로 내게는 낯설었다. 이제 늙은 어머니는 그녀가 늙어버린 만큼의 친밀감을 내게 주고 있었다. 어머니의 젊음은 나의 성장과 함께 스러져갔다. 이제 어머니는 딸을 통해 자신의 젊은날을 본다. 내가 분을 바를 때 어머니는, 분을 바르지 않아서 또는 분을 바를 수 없을 정도로 주름이 져버려서 차라리 늙은 만큼 솔직하고 담백하게 아름다운 어머니는 거울 너머로 분 바르는 딸의 얼굴을 들여다보았다. 어머니는 그냥 그렇게 들여다만 보았다. 나는 어머니에게 들키지 않을 만큼 어머니를 의식했다.

'이제 당신은 늙었어요. 부러우세요? 아니면 딸이 반란할까봐 두려우신가요? 당신은 잘 알겠지요. 분을 바르고 입술을 바르는 젊은 여자의 내부에 무엇이 꿈틀거리는지를. 왜냐하면 당신도 그런 젊은날을 거쳐 왔으니까요.'

입술을 바르고 분을 충분히 두들긴 딸에게 어머니는 당신 손으로 풀다림 한 딸의 외출복을 꺼내주었으며 신발을 놓아주고 그러고서도 대문 밖으로까지 나와 돌아보지 않는 딸을 길게길게 바라보았다. 어머니 앞에서 나는 득의로웠으며 그리고 평안하기 그지없었다. 어머니를 향한 득의로움. 어머니로 인한 평안함을 나는 그리 오래 끌지는 못했다. 귀가하지 않았던 것이다. 귀가하지 않아야 할 아무런 이유가 없었는데도. 화평은 깨어졌다. 어머니는 절망할 것이었다. 예전의 내가 외출해서 돌아오지 않는 젊은 엄마를 기다리며 분노했던 만큼의 절망이 어머니를 짓누를 것이었다. 사실 나는 가슴이 아팠다. 내가 어렸을 때 분노하면서 철철 울었던 것처럼 나는 어머니의 절망으로 울었다. 쓰린 가슴은 내 발길을 어머니로부터 자꾸만 멀어지게 했다. 따뜻한 불이 있고 따뜻한 밥상이 있는 집으로, 포목의 매캐하고 아린, 향긋한 냄새가 배인 어머니의 옷자락 속으로 기어들면 나는, 그리고 어머니는 안온할 것이었다. 어머니는 시장 맨 안쪽 하루종일 햇볕 한줌 들지 않는 한귀퉁이에 세를 내어 포목점을 꾸려 딸을 공부시키고 있었다. 어머니는 딸의 끼니를 챙기기 위해, 어머니와 나로 이루어진 우리 가정의 생계를 꾸리기 위해 매캐하고 아리고 그리고 향긋한 냄새가 나는 포목을 팔았다. 딸의 아침을 짓기 위하여 또는 딸의 외출을 챙기기 위하여 어머니는 다른 포목점보다 늦게 문을 열었으며, 딸의 귀가를 허전하지 않게 하기 위하여 또는 딸의 따뜻한 저녁을 짓기 위하여 다른 포목점보다 빨리 문을 닫았다. 늦게 문을 열고 빨리 문을 닫은 만큼 어머니의 수입은 감소했다. 하지만 어머니는 수입이 감소되는 것을 감수하고 딸을 챙겼다. 젊은 시절 딸의 밥을 챙기지 않은 만큼 늙은 어머니는 딸의 밥을 챙겼다. 이제 더이상 어리지 않은 딸은 어렸을 때 밥을 먹지 않아서 분노했던 만큼 이제는 밥을 먹어대면서 절망했다. 하루라도 어머니가 늦게 들어오기를, 혹은 아예 들어오지 않기를 나는 바랐다. 딸을 향해서만 꽉 짜인 어머니의 일상으로부터 딸은 달아나고 싶어 안달했다. 젊은 시절 일상에는 허술했던 어머니가 차라리 그리웠다. 어머니가 혹시, '얘야, 오늘은 일이 바빠 좀 늦게 들어가마' 하거나, '얘야, 에미가 술을 좀 먹어 오늘은 가게에서 잘란다' 하고 맘에 드는 남자와 연애라도 한다면 나는 신이 날 것이었다. 집에 들어오지 않는 어머니의 허술한 일상을 나는 좀더 일찍 귀가하는 것으로 충분히 메꾸어갈 수 있을 것이었다. 딸은 데모하지도 않았고 딸은 연애하지도 않았다. 데모파와 연애파 들의 일상은 허술했다. 그들은 학교 써클룸에서 아무렇게나 잤으며 허기를 라면으로 때우고도 그들은 충천해 있었다. 허술한 일상으로 사기가 충천할 수 있는 유일한 부류들이었다. 그렇다고 딸은 도서관파도 아니었다. 어머니는 딸이 데모하지도 않고 연애하지도 않으며 공부하지도 않는다는 사실을 잘 알고 있었다. 그래서 더더욱 딸의 늦은 귀가로 가슴 졸였다. 이유없음이었다. 딸의 모든 일상에서의 반란은 이유없음이었다. 어머니는 안달했다. 안달하는 어머니

앞에서 딸은 기를 쓰고 반란했다.

미숙이를 만난 것도 바로 그 무렵이었다. 얼굴에 살이 많은 만큼 입과 코가 작은 전형적인 '복순이' 타입의 아이였고 내가 전학기에 낙제점을 받아 할 수 없이 재수강하게 된 '국민윤리'(그때는 분명히 대학의 교양필수과목으로 국민윤리라는 해괴한 과목이 있었다)를 열심히 수강하는 교양과목 수강 동기였는데, 어땠느냐 하면, 나는 바로 그런 유복한 집안의 전형인 생김새에다 수강하는 과목이 어떤 과목이건간에 대학에서 열심히 학점만 잘 받아 무사히 졸업장만 타면 제일이라 믿는 그런 치들을 경멸하는 쪽이었고, 미숙이는 바로 반대 이유로 혹은 한 가지 이유를 더 보태서 뚜렷한 명분도 없이, 말하자면 '변혁의 대열에 청춘을 실은' 일군의 학우들의 그것과 같은 확실한 이유도 없이 폼 잡고 부유하는 나 같은 치들을 능멸의 눈까지는 아니어도 적어도 조소까지는 하는 것이 분명한 눈빛을 보내는 쪽이었다. 그녀는 하루치의 생활계획표 중에서 어느 한순간이라도 삐긋 어긋나는 순간을 못 참아하는 성질을 가졌다. 일테면 아침 여섯시 기상, 낮 열두시 점심, 저녁 일곱시 저녁, 밤 열두시 취침 식의 아이였는데, 하필이면 그 아침에, 말하자면 하룻밤치의 반란을 끝마치고 나대로는 그래도 이제는, 오매불망하는 어머니에게로 돌아가야 옳지 않겠느냐 하고 흉내 나는 새벽길을 돌아온 탕아처럼 터벅터벅 걷고 있을 때 미숙이를 만난 거였다.

시험기간에만 도서관파가 되는, 그리하여 진정한 학구파들이 정작 시험기간에는 도서관에서 밀려나게 하는 데 미숙이 같은 아이는 꼭 일조를 하는 아이였다. 마침 중간고사 기간이었고, 그래서 밤 열두시 취침하고 새벽 여섯시에 기상하여 도서관 자리 잡으러 새벽길을 나선 것이 분명한 미숙이는 하루치의 반란을 마악 끝내고 돌아가려는 내게 의미로운 웃음을 남발하며 걸어오는 것이었다. 그녀를 만난 그 순간에 그 아침의 반란은 시작되었다. 우리는 아침해가 떠오르는 숲으로 갔다.

"도서관에 오는 길이었니?"

미숙이는 소주병을 깠다. 소주병을 까며 그녀는 그냥 웃었다.

"아아니. 술을 마시지 않고는 견딜 수가 없어."

"뭐가?"

나는 뭐가?라고 물은 것을 후회했다. 후회하는 것을 들키지 않게 하기 위하여 나는 얼른 흐응, 하고 웃었다.

"지리멸렬해."

미숙이는 지리멸렬하다고 말했다. 나는 무엇이 지리멸렬하냐고 물으려다 또 후회할 것이 분명한 물음은 묻지 않기로 했다.

"지리멸렬을 포옹해라."

그것이 훨씬 너답지 않니? 나는 오늘 아침의 너의 진정성을 이해하지. 그것은 우리 생애의 모든 진정성인지도 모르지. 이유가 있든 없든 말이다. 그것은 우리 생애의 꽃인지도 모른다. 지리멸렬한 그 생애의 황무지 위에 피어난 오롯한 꽃 말이다. 뭐라 이름 붙일 수 없는, 이 아침처럼 해가 마악 돋아올 때 혹은 해 지는 저녁에 우리 생애의 깊숙한 곳에서 얼굴을 내미는, 때로는 향기롭게 때로는 무미건조하게. 그 향기로 인하여 주위의 많은 사람들이 도취되기도 하고 그 무미건조함으로 인하여 스스로 지쳐 나가떨어지기도 하고.

나는 자리를 떴다. 미숙이가 소주병을 까는 숲그늘로 아침해가 스며들었다. 미숙이의 반란은 아침해가 떠오르는 숲그늘에서의 술 마시기인가. 그럴 수도 있으리라고 생각했다. 그리고 나는 웃었다. 미숙이의 반란을 위하여 축배하고 싶었지만 그 아침의 햇발이 참혹하게 밝았으므로 나는 주눅들었다. 축배하고 싶은 자리에서 나는 쓸쓸해졌다. 우리 모든 생의 반란이란 그다지도 황량한 아름다움이었고 빛나는 참혹이었으니.

나는 어머니에게로 갔다. 이제 나는 정말 어머니에게로 아무런 마음의 동요없이 돌아갈 수 있을 것 같았다. 해는 중천에 떠올라 있었고 낯익은 골목에 낯익어서 지겨운 일상이 늘어서 있었다. 그날, 해가 중천에 떠 있는 한가로운 오전, 어머니의 모습이 미리 내 눈에 보이지만 않았다면 나는 거의 참회하는 심정으로 집 대문을 들어섰을지도 모른다. 그런데, 어머니가 보였다. 나는 반사적으로 몸을 숨겼다. 두려울 것도 없는 어머니였다. 어머니는, 기다림에 지친 어머니는 그럴 수도 있는 것이었다. 대문 앞에 서서 길게 목을 빼고 눈물어린 시야 너머로 어젯밤 귀가하지 않은 자식을 기다리는 어머니는 당연히 그런 모습일 수밖에 없음을 잘 알고 있었다. 그런데, 그런 어머니의 모습이 눈에 띄는 순간 어떤 반동의 기운이 나를 급습했다. 나는 나의 몸숨김에 진저리를 치며 어머니로부터 멀어졌다. 멀어지면서 울었다. 따뜻함을 갈망하며 차가운 길 걷기가 가능할 수도 있다고 생각했다. 울면서 그런 생각을 했다.

그날 밤, 어머니가 골목에 나와 있지 않은 틈을 타 나는 집으로 들어갔다. 우는 어머니 앞에서 나는 다시 차가워졌다. 거의 광적으로 일상 속에 파고 들어갔다. 집에 돌아온 그 순간부터. 깊은 일상의 맨 속알맹이 너머로, 일탈의 한순간이 요염한 빛을 내뿜고 있음을 나는 가슴 설레게 예감하였다. 우는 어머니 앞에서.

나는 지금 추억한다.

잔인한 세월들.

지금 미숙이도 그럴까.

잔인한 한 세월을, 잔인하다고밖에 추억할 수 없는 그 세월을 떠올리며 나는 집을 나왔다. 왜 그 한 시절이 떠올랐나. 잔인한 한 세월과 지금은 많은 시간이 흘렀다. 멀다. 머언 한 세월이 의식의 수면 위로 떠오른 이유가 뭔가, 아니 떠올린 이유가 뭔가. 아직은 이유를 말하지 않겠다. 말하지 않겠다고 단호하게 말하는 지금 즉시 나는 말한다. 그것은 일종의 변명이 될 수도 있다라는 사실을. 이 글의 말미쯤에 지금까지 쓴 이 재미없는 진술의 정체가 바로 내 이유없는 반란을 위한 허약한 '변명'이 될 수도 있다는 사실을. 그리고 이제사 나는 나의 신분의 정체를 밝혀야만 한다. 도대체 뭐하는 여자이관데, 자식을 돌보지 않고 집을 나온 단순한 사실을 제 의식의 반란 어쩌고 하며 그야말로 의식의 혼란을 가져오게 하는지에 대하여.

미망인. 나는 순직 공무원의 미망인이다. 그는 말단이었으므로 말단공무원의 미망인인 나의 생계는 순직이라는 이름으로 남편인 그가 남기고 간 몇푼의 연금에 전적으로 의지하고 있는 상태에 있다. 순직한 남편의 연금에 생활을 의지하며 나는 위태한 일상을 살아내고 있는 형편이다. 생활의 기반은 취약하다. 꼭 사야 할 것만 사기에도 불충분한 경제조건이다. 취직을 하자하자 하면서도 미룬다. 아이가 젖먹이였을 때는 그애가 유아원에 갈 쯤이면 했다가 막상 유치원에 다닐 무렵엔 아이가 학교에 가면 그때 취직하자, 하자 한다. 그렇게 취직하자, 하자 하는 세월만 살아낸 지 오년째다. 위태한 일상은 위태한 의식을 낳기 쉽다. 위태한 일상은 위태한 의식에게 잔인하다. 내 추억은 위태한 의식에 퇴적된 하나의 낡은 관념이다. 그러나 일상은 그 관념과 늘 상충한다. 내 추억이라고 이름붙여진 관념 속의 그 반동의 기운들을 나는 지금 실감한다. 이제 추억 속의 관념은 육화된 현실이다. 아이가 집에 들어올 시간에 집을 도망친 지금. 나는 아이로부터 벗어나서 천천히 어둠의 빛이 요염한 길고 아득한 길을 간다.

'황제카바레'의 불빛은 언제나처럼 붉고 카바레 입구에 팔일부터 십일까지 출연했던 남진이는 십이일인 오늘까지 열 장의 포스터 속에서 웃고 있다. 멀티비전풍으로 웃고 있다.

나는 일단 황제카바레로 들어간다. 구태의연한 나의 타락. 검은 스카프로 머리와 목을 두른 수자씨가 저쪽 구석자리에서 나를 향해 손을 들어 보인다. 나는 유영하듯 그쪽으로 간다. 나는 지금 변명을 좀 해야겠다. 지금의 이 상황은 순전히 수자씨 때문이라고. 나는 그 여자에 대해 잘 모른다. 내가 그녀를 알게 된 것도 그리 오래지 않다. 어느 날, 그렇다. 어느 달 밝은 밤이었다. 채전의 한가운데쯤에서 둥지를 틀듯 나는 가만히 앉아 있었다. 그때 누군가가 내게로 왔다. 아니, 내게로 왔다는 표현은 적절치 않다. 그녀는 그냥 내게로 와졌을 뿐이다. 그녀의 필요에 의해. 그녀는 그날 술을 마셨음이 분명했다. 그녀는 집이 바로 코앞에 있었음에도 터질 듯이 넘쳐나는 요기를 참지 못하고 내가 둥지를 튼 밭으로 뛰어들었던 것이다. 옥수숫잎이 무성하여 그녀는 나를 발견하지 못한 모양이었다. 나 또한 최대한의 예의를 지켜주는 심정으로 그녀의 방뇨를 묵인해주었다. 그날이 초면은 아니었다. 언젠가 동네 목욕탕에서 나는 그녀를 본 적이 있다. 그녀의 놀랍도록 커다란 젖가슴에 나는 거의 압도당하는 기분으로 그녀를 본 적이 있다. 체구에 비해 엄청나게 커다란 젖가슴을 그녀는 씻는다라기보다, 씻어주고 있었다. 나는 젖가슴이 큰 여자의 남편을, 그 남편의 충만한 행복을 상상했다. 그리고 남편이 없는 여자의 빈약한 젖가슴. 내 가슴.

나는 그녀에게 내 때타월을 내밀었다. 그녀의 풍만한 젖가슴이 내 등에 닿았다. 내 등을 문지르는 그녀의 손길보다 이따금씩 내 등 위에서 출렁이는 그 젖가슴의 감촉이 더 생생했던 것을 나는 이후 오래도록 기억했다. 목욕탕에 가면 젖가슴이 컸던 그 여자를 찾는 버릇이 생겼다. 나는 그 젖가슴의 생생한 감촉만으로도 어린애처럼 그녀에게 파묻히고 싶었다. 이상했다. 젖가슴이 작은 여자가 큰 여자에게 갖는 감정이란 대개는 그리 우호적일 수만은 없기가 쉬운 법이기 때문이다.

예쁜 여자에게 예쁘지 않은 여자가 흔히 갖게 되는 그런 감정과 비슷한 것 말이다. 그런데 수자씨에게 갖는 내 감정은 나도 예상치 못한 감정이었다. 그녀의 빈약한 체구 때문이었을까. 빈약한 체구는 온통 그 젖가슴에 생을 향한 모든 열망을 집중시키고 있는 듯이 보였다. 나는 그것을 본능적으로 알아볼 수 있었다. 나는 그녀에게 내 등을 맡긴 상태로 고개를 수그리고 말을 걸었다.

"젖가슴이 참 예쁘시네요."

"예쁘긴요. 무식하게 크기만 하지."

"그래도 저처럼 작은 것보단 낫잖아요."

"하긴. 이 큰 젖 때문에 내가 먹고 살지요."

나는 웃었다. 나는 순간적으로 그녀를 이해할 수 있다고 생각했다. 내 빈약한 젖가슴은 한 여자의 풍만한 젖가슴을 이해했다. 빈약한 젖가슴과 풍만한 젖가슴이 화해했다. 밥을 위해서라도 그녀의 젖가슴은 커야 옳았다. 젖가슴이 큰 여자와 젖가슴이 작은 두 여자는 같은 아파트에 살고 있었다.

나는 무성한 옥수숫대를 가르고 마악 방뇨를 끝낸 그 여자에게 알은체를 하였다.

"봤어요?"

그녀도 내 쪽을 알아보았는지 그리 놀라지는 않고 해죽 웃었다. 나는 고개를 끄덕였다.

"나는 달만 보고 있는 줄 알았는데."

우리는 둘 다 해죽해죽 웃었다.

"나도 당신한테 들킬 줄은 몰랐는데."

"여기서 뭐하고 있었수?"

"나는 뒤보고 있었수. 어쩌시려우?"

"그러셨다면 내가 또 가만히 있을 수 없지."

"가만히 있지 않으면?"

"자, 우리들의 완벽한 범죄를 위하여 건배."

그녀는 가방 속에서 술병을 꺼내들고 건배부터 외쳤다.

나는 내 하루치의 반란이 이런 식으로 완성되는 것에 대해 만족했다. 얼마간의 취기는 아이의 절망 앞에서 내가 지레 절망하는 사태를 조금은 방지해줄 수 있을 것이었다. 절망하지 않는 뻔뻔한 어미 앞에서, 바로 그 어미의 절망하지 않음 때문에 참혹하게 또다시 절망하는 어린 딸을 나는 이윽고 볼 수 있으리라. 그 앞에서 나는 허둥댈까. 아니면 냉담할까. 이유없음의 상황에서 이유있음의 상황에로의 탈출하기. 그것이 술 마시기인가.

그러나 나는 감히 이유없음의 상황을 우리 생애의 꽃이라 명명한다. 일차적으로 아이가 비난의 화살을 퍼부을 것이다. 또는 밥 먹지 않음으로 내게 대항할 것이었다. 그 꽃의 향기에 어미가 도취되어 있을 때 아이는 그 향기에 질식해 어느 한순간에 죽어버릴지도 모른다. 그것은 충분히 상정 가능한 현실이다.

수자씨가 전화를 걸어왔다. 남강민물매운탕집에서 그녀는 일차로 낚시를 드리운다. 강변의 바람은 시원하다. 매운탕은 말고 소주를 시킨다. 매운탕집 주인여자와는 언니 동생 하는 사이다. 이 짓도 매운탕집 주인여자의 각본에 의한 것이다. 수작을 붙여오는 이는 대부분 늙은 치들이다. 상관은 하지 않는다. 술 받아 마셔주고 음식 먹어주면 대개는 좋아한다. 훈풍이 부는 강변의 매운탕집에, 늙은 사내들은 젊은 여자의 화장내만으로도 숫기가 발동한다. 재수 좋은 날은 그리 흔치 않다. 남자의 숫기도 계절을 탄다. 젊은 여자의 화장내만으로도 숫기가 발동할 수 있는 시기는 남강매운탕집 앞 강변의 버들잎이 휘늘어질 때. 휘늘어진 버들잎 새로 끈적이는 더운 바람이 불어올 때. 그럴 때, 여자의 화장내는 발삼향으로 사내의 후각에 스며든다.

수자씨는 줄기차게 전화를 걸어왔다.

"계절을 놓치면 안돼."

계절이 지나갈 때, 훈풍의 계절이 저만큼 지나갈 때쯤해서 또 전화가 왔다.

"날씨를 놓쳐선 안돼. 화장내 풍기기 좋은 날씨야."

그녀는 속삭이듯 말했다. 어떤 때는 노래하듯이 말할 때도 있다.

"바람이 불어. 원피스를 입고 나와. 무명으로 된 물방울무늬가 점점이 찍힌 것이면 더할 나위 없겠어. 그 속에다는 스판부라자를 입어. 머리카락은 그냥 바람에 나부끼게 그대로 두어. 삔 찌르지 마."

나는 번번이 거절했다. 나는 그녀에 대해서 잘 모른다. 몰라서 거절한 건 아니지만, 어쨌든 그녀의 반란은 거의 일상적이다라는 인상을 지울 수 없었기 때문인지도 몰랐다. 나는 그녀를 젖가슴이 커서, 그 큰 젖가슴으로 먹고 사는 데 덕을 보고 있는 여자, 그 선만큼만 알고 있다. 젖가슴이 커서 먹고 사는 데 도움이 되는 여자의 삶이란 그리 순탄치만은 않으리란 것도 유추해볼 수는 있다. 그런 이유에서라도 내 젖가슴이 빈약하다는 이유만으로 그녀의 풍만한 젖가슴을 질투할 수는 없는 것이다. 그녀의 젖가슴은 그녀 삶을 지탱해주는 유일한 기둥 같은 것.

내가 반란이라 여기는 그것, 그것이 그녀에게는 일상이다. 반란의 날이 일상화될 때, 그것이 삶이 될 때, 그 반란은 비난받을 이유가 없다. 일상화되지 않은 나의 반란에 나는 치를 떤다. 그것이 내 삶을 지탱시켜주는 유일한 수단이 되어주기는커녕 내 평화로운 일상을 깨는 무기가 되어 일상의 잠에 빠진 나를 흔들어 깨울 때, 그래서 그것이 내 저 의식의 심저를 날선 칼이 되어 찌를 때, 나는 절망한다.

"이봐, 절망할 것 없다구. 여기 터미널 옆 황제카바레야. 불이 휘황한 골목으로 고개를 돌리고 두어 번만 둘러보면 금방 눈에 띄어. 오라구. 술 향기가 좋아. 사내 향도 그에 만만치 않어."

개같은이라고 나는 뇌까렸다. 아이는 아직 돌아오지 않았다. 개같은이라고 했으면서도 급해지는 나. 바람난 어미. 나는 후후 웃었다. 내게 바람기가 있었나. 그것 때문이었나. 사실 나는 지금까지 내가 도덕적인가, 아니면 부도덕한가에 대해서 생각해본 적이 없었다. 문득 내게 바람기가 있나 어쩌나 하는 생각과 동시에 떠오른 도덕과 부도덕이라는 단어에 나는 웃었다. 내 속의 반동의 기운을 어떻게 도덕과 부도덕이라는 말의 단칼로 규정시켜버릴 수 있단 말인가 하고.

도덕과 부도덕이란 말이 나왔으니 말이지, 나는 언젠가 어떤 남자로부터 된욕을 얻어들은 적이 한번 있었다. 그것을 욕이라고 표현한 것은 나는 그 앞에서 분명히 상당한 모욕감을 느꼈기 때문이다. 남편이 죽고 난 한달 후쯤이었던가. 내 친구이자 남편의 대학 후배인 그 남자는 조직운동을 했고 그럼에도 불구하고 사람살이에 대한 이해력의 폭이 컸던 사람이었다. 말하자면 내 남편 같은 생활 속에 파묻힌 과거 동료들에게도 그는 그다지 저어하는 빛 없이 인간적인 유대를 지속시킬 줄 아는 사람이었는데, 남편이 죽은 지 한달 뒤쯤 되는 그 당시 그는 수배중에 있었다. 그는 수배중에 있는 처지였고 나는 남편의 생전에 가족처럼 대하던 그였으므로 그런 그가 남편이 없는 적막한 내 집에 와주는 것이 나로서는 고마운 일이 될 것이라고 말했다. 그도 나도 절박하기는 마찬가지 아니겠는가. 고마운 일이 될 것이라는 내 말이 채 끝나기 전에 남편의 후배는, 남편 생전에 가족같이 지냈던 그 남자는 내게 단정적으로 말했다.

"형수님은 부도덕하군요. 그것이 아니라면 적어도 도덕적이지는 않아요."

도덕과 부도덕을 말하고자 함이었는가. 그래서인지는 몰라도 내 친구이기도 한 그는 내게 꼬박꼬박 높임말을 썼다.

생경한 부도덕과 도덕이라는 단어 앞에 나는 어찌할 바를 모르고 허둥댔다. 쩔쩔매는 내 앞에서 그는 덧붙였다.

"저는 그것을 진작부터 보아오던 터지요. 종종 이유도 없이 집에 들어가시지 않았잖아요. 이제야 형수님 행태의 실체가 명확해지는군요. 아주 오래된 일이지만 저는 그때부터 그것을 봤습니다. 대학시절에 그러셨잖아요. 써클룸이 있던 나선형의 계단에 그때는 나와는 친구였죠, 당시에는 친구였던 형수가 숲에서 나와 써클룸으로 오르는 옥외계단 아래 웅크리는 것을 봤어요. 우리는 그런 당신을 우리의 대열에 합류시킬 수 없었습니다. 근본적 자질 문제거든요. 자기 자신의 행태에 대해 최소한의 이유는 댈 수 있어야 하는 거거든요. 그때는 명확하지 않았지요. 이제야 실체가 드러나는군요. 당신은 부도덕했으면 했지 적어도 도덕적이지는 않다는 겁니다. 더 심하게 말하면……"

나는 나의 이유 대지 못하는 행태들을 잘 알고 있었다. 그것 때문에 어머니가 절망했고 남편이 절망했으며 그리고 지금 나의 아이가 절망하고 있다. 그러나, 남편의 후배이자 내 친구였던 그 남자에게 나의 이유 대지 못하는 행태들을 도덕과 부도덕이라는 말의 단칼에 맡겨둘 수는 없는 일이었다. 설명되어지지 않는 것, 우리 눈에 보이는 것이 다가 아니고 보이지 않는 것도 존재하듯이 어떻게 이 세상에 이유 댈 수 있는 것만이 존재할 수 있단 말인가. 이유없는 것들의 궐기. 그것들이 일제히 반란할 때, 이유있는 것들은 그 앞에서 얼마나 나약해지는가를 도덕과 부도덕을 운위하는 한 남자 앞에서 어떻게 설명할 수 있겠는가.

그래, 바람기는 아니지. 그렇게 저속한 건 아니야. 내가 미리 명명했듯이 그것은 꽃이야. 향기 품은 꽃. 우리 생애의 지리멸렬함 속에 가끔씩 고개를 드는.

황제카바레로 들어오면서 나는 구태의연한 나의 타락이라고 중얼거렸다. 정정하자. 왜냐하면 나는 적어도 '바람기'란 '저속한 것'이라고 분명히 발언했고 바람기가 저속하다고 믿고 있는 나의 카바레 출입은 구태의연한 타락이라고 단정짓기에는 구태의연하지 않은 부분이 분명히 존재하고 있기 때문이다. 구태의연하지 않은 부분이 있다면 그것은 또 어떻게 설명될 수 있는가.

그리고 도대체 타락이란 무엇인가. 타락이 부도덕함을 의미할 수도 있다면 도대체 도덕이란 무엇이며 부도덕함이란 무엇인가. 그리고 도덕과 부도덕의 경계는 무엇인가.

어쨌든 오늘 나의 카바레 출입은 결코 타락이 아니다. 그것은 나의 설명되어질 수 없는 반동의 기운이 결코 도덕과 부도덕의 잣대로 재단될 수는 없는 성질의 것이라고 믿기 때문이다. 카바레로 들어오면서 구태의연한 타락이라고 중얼거렸던 나는, 흐느적이는 카바레 내부로 들어서며 호기롭게 씹듯이 내뱉는다.

"결코 타락이 아니야, 그놈의 반동의 기운인 게야."

나는 곧 수자씨가 손을 흔드는 구석자리로 유영해 들어간다.

수자씨는 멋있다. 배꼽을 잡고 웃어대고 싶을 만큼 근사하다. 황제카바레에서의 수자씨는 오늘 참담하게 아름답다. 먼데서 볼 때는 그냥 검은 스카프를 둘렀는가 했더니 자세히 보니 스카프도 멋있다. 검은 바탕에 지그재그로 금수술이 반짝인다.

"수자씨, 멋있어."

나는 의식적으로 그녀의 손바닥을 친다. 수자씨가 웃는다. 멋있다는 한마디로 어린애처럼 천진하다. 멋있는 수자, 발랄한 수자. 나는 오늘밤, 그녀에게 매료당하기로 한다. 나는 그것만으로 내 이 충천한 반동의 기운에 값할 수 있는 것이다.

"혼자 있으면 쪽팔려. 특히 카바레에선."

“그럴 필요 있어?”

“내가 원래 이런 치는 아니거든.”

“카바레치가 아니면? 민물매운탕친가?”

“나를 나쁘게 몰아치진 마. 불경기거든. 애가 셋이야. 절박해. 재수없으면 시간 버리고 돈 버리고 신세 조지기 십상인데, 재수 있든 없든 이런 데 있다는 자체가 기분 더러워지는 건 마찬가지고.”

이래저래 기분 더러워지는 수자. 슬픈 수자. 그녀 예언대로 황제카바레에서의 수자는 그날 재수 잡친 날이 되고 말았다. 검은 스카프의 멋있는 수자를 나말고는 아무도 돌아보지 않았다.

“아무래도 수자씨가 재수 잡친 건 나 때문인 것 같애.”

“그렇진 않아. 늘 그랬으니까. 사내자식들 눈이 삔 거지.”

재수없어서, 구체적으로 불경기인 수자에게 재수를 줄 사내를 물지 못해서 기분 잡친 수자는 집까지 가기에는 충분히 걸어갈 만한 거리인데도 택시를 잡는다. 그녀는 호기롭게 외친다.

“가자구. 오늘만이 날은 아니니까. 갑시다. 역전이요.”

“왜? 기차 타고 어디 가려고?”

“아아니, 술 마시러.”

술 마시러 가자는 그녀의 제의에 나는 순순히 동의한다. 술은 늘 내 이유 댈 수 없는 반란의 완성을 의미해왔으니까. 적어도 지금까지는 그래왔으니까. 술로서 얼마간의 취기로서 완성되어졌다고 믿는 내 허약한 반란의 실체. 이제 나는 이쯤 해서 내 이유 댈 수 없는 반란의 실체를 밝혀야 하지 않겠는가. 이유 댈 수 없음이라니, 그런 무책임성. 구역질 나는. 우리 생애의 꽃이라고? 이런 유치하고 상투적인!

나는 괴롭다. 무엇이 괴로운가. 반복하자. 무엇이 괴로운가. 내 속 깊숙한 곳을 찌르는 그 물음. 무엇이 괴로운가. 무엇이 괴로운가를 대책없이 읊으며 나는 수자씨를 따라간다. 수자씨의 까페. 나는 굳이 수자씨가 하는 술집을 까페라고 불러준다. 까페의 내부는 어둡다. 어두운 지하 까페의 계단을 세 사람이 내려간다. 나, 수자 그리고 사내 한 사람. 택시 기사는 그날 사납금도 채우지 못한 재수 더러운 날이라고 제 기사인생을 마구 씹어댔다. 날씨조차도 우중충한 게 기분 사납다는 거다. 못 채운 사납금이고 우중충한 날씨고간에 오늘 그를 기분 좋게 하는 것은 씨가 말랐으니 수자씨의 술 제안을 마다할 리가 없다. 그는 이제 어차피 조진 하루, 막판까지 가보자 하는 심사임이 여실히 드러나 보인다. 그러면서도 그는 연달아 씨비씨비한다.

"사납금 좀 못 채웠다고 제 인생에 쌍소리할 것까지는 없지 않수."

술을 내놓는 수자씨는 형수 같다. 형수처럼 구는 수자씨. 인생 쌍소리 말라고 위로의 술을 건네는 수자씨. 나는 놓치지 않고 본다. 사내는 형수같이 구는 수자씨의 앞가슴을 보고 있다. 술을 따르느라 숙인 수자씨의 앞섶 위로 골을 이룬 젖가슴. 수자의 자랑, 수자의 목숨.

나는 오늘 본다. 목욕탕에서 맨 처음 그녀를 만났을 때 보았던 풍만한 젖가슴을 가진 여자의 쓸쓸한 한 생애를.

나는 무엇이 나를 괴롭게 하는가 괴로워하며 술을 마시고, 사내는 씨비씨비 제 인생에 화내는 척 수자씨의 젖가슴 훔쳐보는 맛으로 술을 마시고 수자씨는 또 제 인생에 쌍소리할 것 없다고 위로하는 척 술을 팔며 술을 마신다.

어언간 깊이 든 잠이었나.

"술 좀 팔았수?"

"팔긴, 우라질 인생. 싹 가지고 날랐드라."

"우리 둘 다 잤수?"

수자씨는 대답 대신 히힛거렸다. 히힛하는 그녀의 입가에 엎드려 잔 자리에서 묻은 땅콩껍질이 무성하다.

우리는 낄낄거렸다. 낄낄거리다 못해 아예 펑펑 울면서 웃었다.

"그 양반 사납금은 여기서 챙겼네?"

"우리가 좋은 일 했지. 더럽게 기분 좋네."

우리는 터벅터벅 걸었다. 집까지 가는 길은 멀다. 새벽 바람은 차갑다.

"토큰 하나 없이 싹 쓸어갔어. 어쩐지 씨비씨비하드라니, 썹놈."

바람이 차다. 숙취의 쓰린 가슴을 헤집고 바람은 스며든다.

나는 뛴다. 내가 뛰는 이유는 바람 때문이라고, 바람이 차가워서라고 이유 댄다. 바람을 안고 뛴다. 뒤에서 수자씨가 외치는 소리가 들린다.

"일없다구. 남강에 가면 돼. 민물매운탕집 말야. 어때? 거기 가면 틀림없이 성공할 거야."

나는 수자씨의 외침에 고개를 끄덕여주며 뛴다. 가슴 큰 여자의 일상이 된 반란 앞에, 반란하지 않으면 삶이 불가능한 한 생애 앞에 내 이유 댈 수 없는 반란, 감히 우리 생애의 꽃이라고 이름 붙여버렸던 내 허술한 반란의 나날들이 참혹하게 무릎 꿇는 것을 나는 본다.

수자씨는 남강매운탕집으로 갔다. 바람이 차가운 이 새벽에.

날은 완전히 밝았고 나는 이제 천천히 걷는다. 보폭은 눈에 띄게 좁아진다. 열무와 콩과 옥수수가 숲을 이룬 채전까지 왔다. 저 앞에 내 집의 베란다 창문이 보인다. 이제 마악 떠오른 햇빛은 채전의 수풀 속으로 스미고 내 집 창문으로도 스민다. 그리고 그림자 하나.

빛이 스미는 채전과 내 집 창문이 보이는 중간쯤에 내 그림자를 세운다. 그림자 위로 무너진다. 나는 힘껏 팔을 벌려 내 그림자를 포옹한다.

해는 밝다.

<1994, 문학사상 5월호>

흰 달

순(純)은 그해 이른봄에 돌아왔다. 집으로 돌아올 수 있는 명분은 충분하였다.

"아버지가 위독하대요. 당신 임종을 지키기에는 그애는 너무 어려요."

순의 남편은 고개를 끄덕였다. 그리고 그것으로 이미 그들은 결별의 때가 그리 멀지 않음을 예감하였다. 다음날 순은 되도록이면 간단하게 짐을 꾸렸다. 방 임대기한이 몇달 남지 않았으므로 따로 복덕방에 말하지 않아도 집주인은 짐들만 정리하면 방세를 빼주리라 하였다. 그것으로 끝이었다.

작은 용달차에 빈한한 세간살이를 싣고 도시를 빠져나오며 순은 마음의 평정을 유지하려고 무진 애를 썼지만 그것이 마음대로 되지 않아 운전수 몰래 조금 울었다.

짐을 실은 차는 아지랑이가 피어오르는 국도를 따라 달렸다. 세살배기 딸은 눈앞에서 일렁이는 아지랑이가 현란한지 자꾸만 조그만 손으로 눈을 가렸다. 아이를 안고 낡은 세간살이를 싣고 마을 입구로 들어섰을 때 순은 제 앞을 가로막는 거대한 산맥 하나를 놓치지 않고 바라보았다. 그리고 다짐하였다. 거침없이 가야 하리라. 당당하게 산맥을 넘고 큰 강물을 건너야 하리라.

집앞에 우두커니 서 있던 아이는 차가 다가가자 시키지도 않았는데 냉큼 대문의 빗장을 땄다. 그리고 어서 오십시오 하는 동작으로 한쪽 문을 잡고 부동자세로 서 있는 것이었다. 아이하고의 첫 대면인 셈이었다.

싣고 온 짐을 마당에 부리는 데는 그리 많은 시간이 걸리지 않았다. 순이 딸을 업고 아버지가 있는 큰방으로 들어가 있는 사이에 아이는 마당에 부려진 이불보따리를 끙끙 들어올려 마루로 운반하고 있었다. 아버지는 돌아온 딸에게 아무 말도 하지 않고 한참동안 눈을 감고 누워 있다가 불현듯 입을 열었다.

"쟈도 아직 식전이다. 밥 데워서 챙겨 먹여라."

아버지는 먹어라가 아니고 먹여라였다. 아버지는 늘 그랬었다. 담 하나를 사이에 둔 큰집에는 사촌오빠들이 있었다. 아버지는 늘 제 자식들의 끼니보다 조카들의 끼니를 먼저 챙겼다. 십리가 넘는 학교길에서 터벅터벅 돌아와 지치고 고픈 배로 부뚜막에 앉아 찬밥을 우걱우걱 먹고 있을라치면 아버지는 제 자식이 밥 먹는 꼴은 돌아보지 않은 채 마당에 가득 차는 큰 소리로 말했다.

"큰집 오빠들부텀 챙겨주거라."

그럴 때마다 어린 마음속에 차오르던 슬픔덩어리를 찬밥덩이와 함께 삼켜야 했던 것을 아버지는 알까. 그럴 때마다 어린 순이 삼켜야 했던 슬픔은 차치하고라도 또 어머니가 삼켜야 했던 울음은 어떠하였나.

아버지의 병세는 순이 남편을 떠나와야 할 만큼 위독한 것은 아니었다. 그러나 만성 간질환을 앓는 환자들이 그러한 것처럼 아버지는 순이 남편에게 임종을 자신이 지켜줘야 하겠다고 짐을 싸들고 들어올 만큼은 충분한 병자의 모습을 하고 있었다.

순은 아이에게 밥을 챙겨주기 위해 그리고 자신도 배가 고팠으므로 방문을 열고 밖으로 나왔다. 먼 산에 아지랑이가 피어오른다지만 바람 끝은 아직 쌀쌀하였다. 아이가 마당에 널브러져 있는 냄비며 식기 따위들을 그러모아 부엌으로 들여가고 있었다. 순은 아이를 불러세웠다.

"호길아!"

아이가 부뚜막 위에다 제가 들고 갔던 걸 내려놓고 고개를 수그리고 순에게 다가왔다. 순은 아이에게 다정하게 말했다.

"누나가 할게. 너는 애기하고 놀아줄래?"

아이가 얌전하게 고개를 끄덕임과 동시에 순이 업고 있는 누리를 향해 미소를 띠어 보였다. 아이는 제 나이에 어울리지 않을 만큼 조숙한 품이 있어 보였다. 순이 누리를 내려놓자마자 호길이는 누리를 힘겹게 안아들고 안방으로 들어가고 있었다.

순은 부엌으로 들어갔다. 부엌은 거대한 광 속같이 어두웠고 퀴퀴한 냄새가 났다. 부엌 바닥에는 통통한 쥐며느리가 일자를 이루어 기어다니고 있었다. 부엌 툇마루 위에 신문지가 덮인 밥상이 놓여 있었고 그 밥상 위에는 부자(父子)의 아침물림이 행주질도 안된 채 그대로 놓여 있었다. 순은 밥풀이 말라붙은 빈 그릇을 고무통에 담고 마당귀에 있는 수돗가로 가져갔다. 산에서 내려오는 상수돗물에서는 김이 오르고 있었다. 순이 그릇들을 씻어들고 부엌으로 들어갈 때 아버지가 털스웨터를 꺼내 입고 밖으로 나오고 있었다.

"야야, 아부지는 큰집 제사 모신 데서 불러 간다. 늬들끼리 먹고 오후에는 하우스 맹글라니께 자재들 챙겨두거라."

제사가 흔한 종가댁에서 아버지는 제사 다음날까지 곧잘 식사를 하곤 하였다. 아버지는 종가댁을 큰집이라 불렀다.

밖으로 나서는 아버지의 회색 털스웨터에 감싸인 복부가 바지 혁대를 채우지 못할 만큼 부풀어올라 있었고, 핏기 없는 얼굴 피부는 물로 씻어내린 듯 말갛고 얇은 막이 되어 육안으로도 선명한 광대뼈와 턱뼈에 달라붙어 있었다.

뒷짐을 쥔 아버지가 헛기침을 두어 번 하고 나서 호길이를 향해 말했다.

"누나하고 밥 묵고 어디 돌아댕기지 말고 헛간에 비니리랑 대막가지랑 챙겨놓거라. 알았제?"

아이는 얌전하게 고개를 끄덕였고 아버지는 다시 한번 예의 그 헛기침을 한 다음에 천천히 종가댁으로 가는 길을 올라갔다.

밥알갱이가 두어 개 동동 떠 있는 동치미 국물을 버리고 새 국물을 떠 담고 김치도 새로 썰어서 순은 아이에게 밥을 먹였다. 그래놓고도 어쩐지 밥상이 썰렁해 보여서 밥 먹는 도중에 김 두어 장을 연탄불에 구워 왔다. 아이는 내내 빈 숟가락질만 하다가 순이 김을 구워오자 거기에다만 밥 한그릇을 뚝딱 비워냈다.

"더 먹을래?"

아이는 숟가락을 놓지 않은 채 말없이 상 가에 붙어앉아 있기만 했고 순은 제가 먹던 밥을 아이에게 덜어주었다. 아이는 그것도 후딱 먹어치웠다.

밥상을 물리고 나서 순은 아버지가 깔고 누웠던 요를 밖에다 털어 널었다. 해는 정오가 지나자 오전보다 온기가 떨어지는 빛을 내리고 있었다. 요와 이불을 널어놓고 청소를 하기 시작했다. 방안 한귀퉁이에는 도배를 새로 할 것인지 새 벽지가 두루말이로 쌓여 있고 한쪽에는 보자기로 싸인 이불 호청도 들어 있었다.

"이것 누가 사다 놓았니?"

"아부지가요."

벽지가 아직 깨끗한데도 아버지는 새 도배를 하고 싶었던 모양이다.

두루말이로 벽에 세워져 있는 벽지들은 그리 비싸 보이지는 않았지만 분홍 꽃무늬가 촘촘히 수놓아져 있었다.

"이 이불 호청도?"

"예에."

"누나 안 오면 아버지랑 니가 할 거였니?"

"예에."

그해 봄은 그렇게 시작되었다. 오랜 방랑의 끝에 아버지가 돌아온 고향집에는 아무도 살고 있지 않았다. 아버지는 아무도 살고 있지 않은 그 고향집에 자신의 병든 몸을 부리러 돌아왔다. 방랑의 결과는 병든 육신과 그리고 어린 아들 하나.

병든 육신에도 불구하고 이제 아버지는 모든 것을 새롭게 시작할 양이었다. 하기야 아버지가 가는 곳은 늘 그랬었다. 아버지는 가는 곳마다 이전의 모든 것을 버리고 새로 시작하는 것에 특별한 능력이 있었다.

바로 그 능력 때문에 고통받는 것은 가족들이었음을 아버지는 알까.

그러나 이제 아무도 없는, 그리고 아무것도 남아 있지 않은 고향집에서의 '새로 시작함'은 과연 아버지에게 진정한 의미에서의 새로 시작함인가. 순은 믿지 않았다. 왜냐하면 모든 것을 새로 시작하기엔 이미 아버지는 늙어버렸고 그리고 병들었으므로. 아니 순이 믿지 못하는 바로 그 이유로 하여 아버지는 더더욱 기를 쓰는지도 모른다. 살아내야 한다고, 새로이 살아내야 한다고. 어린 아들을 두고 이대로 죽을 수는 없다고.

아버지는 새 여자, 말하자면 호길이 엄마인 그 여자에게로 갈 때도 어머니에게 말했었다.

"새롭게 시작하고 싶어. 이대로 살 수는 없다고."

그것이 언제였던가. 아버지가 떠나간 그해 오월, 어머니는 딸들의 자취방에서 목놓아 울었다. 목놓아 울고 난 그 다음날 어머니는 아무도 지켜주지 않는 딸들의 자취방에서 숨을 거두었다. 그러하니, 아버지의 '새로 시작함'은 순에게 불안과 의심과 반감의 염을 심어주지 않을 수 없는 것이었다.

아버지의 새로 시작함은 어머니가 이제까지 쌓아온 모든 꿈과 업적과 삶의 보람이라고 일컬어질 수 있는 일상의 기쁨 따위들을 모조리 그것도 순식간에 부정하는 행위에 지나지 않았다.

논농사를 포기하고 아버지가 새롭게 살아보겠다고 벌인 기미니치기 사업도, 레그혼닭 농사도, 앙고라토끼 농사도 그리고 최근이라 말할 수 있는 십년 전의 돼지와 소, 딸기하우스도, 면장갑공장도, 새로 맞아들인 여자조차도, 새로 시작한 그 모든 것들이 결국은 어머니의 꿈과 어머니의 기쁨과 어머니의 생명을 갉아먹어가는 것이었음을, 그리하여 그것은 어머니의 생명뿐만 아니라 아버지 자신의 생명까지도 갉아먹어가는 행위였음을 아버지는 모르는 것일까. 아니면 알면서도 짐짓 모른 체하는 것일까.

이 봄에 돌아온 고향에서 아버지는 또 무엇을 새로이 시작하려 하나. 빈 텃밭은 비닐하우스를 지을 양인지 벌써 꽤 넓은 면적의 땅이 곱게 정리되어 있었다. 비닐하우스를 짓고 거기에 종자모종을 심고, 분홍꽃의 도배지를 바르고 새 이불 호청을 간다고 한들 진정 새로워지나. 한번 기울어진 건강이 회복되고 이보다는 영화로웠던 과거가 다시 돌아오나. 죽어버린 어머니가 어디서 살아오며 예정된 죽음의 신이 더디 오나.

세상은 봄이 시작되기 훨씬 이전부터 참으로 은성하였다. 축제의 날, 올림픽이 멀지 않음을 시시때때로 예고하는 텔레비전과 라디오 아나운서들의 목소리에는 비장감마저 묻어 있었고 그 목소리를 듣는 사람들 또한 덩달아 비장한 각오들을 되새기지 않으면 안될 그런 나날들이었다. 길거리 어디에서고 축제의 날을 알리는 현수막이 나부꼈다. 읍내로 들어가는 입구 혹은 마을 입구로 들어서는 4H비에 찍힌 스탬프에도 축제의 그날을 알리는 문구들은 여지없이 발견되었다. 예전의 때려잡자 공산당, 반공방첩이 씌어졌던 자리에는 올림픽 앞으로 몇 일 전의 표어가 선전포고일 몇 일 전이라는 것을 알리는 것처럼 비장하고도 엄숙한 고딕체로 씌어져 있었다. 그리고 그것은 올림픽이 지난 며칠 후까지도 올림픽 100일 전에서 멈추어진 채로 있었다.

그해 봄 아버지 또한 분주하였다. 종가댁에서 돌아온 아버지는 호주머니 속에서 마른 과자와 비닐에 싼 적(炙) 두 장과 반으로 쪼개져서 거기 실고추 물이 든 사과 두 쪽을 내놓았다.

이제는 아련한 추억이다. 아련한 추억 속에서의 슬픔이다. 아버지가 호주머니 속에서 내놓은 순대와 돼지간들. 아버지는 그것들을 제 자식들에게 주지 않고 사촌오빠들에게로 가져갔다. 먹고 싶은 마음은 추호도 없었다. 그러나 오기로 먹고 싶었다. 아버지, 왜 저희들에겐 주지 않나요. 아버진 저희들이 미운가요. 그래도 저흰 아버지가 낳은 아버지의 딸들이잖아요. 격렬하게 항의하고 싶었다. 떼를 쓰고 울고 싶었고 그것이 안되면 마당을 데굴데굴 구르고 싶었다. 실지로 옥이 언니가 그렇게 했다. 그러나 아버지로부터 돌아온 것은 모진 매질뿐이었다.

아버지는 말이 없었다. 말 한마디 없이 언니를 두들겨팼다. 말이 없는 아버지한테 무슨 말을 할 엄두도 나지 않았다. 그럴 때 유일한 동조자라 믿었던 어머니조차 외면을 하고, 아니 오히려 아버지의 매질을 두둔하였을 때 자매는 부엌 나무청에 꽁꽁 숨어들어 자꾸만 치솟아오르는 설움을 아껴가며, 맛난 음식을 먹을 때 그러는 것처럼 설운 감정을 조금씩 조금씩 꺼내 맛봐가며 훌짝훌짝 울었다. 훌짝훌짝 한참을 울다 보면 울음의 끝에 딸꾹질이 나왔고 자매의 딸꾹질 소리에 나무청

속의 생쥐가 무슨 일인가 하고 호기심어린 까만 눈을 빛내며 두 어린 여자아이를 빤히 내다보고는 했다.

아버지는 제삿집에서 호길이를 위해 가져왔을 음식들을 말없이 마루 위에 올려놓고 텃밭으로 향했다.

누리와 호길이가 마루의 부스러기 음식들을 오물오물 나눠먹고 있었다. 낯가림이 아주 없지 않은 아이인데도 누리는 기이하게도 처음 본 호길이를 금방 따르고 있었다. 가르쳐주지도 않았는데 제 오빠 같은 호길이를 연방 '삼춘'이라고 정확하게 발음하며. 아버지는 그것이 흡족한 듯, "애가 영판 순허구나." 하고 지나가는 말처럼 한마디 하였다. 그날 오후는 아버지도 순도 말없이 비닐집 짓는 작업을 하였다. 조용한 가운데 간헐적으로 누리가 까륵거리는 소리, 호길이가 숨죽여 히히거리는 소리만이 텃밭이 넓은 구옥(舊屋)의 기왓장 위로 날아오르고 있었다.

왜 아이는 숨을 죽이나. 왜 아버지는 말이 없나. 왜 아버지는 묻지 않나. 왜 나는 말하지 않나. 왜 나는 이곳으로 돌아왔나.

순은 아버지가 시키는 대로 삽질을 하고 반으로 가른 대를 땅속에 묻고 그 위로 비닐을 덮고 노끈을 치는 작업을 말없이 해냈다. 그러고 나니 설핏 해가 저물었다. 누리와 호길이는 다 지은 비닐집 속에 들어가 또 장난을 치며 놀았다. 이제 저 비닐집 안에다 아버지는 종자를 심을 것이었다. 일년의 씨를 저 비닐집 안에다 뿌릴 것이었다. 내일은 누군가가 읍내에 서는 오일장에 나가서 종자들을 사와야 하리라. 고추와 호배추와 당근과 호박 또는 이녁 아들 호길이와, 아비를 떠나 살러 들어온 외손녀의 여름 먹을 거리를 대기 위하여 수박과 물외와 참외씨도 사오랄지 모른다.

아버지는 날이 완전히 어두워지고서도 마당 사방에다 구덩이 파는 작업을 하였다. 손에 침을 뱉어 두어 번 비빈 다음에 다시 삽자루를 움켜쥐고 힘있게 구덩이를 파들어갔다. 파낸 흙덩이 속에서 살찐 굼벵이가 몸을 잔뜩 오므리고 있었다. 아버지는 굼벵이를 보는족족 그것을 비닐봉지 속에 담았다. 왜냐하면 간에는 단백질이 좋고 겨울을 난 굼벵이야말로 단백질의 보고라는 것을 아버지는 오랜 민간요법을 통해 알고 있었으므로. 순은 그것을 못 본 척하였다.

"웬 구덩이는 그렇게 파내세요?"

"과실나무를 심을 거라. 첫째로 단감나무를 많이 심을 것이고 그 다음에 살구, 복성, 자두, 능금 다 심을 거라."

"아버지, 꽃나무도 좀 심으시지요."

"과실나무가 꽃 피우는데 꽃나무는 무신."

"그런 것말고 화단을 만들자고요."

"철부지허고는. 고추모종 앵길 거여. 시금추도 심고. 화단은 돈 있고 한가헌 사람들이나 맨드는 것이제."

돈 없고 한가하지 않으니 화단을 만들자는 것 아녜요. 화단이라도 만들어서 돈 없고 한가하지 않은 마음에 여유를 주자는 거예요.

그러나 순은 말없이 부엌으로 돌아섰다. 밥을 지어먹고 사방이 완전한 어둠으로 뒤덮였을 때 좁은 방안에서 네 사람의 어른과 아이가 꼬물거리며 잤다. 아버지는 밤새 끙끙거리며 앓았고 호길이는 아이답지 않게 근심스런 낯빛으로 늙은 아버지의 앓는 얼굴을 한참이나 들여다보다가 억지로 잠을 청하는 듯했다. 순도 잠들지 못했다. 밤이 되어 바람소리가 거세어졌다. 이튿날 눈을 떴을 때 전날 만들었던 비닐하우스의 비닐이 갈기갈기 찢겨 있었지만 아버지는 일어나지 못했고 아버지가 일어나지 못하니 순과 호길이 둘이 다시 비닐하우스 짓는 작업을 하지 않을 수 없었다.

고단한 봄은 그렇게 시작되었고 그리고 그 봄이 거의 끝나갈 무렵 구옥의 집 사방에는 비닐하우스에서 옮겨심은 고추와 시금치와 호배추들로 마냥 푸른 녹색의 평원이 이루어졌다.

그 고단한 봄을 시작하기 직전에 퇴원을 했던 아버지는 그해 봄의 막바지에, 아니 초여름이라고 해야 옳을 오월에 다시 입원을 했다. 아버지가 다시 입원을 하게 되었으므로 녹색의 평원을 이룬 텃밭의 채소들을 미처 다 먹지도 못했고 내다 팔지도 못한 채였다. 봄에 심은 단감나무를 비롯한 과실나무들은 아버지가 매어놓은 튼튼한 버팀목을 의지삼아 흔들리지 않고 곧게 뿌리를 내리고 몇닢의 이파리도 틔워내고 있었고, 고추나무에는 연하고 단 고추가 밥반찬 하기 좋게 조롱조롱 열려 있었다. 아버지는 미처 먹지 못하고 팔지도 못한 그 채소들을 염려하였다. 그리고 무엇보다 아버지가 입원하면서 염려한 것은 미처 먹지 못하고 내다 팔지도 못한 채소들보다, 동물들이었다.

아버지는 지난봄, 채소 모종이 거의 끝나갈 무렵의 어느날 새벽 장에 나가는 경운기를 타고 읍내에 서는 오일장에 갔다. 점심 무렵 아버지는 타고 갔던 경운기를 다시 타고 왔는데 올 때는 온갖 동물들을 함께 데리고 왔다. 깃털이 얼룩덜룩한 못생긴 축에 속하는 토종닭 한 마리(그 닭은 온 첫날부터 믿어지지 않게 부엌 나무청에다 둥지를 틀고 알을 낳았다), 요크셔종이라 불리는 주둥이는 분홍빛이고 털이 하얀 아기돼지 두 마리, 무엇보다도 요란했던 것은 강아지 열두 마리였다. 강아지들은 어느 놈이 어느 놈인지 전혀 구별이 안되게 똑같은 용모들을 하고 사과박스 속에서 구물거리고 있었다. 아버지는 그 동물들을 닭만 제외시키고 전부 한꺼번에 지금은 헛간으로 쓰는 아래채 창고 안에다 풀어놓았다. 창고는 아버지가 젊었던 시절의 '새로 시작함'의 과정에서 지어진 것이었다. 그 창고 안에서 수많은 동물들이 죽어갔는데도 불구하고 아버지는 이제 또다시 새로 시작하는 의미에서인지는 몰라도 또다른 동물들을 그 속으로 몰아넣고 있는 것이다.

순은 정말로 믿지 않았다. 죽음이 예정된 동물들일 뿐이었다. 저 창고 안에 들어간 이상은. 결코 희망이 아니다. 창고 안으로 동물들을 밀어넣는 행위는 결코 희망의 몸짓이 아니다. 돼지는 양지바른 토담벽 울에다 잠을 재우고 영양가 있는 구정물을 먹여야 하며 강아지는 따뜻한 온기가 있는 굴뚝 옆에다 집을 지어주어야 하고 배를 타고 건너온 수입사료가 아닌 집주인이 먹는 토장국에 보리밥을 먹이로 주어야 한다.

그러나 순은 아버지의 행동들에 동의할 수는 없었지만 거부할 수는 더더욱 없었다. 그리하여 아버지가 지시하는 대로 아침마다 짐승들의 끼니를 챙겨주기 위하여 조금이라도 빨리 일어나야 했다.

커다란 가마솥에 수입사료와 맹물을 붓고 거기다 조금 인심 써서 보리 한종지를 넣고 끓였다. 개밥과 돼지밥이 따로 없는 것이 그나마 다행이랄까. 돼지와 강아지 들은 숙소를 같이 쓰고 있어서인지는 몰라도 식성도 별 차이 없는 듯했다. 때로는 돼지 밥그릇 속에 강아지가 들어가서 헤엄을 쳤고 강아지 밥그릇을 돼지가 뻥뻥 차대기도 했다.

돼지 밥그릇 속에 들어 있는 강아지를 안아다 밖으로 내와 목욕을 시키고 찌그러진 강아지 밥그릇을 원상대로 회복시키려고 연장들을 만지작거리자면 한나절이 후딱 지나갔다.

그렇게 동물들 거두느라고 정신이 없다 보면 정작 사람의 '새끼'인 누리는 누구의 보살핌도 받지 못하고 콧물 눈물이 얼굴에 달라붙고 그 위에 먼지와 바람과 햇빛이 핥고 스치고 내리쪼이는 곳에 방치되기가 일쑤였다.

누리는 아직 세상을 살아가는 일의 신산스러움에 대하여, 이 세상에 산재한 무수한 고뇌와 슬픔에 대하여 전혀 알지 못함은 나이가 어리므로 당연한데도 얼굴에 얼룩을 묻힌 채 흙바람 속에 잠든 그 어린 얼굴은 마치 '나는 다아 알고 있어요. 그 영혼의 햇빛 비치는 뒤, 깊고 깊은 어둠과도 같은 당신들의 슬픔을'이라고 천연덕스럽게 말하고 있는 듯했다.

아버지를 입원시켜놓고 순은 누리를 업고 남편을 만나기로 한 시내의 다방으로 걸어갔다. 낯익은 거리에 낯익은 가로수가 푸른 녹음을 아스팔트 길 위로 드리우고 있었다. 길을 걷는 사람들은 대체로 명랑해 보였다. 따지고 보면 순 자신도 특별하게 침울할 일은 없었다.

아버지야 늘 아파왔었고 병원 입원이야 요 몇년 사이에 늘 예상해왔던 일이고 이제 곧 만나게 될 남편에게도 특별하게 불쾌한 감정 같은 것은 없었다. 결별의 때는 이미 왔고 그리고 그 모든 사실을 순은 이미 자신의 마음속에서 정리를 해둔 상태에 있었으므로 그저 담담할 뿐이었다. 순은 천천히 걸어갔다. 서두를 것도 없었다. 그는 늘 그랬지 않은가. 오분, 십분, 이십분 뒤…… 그러다가 전화가 온다.

"여기 어딘데 일루 와."

"한 시간이나 기다렸단 말예요."

"미안해."

그래버리면 끝이다. 미안하다는 말은 그 뒤의 순이 할 수 있는 모든 항변을 봉쇄해버리는 원천적 무기가 된다.

그는 오늘도 그럴 것이다. 그래서 서두를 것이 없다. 순은 되도록이면 천천히 걸어갔다. 거리는 더할 수 없이 정갈해 보였다. 지난 몇달간 오물덩어리를 잔뜩 묻힌 동물들하고만 부대끼며 살아와서인지 도시의 풍경은 신선해 보였다. 순은 신선한 풍경 속으로 뚜벅뚜벅 걸음을 옮겼다. 다방 입구에 들어섰을 때 나는 커피 향내도 정겨웠다.

순은 자신이 오랜 유폐생활에서 이제 막 빠져나온 사람 같았다. 도시는 차갑고도 정겹다. 메마르고도 질펀하다.

남편은 역시 아직 나오지 않았다. 종업원이 탁자에 물컵을 놓고 갔다. 순은 남편의 직장에 전화를 걸었다.

"이영식씨 나갔어요."

어디 나갔는지 물을 필요는 없다. 이리로 오는 중이겠지. 순은 물컵이 놓인 탁자로 돌아왔다. 오분, 십분, 이십분. 그는 오지 않았다. 누리가 물컵을 깨뜨렸다. 순은 미안해서 커피 한잔을 시켜서 먹고 다방을 나섰다.

다방 문을 나서는데 매운 연기냄새가 났다. 데모가 벌어진 모양이었다. 순은 다시 누리를 들쳐업고 다방 안으로 들어갔다. 들어서는 순간에 다방 종업원이 순을 부르고 있었다.

순은 전화를 받았다.

"난데, 오늘은 안되겠고 낼 만나자."

"그럴 수 없어요. 아버지를 지켜야 해요."

"미안해."

"………"

순은 화가 나서 매운 연기냄새 나는 거리로 그냥 나섰다. 무작정 걸었다. 시내 한가운데를 벗어나자 매운 연기냄새는 나지 않았다.

한참을 걷다가 은행나무 가로수 곁에 몸을 붙이고 앉았다. 누리는 세살인데도 돌려안기만 하면 어미젖을 찾았다. 순은 슬며시 블라우스를 밀어올려 누리에게 젖을 물렸다. 누리의 이마에 땀방울이 송글송글 맺혀 있었다. 머리에서도 달콤한 땀냄새가 났다. 순은 누리의 땀냄새를 이윽히 맡으며 그렇게 가로수 밑에 한참 동안 앉아 있었다.

오월의 가로수는 푸르고 아름다웠다.

아름다운 오월이었다. 아름다운 오월에 어머니는 아팠고 아버지는 돌아오지 않았다.

"몸이 아픈데 너희 아버지가 돌아오지 않는구나."

"곧 돌아오시겠죠."

순은 건성으로 '늘 있는 일이잖아요' 하고 말했다.

"그래도 일철 돌아오면 꼭 돌아오셨잖니."

그건 그랬다. 아버지는 수확철의 말기에 집을 떠났다가 파종기가 되면 영락없이 집으로 돌아오곤 했다.

"종자도 심어야 하고 볍씨도 담가야 하는데 내가 아프니 그 일을 다 할 수가 없구나."

어머니는 혼자 남겨진 시골집을 떠나서 순의 자취방을 찾아왔다. 자신은 몸이 아팠고 파종기가 훨씬 지났는데도 남편은 돌아오지 않았으므로 어머니는 딸들의 자취방을 찾아든 것이었다.

"어머니 내일은 병원에 진찰을 받으러 가도록 해요."

"돈이 어딨다고 그러냐."

"지금 돈이 문제예요? 일단은 진찰을 받아보도록 해요."

아버지는 어디를 헤매고 다니나. 이제는 돌아올 때도 되었는데 어디를 가서 소식이 없나. 마음이 울적해서 음악을 들으려고 라디오를 틀었다.

"시끄럽구나. 라지오를 끄거라."

"어머닌 또 그래요? 옛날에도 그랬잖아요. 라디오 약 닳아진다고."

어머니는 끙하고 돌아누웠다. 순은 어머니에게 미안해져서 라디오의 소리를 가늘게 줄였다.

……오오 그것들의 어느 것 하나일지라도 내가 사랑하는 이의 사랑을 위해 활활 불타오르다 타버리는 내 마음의 불길은 당하지 못합니다. ……소수옥의 별이 빛나는 밤에 파이널 송 보내드립니다. 블랙 사베쓰 쉬스 곤.

순은 음악을 듣자 가슴이 찢어질 것 같았다. 어머니는 흐릿한 불빛에 등을 드러내 보이고 돌아누워 있었다. 옥이 언니는 오늘밤 자취방에 돌아오지 않을 것이었다. 주인집의 전화를 통해 오늘은 숙박을 간다고 알려왔다. 옥이 언니는 오늘밤 벽파진까지 차를 타고 가서 그 차를 탄 채로 배에 올라 진도읍으로 들어갈 것이었다. 진도의 버스안내원 숙소에서 옥이 언니는 하룻밤을 자고 내일 진도를 떠나는 첫차편으로 올라와서 차표와 일보를 정리하여 사무실에 넘겨준 다음에 배차계 직원에게 사정사정하여 하루 휴무를 뺄 것이었다. 휴무를 빼고 가벼운 마음으로 터미널을 빠져나와 언니는 빠른걸음으로 자취방에 돌아올 것이었다. 어머니는 내일이나 모레쯤 병원에 갈 수 있으리라.

한달 전까지만 해도 옥이 언니는 재수생이었다. 해동이 되어서 아버지가 돌아올 때도 되었는데 아버지한테서 아무 소식이 없자 옥이 언니는 사뭇 비장한 어조로 말했다.

"어머니, 이제부터는 아버지를 믿지 마세요. 이제부터 우리 집 가장은 저예요. 돈을 벌겠어요. 오늘 버스회사에 안내양 면접을 보고 왔어요."

옥이 언니는 이 지방 인근의 해안가를 두루 운행하는 직행버스 안내원이 되었다. 그녀는 자신이 선택한 직업에 조금치의 불만도 없어 보였다. 그런 옥이 언니를 바라보는 순도 덩달아 처졌던 어깨에 힘이 올랐었다.

어머니는 소리없이 잤다. 몸을 잔뜩 웅크리고 미동이 없이. 순은 라디오를 껐다. 고요가, 농밀한 고요가 사방에 꽉 찼다. 공책을 펴고 수학문제를 풀어보려 했지만 자꾸만 눈물이 나와서 문제 풀기를 포기했다. 순은 훌쩍훌쩍 울었다.

세상은 눈물의 바다인지도 모른다고 그때 처음 세상에 대하여 생각했다. 세상을 살아가는 목숨 있는 것들의 슬픔 따위들을.

아버지는 병실에 외롭게 누워 있었다. 아버지의 머리맡에 과일주스 상자가 놓여 있었다.

"어딜 갔다 왔느냐."

"그냥요. 여러 군데 전화를 하고 바람도 쐬고 왔어요."

"호길 에미가 왔다 갔느니라."

병자인 아버지는 그 핼쑥한 얼굴에 어울리지 않게 의기양양한 표정을 지어 보였다.

"과일주수는 몸에 안 좋은데."

"사람의 성의이지. 그러고 너는 이제 그만 호길이한테 가보거라. 이제나저제나 눈이 빠지게 기다릴 것이니."

"하루만 더 있다 갈게요. 그리고 호길이 엄만 바빠서 아버질 잘 돌봐드리지도 못할 거예요."

"신경 쓸 것 없다. 어린것이 끼니도 제대로 챙겨먹지도 못할 것이고 짐승들은 짐승들대로 어제 오늘 굶았을 것이다."

순은 병실을 나왔다. 병실 문을 나서는 순의 뒤에다 대고 아버지는 희망적인 어조로 말했다.

"복수(腹水)만 빠지면 무리없어야. 한 일주일이면 퇴원 안허겄냐?"

순은 병원의 차고 어둡고 긴 복도를 조심하여 걸어서 내려갔다. 대학병원치고는 한가해 보였다. 병원 입구의 원무과 직원들은 커피를 뽑아들고 홀짝이며 사무를 보고 있었다.

순은 화사한 햇살이 창을 통해 쏟아져들어오는 사무실을 들여다보았다. 이 대학병원에 친구의 동생이 근무한다는 말을 친구에게서 들은 적이 있었다. 친구의 동생을 만나면 비록 원무과라 하지만 그래도 아버지를 부탁할 참이었다. 그러나 아무리 들여다보아도 친구의 동생을 찾아낼 수는 없었다. 순은 환자들이 한가하게 배드민턴을 치는 잔디밭을 가로질러 햇살 속으로 또박또박 걸어갔다. 이렇게 한가하고 쾌적한 병원에 들어온 모든 아픈 사람들은 얼마간 이곳에서 요양을 하고 의사의 보살핌을 받다 보면 이윽고 씻은 듯이 건강을 회복할 것이었다. 죽어나가는 사람이라곤 도무지 없을 것 같은 느낌이 드는 병원이었다.

그러나 그런 느낌을 가진 지 얼마 되지 않아서 순은 한대의 장의차를 발견할 수 있었다. 하얀 종이꽃으로 외부를 치장한 장의차는 병원 입구의 왼쪽 끝 회양나무 가지에 가려 '영안실'이라 씌어진 팻말 중에 '안'자가 잘 보이지 않는 곳에 서 있었다. 영안실의 '안'자 밑이 곧바로 영안실로 들어가는 입구였다. 장의차는 이제 막 '안'자 앞을 떠나려는 중이었고 차 안의 사람들은 일제히 이쪽의 회양나무 가지 쪽을 무심히 내다보고 있었다.

장의차가 마악 출발하려는 순간 장의차 앞으로 응급 구급차가 쏜살같이 달려와 멎었으므로 하마터면 장의차와 구급차가 부딪칠 뻔했다. 구급차 속에서 튀어나온 흰 가운을 입은 일단의 사람들이 들것에 실린 사람을 끄집어 내어 영안실 안으로 사라지고 있었다.

임무를 끝낸 구급차는 그 자리를 떠났고 흰꽃이 눈부신 장의차도 그 자리를 떠났다. 장의차가 떠난 자리에 흰 종이꽃 한송이가 떨어져 있었다.

순은 종이꽃을 주우려고 그쪽으로 잽싸게 걸어갔다. 그냥 줍고 싶었다. 주웠다 다시 떨어진 자리에 놓아둘지라도. 종이꽃이 있는 자리로 마악 뛰어가는데 센 바람이 불어와 종이꽃이 공중으로 솟구쳤다.

순은 눈이 부셨다. 눈이 부셔서 어지럽기도 했다. 순은 그냥 서서 영안실 슬라브 지붕 위로 날아오른 종이꽃을 바라보기만 하다 돌아섰다. 그래서 순은 자신이 돌아선 후에 그 종이꽃은 이제 슬라브 지붕에서도 다른 곳으로 옮겨가서 영영 보이지 않게 되었음을 알지 못하였다.

어머니의 흰옷이 공중으로 팔랑팔랑 올라가고 있었다.

"어머니, 옷이 날라가요."

"아이고 순아, 에미 옷을 잡지 않고 뭐하고 있는 게냐."

"제 키로는 잡을 수가 없어요, 어머니."

어머니는 흰옷을 잡으려고 공중으로 흰옷을 따라 솟구쳤다.

"어머니!"

어머니가 솟구치자마자 어머니는 까마득히 멀어지고 있었다. 어머니와 흰옷이 흰구름이 되어 저 멀리 푸른 하늘 속으로 빨려들고 있었다.

순은 처음에 어머니의 흰옷이 그랬고 어머니가 그랬듯이 자신도 공중으로 몸을 날렸다. 그러나 날아 올려지지 않았다. 공중으로 솟구쳤다고 생각하는 순간 바닥으로 쿵쿵 떨어져내렸다.

안타깝게 어머니를 불렀다. 어머니는 아스라히 멀어지고 있었다. 어머니는 눈부신 새털구름이 되어 어디론가 멀리멀리 사라지고 있었다.

꿈이었다. 어머니의 얼굴이 눈에 들어왔다.

"어머니, 가지 말아요."

"자는 줄 알았는데, 내가 혼잣말 하는 걸 들었는갑구나."

"꿈을 꿨어요."

"원래 늦잠을 자면 꿈이 많느니라. 일요일이라고 너무 자지 말아라."

"그런데 어머니는 무슨 혼잣말을 하신 거예요?"

"내가 아무래도 이곳에 이렇게 살아서는 안되는 몸이야. 니 아버지 없더라도 어서 가서 농사를 지어야 하지 않겠냐."

"시골집에 가신다구요?"

"응, 자꾸만 가고 싶어."

"이렇게 몸이 아프신데 어떻게 혼자 농사를 지어요?"

“농사는 못 짓더라도 자꾸만 집에 가고 싶어. 이곳에 조금만 더 머무르다 보면 그만 숨이 막혀 죽을 것 같다.”

“그러면 내일 병원에서 진찰이나 받아보고 별일 없으면 약이나 지어서 모레쯤 가세요. 언니도 휴무 뺀다고 했으니, 언니보고 데려다 달라 하세요.”

일요일의 해는 엷은 구름에 덮여 후덥지근한 빛을 내리쏟고 있었다. 순은 수돗가로 나와 늦은 아침쌀을 씻었다.

어머니가 자취방 미닫이 문턱에 쭈그리고 앉아 쌀을 씻는 딸의 뒤태를 물끄러미 바라보고 있었다. 순은 쌀을 씻어들고 부엌으로 들어가려다 말고 어머니의 눈에 눈물이 괴고 있는 것을 발견하였다.

“어머니, 왜 우세요. 걱정하지 말라니까요. 아버진 금방 돌아오실 거예요. 그리고 언니가 돈을 벌잖아요. 어머니에겐 저희들이 있잖아요.”

“아니다, 악아. 세숫물 좀 떠다 줄래?”

순은 얼른 석유곤로 위에 쌀을 안치고 어머니의 세숫물을 떠왔다. 어머니의 살갗이 전에 없이 투명하였다.

“일을 하면 이렇지 않을 텐데 살갗이 영 내 살이 아닌 거 같애.”

어머니가 쓸쓸하게 웃었다. 투명한 어머니의 얼굴에 천진한 웃음이 배어나고 있었다.

늦은 아침을 마치고 순은 어머니에게 옷을 갈아입혔다. 옥이 언니가 오면 어머니를 데리고 목욕탕에 가기로 한 때문이었다. 어머니 옷을 다 갈아입히고 나서도 옥이 언니는 오지 않았다. 둘은 시름없이 자취방 어두운 구석에 앉아 있었다. 낮에도 불을 켜야 하는 방이었으므로 몹시 어두웠다. 순이 불을 켜려고 일어서려는데 어머니가 불을 켜지 말라고 순을 잡아당겼다. 어머니는 어둠속에서 고개를 잔뜩 수그리고 앉아 있었다.

"어머니, 왜 그러세요?"

"나도 한번 울어보고잡구나. 캄캄헌 데서. 편하게."

"그러세요, 그럼."

순은 어머니의 마음을 충분히 이해할 수 있다는 듯이 의젓하게 말했다. 이윽고 어머니의 울음이 멎자 순은 일어섰다.

"어머니, 제가 밖을 좀 내다보고 올게요."

"올 때 되면 오겠지."

"그렇기는 하지만 답답해서요."

순은 골목 밖으로 나섰다. 어디선가 매캐한 연기냄새 나는 바람이 불어오고 있었다. 자꾸만 재채기가 나와서 순은 다시 어두운 자취방 안으로 들어와버렸다.

"어머니, 또 어디서 대학생들이 데모를 하나봐요."

"니 언니가 그래서 늦어지나보다. 데모대 때문에 차가 막혀서."

"그런가봐요."

옥이 언니는 점심때가 훨씬 지나서야 자취방으로 돌아왔다. 그녀는 대문을 들어서자마자 대문가에 털퍼덕 주저앉아버리는 것이었다.

"어머니, 난리가 났어요. 군인들이, 군인들이 사람을, 사람을 쳐 죽여요."

"야야, 진정해라."

옥이 언니는 바들바들 떨고 있었다.

"차가 들어오는데, 저어기, 차 들어오는 입구 로타리에서 군인이 차 안에 들어왔어요. 들어와서 다짜고짜 청년 둘을 끄집고 나가더니, 몽둥이로 짓이겼어요."

"시국이 어수선하더니, 끝내는 일이 터지고야 마는구나. 너는 무슨 화 입지 않았느냐?"

"예에. 저는 괜찮아요. 월급도 타왔는걸요."

옥이 언니는 바들바들 떨면서도 월급봉투만은 꼭 쥐어 보였다.

"다행이구나."

세 여자는 어두운 자취방 안으로 들어가 점심을 먹고 목욕탕에 가려고 큰길가로 나섰다. 옥이 언니는 연신 고개를 사방으로 휘둘러보며 불안해했지만 순과 어머니는 아무런 낌새도 느낄 수 없었다. 다만 어디선가 매운 연기냄새만이 끊임없이 바람에 실려오는 것만 수상히 여겼을 따름이었다.

어머니는 그 냄새조차도 느끼지 못한 듯 목욕탕 입구에 서서 말했다.

"얘들아, 어디서 자꾸 꽃냄새가 난다."

순은 아버지가 이르는 대로 곧장 호길이 혼자 있는 시골로 내려가지 않고 여인숙에서 하룻밤을 잤다. 다음날 눈뜨자마자 아침도 거르고 남편과 만나기로 한 어제의 다방으로 갔다.

"당신의 용서를 바랄 뿐이지."

순은 남의 이목을 생각할 겨를도 없이 남편의 뺨을 후려쳤다. 이제는 마음이 거진 정리되어 남편이 무슨 말을 한대도 담담하리라는 생각과는 달리 저도 모르게 파르르 경련이 일어난다고 느끼는 순간 손이 올라갔다. 뺨을 맞고도 고개를 숙이지 않는 남편이 가증스러워 다시 한번 손을 들어올리려는 순간 남편은 자리를 박차고 다방 문을 나서고 있었다.

사람들이 전부 순에게로 눈동자들을 고정시키고 있는 다방에 더이상 앉아 있지 못하고 순도 다방을 나섰다. 금방 따라 일어섰는데도 다방 밖에 남편은 보이지 않았다. 어디선가 오월의 꽃냄새를 실은 바람이 허허롭게 불어올 뿐이었다. 미처 다 듣지 못한 남편의 말들이 발부리에 툭툭 차이고 있었다.

"그때는 그랬어. 오직 사랑이 필요한 때였다구. 사람들은 모두 눈에 핏발을 세우고 누군가를 죽이지 못해 환장한 것 같았어. 군인들은 군인들대로 또 시민은 시민들대로 죽이지 못하면 죽는 길밖에 없었으니까. 광포한 짐승들이 거리를 배회하고 있었어. 사랑의 힘이 없이는 날마다가 굴욕과 살의로 지새워야 하는 날들이었지. 나는 그때 사랑이 필요했고 그 여자 또한 그러했지. 우리는 사랑했어. 사랑하지 않고는 한시도 배겨날 수 없는 시간이었으니까. 그래서 그해 오월은 죽음의 계절이었지만 또한 얼마나 뜨거운 사랑의 계절이었는지 네가 아니? 그리고 우리는 소식을 알지 못한 채 세월을 났어. 그 여자가 그랬다더군. 내가 그해 오월에, 사랑을 나누고 싸움장으로 간 마지막 날 그날 죽은 줄 알았다고. 나는 죽지 않고 살아서 그 여잘 찾았지만 없었어. 그 여자가 있던 집 포주가 전하는 말로는 난리 틈새에 도망을 가버렸다고, 그러나 차라리 그렇게라도 도망을 쳐줘서 고맙기도 하다고, 들리는 말로는 시집 가서 자식 낳고 잘 살더라고 하더라고 그 여자의 소식을 전하더군. 세월의 갈피갈피에 생각도 가끔 했지. 술을 먹으면 가끔 그 여자들이 눈동자 풀어져서 손님을 끄는 그 골목을 지나치게 돼. 그런데, 그 여자의 포주를 우연히 만나게 되었지. 이제는 늙어서 펨프짓도 못하고 골목 입구에 쭈그리고 앉아 있더군. 인사를 했지. 그랬는데 포주의 회색으로 뒤덮인 눈동자가 갑자기 빛나면서 내 손을 끌었어. 향숙이가 돌아왔다고. 돌아왔는데 얼마 전에 죽었다고. 시집 가서 잘 사나보다 했는데 남편을 잘못 만나 작신 얻어맞고만 살다 절름발이 돼서 찾아왔더라고. 병신이 돼서 찾아왔더라고. 그 몸으로 손님을 받았는데 몸이 아파 장사도 못하고 병만 더 깊어져서 지난 겨울에 죽어버렸다고. 손님 중에 당신이 올까봐 향숙이가 얼마나 목을 뺐는지 아느냐고. 그런데 향숙이한테 딸린 아이가 있다고. 지금 그애를 보러 가자고. 그애가 어쩌면 그다지도 당신을 빼박았는지 모르겠다고……"

"그래서요? 아이를 만났더니, 당신의 아이가 틀림없었나요?"

"………"

"틀림없었을 테죠. 이 불결한…… 사랑이라구요? 이런 순 기만, 어처구니 없는……"

그러고 나서 순은 남편을 향해 힘껏 팔을 내둘렀다.

이제 와서 나보고 어쩌란 말이냐. 그래서 나보고 그 창녀의 자식을 키워 달라고? 그런 자식도 너의 자식이니, 네가 사랑하는 네 남편의 자식이니, 고이 네 품에 품어 달라고? 개자식.

순은 침을 뱉듯이 나오는 대로 욕설도 씨부렸다.

제가 뱉어낸 욕설이 제 발등 위에 수북이 떨어져내리고 있는 것을 순은 가만히 내려다보았다. 발등을 내려다보는 눈자위에 무엇인가 희부윰한 안개가, 안개 같은 장막이 드리워지고 있었다.

어디다 마음을 둘 데가 없이 처벅처벅 걷다가 순은 할 수 없이 시외버스 정류장으로 가서 시골집으로 가는 버스를 탔다.

호길이는 집에 없었다. 마당 가득 갈색의 강아지들이 바삐 뛰어다니고 있었다. 돼지들도 창고 안에서 배고픈 소리를 내고 있었다.

순은 우선 밥을 먹고 나서 짐승들을 거두기로 하고 등어리에 찰싹 달라붙어 잠을 자고 있는 누리를 떼어서 마루에 앉혀놓고 부엌 문을 열었다.

어두운 부엌 안에서 아이가 밥을 먹고 있었다.

"학교 갔다 이제 왔니?"

"예에."

"누나 소리 나는데 내다보지도 않고."

호길이가 고개를 숙였다. 순은 호길이가 먹는 밥상을 끌어당겨 누리를 안고 밥을 먹었다. 피로가 밥을 먹는 그 순간에 한꺼번에 엄습해오고 있었다. 밥상을 물리는 그 순간에 방에 들어가 드러눕고 싶었지만

밖에서는 짐승들이 저희들도 밥을 달라고 난리굿을 피우고 있었다. 깨갱 깽, 꽤액 꽥, 꿀꿀꿀, 음매애, 동물농장이 따로 없는 듯 짐승들은 저마다의 소리로 밥을 재촉하고 있었다. 울화통이 치밀었다. 첫번째는 어쩌자고 제 손으로 거둘 힘도 없는 병자가 저 무고한 생명들은 잔뜩 사 들여놓았는지 아버지에 대하여 짜증이 일었고, 그리고 그 다음에는 호길이한테 화가 치밀었다.

"호길아, 너는 네 배만 고픈 줄 알지 짐승들 배고픈 것은 생각하지도 않는 애니?"

아이는 또 고개를 숙인다.

"도대체 학교 갔다 와서 너만 밥을 먹고 짐승들을 다 굶겨놓으면 어떡하니. 그제, 어제 다 굶겼니?"

아이는 그렇노라고 숙인 고개를 끄덕였다. 아이가 숙인 고개를 한참 동안이나 들지 않아서 순은 움찔, 마음이 아파왔다. 기실 짜증은 어린 호길이에게 내는 것이 아니고 순 자신에게 내는 것이 아니겠는가.

"미안하다. 다음부터는 좀 힘에 부치더라도 너 밥 먹고 난 다음에는 짐승들 밥도 먹이고 그랬으면 좋겠다."

"예에."

아이의 대답하는 목소리의 끝이 갈라지고 있었다.

아이 혼자서 이틀을 제 끼니 찾아먹은 것도 어딘가. 아이가 먹은 밥은 그저께 아버지가 병원길을 떠나면서 해둔 찬밥이었다. 아이는 찬밥을 데울 줄도 모르고 그냥 상에 차려진 그대로, 그 반찬으로 혼자서 끼니를 때웠던 것이다. 거기다 대고 짐승들 밥까지 챙기라는 건 무리인 것이 확실하지만 순은 짜증을 내었고 한번 나온 짜증은 또다른 짜증을 유발시켰다.

호길이는 밥을 다 먹고 제 밥그릇을 들고 마당의 수돗가로 가서 찬물을 받아 마시고 빈그릇을 깨끗이 씻어 순에게 내밀었다. 그러고 나서 아이는 두 손을 호주머니에 찌르고 골목으로 나서고 있었다. 누리가 '삼춘'을 부르며 뒤뚱뒤뚱 따라나가자 호길이는 잠시 돌아서서 누리를 내려다보고 서 있었다. 눈물 머금은 그 눈에 미소를 담뿍 띠고. 흡사 그 몸안에 이 세상 온갖 슬픔이란 슬픔 다 깃들여 있고 슬픔이란 슬픔 다 깃들여 있어서 또 그만큼 따스함 간직한 사람인 듯이.

짐승들 밥을 끓여서 퍼주고 웃자란 채소들을 솎아내고 누리를 씻기고 두 아이, 딸과 동생에게 저녁을 먹이고 그러고 나자 사방은 완전히 어두워져 있었다.

"호길이 안 자니?"

호길이는 책가방 속에서 피리를 꺼내들고 마루로 나갔다.

"내일 피리 부는 시험이 있어요. 선생님이 연습해 오랬어요."

"그런 건 낮에 연습하면 안되니? 밤에 휘파람이나 피리 불면 뱀 나온다는 거 몰라?"

아이는 주춤주춤 토방 댓돌로 내려서서 헛간 쪽으로 갔다.

"거긴 왜 가니?"

"돼지가 피리 불어주면 좋아해요."

순은 웃음이 나오려는 걸 참고 누리를 안고 잠자리에 들었다. 헛간 쪽에서 피리소리가 나기 시작했다.

필리리 필리리 필리리. 피리소리는 혹은 끊어졌다가 혹은 이어지면서 순이 잠에 떨어질 때까지 이어졌다.

백두산 벋어내려 반도 삼천리, 무궁화 이 강산에 역사 반만년……

누리가 뒤채는 느낌에 순간적으로 눈이 떠졌다. 순이 눈을 뜨는 순간에 누리는 옷에 오줌을 싸고 있었다. 어미가 피곤한데 아이라고 온전할까. 누리는 쉬아를 해놓고 기분 좋은 꿈이라도 꾸는지 사뭇 방싯거린다. 반쯤 눈이 떠진 상태에서 아이고, 요를 갈아야겠구나 하고 정신이 드는 참인데 정신을 차리고 나자 방안이 어쩐지 허전했다. 호길이가 보이지 않는 것이다. 이 애도 오줌을 누러 갔나, 하고 방문을 열었다. 뒷간에 불이 켜지지 않은 걸 보니 어디 채소밭에다 누나보다, 하고 짙푸른 어둠이 내리덮인 채소밭들을 둘러보았지만 사람의 형체는 보이지 않았다.

순은 마루에서 내려서서 신발을 꿰어신고 토방 아래로 내려섰다. 그때서야 초저녁 내내 들리던 피리소리가 생각났고 순은 휘닥닥 헛간 문을 열었다. 짐승들의 몸냄새와 배설물 냄새가 훅 끼쳐왔다.

호길이는 강아지들이 새근새근 잠을 자는 짚덤불 위에 웅크리고 잠들어 있었다. 강아지들은 호길이를 가운데 두고 빙 둘러 오물거렸다. 헛간의 높다란 통풍구를 통해 희부윰한 빛이 새어들어왔다. 호길이는 피리를 입에 댄 채 잠을 자고 있었다. 아이는 어쩌면 자면서도 피리를 불고 있는지도 몰랐다. 꿈속에서 필리리 필리리 하염없이 피리를 불고 있는지도.

순의 가슴에 무엇인가 둔탁한 물체가 쿵 내려앉고 있었다. 둔탁한 물체는 쿵 내려앉았다가 이윽히 가슴 한가운데를 뚫고 올라오고 있었다. 순은 숨을 한번 크게 내리쉬었다.

'왜 짐승들에게 밥을 주지 않았니?'

'피리는 낮에 연습하면 안되니?'

자신이 내뱉었던 말들이 공중에 오래 떠 있다가 무거운 돌덩이들이 되어 자신의 머리를 쿵쿵 내리찧는 느낌에 순은 진저리를 쳤다.

호길이는 말하고 있었다.

'누나, 저는 짐승들에게 밥을 해주진 못했지만 노래를 불러주었는걸요. 누나, 사람이 외로우면 짐승들도 외로워한다는 걸 전 알고 있답니다.'

순은 호길이를 가만히 업었다.

호길이를 업은 순의 등 뒤에 달이 하얗게 떠서 그림자처럼 따라오고 있었다.

달이, 망망대해 같은 하늘에 두둥실 뜬 달이 자꾸만 순을 따라왔다.

어머니의 죽음을 누군가에게 알려야 했다. 그리고 그 누군가의 힘을 빌어 장례를 치러야만 했다. 순은 그 누군가를 찾아 길을 떠난 중이었다.

옥이 언니는 휴무일이 끝나고도 출근을 못하고 있었다. 시외로 나가는 차의 운행이 끊긴 때문이었다. 도시는 고립되어 있었다. 아무도 도시로 들어올 수 없었고 아무도 도시 밖으로 나갈 수 없었다.

휴무를 뺀 옥이 언니랑 휴교가 되어 학교에 나가지 못한 순이 어머니를 부축하여 병원에 갔다. 그러나 병원 입구에서 세 사람은 돌아서야 했다. 병원은 만원이었다. 모두 찢기고 총 맞고 두들겨맞은 사람들로 발디딜 틈이 없었다.

진찰도 받아보지 못하고 돌아나오는 병원 바닥에 끈적한 피들이 엉겨붙어 신발에 달라붙었다. 환자고 의사고간에 사람들은 정신이 하나도 없어 보였다.

자취방으로 돌아온 그날 밤 어머니는 해맑게 웃으며 말했다. 그랬다. 어머니의 웃음은 그날 밤 유독 해맑았었다. 어머니가 어린애였을 때나 웃었을 그런 웃음을 순은 그날 밤 보았다.

“욕 얻어먹을 짓을 했구나 우리가. 그렇게 사람이 죽어나가는데 피 한방울 뽑아주지 않고 나왔으니.”

어머니는 해종일 좁은 방안을 빙빙 돌아앉으며 딸들의 자취방으로 올 때 가지고 온 옷보따리를 풀었다 묶었다가 했다.

“왜 보따리는 그리 만지작거려요.”

“가고 싶어서 그런단다. 정말로 집에 가고 싶어.”

“올 때는 언제고 이제 가고 싶다고 안달이세요. 그리고 지금은 가고 싫어도 갈 수 없단 말이에요. 사방이 다 막혔어요. 막은 곳을 넘어서면 총살이래요. 어디서 날아오는지도 모르는 총알이 와서 그 자리에서 즉사한대요."

'즉사한대요' 하면서 옥이 언니는 저녁밥을 지으러 수돗가로 갔다.

"누가 그런 끔찍한 소리를 하든?"

"요 앞 한길만 나가보세요. 왜 사람들이 총을 멨게요. 다 그렇게 죽지 않을려고 그런 거래요."

순은 골목을 벗어나 한길로 나섰다. 정말로 죽지 않으려고 총을 멨는지 누군가를 죽이려고 총을 멨는지 총을 멘 사람들이 탄 차가 거리를 달려갔다. 한길 건너 시장통에서는 시장 아주머니들이 화덕을 만들어놓고 밥을 짓고 있었다.

"아주머니는 왜 밥을 지으세요?"

"우리 시민군 줄려고 짓는 거지."

아주머니가 함박웃음을 입에 물고 대답했다.

"예에."

순은 시장통을 지나고 또하나의 한길을 건너고 자꾸만 자꾸만 갔다. 산발한 여자가 울부짖으며 달려갔다. 순은 그 여자를 좇아갔다. 숲속이었다. 여자가 숲속 하얀 건물 앞에 멈춰섰다. 순도 멈추었다. 파리떼가 흰 건물을 에워싸고 빙빙 돌고 있었다. 숲에서 멀지 않은 곳에 언젠가 그림책에서 본 듯한 딱정벌레 같은 까만 장갑차가 널브러져 있었다. 이윽고 여자는 흰 건물 안으로 사라졌다. 순은 건물의 문 안으로 귀를 모두었다.

처음에는 메아리 같은 울림이 서너 번 반복되었다. 그러다가 폭포수 쏟아지듯 여자의 통곡소리가 건물 전체를 에워쌌다.

통곡소리는 건물 안으로부터 새어나와서 파리떼들이 긋는 곡선을 따라 서서히 건물 지붕 위로 그리고 어둠이 내리는 숲 전체로 퍼져올라갔다. 순은 그것을, 소리가 긋는 곡선을 따라 지붕 위로 숲으로 고개를 돌렸다. 그러다가 한군데 눈길이 멈추는 곳이 있었다.

아, 파리들은 곡선을 긋는 것이 아니고 멀리멀리 냄새를 좇아 한길을 건너고 내를 건너고 산을 넘어 건물 사이를 헤집다가 결국은 그쪽으로, 피의 웅덩이로 몰려들고 있었다.

버려진 장갑차, 버려진 군모, 버려진 신발들, 그리고 버려진 울음.

꿈결에 비가 오는 소리를 분명하게 들었다. 옥이 언니는 아직도 밥을 덜 지었나. 마당에 떨어지는 빗소리에 섞여 수돗가에서 귀에 익은 옥이 언니의 그릇 씻는 소리가 들려왔다. 어머니는 옆에서 잠을 자고 있었다.

순은 미닫이를 열었다. 옥이 언니가 뒤돌아보았다.

"해거름에 어디를 갔다 왔니?"

"언니, 사람이 죽었어."

"그래. 하지만 지금 남의 죽음을 생각할 겨를이 없다."

그때야 순은 머리끝이 쭈뼛 올라가는 느낌에 어머니를 돌아보았다.

"넌 어디를 싸돌아다녔는지 밖에 갔다 오더니 정신 나간 사람처럼 쓰러져서 잠을 자더구나. 자다가 헛소리도 하고. 어머니도 밤새 앓았다. 새벽엔 실금을 하셨어. 아무래도 아버지한테 연락을 해야 할 것 같구나."

"아버지가 어디 있는지 모르잖아."

"아버지를 봤어. 아버진 이제 우리가 아무것도 기대할 것이 없는 사람이 되어버렸더구나. 아버진 마량에 계신다. 살림을 차리셨더구나. 그 나이에 뭘 다시 시작해보겠다고."

"왜 어머니한테는 말을 하지 않지?"

"언젠가 알게 될지라도 아직은 모르는 게 더 속 편하지 않겠니?"

"하긴 어머닌 지금 환자야."

옥이 언니는 해안가를 운행하는 직행버스 안내원이었으므로 아버지를 만날 수 있었던 모양이었다. 아버지가, 아니 아버지같이 생긴 사람이 차부 앞을 바삐 걸어가더라 했다. 혹시나 하고 따라갔는데 아버지 닮은 사람이 차부에서 빙 돌아간 바닷가 선술집 안으로 들어가더라 했다. 그래서 결국 아버지 닮은 사람이 아버지임을 확인했노라고 했다.

“내가 아버지! 하고 부르니까 아버지 대신 아버지의 여자가 미소를 보내더라. 처음 보는 나한테 해사하게 웃는 품이…… 응 그랬어. 꼭 인조로 된 치자꽃 같았어. 진짜 꽃말고. 여자는, 그 아줌마는 그렇게 막 웃는데 글쎄 아버지는 어땠는 줄 아니? 우는 거야. 옥아, 내 딸아. 아버지는 말이다, 외로워. 네 에미가 있는데도 아버진 항상 외롭단다.”

웃을 수도 없고 울 수도 없어서 옥이 언니는 그냥 아무 일도 없었던 것처럼 선술집을 나섰다고 했다.

“아버지가 말했어. 악아, 네 어머니한테는 너희들이 곱절로 효도해야 한다, 알겠지야.”

옥이 언니는 고개를 끄덕여주었다고 했다.

“아버진 아주 못써져버렸어. 예전에 포마드 바르고 하얀 한소데(와이셔츠) 입고 마루에서 서예하던 아버지는 없어져버렸어. 아버진 아주 망해버렸어. 뭐랄까, 음 그래 비루해져버렸어.”

순은 듣고 싶지 않았다. 그래서 비가 쏟아지는 골목 밖으로 정신없이 나가서 그 많은 비를 그대로 맞았다.

비는 그치지 않았다. 비가 그치지 않는 속에 어머니는 숨을 거두었다.

뇌출혈.

하늘에서 비가 쏟아지는 날 어머니의 머릿속에서는 피가 쏟아져서.

날이 저물 무렵 비는 개었다. 그러나 어머니는 다시는 눈을 뜨지 않았다.

비가 개자 하늘에 달이 떠올랐다. 아직 습기가 가시지 않은 하늘로, 짙푸르게 어두운 하늘로, 바다 같은 하늘로 달이 떠올라왔다.

순은 옥이 언니가 시키는 대로 행장을 꾸렸다.

"언제 끝날지 아무도 알 수 없는 난리잖니. 이대로 어머니를 썩게 내버려둘 수는 없어. 일단 나가는 거야. 나가서 어머니의 죽음을 알리는 거야. 종가의 당숙이랑 그리고 아버지한테. 나는 네가 올 때까지 어머니를 지킬 거야. 알았지?"

"알았어."

순은 터벅터벅 도시의 낯익은 가로를 걸어나갔다. 어디로 갈 것인가. 가면 또 어디로 들어올 것인가.

"나가는 길을 알아두면 들어오는 길은 저절로 알아지는 거야."

"알았어."

순은 자꾸자꾸 걸어나갔다. 도시는 금방 끝이 나고 드문드문 집들이 들어서기 시작하는 묵정밭을 가로질러갔다. 묵정밭 밑으로는 비탈진 아카시아 숲이었다. 아카시아 향기는 숨이 막힐 지경이었다. 숲 멀리 고향집 쪽으로 가는 고속도로가 보였다. 순은 숨을 한번 크게 내리쉰 다음에 아카시아 숲길을 달려내려가기 시작했다. 자꾸만 뭔가가 따라오는 것 같았다. 따라오면 순은 즉사할 것이었다. 옥이 언니가 그렇게 말했었다.

뒤돌아볼 수는 없었다.

뒤따라오는 것이 달이었음을 순은 나중에, 한참 세월이 지난 나중에야 알았다. 그것이, 뒤따라오던 것이 달님이었던 게라고.

휘영청 밝은 달빛을 밟고 종가의 당숙모가 왔다.

"조카 안에 있는가?"

"들어오세요."

"조카가 아직 젊으니 내 소리가 허수로이 들릴지는 모르겠으되, 조카도 맏며느리라 하니 내가 종가의 며느리 된 입장으로 말을 하겠네. 부디 죄를 짓지는 말게나. 사내의 허물이야 긍지가 될 수도 있는 것이고 자네는 어쨌거나 그 집에 귀신으로 한번 들어간 사람이……"

"그래요, 맞아요. 당숙모 말씀이 옳지요. 그럼요."

"아이, 그래 그래. 이제는 아이도 낳고 했으니, 알 게야. 내 말이 무슨 말인지."

당숙모는 내일 제사가 있으니 아침부터 아이들 데리고 종가로 건너오라고 말했다.

"제사 지낼 음식을 장만하면서 몸은 고되지만 무언가 생각하는 바가 있을게야. 여자가, 음식 장만할 여자가 있음으로 남자가 있고 그리고 한 집안이 이루어지고 나라가 이루어질 수 있는 게야."

다음날 누리를 업고 호길이를 데리고 종가댁으로 갔다.

얼굴도 보지 못한 몇대조 할머니의 제사라 했지만 종가라서 손님은 많았다. 종가 행랑채에선 제사 겸 문중회의가 열리고 있었다.

"에미의 신분이야 탓할 건 없는 일이고."

"종가의 대가 끊어질 판인데 제 욕심을 챙겨서는 법도가 아니지."

문중의 노인들이 호길이를 불렀다. 손이 없는 종가의 대를 이을 사람은 원래 사촌오빠들 중의 한 사람이 되어야 했다. 그러나 종손이 되어야 할 두 오빠들 중 한 사람은 이미 가문에서 파문을 당한 지 여러 해 째였다. '정치범, 빨갱이 전과'는 문중 노인들의 판단에 종손으로서의 부적격자임에 틀림없었다. 남은 사촌오빠는 홀로 사는 큰어머니를 데리고 이땅을 떠난 지 이태째였다. 이민을 떠나면서 오빠는 말했다.

"가문, 문중, 핏줄, 다아 소용없는 일이야. 그들이 우리에게 해준

게 뭐가 있어. 가문이라는 허깨비 같은 이름으로 사람 목이나 조르는 개뼉다귀 같으니라구."

감옥에서 나온 큰오빠는 낭인이 되어 가족이 떠나버린 이땅을 떠돌고 작은사촌오빠는 떠도는 형을 버려두고 떠나버렸다. 문중의 족보에 사촌오빠들의 이름이 지워지고 그 자리에 호길의 이름이 올랐다.

호길이 계집애처럼 눈을 내리깔고 행랑채로 들어갔다.

"애비하고는 이미 약조를 보았으니 그럼 그리하기로 결론을 내립시다."

행랑채의 문이 열리고 노인들은 흡족한 얼굴로 마당으로 나서는 호길을 바라보고 있었다. 노인들의 방으로 음식상이 들어가고 호길은 따로 대청마루에서 상을 받았다. 부엌 나무청에 몸을 숨긴 당숙모가 음식을 먹는 호길을 훔쳐보고 있었다. 밤에 호길은 몸에 맞지도 않는 하얀 광목 두루마기를 입고 제사상 앞에 술을 따랐다.

"네가 종손이 된 것을 아니?"

밤이 깊어 종가를 나와 집으로 오며 순이 아이에게 말했다.

"너의 엄마가 어떤 사람인 줄 아니?"

아이는 대답 없이 순의 뒤를 사뿐사뿐 따라오고 있었다. 그의 바지 호주머니에는 척척한 파적 두 장이 들어 있어서 불룩한 채였다.

말을 걸어도 대답이 없는 아이에게 순은 단호하게 말했다.

"그 적은 이따가 집에 가서 구정물통에 버려라. 손때가 잔뜩 묻은 걸 입 속에 넣지 말고."

집에 들어서자 아이가 마당을 가로질러 헛간으로 들어갔다.

"구정물통에 버리랬잖니."

"돼지 주려구요."

"구정물통에 버려도 어차피 돼지밥 속에 들어갈 거야."

"지금 줘야 더 맛있어요."

"이 새끼가."

순의 입에서 자신도 예상하지 못한 욕설이 튀어나옴과 동시에 순은 호길에게서 적을 빼앗아 내동댕이쳤다. 호길이 주춤주춤 순의 옆을 돌아 밖으로 나갔다. 누리가 뜨아한 눈으로 어미와 호길을 번갈아 보다가 '삼춘'을 불렀다. 호길은 이번에는 누리가 불러도 뒤돌아보지 않았다. 그애는 뚜벅뚜벅 마당을 가로지르고 대문 밖으로 나서고 있었다. 호길은 소리없이, 고요히 순의 옆을 비켜서서 제 발등을 내려다보며 걸어나갔다.

아, 아홉살의 '고독'이, 어린 고독이 긴 그림자를 제 등 뒤로 드리우고 어둠속으로 사라지고 있었다.

그림자는 가뭇없이 사라졌다. 어디로 갔나, 어디로 갔나. 순은 호길이 사라진 골목을 따라 올라갔다. 호길은 종가댁으로 가는 골목으로 사라지고 있었다. 순은 돌아섰다. 돌아서는 순의 발부리에 까만 짐승들이 엉겨붙었다. 속없는 짐승들. 빈 골목에는 오밤중에 잠을 깬 강아지들이 적 한조각 입에 물고 희희낙락 어둠을 지치고 있었다. 사람이 빈 골목에 저희 세상을 만난 생쥐들모양.

순이 마당으로 들어서자 순의 졸개들마냥 강아지들이 일렬종대로 줄을 지어 대문턱을 훌떡훌떡 넘어들어왔다. 하나, 두울, 셋…… 열하나, 열둘. 열두 마리의 강아지들이 모두 들어서자 순은 대문을 잠갔다. 한밤중에 깨어난 강아지들만큼 천진한 누리가 어미가 잠근 대문 빗장을 여느라 낑낑대었다. 삼촌이 들어오지 않았다고. 아직 식구가 들어오지 않았는데 왜 대문을 잠그느냐고. 네 생각이 옳다 하고 순은 대문 빗장을 열었다. 강아지들이 대문 빗장이 열리는가 안 열리는가 보려고 그러는지 오물오물 헛간 입구에 모여서서 이쪽을 빤들빤들 쳐다보고 있다가 순이 돌아서자 그제서야 다시 대열을 정비하여 헛간 속으로 들어가는 것이었다.

강아지들이 투덜거리는 것 같았다. 누리가 투덜대듯이.

오월초에 입원을 했던 아버지는 오월말에 퇴원을 했다.

고향의 이미지는 무엇일까. 명절과 제사…… 그리고 명절과 제사때 나누는 음식. 적어도 종가댁에서의 명절과 제사에는 고향의 이미지가 그대로 남아 있다. 그러나 어머니가 없는 명절, 어머니가 없이 아버지 혼자 지내는 제사란 따뜻한 고향의 이미지와는 사뭇 다른 황량하기조차 한 것이었다. 그렇다 한들 어김없이 찾아온 명절과 제사를 지내지 않을 수는 없기에 아버지는 순에게 어머니의 제사상에 놓을 음식을 장만하라고 일렀다. 아버지는 텃밭에서 이제는 꽃대조차 오른 뻣뻣하게 세어버린 시금치를 뽑아오고 부엌 찬장에서 꺼내온 먼지 앉은 마른 새우와 홍합들을 마루에 신문지를 펴놓고 일일이 다듬었다. 죽음을 눈앞에 둔 아버지가 핼쑥한 얼굴로 죽은 어머니의 제사상에 올릴 음식의 재료들을 소리없이 다듬었다.

순도 시금치를 데칠 물을 데우고 제사에 쓸 그릇들을 닦고 시루구멍 막을만치 멥쌀 두 되를 물에 담갔다.

낮에 종종걸음을 치며 장만한 몇가지의 나물과 이웃의 딸기밭에서 얻어 온 딸기 한 접시와 저녁 내내 매운 불을 때서 익힌 백설기떡 한 접시와 아버지가 공들여 다듬은 홍합탕을 놓고 단출한 제사를 지냈다.

"느이 에미 제사에 때맞춰 퇴원을 하게 된 게 다행이구나."

아버지는 순에게 따랐던 퇴주잔을 받아들며 자신의 손으로 아내의 제사를 지내게 된 게 여간 다행이 아니라는 듯 입가에 평화로운 미소까지 띠어 보였다. 호길이도 제가 태어나기 전에 세상을 떠나버려서 얼굴을 한번도 본 적이 없는 제 아비의 원래 부인이었다는 할머니(제사상 앞에 놓인 초상화는 분명 할머니다) 초상화 앞에서 두 눈을 꿈벅꿈벅하며 제 딴에는 엄숙한 표정을 짓고 앉아 있었다.

제사상을 물리고 두 어린것들, 누리와 호길이가 양손에 떡 한주먹씩

쥐고 잠이 들었을 때 아버지는 순에게 말했다.

"지난번 애비가 병원에 있을 때 네가 쟈한테 몹쓸 짓을 했더구나."

"………"

"대답이 없는 걸 보니 사실인 모양이구나. 느이 당숙모가 일러줘서 알았다. 어린것을 너무 박대하지 말아라. 그애가 종손이 되어서도 아니고 단지 지도 사람이기 때문이다."

"예에."

대답을 해놓고 나서 순의 내부에서 맹렬히 솟아나는 반감의 말들을 그러나 순은 끝내 내뱉지는 못했다.

그래서 아버지는, 그토록 사람을 아낀다는 아버지는 그해에 어디 가 있었습니까. 어머니가 그렇게 처참하게 숨을 거두던 그 순간에 아버지는 몹쓸 색줏집의 주모에 빠져 있었단 말씀입니까. 저 아이는 그것의 결과물이고요.

저는 아버지를 아직 용서할 수 없고 용서할 수 없는 아버지에게서 난 저 아이를 인정할 수 없습니다.

그러나 순은 묵묵히 제사상을 치웠다. 밤 늦은 밤에 혼자서 달그락거리며 그릇들을 씻고 이웃에 나눌 몇가지의 음식을 챙기고 그리고 용서할 수 없는 아버지와 인정할 수 없는 아이의 틈바구니에서 누리를 껴안고 새우잠을 잤다. 잠을 청했지만 잠이 오지 않았다. 늦은 봄밤의 소쩍새가 밤새도록 울었다. 오, 어머니. 순은 어머니를 낮게 부르짖었다.

오늘 당신의 제사를 지냈습니다. 아버지는 당신의 제사를 지내며 입가에는 평화로운 미소를 지어 보이지만 속으로는 불같은 분노에 치떨고 있음을 보았습니다. '그 여자'가 오지 않았기 때문입니다. 제 여자의 부재에 아버지는 맨 처음의 당신 여자였던 어머니의 죽은 넋 앞에서 외로워하더란 말입니다.

소쩍새가 한없이 울어쌓던 그해 봄밤에도 아버지는 외로워서 어머니를 떠났던가 봅니다. 어머니 곁에서는 당최가 외로워서. 외로워 견딜 수가 없어서.

순이 한없이 걸어가는 밤길을 소쩍새의 울음이 한없이 따라오고 있었다.

달과 소쩍새.

그랬다. 달과 소쩍새가 있어서 순은 무섭지 않았다. 순이 빠른걸음을 걸으면 달도 빠르게 달려왔고 소쩍새도 가쁘게 울었다. 그러다가 순이 뚝 발길을 멈추면 달도 그 자리에 오똑 서버렸고 소쩍새의 울음도 뚝 끊기는 것이었다. 새벽이 왔을 때 달과 소쩍새는 밝은 새벽 여명 속으로 순의 등을 힘껏 떠다밀었다.

"이제 된 거야. 뒤돌아보지 마. 힘껏 달리는 거야. 이제부터는 혼자가. 이 길이 끝나면 좀더 평탄한 길이 시작될 거야. 평탄한 길을 향해 아직은 숨도 쉬지 말고 달려가야 해. 누구의 도움도 없이 혼자서 가야 해."

도시를 벗어난 세상은 참으로 아름다웠다. 오월의 신록은 눈부시게 사방에 가득 차 있었다. 아버지에게로 가는 완행버스에 몸을 실었을 때는 그토록 아름다운 녹음에 취해 기분 좋은 잠까지 왔다.

이제 아버지에게로 가면 모든 것은 아버지가 처리해줄 것이었다. 혼자서 힘겹게 빠져나왔던 도시로 들어가기란 아버지와 함께라면 문제없을 것이었다. 아버지를 만나면 참고 참았던 설움이 기분 좋게 폭발하리라. 그러면 그때부터 모든 근심과 슬픔과 공포는 고스란히 아버지가, 우리 아버지가 걸머지리라. 아이고 내 딸아, 그 험한 난릿속을 어찌 살아냈으며 어찌 뚫고 나왔더란 말이냐. 아버지는 까칠한 수염이 돋아난 뺨을 내 얼굴에 부비며 마구마구 뜨거운 눈물을 흘려줄 것이었다.

내가 죄인이구나. 이 몹쓸 위인을 두고 네 어미가 기어코 눈을 감아버렸다니, 비통한 심정을 가눌 길이 없구나 하며.

그렇게 생각하며 아버지가 기거하는 바닷가 소읍의 술집을 찾아갔다.

바닷가 소읍에 아버지는 없었다. 아버지 대신 아버지의 여자가 남산만큼 부른 배를 디밀고 파리떼가 윙윙거리는 술청을 느릿하게 걸어나오고 있었다. 여자의 커다란 배가 순의 숨통을 막아올 듯 가까워지고 있었다. 순의 입에서 아버지란 말이 나오지도 않았는데 여자는 아버지를 찾는 시늉으로 멀리 선창가 쪽으로 고개를 내밀고 두리번거렸다.

순은 돌아섰다. 그리고 뛰었다. 여자가 뒤에서 뭐라고 소리치는 것 같았으나 이제 마악 포구로 들어오는 배 고동소리에 그 소리는 묻혀버렸다.

당숙은 아버지를 대신하여 순과 함께 길을 나섰다.

“느이 애비를 원망허지 말그라. 사람이 허는 일마다 실패를 보고 나니께 몸과 마음이 허했는 거라.”

“그렇지만 어머니를 버려두고 그럴 수는 없어요. 아버지는 그리고 아이를 만들었어요. 그 아줌마 배가 금방이라도 터질 것 같았어요.”

“아가 망칙허기는. 허나 그도 또 다행헌 일 아니더냐. 느이 애비가 그래도 영 세상 안 살라고 작정헌 것은 아닌 게로구나. 자식꺼정 새로 싱구는 것 봉게로.”

당숙은 그렇게 말해놓고 허연 두루마기 자락을 펄럭이며 순보다 한 발 앞서서 휑하니 앞으로 나아갔다. 순도 당숙을 따라갔다. 당숙이 한 발 앞섰다고 생각하는 순간에 순은 영영 당숙을 따라잡지 못하고 말았다.

도시를 나와 다시 들어가기까지 꼬박 하루가 지나고 있었다. 하루가 시작되는 새벽에 길을 떠났다가 하루가 마감되는 한밤중에 돌아오는 길이었다.

도시로 들어가는 길은 나올 때 오던 길을 되짚을 요량이었다. 당숙은 허연 두루마기를 펄럭이며 산비탈의 초입에 서서 순을 기다리고 있었다.

“아무리 난리통 속이라지마는 설마 장례 물건 하나 구할 수 없지는 않을 것이다. 정 그조차 안되면 할 수 없는 일이겄다만 어디 한번 들어나 가보자.”

당숙의 주름진 얼굴에 비장한 수심이 가득 떠올랐다. 순도 엄숙하게 당숙의 뒤를 따랐다.

“이 길부터서는 니가 한번 앞장을 서보거라.”

순은 휘적휘적 숲을 헤치고 걸었다.

그리고 그날 온밤내 숲을 헤치고 마악 도시의 모습이 눈에 들어오던 그 순간에 순은 보았다. 도시는 타오르고 있었다. 도시는 무너지고 있었다. 어머니는, 이미 싸늘하게 식어버린 어머니의 몸에 불이 붙고 있을지도 몰랐다. 어머니는 장례 절차도 없이 그렇게 불에 태워져버리고 있는지도 몰랐다.

세상의 온갖 신산스러움을 몽땅 겪어온 당숙의 결기어린 얼굴도 불안과 공포로 떨고 있었다.

이제 어머니의 잔해나마 남아 있을 것인가. 옥이 언니의 형체나마 남은 시체를 거둘 수는 있을까.

캄캄한 밤은 불과 함께 순식간에 스러져버렸다. 그러나 또한 그토록이나 길고 아득한 순간이기도 하였다.

새벽은 프로펠러의 금속성 소음과 함께 왔다. 순은 도꼬마리 줄기가 몸을 휘어감는 아카시아 숲길을 올랐다. 숲을 벗어나자 낯익은 묵정밭이 펼쳐졌다. 낯익은 묵정밭 위로 가볍고 하얀 종이다발들이 흩날리고 있었다.

"당숙, 이거 봐요. 난리가 끝났대요. 드디어 폭도들이 소탕됐대요. 우리 용감한 국군들이 승리했대요."

순은 이번에는 당숙보다 더 빨리 묵정밭 한가운데를 뛰어갔다. 아침 햇살이 이제 마악 퍼지기 시작한 널따란 묵정밭 가득 헬리콥터에서 쏟아져내린 흰 종이들이 팔랑거리며 날아다니고 있었다. 순은 흰 종이들보다 더 빨리 달려갔다.

당숙보다 더 빨리, 흰 종이보다 더 빨리 달려온 자취방에는 아무도 없었다. 주인 아줌마가 멀뚱하게 말했다.

"다 갔어요. 이제 금방 갔어요. 차가 다니기 시작했어요. 리어카에 싣고 나가다 짐차를 하나 구해서 갔어요."

주인집 너머 이층집 슬라브 지붕 위에서 아침 햇살을 등에 지고 서 있던 푸른 군복의 두 남자가 한가로이 순을 향해 손을 흔들었다.

"헤이, 아가씨이."

그들의 푸른 군복이 햇빛을 받아 짙은 검은빛으로 보였고 그리고 그들의 어깨 위에 검은 총구가 반짝 빛나고 있는 것을 순은 낯설게 바라보았다.

해는 점점 뜨겁게 하늘 한가운데로 이동해 오고 있었고 흰 종이들이 뜨거운 햇빛 속으로 빨려들어가고 있는 것도 순은 보았다.

"고뙜는가보구나."

"예에."

"그래도 제사를 지냈으니, 일가들을 불러 조반을 함께 허자꾸나."

"아이들은 어디 갔나요?"

"아침부터 비가 오는구나. 지시랑물 떨어지는 게 신기한지 그것 쳐다보고 둘이 저렇게 나앉아 있다."

비가 오는 그 아침에 어둡고 눅눅한 공기가, 착 가라앉은 고요가 있었다. 마루에서도 습기가 묻어났다.

“아버지, 비가 올려고 어젯밤에 그렇게 소쩍새가 울어쌌나보지요?”

“그랬능갑다.”

아버지는 신새벽부터 어른들 먼저 일어나 마루 끝에 천연덕스럽게 나앉은 두 어린것들을 어두컴컴한 방안에 앉아 바라보았다. 비가 풀냄새 가득한 바람을 타고 새벽부터 추적추적 내리고 있었다.

누리는 제 ‘삼춘’이 비를 바라보면 저도 비를 보고 먼산을 보면 저도 먼산을 보았다. 이제 마악 병원에서 퇴원을 하였으므로 힘이 없는 아버지는 그런 어린것들의 모습을 수척한 미소를 띠고 바라보았다.

아버지는 마치 오래고 오랜 그림 속에서 걸어나온 사람 같았다. 이제는 슬픔도 없고 분노도 없고 꿈도 없고 회한도 없는 오래고 오랜 빛바랜 초상화같이.

아버지는 아침을 맛나게 먹었다.

“네 에미가 내 입맛을 안즉은 안 잊어부렀능갑다. 오늘 아침에 이리도 입맛을 좋게 허는 것이.”

아버지는 어머니의 제사상 음식들이 입에 맞았던지 나물과 탕류들을 잘 간수하라 일렀다.

순은 아버지가 시키는 대로 반찬종지들을 야물게 챙겨 바람 잘 통하는 시렁 위에 가지런히 두었다. 어젯밤 먹다 남긴 고실고실한 멧밥도 쉬지 않도록 대바구니에 설설 담아 부엌 툇마루 위에 매달았다. 행주를 씻어 솥뚜껑 위에 펴서 말리고 회를 발라 반짝반짝하는 부뚜막도 깨끗이 훔쳤다. 모든 것을 그리 단정하게 정리해놓은 다음에 순은 아버지에게로 갔다. 아버지는 눈을 감고 누워 있었다.

“아버지, 집주인한테 전세금을 받아와야겠어요. 돈이 다 떨어져서

요."

"………"

순은 일어서서 누리를 업었다. 학교에 가는 호길이가 순을 따라나섰다.

"야야, 날씨도 궂고 허니 길 조심허고 피잉 댕겨오니라."

아버지는 그렇게 잘 갔다오라고만 하고 더이상 아무 말도 하지 않았다. 하다 못해 누리 애비하고는 이제 어찌할 셈이냐든지, 전세금마저 빼먹고 나면 어찌 살려고 하느냐든지. 아버지는 이미 모든 것을 예견하고 있는 것 같았다.

순은 비가 오는 신작로를 따라 걸었다. 호길이가 무거운 책가방의 무게로 반쯤 처진 어깨를 하고 부지런히 순을 앞장서 걸어갔다. 아이는 한사코 순이 내미는 우산을 받지 않고 묵묵히 그리고 씩씩하게 걸어갔다. 차가 오자 순은 차에 올라탔다. 손을 흔드는 호길이 저만큼 멀어지고 있었다. 호길은 손을 흔들며 뛰어오고 있었다. 누리가 덩달아 궁둥이를 털썩이며 한사코 맨 뒷좌석으로 달려가 손을 흔들었다. 흡사 오래 정들었던 사람들의 애틋한 이별의 아침같이. 그제서야 순은 아이와 함께 차를 타지 않은 것이 마음에 걸려왔다. 누리의 애틋한 몸짓이 순의 마음을 흔들리게 했다. 아이는 이제 오리가 넘는 등교길을 타박타박 걸어갈 것이었다. 오는 비를 그대로 맞으며, 늙은 아비와 바람난 어미를 둔 아홉살의 애잔한 목숨 하나가.

셋집에는 아무도 없었다.

"아줌마, 아직 사람이 들지 않았나요?"

"들지 않은 게 아니라 살고 있는 걸요. 애기 아빠가요."

방안에는 금방 보다 일어선 듯 그날치의 신문이 펼쳐져 있고 윗목에는 치우지 않은 밥상도 보였다. 옷걸이에는 눈에 익은 옷도 걸려 있었다.

"누리 아빠가 살아요. 어디서 어린애도 하나 데리고 왔드라구."

순은 방으로 들어갔다. 밖에서 볼 때는 난장판 같았는데 들어서고 보니 의외로 그렇지도 않았다. 방바닥도 걸레질이 잘 되어 있었고 재떨이도 깨끗한 채였다. 순은 밥상을 치울까 하다가 그대로 두었다.

"방 보증금을 빼러 왔는데요."

호기심이 잔뜩 어린 눈을 동그랗게 뜨고 순을 살피던 집주인 여자가 느닷없이 깔깔거리며 순의 어깨를 쳤다.

"애기 아빠가 재계약했어요. 누리 엄마, 너무 그러지 마시우. 사람이 살면 얼마나 산다고. 서로 아끼고 살아도 인생 백년인데 애를 봐서라도 좋게 살아야지."

느닷없는 주인여자의 태도에 순은 화가 났다. 그래서 퉁명스레 주인여자에게 쏘아붙였다.

"재계약한 것은 한 것이고 제게 줄 돈은 주세요."

"기다렸다가 애기 아빠 오면 타협해보시구랴. 나는 지금 당장 내어줄 돈도 없고."

주인여자도 샐쭉하게 돌아섰다.

기다리기로 하였다. 가눌 길 없는 분노가 머리끝까지 치솟아올라 숨이 턱턱 막혔다. 날이 어두워져도 남편은 돌아오지 않고 있었다. 애초에 셋집에 들른 자신의 계획이 어긋나버렸으므로 순은 이제 어찌할 바를 모르고 방안에 앉아 있을 수밖에 없었다. 날이 어두워도 그가 돌아오지 않는다면 나는 이 방에서 밤을 지새야 하리라. 그러기가 싫었으므로 순은 자리를 털고 일어섰다.

"아줌마, 애 아빠 들어오면 전해주세요. 제가 왔다, 아버지가 아파서 오늘 왔다 오늘 간다고 하더라구요. 시간 나면 제가 있는 곳에 와주라고요."

'아이랑 함께 와주라고 하더라고요' 까지 할까 하다가 그 말은 그냥 접어 두었다.

"그럽시다."

주인여자가 입술을 샐쭉하게 하고 눈에는 마지못한 웃음을 띠고 대답했다. 순은 서두르기로 하였다. 아버지가 말했지 않은가. 조심하여 피잉 갔다 오라고. 서두르지 않으면 빈약한 지갑을 털어서 낯선 여관 신세를 져야 하리라. 그렇지 않으면, 그렇지 않으면 내키지 않는 밤을 남편과 함께 이 방에서 나야 하므로.

터미널에는 다행히 시골집으로 가는 버스가 남아 있었다. 순은 허덕허덕 차에 올라탔다. 꼭 무엇에 쫓기는 사람처럼.

터미널에서 탄 차가 읍내에 도착했을 때는 날이 완전히 저물어 있었다. 이제 읍내에서 집까지 가는 길은 비포장길을 덜컹거리며 달리는 완행버스를 타야 할 것이었다. 완행버스도 막차였으므로 순은 이번에도 허덕허덕 올라탔다. 완행버스 운전수가 순을 보고 웃지도 않고 퉁명스럽게 말했다.

"아줌마, 어디서 뭔 죄 짓고 와요?"

그렇게 묻는 시골 버스 운전수의 눈빛에는 정말로 어떤 확신의 빛까지 서려 있었다. 순은 죄지은 것도 없이 잔뜩 오그라들며 구석자리로 가 앉았다. 이윽고 시골 버스는 오랜만에 읍내에 외출하여 종자와 농약과 소화제나 진통제 그리고 간고등어 몇마리 사들고 늦은 귀가길을 서두르는 농부들을 싣고 조그만 대합실을 출발하였다. 처음에는 기세 좋게 달려가는 것 같았다. 그러다가 어느 순간 차가 스르르 멈추어 서는 것이었다. 운전수가 투덜대었다. 비가 온 뒤끝이어서 진창인 길바닥에 차의 바퀴가 빠져버린 것이다.

'그러면 그렇지. 망할놈의 운전수.'

운전수는 몇번인가 진흙탕을 빠져나올 시도를 하다가 포기하고 무기력하지만 착한 농부들에게 명령하였다.

"운전수 혼자 낑낑대는 것 보고만 있을 거요? 운전수가 뭔 죄요."

승객들이 꾸역꾸역 밖으로 나갔다. 순도 누리를 업고 차 문을 내려섰다. '그러면 손님들이 뭔 죄요. 제기랄.' 속으로 욕지기를 씨부리며.

승객들이 남녀를 불문하고 모조리 차 꽁무니에 매달렸다. 순도, 누리도 매달렸다. 그래도 낡은 시골 버스는 요지부동이었다. 시커먼 배기가스만 죄없는 승객들에게 덮씌우며. 한참을 그렇게 씩씩거리자니 은근히 화가 치밀었다. 순은 무슨 재미난 일이라고 어른들 틈바구니에서 씨근덕거리는 누리를 빼서 들쳐업었다.

"그냥 걸어가자꾸나. 누리야."

차바퀴는 의외로 깊숙이 빠져 있어서 언제 빠져나올지 모를 형국이었다. 순은 어두운 신작로를 터벅터벅 걷기 시작했다. 습기 가득한 검푸른 논다랑이에서 뜸부기가 울었다. 뜸부기의 울음말고는 신작로는 고적하였다. 호길이가 생각났다. 그 아이는 날마다 이 길을 걸어서 학교를 다닐 것이었다. 자신의 운명에 대하여 아직 생각조차 해보지 않은 어린 영혼 하나가 날마다 이 길고 먼 길을 걸어 그래도 제 앞에 놓인 인생길이 이 길인가보다 하고 걸어다닐 것이었다. 호길이는 달려왔었다. 도대체 제 동생만한 아이 하나 데리고 온 '누나'라는 여자가 어떤 여자인지, 그 누나는 왜 제 누나여야 하는지, 그리고 저는 어디서 왔는지, 왜 이 세상에 제가 태어났는지 아무것도, 아무것도 모르는 아이가. 어느날 늘 혼자이고 병든 아버지뿐인 쓸쓸한 집에 누나라고 찾아와서 제게 아침 저녁으로 밥을 해주었다고, 그래서 정이 들었다고 아득히, 아득히 달려오던 아이.

아버지는 일 하나 치르고 나면 늘 그랬듯이, 회복할 기미도 없는 회복기 환자처럼 어머니의 제사를 치른 허허로운 심신을 미적지근한 방바닥에 누이고 있을 것이었다. 그리고 호길이는, 죄없는 소년은 늙은 아비의 머리맡에 근심어린 표정으로 앉아 있을까. 그래도 끼니때가 되었으니 끼니를 챙긴답시고 쉬어빠진 반찬과 온기 없는 밥 한주발 개다리소반에 받쳐들고 늙은 아비의 머리맡에 앉아 있을까.

"아부지, 밥 먹어요."

"아부지는 괘안찮다. 니나 많이 묵어라."

"한숟갈만 먹어요." 하며.

'호길아, 내 동생 호길아. 그리고 그리고 당신, 당신의 아이를 나는 뭐라고 불러야 하지요? 아직 얼굴을 본 적 없고 이름을 알 수 없으니 나는 당신의 아이를 부를 길이 없습니다. 그러나 또 내가 아이의 얼굴을 보고 아이의 이름을 안다 한들 나는 그 아일 온전히 마음놓고 부를 수 있을까요. 얘야, 내 아들아 하고.'

순은 걸어갔다. 순이 걸어가고 있는 길 한쪽을 따라 뜸부기의 울음도 따라 걸어왔다. 순이 집이 있는 마을 입구에 거의 다다랐을 때 뒤에서 찻소리가 났다. 순의 옆에 차를 세우고 운전수가 고개를 내밀고 소리쳤다. 차에는 한 사람도 타고 있지 않았다.

"이봐요. 나랑 이 차 타고 같이 가지 않으려오? 이 차가 가는 끝에는 바다가 있소. 바닷가에서 오두막 하나 짓고 저 달덩이 같은 애 하나 만듭시다. 달 밝은 오늘밤에 말요. 보아하니, 애 하나 달고 소박맞고 오는 길 같은데 생각 있으면 타요."

순은 웃었다. 웃은 채로 고개를 흔들었다. 완행버스는 미련없이 떠났다. 차가 떠난 자리에 거짓말처럼 달빛이 들어차 있었다.

아, 저것이었구나. 캄캄한 밤길이 이상하게 밝다, 밝다고만 여겼더니 달이 여태껏 자신이 걸어온 그 먼 길을 비췄던 것을 순은 그제야 깨달았다. 사람이 빈 골목에도, 호길이와 아버지가 온기 없는 밥을 나눠먹고 오글거리고 누워 있거나 앉아 있을 집 지붕 위에도 달빛은 내리고 있었다. 집으로 들어서기 전에 그 달을 보려고, 그 밝은 달을 보려고 고개를 힘껏 젖히고 동쪽 하늘을 보았다. 흰 달이, 공중으로 부웅 치솟아오르고 있었다. 치솟아오른 게 달인가 하고 다시 하늘을 보았을 때 달빛 가득 내린 집 지붕 위로 아버지의 흰 저고리가 사뿐 내려앉고 있었다.

흰 달 같은 혼백 하나가 마악 흰 저고리를 빠져나오고 있었다.

<1993, 실천문학 겨울호>

목포는 항구다

네가 아다시피 이 책은 그동안 나의 총망한 숙박부에 불과하다. 그러니까 내일은 이 주막에서 나를 찾지 말아라. 나는 벌써 거기를 떠나고 말 것이다.

——김기림 『태양의 풍속』 서문 중에서

여자는 자신이 한번도 와보지 않은 곳에 와 있다고 말했다. 누구나 그렇듯이 이전에 한번도 와보지 못한 속에 와 있다는 사실은 사람의 마음을 묘하게 설레게 함과 동시에 막연한 불안감 또한 가져다주기 마련이어서 여자는 터미널에 내릴 때부터 내 팔을 약간의 힘을 실어서 잡은 채로 놓지 않았다.

내 팔에 와 느껴지는 여자의 힘주어진 팔목, 그것이 처음 와보는 곳에서 느끼는 설렘과 불안감만은 아닌 무언가 그 여자의 간절함, 말로는 이르지 못할 어떤 간절함의 기운이 서려 있다고 느껴지는 것은 무슨 이유일까. 여자는 이곳에 오기 전의 도시에서 새로 사 신은 새 구두의 길들여지지 않은 딱딱함 때문에 날렵하게 걷지를 못하고 조금 뒤뚱거리듯이 하며 내 팔을 잡고 이곳 항구도시의 터미널을 빠져나왔다.

나는 이곳이 전혀 낯설지는 않다. 처음 와보는 곳은 아니란 뜻이다. 그때가 언제였던가. 기억이 정확하지는 않다. 아무튼 그때도 나는 이곳에 분명히 왔었다. 밤이었던가. 그때도 누군가와 함께였던가. 누군가라면 혹시 여자였는지도 모른다. 여자! 그래, 그때도 여자가 있었다. 동그랗고 붉은 빰을 가진 내 작은 여자. 작은 내 여자. 아아! 그러나 그것이 무슨 상관이란 말인가. 여자가 있었다고 해서 그것이 도대체 내가 혼자 왔었다는 것과 무엇이 다를 바가 있단 말인가. 이제 그 여자는 가고 없는데. 그리고 또다른 여자가 내 곁에 있는데.

그렇지만 또 이 여자는 무어란 말인가. 지금 내가 혼자 이곳 항구도시에 이 야심한 밤에 발을 들여놓았고 그리고 어떤 한 여자가 거기에 동행을 했다 한들 그것은 아무런 의미가 없는 것이다. 일단 이곳에 발을 디딘 이상은. 그냥 단지 지금 내가 또다시 이곳 항구가 면한 도시에 와 있다는 사실만이 내게는 중요할 뿐이다.

우리는 한동안 걸었다. 바다가 면한 도시의 바람은 바다가 먼 도시에서 온 타지인에게는 확실히 민감하게 섬뜩한(?) 부분이 있었다. 밤이라서인지는 몰라도 유난히 차가웠고 그리고 옷자락에 착 달라붙는 게 분명히 소금기를 머금은 것이라고 쉽게 믿을 만한 어떤 느낌이 있었던 것이다. 여자도 옆에서 말했다.

바람이 차고 짜.

나는 고개를 약간 여자 쪽으로 숙이듯이 돌리고 엷게 웃어주는 것으로 여자의 차고 짜다는 말에 동의해주었다. 여자는 내 팔에 손목의 힘을 약간 더 보태었다. 그리고 숙인 내 얼굴을 빤히 치어다보고 저도 웃었다. 슬프게! 가여운.

기분이 좀 이상해지기 시작했다. 가여운이라니. 난데없는 내 속의 온기. 도대체 가당치도 않은 것이다. 내 또 누구를 위하여 내 속에 따스한 온기 간직할 수 있단 말인가. 그리고 간직한단 말인가. '가여운'

이라고 분명히 느꼈고 그리고 그 느낌을 말은 안했지만 내 혀 안쪽에서는 그 느낌의 서러운 단어를 굴렸는데도 불구하고 나는 내가 그런 느낌을 이 여자에게, 그리고 이 여자가 아니더라도 어떤 한 여자에게 느꼈다는 사실이 이상하게 불쾌해졌다. 불쾌하다는 것, 그것은 때로 다분히 이중적인 '감정'일 수가 있는 법인데 나는 또 그 이중적 성격의 나의 '느낌'이 싫어져서 여자의 힘준 손을 떼어내고 저만치 앞서 걸어가버렸다. 여자가 차박차박 따라왔다. 무정한 너, 하는 식으로. 그치만 나는 유정해서 너를 이렇게 따라가지, 따라가는 수밖에 없지. 따라갈 거야. 어떤 단호함, 또는 경박하게 단정지어버려놓고도 제 단정에 잔뜩 힘을 준. 나는 그런 여자를 내버려두었다.

소금기. 해풍. 착 달라붙듯이 감겨오는 비릿한 물냄새. 어딘지 가짜 같아만 보이는, 다시 말해서 분위기 잔뜩 살린 한시절 전의 영화세트장 같은 물가 횟집들의 함석지붕들. 그런 것들을 주욱 따라 내일 아침 배편의 시간을 미리 알아보기 위해 우리는 어둔 길을 따라 선창으로 갔다.

선창 앞마당은 황량하고 어두웠다. 가등만이 겨울이 아닌데도 겨울 한밤의 외로운 불빛처럼 차갑게 광장을 비추고 있을 뿐. 그리고 낯선 외지인 몇이 광장에 긴 그림자들을 흐늘거리며 서성이고 있을 뿐. 요는 그들도 불 꺼진, 관계자들이 퇴근하고 없는 광장에서 어찌할 바를 모르고 있었던 것. 그들은 오히려 우리에게 다가와 물었다.

"낼 아침 첫차가 몇시랩니꺼?"

"차라니요?"

"아, 배 말이오."

"저도 그걸 알아보러 왔습니다만."

"오호."

그들은 잘 알겠다는 듯 실망스런 표정을 온전히 드러낸 채 고개를 끄덕였다. 자, 이제 그럼 배 시간표를 알아보기는 글렀으니 어디로 가기는 가야 할 것이었다. 나는 또 여자를 바라보았다. 흘낏 바라본 내 시야에 잡힌 여자는 작고 동그랗다. 광장에 쏟아지는 가등의 불빛은 청동으로 빛난다. 청동의 불빛 아래 여자는 가늘게 떨고 있음이 분명하다.

어디로든 가요. 춥고 그리고 배가 고파서. 그리고 그리고 무엇보다 다리가, 이놈의 새로 사 신은 비닐구두 땜에 발목이 아파서…… 여자는 그렇게 말하고 있었다. 광장 한쪽에 불빛이 비껴간 한쪽에 오두마니 앉은 품이.

"멀리서 오신 모양이지요?"

"그렇습니다만."

"저희 집으로 모시겠습니다."

"고마운 일이긴 합니다만."

"아니, 괜찮습니다. 저희 집이 바로 여관이지요."

사내는 키가 훌러덩 크고 홀쭉하니 살이 빠져 그리 호감이 가는 인상은 아니었다.

"확인해보시죠."

"아니, 괜찮습니다."

"아니요."

사내가 굳이 내민 명함. 아마 여자를 의식했으리라. 양미간을 찌푸린 여자는 아직 청동빛으로 앉아 있다. 이곳은 항구도시예요. 내지보다 무서운 곳이라구요. 잘못 걸려들었다간……

여자의 표정. 그러고 보면 이 여자는 내가 생각한 이상의 신산한 삶을 살아왔는지도 모를 일이다. 그럴 수도 있다. 여자의 청동빛으로, 얼핏 보면 어떤 비애감마저 묻어나오는, 그래서 자세히 바라볼 때보다 그렇게 얼핏, 안 보듯이 얼핏 보면 정체 모를 서늘함, 가슴 미어지는 어떤 느낌이 청동빛으로 빛나는 그 얼굴에서 전해져오는 것은.

괜찮아. 여관집 아저씨야.

나는 여자에게 명함을 내 보였다.

우리는 여관집 사내를 따라 아까 걸어왔던 영화세트장 같은 함석집의 횟집 골목을 긴 낭하를 건듯 또 그렇게 고즈넉히 걸어갔다. 아직도 여자는 아픈 발목을 불편한 품새로 뒤우뚱거리고.

늘 이렇게 밤 늦은 선창에 나오시나보지요? 하려다가 사내에게도 남아 있을지도 모를 약간의 자존심을 위하여 나는 말없이 걸어가기만 했다. 여자는 내 팔을 붙든다. 커트한 머리가 아직 곱게 자라지 않아 끝머리가 들쭉날쭉한 여자의 머리카락이 내 쪽으로 날린다. 여자가 바닷바람이 불어오는 쪽에 섰기 때문이다. 나는 여자의 오른쪽에서 왼쪽으로 내 걷는 자리를 바꾸었다. 여자의 머리카락은 이제 여자 쪽으로 날린다. 그래서 드러난 얼굴은 절반이 되었다. 내가 볼 수 있는 여자의 눈, 입, 코, 뺨 같은 것들이.

여관집 남자는 조금 앞서 걷다가 걸음을 멈추고 우리를 기다렸다가 말했다.

"오기로 한 손님이 있어서요. 밤 늦어 온다 했는데 안 오네요."

"예에, 손님을 기다리셨군요."

"그렇습니다."

관해장 여관으로 올라가는 길고 높다란 층층다리 양옆에 푸르게, 푸르게 울창한 측백나무를 나는 보았다. 계단은 나선형으로 올라갔다. 돌계단이었는데 첫번째 나선형이 끝나는 지점에서는 바닷가 횟집들의 함석지붕이 보였고 둘쨋번 나선형이 끝나는 지점에서부터 바다가 보이기 시작했다. 바다는 검고 요염하게, 저쪽에 있었다.

요염하게라고 표현할 수밖에 없는 것이 그 밤의 바다엔 늘 비밀스런 장막이 둘러쳐진 보이지 않는 어떤 자력 같은 것이 있어 보였기 때문이다. 그래서였던가. 밤바다에 그냥 그대로 빠져들고 싶은 어떤 유혹 같은 것, 내 내부 속에 도사린 그 끈끈한 '소멸'에의 유혹은 늘 밤바다였다.

여자를 헤치면서도 나는 밤바다를 상상했었다. 밤바다같이 고적하게 요염했던 내 여자가 있었다. 때로 그 여자는 거대한 파도가 되어 내 사지를 찢을 듯이, 내 영혼을 박살낼 듯이 내 속으로 내 속으로 물밀듯이 들어와 나를 그 곳에 잠기게 했다. 얼얼한 상처 위에, 그 둔한 감각 위에 쏟아져들어오던 그 검고도 요염했던 바다. 나는 그 여자에게서 익사하고 싶었다. 그때에. 그리고 나는 지금 길고 긴 나선형의 계단을 올라야만 당도할 수 있는 관해장 여관에 있고 그리고 청동빛의 얼굴을 한 여자가 있다. 이 여자, 누구인가.

나는 때로 여자에게 말을 낮추었다. 잘 잤어? 배고프지? 바다를 좀 볼래?

저어기 배는 군함 같구나. 아, 맞다. 해안경비정이야.

"왜구가 들끓어요?"

"왜구?"

"그래요. 약탈하고 노략질하고 음, 그리고 겁탈도 하는……"

"흐흥, 아니지요. 불법 어로랄지, 또는 뭐 여러가지. 일테면 밀수하는 거 적발하기도 하고."

그렇다. 나는 여자에게 낮고도 부드럽게 내림말을 썼다가도 어느 순간 냉담한, 굳이 냉담까진 아니라 해도 뭔가 선이 느껴지기에 충분한 (여자는 느낄 것이다. 옛날 그 여자도 그랬듯이. 경어는 때로 내림말보다 사람 사이를 낯설게도 하는 그런 뜨악함의 느낌이 있는 것이다) 그런 높임말을 썼다. 어쩔 수 없이 내 속에 둘러쳐진 측백나무의 울울한 푸름보다 더 완강한 어떤 울타리.

말투란 사람 사이를 확연하게 구분짓는 힘이 있다. 그것은 가히 위력적이기까지 하다. 여자의 참담함을 나는 읽는다. 그 여자가 반말을 쓰든 경어를 쓰든간에. 여자는 내게 성냥 좀 줘, 또는 목 말라, 할 때 내게 간절한 구원의 눈길을 보내고 있다. 날 좀 따뜻이 해줘. 나와 좀 가까이 있어줘.

"언제 떠나요?"

"낼 아침 일어나는 대로."

"정말 고향에 가긴 가려는 거예요?"

나는 멀가니 여자를 쳐다보았다. 잔뜩 옴츠린 그 어깨가 내게 올림말을 써서 물었던 것이다. 그 어깨가.

아아, 생뚱맞은 온기. 잠을 청해버리자. 잠을 자자.

"잘 자요."

관해장 여관으로 올라오는 긴 나선형의 계단이 끝나는 즈음에서 바다는 완연히 제 모습을 드러내 보이고 있었다. 먼 수평선까지. 먼 수평선이 바라보이는 여관의 대문은 황토빛깔의 페인트가 칠해진 낡은 나무문이었고 그 문 위에 종이갓처럼 보이는 플라스틱갓이 씌워진 전등불이 매달려 있었으며 그 전등불에 반사된 플라스틱갓 표면에 '觀海莊'이란 글씨가 주황으로 빛났다.

계단은 이 여관에 지천이었다. 모든 길은 계단으로 통하는 듯. 대문을 들어서고도 또 계단을 올라야 했다. 이층 목조계단을 오를 때 찌그덕거리는 마룻장의 서늘한 느낌.

여자는 탄성을 질렀다.

"동백이에요. 리라꽃도."

"리라?"

"음, 라일락이든가 하는."

"그 꽃을 리라라고도 하는구나."

"모르겠어요. 그냥 그래도 될 것 같아서. 제 느낌에는 그 꽃을 그리 불러도 되는 것 같아서."

"아무려면 어떻습니까."

계단을 앞서 오르던 여관집 사내가 홀쭉한 뺨에 오랜만에 어울리지 않는 웃음을 보이며 아무려면 어떠냐고 한마디 했다. 방안에까지 리라꽃 향기는 들어와 있었다. 습기 냄새와, 그리고 무수히 많았을 여객(旅客)들의 체취와 함께. 우리 생애의 어느 한순간 머무르거나 떠남의 그 간지 속에 접혀진, 혹은 스며든 그런 냄새들.

'밤을 보내다.'

나는 썼다. 경야(經夜)라고. 또 하나의 밤, 또 한 시절의 밤. 밤을 무사히 보내야 하는 것이다. 이곳은 바닷가. 언제든 밤바다는 나를 유혹할 것이기에. 그것은 예상 가능한 일이다.

여관집 사내의 마누라는 남편과는 반대로 살이 퉁퉁하고 키가 자그마하여, 방문을 두드려서 내다봤더니 한참이나 내 눈 밑에 있다. 내 여자도 그랬지. 한참이나 내 눈 밑에, 한참이나 내 눈 밑에. 시리게 날 치어다보던 그 작은. 그러나 여관집 여자는 퉁퉁해서 내 앞에 버티어선 것같이, 내 여자같이 시리게가 아니고 퉁퉁하게 힘주어서, 굵은 손마디로 숙박부를 내밀었다.

이름 석자와 내 이 세상에서의 고유번호. 그리고 내 주소지. 주소지. 수신인이 부재하는 내 주소지. 발신인 또한 없는. 나는 내 황당한 주소지를 써준다. 그리고 숙박비와 맞바꿔지는 물주전자와 수건과 일회용 칫솔 따위들. 문은 닫혔다.

"신발은 거기다 두지 마시고 복도 신발장에 두세요."

복도 신발장. 복도로 나가본다. 학교? 그래, 학교 같다. 붙박이로 달려 있는 미닫이문을 여니 거기 신발들이 가지런히 놓여 있다. 건넛방, 또 그 건넛방의 것들. 여자 남자, 그리고 남자 남자의 것들. 나는 그 옆자리에 나와 여자의 것을 놓는다. 친구처럼 다정하게.

"어떡해요?"

"………"

"저 오늘 새로 산 신발인데."

여자의 비닐구두. 새로 산 거라서 뒤축이 딱딱하여 어느 순간에 접어 신었는지 뒷부분에 접혀진 흔적이 난 새 구두.

저거 봐요. 저건 새로 산 것 같진 않지만 훨씬 비싼 거 같은데. 그리고 당신 발하고 저 신발 주인 거하고는 맞지도 않겠어. 크기가 다르잖아.

쓰림. 쓰라림이라기보다 어떤 한기.

"괜찮아요."

어떤 한 세월이, 여자가 살아왔을 세월이, 그 부정의 연대기가 내 손에 잡혀, 긍정이기보다는 늘 치받히며…… 그것이 손에 잡혀 나는…… 그래서, 그래도 나는

괜찮아요, 한다. 괜찮아요.

바람은 관해장 여관으로 불어왔다. 여자의 머리카락을 내 쪽으로, 그리고 여자의 얼굴을 반으로 만들어 불어오던 바다로부터의 바람.

"잘 자요."

그리고 나는 쓴다. 밤을 보내다, 관해장에서의 경야.

처음에는 바람소리인 줄 알았다. 혹은 옆방, 그 건너 방에서 나는 사람의 소리. 귀 기울이면 소리는 아래쪽에서 올라온다. 아래층, 홀쭉한 남자와 통통한 여자가 주인으로 사는 아래층, 여관집의 살림방 쪽.

흐느낌. 여자의 흐느끼는 소리.

"또 비맞이굿 허누만. 쌍녀르."

홀쭉한 사내의 목소리.

“아이구 내비두셔. 한두 번 허는 것도 아닌데.”

“한두 번이 아니니 문제지. 저년을 그냥.”

노랫소리. 낡은 전축에서 흘러나오는 듯 지직거리는 노랫소리. 그리운 내 고향 목포는 항구다아…… 동백섬 쓸어안고 울던 옛날도 오……

“여러가지 해, 좌우간. 저럴 땐 귓구녁 맥혔다는 게 이상허지.”

“새끼한테 시방 악담허는거요?”

“어이구 내가, 내가 죽어야지……”

여자가 창문을 열었다.

“자잖고.”

“비가 와요.”

창가에 기대선 여자.

“해안경비선도 비 맞아요. 그리구 바다도.”

나는 불을 껐다. 불을 끈 후에도 여자는 한참을 그렇게 창가에 기대어 서 있었다. 어두운 실루엣.

처음에 여자는 안개 같은 비가 바람에 날리는 어두운 길에 서 있었다. 내가 가게문을 닫을 시간이 되었다고 했을 때 여자는, 마지막 손님으로 앉아 있던 그녀는 내게 부탁했다. 한 곡만 더 틀어줄 수 없을까요. 한 곡만요.

“시간이 다 됐습니다. 저도 들어가봐야 하구요.”

여자는 자리에서 일어섰다.

“죄송합니다.”

깜박 계산하기를 잊어버린 여자가 문을 열고 나가려다 다시 들어왔다.

“잊을 뻔했어요.”

여자는 다시 테이블 쪽으로 비틀거리며 걸어가더니 외투를 주워들었다.

"잊어버리신 게 또 있는데요?"

"예?"

"계산하시는 거."

안개비가 자욱이 내리고 있었다.

친구놈은 제가 하는 술집을 종종 내게 맡기곤 하였다. 나 또한 손님으로 갔을 뿐인데도 그는 종종 나를 볼모로 잡혀놓고 제놈은 다른 술집으로, 말하자면 제 집에서 파는 맥주가 아닌 소주를 마시러 나가고는 하였는데 하여간에 그런 날은 어쩔 수 없이, 아니 어쩔 수 없어서는 아니더라도 시간은 늘 흐느적거리듯, 주름이 지도록 내게 길었으므로 영업시간이 끝날 때까지 카운터에 붙어앉아 있었다. 카운터에 앉아 술집 이름이 적힌 손바닥만한 메모용지에 낙서를 하는 짓도 어쩌면 무료를 즐기는 한 방법이 될 수도 있음을 나는 알아갔다. 모든 것은 무료 자체였다. 내가 직업을 갖고 산다 한들, 여자와 연애를 한다 한들, 결혼을 하고 아이를 낳는다 한들 그 또한 또다른 의미의 무료함일 따름이다. 종류만 다른. 내가 친구놈이 맡기고 간 술집 카운터에 앉아 낙서를 하는 것이나 또는 직업을 가지고 아이를 낳고 무엇인가를 시도하는 것이나 내게는 별반 차이가 없었다. 말하자면 무료의 형태가 내게는 타인의 술집 카운터에 앉아 술집 이름이 적힌 손바닥만한 메모용지에다 낙서를 하는 것으로 나타날 뿐이고, 아이를 낳고 사랑하고 술을 마시고 직업을 갖는 사람은 그의 무료가 그런 형태로 드러난다고 할 수 있는 것이다. 친구놈이 제 집에서 마셔도 될 술을 굳이 나를 잡혀놓고 나가 마시듯이. 그도 제 집에서 늘 마시는 술이 무료했던 것이다. 우리는 무료를 즐기며 산다. 그러면서 끝없이 무료해한다. 그것은 무료 자체를 살기 때문이다. 우리는 무료 한가운데 있다.

내가 마악 '무료'라고, 무료하다고, 우리는 무료 한가운데 있다고 쓴 손바닥만한 메모용지를 구겨 쓰레기통에 던져넣고 술집 문을 닫고 거리로 나왔을 때 안개비가 내리고 있었다. 그리고 여자가 있었다. 술집의 지하계단을 올라와 친구가 아직 무료를 소주로 즐기며 죽치고 있을 단골 소주집으로 향하려고 마악 걸음을 떼려는 순간 여자가 보였다. 여자는 빗속에 가만히, 그냥 그렇게 거기 붙박힌 듯 그 자리만이 이 세상에서 제자리인 듯 서 있었던 것이다.

여자는 돈이 없다고 했다. 어디론가로 가야 할 돈이. 지금 서 있는 그 자리에서 어딘가로 이동해야 할 만한 돈이. 나는 걸어가면 될 것이 아니냐고 짧게 말했다. 여자는 멀다고 했다. 제가 오늘밤 가야 할 그 곳이 멀다고.

결국 그날 밤 여자가 친구의 맥주집에서 마시고 내놓은 돈만큼 나는 그 여자에게 소주를 샀다. 최소한 맥주집에서의, 안개비가 내리는 거리에 붙박힌 듯 서 있던 그 자리에서의 이동은 그날 밤 그 여자에게 가능했던 것이다. 여자가 맥주집에서 내놓은 그 돈이 그것을 가능하게 했던 것이다.

창가에 기대선 여자, 말한다.

비가 와요.

사막을 왜 떠올렸던가. 사막에도 안개비는 내리는가. 안개비 내리는 그날, 왜 사막이…… 빌어먹을.

여자를 잠깐 묘사해보자. 이 여자는, 그렇다. 처음부터 전혀 예쁘지 않았다. 예쁘다는 것, 그것은 중요했다. 특히 여자에게 그것은 거의. 그렇다고 내가 여자의 외모를 높이 쳐서 바라본다든가 그렇다는 말은 아니지만 이 여자는 확실히 예쁘지 않았다는 게 사실이다. 전적으로 내 주관적인 것은 아니고. 여자가 예쁘지 않았던 것은 사실이고 나는 사막을 떠올렸고, 잠깐 스치듯이 모랫바람 가득한 모래언덕을 떠올렸고 그리고 여자는 그 언덕을…… 그 언덕을……

창가에 기대선 여자가 말한다. 비가 와요.

나는 아까부터 노랫소리를 듣는다.……그리운 내 고향 목포는 하앙구다 아, 목포는 항구다아. 똑딱선 우운다아……

여자가 예쁘지 않았다는 걸 상기한다. 예쁘지 않은 여자, 지금 검은 실루엣으로 저기 있다. 밤. 노래. 모옥포는 하앙구다아……

"자요."

습기 냄새는 방안에 꽉 찼다. 어디서 나는 습기인지. 바다? 바닷가가 아닌 어느 유숙지에서나 이런 냄새는 익숙했다. 그리고 나는 내일 그곳을 갈 것인가. 여자에 대해서는 이만 예쁘지 않았다는 걸로써 언급을 그치자. 그냥 그랬다는 것. 예쁘지 않은 여자가 그렇게 살고 있었다는 것, 이 세상에. 나는 아직 여자에 대해서 아는 것이 그리 많지 않고 그리고 알아야 할 의무도 권리도 내게 없으므로.

여자는 잠이 들었다. 그리고 나는 쓴다. 여자에게 이불을 덮어주고 불을 켜고 쓴다. 밤을 무사히. 오늘밤도 무사히. 관해장에서의 경야. 관해장 여관 마누라는 외친다. 나가봐. 나가봐야지 먹고 살 것 아니여. 선창에 나가보라구. 훌쭉한 남자의 신발 끄는 소리. 남자는 손님을 끌러 나가는 것이다. 누구십니까? 아, 예 저는 이런 사람이올습니다만, 오늘밤, 늦은 손님이 이곳에 오기로 했는데. 최소한의 자존심? 또는?

'중세의 숲을 떠도는 내 의식'이라고 어느 무료한 시간에 나는 썼다. 손바닥만한 술집이름이 적힌 메모지에. 그리고 지금 나는 쓴다. 멀리서 닭울음소리 들렸네. 머언데서 비바람소리 들렸네. 머언데서 기적소리. 머언데서 파도소리. 그리고 목포는 항구다.

여자가 우는 것을 나는 보지 못하였다. 여자는 울고 있었다. 나는 양치질을 하였다. 그리고 화장실에서 좀더 오래 머물렀다. 화장실에서 나와 나는 여자가 오도마니 앉아 있는 걸 무시하고 잠자리에 들었다. 여자가 내 낙서를 들여다보는 것을 가로채 찢었다. 왜 이래? 여자는 입술을 깨물었다. 나는 그것도 모른다. 모른다고 해두자. 나는 이내 잠들었다. 잠속에서 수음했다. 내 앞에 내 작은 여자가 있었다. 나는 옆의 여자에게 들리지 않을 만큼 엷은 한숨도 내쉬었다. 빌어먹을.

항구에 비가 내렸다. 퉁퉁한 여관집 여자는 미안하다고 했다.

"미안해요. 배 탈 사람들인 줄 모르고. 진작에 시간 물었으면 깨워주는 건데."

늦잠에서 깨어난 기분은 그다지 나쁘지는 않았다. 고향에 안 갈 거냐고 여자가 물었다. 나는 대답하지 않았다. 선창가에 늘어선 횟집에서 습기 젖은 회를 먹었다. 그리고 그날 밤 술집에 갔다. 낮에도 배는 있었다. 그러나 나는 타지 않았다. 여자가 왜 그러냐고 물었다. 나는 간단히 대답했다.

"비가 오면 풍광이 별로 안좋잖아."

"구경 가는 거 아니잖아요."

"그냥 그래요. 조금 있다 가지요 뭐. 오늘 간들, 내일 간들 대숩니까?"

나는 조금 건들거리며 말했다. 선창가의 건달이나 된 듯이.

확실히 낯선 장소에서의 낯선 바람은 사람을 건들거리게 하는 어떤 힘이 있었다. 나는 그게 좋았다. 아무렇게나. 그렇다. 아무렇게나다. 옛날 내 여자는 말했었다. 아무렇게나 살지 말자 우리.

비는 횟집의 함석지붕을 때린다.

"이리 가다간 내일 배 못 뜨겄는디."

"태풍 온디야."

태풍을 예감하기란 기분 좋은 일이었다. 언제나. 예나 지금이나. 잔뜩 설레어오는 비밀스런 어떤 조짐.

홀쭉이 사내가 펨프처럼 비 오는 선창가에서 손님을 유인해오고 나는 그의 딸을 보았다. 홀쭉이 남자는 손님을 내팽개치고 딸에게 달려들었다.

"씨부럴년."

여자는 내빼고 남자는 달리고. 비는 그들 사이에.

"딸년이 도망치는게비."

"냅두제. 하루이틀도 아니고."

"뭔 소리. 말도 못허고 듣도 못허는 딸년 가는 대로 냅뒀다가 뭔 일 당할라고."

듣지도 못하고 말하지도 못하는 홀쭉이 사내의 '딸년'은 애비에게 끌려들어와 또 노래를 쿵작거린다. 지지직 지지직, 영산강 안개 속에 기적이 울고……

"너는 시방 이 노래가 뭔 노랜 줄이나 아냐 이년아? 니년이 그렇게 떠불고 싶어허는 목포는 항구다 이년아."

그래도 상관없이 지지직 지지직. 삼학도 등대 아래 가알매기 우우는……

오강네는 지금 그곳에 살아 있을까. 오강네. 요강단지보다 자그마해서 요강 속에 빠졌다던, 오강네라는 이름처럼 날렵했던 내 소꿉동무 오강네, 그 계집아이.

떠나면 그곳이 어딘 줄 알고 제 죽을지도 모를 곳인 줄도 모르고 마냥 떠나고만 싶어했던 촌 여자들. 확실히 바닷바람은 여자를 바람나게 하는 어떤 힘이 있어.

"내 고향에 오강네라고 있었거든."

"그런데요?"

“날만 새면 바다가 보이는 숲언덕에 앉아 그랬지. 나는 쩌어기로 갈 거야. 쩌어기로.”

“거기가 어딘디?”

“배 타고 가면 울언니 시집간 땅이 나온대. 거기 가면 차도 있고 가게도 있고 불도 많대.”

“불?”

“음. 밤에도 이렇게 캄캄허지 않대. 밤이 더 훤허다든디.”

“밤이 더 훤헌 디 가고 싶냐?”

“시끄럽고 훤헌 디.”

오강녜. 그녀의 오빠를 만났다. 그녀의 오빠는 항구도시로 나와, 시끄럽고 훤한 데 나와 택시 운전을 하고 있었다. 오강녜? 그년? 폴새 떠난 지 언젠디. 소식 끊어진 지 한 이십년 되야부렀어.

그런데도 나는 그곳에 가면 오강녜가, 오강녜가 아직도 살고 있으리란 꿈을 꾸었다. 떠나고만 싶어하는 또다른 오강녜. 삼십년 후의 또다른 오강녜.

“그런디 거긴 뭐하러 갈라고?”

오강녜의 오빠 택시기사는, 우연히 만나버린 그는 내게 그곳을 새삼스럽게 뭐하러 가려느냐 물었다. 처음에 나는 그를 못 알아보았었다. 국민학교 이학년에서 그 섬을 빠져나왔으니 그럴 수밖에 없었던 것이다. 나는 그럴 마음이 없었건만, 마음은 선창으로 달리고 있었지만 자꾸만 자꾸만 그런 마음을 딴데로 돌리고 있었다.

“기사 아저씨, 둑으로 가십시다.”

도시로 들어오는 강물을 막아 호수로 만든 하구언. 비가 왔고 나는 자꾸만 심란해져 택시를 잡아타고 무작정 하구언으로 가자고 기사에게 일렀고 기사는 백미러로 몇번 내 얼굴을 훔쳐보는 듯하다가 혹시 섬에 가실 양반 아니냐고 조심스럽게 물었고 나는 그럴 수도 있다고 말했고, 그런데 오늘은 이곳 구경도 좀 하다가 내일이나 갈까 한다고 말했고 기사는 그럼 어느 섬으로 갈 건지에 대해 물었고 나는 내 고향 이름을 댔고 그리고 기사는 자기도 그곳이 고향이라고 말해서 그래서 우리는 서로를 조심스레 알아보았던 것이다.

"아니, 그런데 어떻게 우리가 곧 섬으로 갈 사람들이란 걸 알아보았는지?"

"직감이란 거이 있잖은가. 이럴 때 쓰는 흔한 말로 느낌."

나는 웃고 말았지만 어딘가에 내 어릴적 모습이 그래도 조금은 남아있었나 싶어져서 나는 내 얼굴을 쓸어내리듯 감싸안는 시늉을 조금 해보였다.

"가지 말소. 가면 맥없이 서럽기만 허제."

"………"

"산소는 파헤쳐지고 자네 집은 흔적없고 옛날은 잊어부리는 것이 수제."

나는 택시를 내렸다. 하구언까지 가지 않았다.

"하구언 안 간가?"

"됐어."

"가서 나하고 소주나 한잔 허세."

"됐어. 그리고 영업중이잖아."

나는 빠르게 택시 문을 여느라 내 몸이 약간 한쪽으로 휩쓸리는 걸 그대로 내버려두었다. 그러느라고 팔굽 부분이 차체에 깎여 상처가 났지만 나는 결국 택시에서 내리고 말았다.

택시기사, 오강네의 오빠는 택시 속에서 차문을 열고 내뱉듯이 말했다.

"어디를 오려고? 오면? 별로 좋잖을 거여."

"나는 아니야."

"그 애비 자식이잖아."

"네가 상관할 바가 아니야."

"흥."

조롱, 비아냥. 그리고 찌익 날리는 된침.

내가 그 앞에서 입술을 깨물었는지 어쨌는지 나는 기억이 없다. 그리고 선창가로 돌아나와 소주를 마시고 숙소인 관해장 여관으로 돌아오는 길에 여관집 주인 홀쭉이 사내가 제 딸인 벙어리 처녀를 쫓아가는 것을 보았고 이윽고 쫓겨들어온 그 벙어리 딸년은 어김없이 추억의 내 고향, 유달산 잔디 위에를 틀어제쳤던 것이다.

여자는 묻지 않았다. 택시기사와의 대면에서 일어났던 일련의 사태. 물론 나도 말하지 않았다. 아니 말할 것이 없었다. 도대체 무슨 이야기를 한단 말인가. 그냥 그런가보다, 여자는 그런 표정으로 내가 주는 술잔들을 잘 받아 먹어주었을 뿐이다. 담쑥담쑥. 나는 그것이 좀 고마웠다. 담쑥담쑥 아무 일도 없었다는 듯이 그렇게 담쑥담쑥 소주잔만.

여자는 창가에 기대서지 않고 술기운인지는 몰라도 그대로 자주었다. 나는 검은 실루엣을 보지 않은 것만으로도 또 여자에게 고마움을 느꼈다. 말간 얼굴을 내놓고 자는 여자의 옆에서 나는 썼다.

말하여질 수 없는 무수한 세월의 그물들에 대하여.

밤이 깊어 나는 밖으로 나왔다. 여자가 자는 방을 나와 모자란 소주를 조금 더 마셨다. 선창가 횟집들에서는 눅눅한 습기와 해풍이 버무려진 이상한 감촉, 그렇다 그런 냄새는 거의 촉감이다, 이상하게 살갗에 칭칭 감겨오는 듯한 그런 냄새가 있었다. 개의치 않고 술을 마시기에는 이마가 쪼프려지는. 오늘도 어김없이 관해장 여관 남자는 손님을 유인하기 위하여 비가 오는데도 선창으로 나가고 그리고 그의 딸년은 아비가 나간 틈을 타 골목 저쪽으로 사라지는 것을 나는 보았다. 나는 천천히 벙어리 여자가 사라진 쪽으로 걸어갔다. 비가 오는 골목으로 가등과 가게와 술집들의 불빛이 반사되어 길은 번들거렸다. 그래서 나는 착각할 뻔했다. 저기를 디디면 미끄러지지 않을까, 하다가 어둔 쪽을 걸었는데 오히려 더 미끄러웠던 것이다. 그래서 이번에는 밝은 부분만 골라 디디며 걸어갔다. 어둠이 끝나는 곳에 또하나의 술집 간판이 보였고 여자는 바로 그 술집의 간판 밑에 서 있었다.

나는 말없이 여자를 스쳐 술집 문을 열었다. 그리고 문을 열고 가만히 서 있었다. 웃어 보였다. 여자가 말없이, 아니 그 여자는 말을 할 수가 없다고 했지, 그 여자는 말을 할 수가 없어서 그렇게 말없이 나를 따라 술집으로 들어왔다.

'여관집 딸년'은 술을 마시지는 않았다. 술을 전혀 안 마신다기보다는 못 마시는 듯했다. 시종 불안해했고 그 불안한 기색의 저 깊은 곳에 숨겨져 있는 어떤 기운을 나는 알아보았다. 나는 술집 주인에게 메모용지를 부탁했다.

가고 싶으니?

여자는 고개를 끄덕였다.

내가 알면 안되겠어?

여자는 도리질을 쳤다.

가고 싶은 곳이 어디인지.

여자는 웃었다. 그리고 나는 술울 마셨고 여자는 시종 불안해했다.

불안해할 것 없어. 술을 마셔봐.

여자는 고개를 끄덕였다. 나는 여자에게 술을 한잔 따라주었다. 여자는 술을 조금 마셨다.

그 정도 가지고 안돼. 자, 나를 따라 해봐. 천천히 그러다가 쭈욱.

여자는 도리질을 쳤다. 나는 재미가 없어졌다.

술도 못 마시는 주제에 바람은 왜 났누?

나는 확실히 이곳에 와서 건달처럼 건들거리고 있었다. 빌어먹을 해풍 때문이다, 라고 나는 단정지었다.

벙어리 여자가 술을 못 마신다는 사실은 나와 아무런 관계가 없었다. 그런데도 나는 어떤 기대감, 혹은 호기심(그것이 낯선 곳이면 흔히 있을 수 있는 천박한 작태라는 걸 알지만) 따위들을 충족시켜주지 않는 맥없는 여자에게 화라도 난 듯한 기분이 되었고 그래서 이번에는 메모용지들을 탁자 밑으로 쓸어버리고 여자에게 보다 얼굴을 바짝 갖다 붙이고 말을 했다.

이봐, 니 집은 여관이야. 너 때문에 잠을 못 잤다구.

여자는 말똥거리는 눈빛으로 천연덕스런 표정을 지어 보였다. 그 천연덕스러움은 일견 뻔뻔하게도 보였고 나는 그 천연덕스런, 거의 무지에 가깝다 싶어지는 그 뻔뻔한 여자의 말간 얼굴에다 대고 나중에는 소리까지 질렀다.

들려, 이년아?

언젠가 내 여자는 들리지 않는 귀를 막고 우리가 사는 여인숙 위의 이층 난간에 서서 고개를 숙이고 길거리의 질주하는 차들을 바라보고 있었다. 하루종일 나를 기다리며. 뭐가 들린다고. 들리지 않는 귀로도 차소리가 시끄럽다고. 어둔 낭하의 난간에 귀를 막고 선 내 여자. 붉은 뺨을 가진 작은 내 여자.

나는 늘 음주했고 음주한 날은 기어코 늦게 귀가(귀가? 하긴 그곳이, 그 싸구려 여인숙이 그때는 우리들의 집이었으므로)했고, 내 여자는 그렇게 귀를 막고 가만히 난간을 붙잡고 울기만 했으면 그만이었는데도 하필이면 그날은 비가 왔고 혹시나 하는 마음에 제 딴에는 우산을 가지고 나왔고, 차가 다니는 길거리에 나왔고 그래도 귀를 막고 서 있었고 그리고 그 여자는 들리지 않는, 이 세상 아무 소리도 들을 줄 모르는 내 여자는 그렇게 비가 오는 길거리에서 길거리에서…… 덮친, 뒤쪽으로부터 덮친 빌어먹을 음주운전자의 차에……

야, 너 들리니?

나는 악을 썼나보다. 술집 주인여자는 도끼눈을 가진 여자. 벙어리, 관해장 여관집 딸년은 나를 부축하고 그리고 어둔 곳에서 나는 여자에게 입맞춤 했다. 기억은 아슴하고 그랬던가보다고, 그리고 그 느낌 차고 짠 어떤 입술의 느낌이 내게 꿈인 듯 남아 있다고 느끼며 몸을 뒤척였을 때, 여자는 제 고향 이야기를 내게 했다.

구례군 산동이에요. 하위리.

하위리가 있고 상위리가 있지요. 멀지요. 차를 타면 섬진강을 따라가게 되고 읍에서 내려 버스를 타고 산동에서 내려서도 한참을 산을 타고 올라야 하고. 떠난 지 오랜 그곳엘 갔어요. 은행원 노릇을 했었는데 뭐가, 말하자면 돈계산이 빈번히 틀린다고 구박 겸 해고압력을 못 견뎠지요. 하루는 오늘도 틀리는 돈계산 하러 내가 그곳을 왜 나가나 싶어져 때려치우고 버스를 탔지요. 가고 싶어지데요. 그곳에 가면 아무도 나를 돈계산 틀리게 한다고 구박할 사람 없을 것 같아서. 갔는데, 하루종일 걸어갔는데……

갔는데, 하루종일 걸어갔는데, 하는 도중에 여자는 웃었다. 후훗.

갔는데 말이지요. 그곳에 웬 콘도가. 멋진 빌딩이. 히힛.

이곳이 내 집인데 왜 나를 못 들어가게 하지요? 하고 물었지요.

예약했어요?

뭐라구요? 이곳은 우리 집이란 말예요. 저기 봐요. 저게 내가 키웠던 산수유란 말이지요. 저기 벌들도 내가 키웠어요.

우리 집이 글쎄 내가 없다고, 나 떠난 지 이십년인데 그 이십년 사이에 내 허락도 없이 글쎄 누가 콘도를 지어서 주인인 나는 못 들어오게 하고 웬 사람들이, 낯설고 부유해 보이고 그리고 어딘지 천박해 보이는 사람들이 꽉 찼지 뭐예요 글쎄.

내가 웃었던가 어쨌던가.

잠이 깨었을 때도 나는 하마 웃는 낯이었나. 조금은 부끄럽게.

심한 갈증과 요기로 인해 눈을 떴을 때 여자는 자고 있었다. 예의 검은 실루엣이었고 그리고 얼굴빛은 청동빛. 나는 여자에게 이불을 깊게 덮어주고 불을 켜고 썼다.

부재하는 현존들에 대하여. 혹은 현존하는 부재들에 대하여.

나는 고향에 갈 수 있을 것인가. 도대체 무엇을 말할 수 있을 것인가. 나의 아비에 대하여 나는 쓸 것이 없고 추억할 것이 없다. 그는 섬을 나온 지 한달 만에 도시의 포도 위에서 술에 취해 죽어버렸으며 그리고 어미는 지아비의 상이 끝난 지 또 그 한달 만에 집을 나가버렸으므로 나는 아무것도 아는 바 없는 것이다. '포올새 떠나버렸다는 오강네'의 오빠, 그 택시기사(나는 그의 이름조차도 기억에 없다)는 어쩌자고 내게. 그리고 또 나의 그런 대응의 태도는 무엇이었는가. 모욕적인, 모욕의 실체는 분명하지 않지만 일단 본능적으로 느껴져오는 모욕의 현상에 대한 즉자적 대응?

나는 그렇다면 그의 모욕적 행위를, 그것의 정당성을 인정하고 만 꼴이 아닌가. 도대체 무어란 말인가. 나는 그것을 알 수도 없고, 그러나 알아야 한다는, 내 인생의 지랄맞은 시초가 될 수밖에 없었던, 근본이 될 수밖에 없는 그 섬을 가보아야 한다는 악착같은 어떤 오기를 아직은 버릴 수가 없다.

내게는 늘 떠나고만 싶어했던 요강단지 같은 오강네의 추억으로밖에 떠오를 수 없는 그곳이 어떻게 내 악몽같은 인생의 시발점이 되어야만 하는가. 그리고 나는 왜 그것을 인정하는가. 그곳이 그랬노라고. 그리고, 그리고 그는, 시끄럽고 훤한 데 나와 택시기사가 된 오강네의 오라비는 왜 내게.

그와 하구언까지 가서 영업시간을 조금 할애하여(그러고 보니 그는 어쩌면 개인택시 기사였는지도 모르겠다. 그가 내게 술 마시자는 제안을 할 수 있었던 것이) 마주하고 술을 마시다 보면, 어쩌면 나는 내 현실에서의 악몽의 실체를 확인할 수 있었을지도 모르겠다. 그리고 나의 그런 돌발적인 대응은 그런 확인의 과정이 두려웠던, 아아, 그렇다, 나는 그것이 두려웠는지도 모를 일이다. 당장이라도 배만 타면 갈 수 있고 가면 확인할 수 있는 내 근본의, 내 악몽의 근원을 확인하는 데 삼십년을 뭉그적거리고 별러오다 그것의 실체를 보는 게 두려워 이렇게 그 섬의 목선에서 어기적거리는 것도 어쩌면 그런 것이다. 두려움. 분노에 비해, 두려움은 더 큰 공포인 것이다. 지금. 내 삼십년의 분노가 지금 실체를 확인해야 하는 그 고통의 두려움 앞에서.

들리지 않는 귀를 가진 내 여자는 한번도 내 고향에 대해 묻지 않았다. 나도 말하지 않았다. 청동빛의 얼굴을 가진, 안개비가 내리는 술집 골목에서 사막을 떠올리게 했던 여자는 내게 말했다.

고향에 가봤거든. 콘도로 변해 있데. 증말 드러워서.

여자는 꼭 고향 얘기만 하면 그랬다.

"증말 드러워서."

고향이 더러울 수도 있는가. 나는 까맣게 잊고 있었다. 더러울 수도 있는 고향. 그리고 고향을 말할 때마다 더럽다고 하던 여자와 나는 지금 내 고향, 어쩌면 더러울 수도 있는 내 고향을 목전에 두고 이곳에 머문다. 가면, 그 더러움의 실체를 나는 확인할 수 있을 것인가. 확인하면, 확인한다고 또 무엇이 달라질 수 있을 것인가. 그렇더라도, 나는 이제 포기할 수는 없다.

내 여자와 고향에 가고자, 고향에 가면 내 선조들의 묘지에 절을 올리게 하고자 언젠가 이곳에 머문 적이 있었다. 밤이었고 내 여자와 나는 결국 내 고향인 그 섬에 가지 못하고 말았다. 내 작은 여자는 배멀미를 두려워했으며 나는 또 나대로, 그렇다, 그때도 어떤 두려움이 있었는지도 모른다. 우리는 항구를 한바퀴 돌고 시내를 어정거리다 시내 한복판에 있는 공원 같은 산에 올라 하루종일 고둥을 빨아먹었다. 산중턱 저 아래 집들이, 아니 집들이라고 하기에는 먼 이국의 어떤 그림 같은 호화주택들이 내려다보였고 내 여자는 자꾸만 그곳에 눈길을 주었고 나는 괜스레 허전하고 쓸쓸해지고 분해서…… 그랬던 기억이 있다. 그래도 따스했던 내 기억. 그리고 나는 지금 확실히 춥다. 이 여자는, 청동빛의 얼굴을 가진 이 여자는 바람이 춥고 짜다고 했고, 그리고 해풍은 확실히 지금 내게 춥고 짜다. 나는 확연히 그것을 느낀다.

빗속에서의 돌연한 내 입맞춤에 관해장 여관의 벙어리 여자는 그다지 저항하지는 않았다. 그리고 나는 돌아섰다. 한번 뒤돌아보았을 때 여자는 아직 비가 오는 어둠속에 그대로 서 있었던 것 같다. 허적허적 걸으면서 나는 관해장에 돌아오면 어쩌면 청동빛의 얼굴을 가진 여자에게 길고 긴 입맞춤을 할 수도 있으리라고 생각했다. 입맞춤과 아울러 나는 보다 가까이 그녀가 손목에 힘을 주어 내 팔을 잡을 때 전해져오던 그 간절함의 기운에 응답해줄 수 있는 어떤 몸짓을 보여줄 수도 있으리라는.

눈을 떴을 때 여자는 더러운 제 고향 얘기를 했고 그러다가 잠이 들었고(잠이 들지는 않았는지도 모르겠다. 여자는 단지 돌아누웠을 뿐인지도) 그리고 나는 쓴다.

관해장에서의 경야라고. 관해장에서의 낮과 밤. 이곳에서 낮도 밤인 것처럼 우리는 누워 있었다. 그러다가 밤이 되면 모옥포는 하앙구다를 들었고. 밤인 것처럼 잤던 낮과 목포는 항구다를 들으며 보낸 밤에 나는 썼다.

'네가 아다시피 이 책은 그동안 나의 총망한 숙박부에 불과하다. 그러니까 내일은 이 주막에서 나를 찾지 말아라. 나는 벌써 거기를 떠나고 말 것이다.'

노트의 맨 앞쪽에 썼던 김기림의 『태양의 풍속』 서문을 찢었다. 여자를 끌어 안았다. 그리고 낮이 왔고 우리는 잠들었다. 잠속에서 여자가 말했다.

아까요, 밤에요, 봤어요. 저어기루, 해안경비정 떠 있는 저어기 바다로 여자가 갔어요. 틀림없이 주인집 딸 같았어요. 오늘 저녁부터는 아마 노랫소리를 듣지 못할 거예요. 다시는 돌아오지 않을 것같이 하고 저어기 바다로 가데요.

으응, 그랬어요? 으응, 그랬어?

나는 좀더 깊이, 좀더 힘을 줘서 여자를 안았던 듯싶다. 어쩌면 그랬을 수가 있다. 잠속에서, 가없는 잠속에서 나는 여자를 그렇게……

…… 영산강 안개 속에 기적이 울고 삼학도 등대 아래 갈매기 우는……

지지직, 쿵작이는 노랫소리에 관해장 여관 홀쭉이 사내는 또 딸년을 닦달하고 관해장 여관 퉁퉁한 마누라는 딸년 닦달하는 남편을 닦달한다.

딸년 저러는 게 어디 하루이틀이여?

하루이틀이 아니니 내가 못살지.

못살겄으면 손님 끌어오면 될 거 아녀. 병신 딸년만 닦달하고 앉았으면 밥이 생겨 돈이 생겨. 얼릉 선창 한바퀴 돌고 오란 말이요.

여자는 없다. 밤인가, 혹은 낮일 수도 있다.

관해장 여관의 층층다리. 거기에 동백이 지고 있다. 무너지는 동백꽃 아래, 벙어리 딸은 앉아 있다. 나는 휘적휘적 층층다리를 내려온다. 멀리 바다가, 검고 요염한 바다가……

<1994, 월간 예향 8월호>

씨 앗 불

1

짙은 안개 속으로 실비가 내린다. 습기는 콘크리트 모래구멍 속으로 뚫고 들어와 벽에 기대고 앉은 위준의 허리께를 들쑤신다.

날씨가 계속 꾸무럭거릴 징조다. 이렇게 못 견디게 온몸이 아파오는 날에는 술밖에 없다. 독배같이 쓴 소주를 그는 병째로 쿨럭쿨럭 마신다.

그런 위준을 바라보던 아내 진예는 그만 울음을 터뜨린다.

"아이구 그런다고 그놈의 허리 응혈이 풀어지우, 가슴애피(한)가 풀어지겄수우."

위준은 굵은 눈물이 줄줄 떨어지는 아내의 얼굴을 짐짓 외면한다. 우는 아내를 보면 더 심란해질 것은 자명한 일이고 그는 아예 고물 녹음기를 끌어당겨 카세트테이프를 집어넣는다. 구슬픈 러시아 민요가 장중하고도 처량하게 흘러나온다.

진예는 그런 남편에게 뭐라고 하려다가 포기하고 자는 아이를 끌어

안고 돌아눕는다.

돌아누운 그녀의 등이 시리다.

낮은 천장에 매달린 이십촉 형광등이 그들 부부를 지켜보고 있다. 비닐로 바람막일 친 봉창이 점점이 물방울을 매단 채 부풀었다 꺼지곤 한다.

위준은 도무지 자기가 살아있다는 확신이 없다.

이미 죽어버린 의식을 따라 육신도 서서히 죽어가고 있다. 이렇게 술을 처넣는 입, 손, 머리, 하다못해 아내와 사랑을 나누는 자신의 성기조차도 이미 자신의 것이 아닌 하릴없는 허깨비의 그것 같다.

바람 앞에서 우쭐거리며 꼰대발을 선 허수아비들. 위준은 문득 자신이 허수아비인지도 모른다는 생각을 한다. 속은 다 죽어버린 껍데기.

비바람이 분다. 바람 속에 묻혀 들리는 소리가 있다.

그것은 날카로운 여자의 비명소리이기도 하고 노인의 구슬픈 통곡소리 같기도 하다.

위준은 부르르 몸을 한번 떤다. 끊임없이 엉겨붙어오는 소리들을 떨어내기라도 하듯.

술병이 다 비어간다.

아내는 꼼짝도 않고 누워 있다. 그러나 그는 안다. 아내가 소리 죽여 울고 있음을.

세월은 위준에게 한스럽지만, 아내에게는 후줄근하게 지친 남편의 모습이 서러운 것일까.

숨막히는 답답증이 목젖을 눌러온다. 위준은 방문을 밀고 밖으로 나선다. 술을 구하려면 저 아래쪽으로 한참 내려가야 한다.

싸늘한 빗물이 머리카락 속을 헤집는다. 안개는 살아있는 듯 그를 에워싼다. 어느 집 담모퉁이에 목련꽃 무더기들이 와르르 무너져내리고 있다.

진창인 골목길을 그는 천천히 걸어내려갔다. 얼추 취한 기분에 골목은 끝이 보이지 않게 멀다.

혹 미로 속으로 접어든 게 아닐까.

어디선가 와장창 날카로운 유리 깨지는 소리가 들린다. 뒤이어 바쁘게 쫓아오는 소리.

환청일까, 위준은 뒤돌아본다. 누굴까. 누가 이 한밤중에 쫓기고 있을까. 도둑인가.

뒤돌아본 골목은 한순간 적막하다. 목련꽃 이파리들이 무심히 사태지고 있을 뿐.

위준이 돌아서려 하는 순간 또 한번 급박한 발자국 소리가 울린다.

누구일까. 그는 귀를 모은다.

와락 겁이 난다. 위준은 뛰기 시작한다.

그렇다. 누군가가 지금 그를 뒤쫓아오고 있는 것이다.

죄가 있고 없고가 문제가 아니다. 쫓아오는 발길을 피하지 못하면 그 뒤에는 죽음이 있을 뿐이다.

그는 뛴다. 골목길은 길고도 멀다.

숨이 턱에 차도록 뛰고 또 뛰었지만 골목길은 끝나지 않는다.

위준은 뛰다 말고 문득 발앞에 채이는 돌을 집어들었다. 획 돌아서서 어둠속에서 쫓아오는 소리를 향해 힘껏 던졌다.

도둑고양이가 애기울음 소리를 내며 빗물로 번쩍거리는 지붕 위로 휙 날아오른다. 가까운 어둠속에서 굵은 사내의 목소리가 우렁우렁 울려온다.

"저놈의 도둑괭이 새끼, 오늘은 기언씨 작살내불라고 했더니, 에라 썅."

사내는 심히 아깝다는 듯 손을 탁탁 털고 어둠속으로 사라졌다.

도둑고양이와 사내의 쫓고 쫓김은 끝나고 위준은 질척질척 기어올라오는 안개더미 속에 홀로 서 있다.

술병을 꿰차고 방안으로 들어설 때까지도 아내는 잠을 자지 않고 모로 누워 있다.

"낼은 내 어쩌든지 사장놈 주리를 틀어서래도 결판을 내고 말 거여."

어찌해서든지 돈을 받아오겠다는 말이다. 돈을 받아와서 쥔네의 방세 타령에 주눅들린 아내의 어깨를 좀 추켜주겠다는 말이다.

위준은 술병에 입을 대고 나발을 분다. 쏴아. 비바람이 봉창 안을 살짝 들여다보고는 어둠속으로 달아난다.

"저놈의 술 징글징글허도 않나."

아내가 웅얼거리거나 말거나 위준은 술을 마신다.

벽에 기댄 채 눈을 감는다.

고양이가 애애앵 애기울음을 우는 한 밤이 또 무심히 흘러간다.

2

새생활의자공장 배사장은 아침부터 보이지 않는다. 납품처 우성콤비락 박사장한테서 물품대금을 지불했다는 말을 지난 주말에 들은 터였으므로 품삯은 벌써 주고도 남을 기간이었다.

"짠돌이 같은 자식."

쫀쫀한 사장의 얼굴이 떠올라 욕지거리가 절로 뱉어진다.

출근하자마자 품삯을 요구할 참이었는데 사장은 그림자조차 찾을 수 없다. 소파가 진열된 한구석에 그가 인근엔 부재중임을 암시라도 하는 양 사장의 유일한 교통수단인 고물 싸이카 한대만 비스듬히 세워져 있을 뿐이다.

위준의 손을 거쳐 뽑아져나온 응접세트와 가죽소파들이 팔려나갈 날을 기다리며 모데기모데기 둘러앉은 좁은 홀 안 사잇길을 지나, 강아지집 문짝 같은 공장문을 열자 오래 고여 있던 곰팡내가 확 풍겨온다. 사장 하는 꼴에 배알이 뒤틀려서 며칠 나오지 않았더니 사장은 아예 공장문을 닫아걸 생각인지 작업한 기미는 보이지 않는다. 하기사 사람 구하기도 힘들 것이고.

가게 안의 화려함과는 딴판으로 공장은 우중충하다. 블록으로 담을 쌓고 썬라이트로 하늘가림을 한 가건물이라서 한데나 마찬가지다. 한겨울에는 목재를 다듬고 난 톱밥으로 난로를 피웠지만 등쪽은 항상 시렸다. 거기다가 맨흙바닥에서 올라오는 습기는 두 발을 꽁꽁 얼리기 예사였다. 그렇게 꽁꽁 언 발을 난로에 갖다 대면 나일론양말 밑바닥이 온데간데없이 녹아버리는 수도 있었다.

위준은 지난 겨울 내내 이 공장 안에서 그렇게 살았다. 정신없이 일하다 보면 늘 점심때가 되기 전에 배가 고팠다. 가끔씩 아내가 도시락을 가져오기도 했으나 보통은 아침 출근할 때 연장통 속에 같이 넣어온 차디찬 양은 도시락을 난로 위에 얹어놓았다가 먹었다. 햇빛 한줌 들어오지 않는 공장에서 하루를 보내고 나면 온몸은 젖은 솜뭉치가 되고 코에서는 실피가 흘러내리기 일쑤였다.

그렇게 고생고생해서 뽑아낸 물건이었다. 물건 납품이 끝나고 사장의 수중에 돈이 들어왔건만 위준은 아직 쇠전 언저리 냄새조차 맡지 못한 몇날이 지난 거였다.

아침나절에 잠깐씩 얼굴을 비추고 어디론가 내빼는 사장은 변명하기에 바빴다.

"요새 그쪽도 바쁠 거인디. 우리도 낼 창당대회 헌당께."

"창당대회를 하든 말든 대금을 받았으면 내 몫을 줘얄 거 아니우."

“하아따, 새끼 몰라도 단단히 모르네이. 내가 민정당 서구을 지구당 조직책이다, 왜?”

“그래서 내 피땀 쏟아 일해서 돈 만들어줬더니 그 돈을 그쪽에다 투자하신다 이 말인 것 같은데……”

“봐라 인자, 요번에 잘만 되면 너도 한자리까지는 못해도 묵고 살 일은 창창헐 거이다. 또 아냐, 경호원이라도 시켜줄지?”

“그래서 나보고 민정당 똥구녁을 빨아먹으라 그 말이오?”

“아따 그새끼 말 한번 드럽네. 누가 똥구녁을 빨래냐? 그래도 그쪽에 붙으면 배곯을 일은 없을 테니께, 내 하도 니놈이 딱해서 허는 소리다.”

“잔말 말고 삯이나 해기헙시다.”

“너하고 나하고 사륙제로 묵기로 안했냐이. 그런디 이 바닥 업계 사장단 회의서 결정이 났어야, 삼칠제로. 나도 내 맘대로는 못허는 것이 그것잉께 어쩔 것이냐, 니가 쪼까 양보해야제.”

“사륙제는 애초에 당신과 나의 약속이잖소.”

“아따 새끼, 내 입에서 꼭 두말이 나와야 쓰겄냐? 업계서 결정이 났당께.”

“빨리 주쇼.”

“사륙으론 안돼.”

“주쇼.”

“안돼.”

이 업계도 이젠 재벌회사들이 대규모로 메이커 딱지를 붙여 내놓는 바람에 순전히 수공업으로 하는 이런 영세업체는 점차 사양길로 접어들고 있었다. 다만 값이 싸다는 이유로, 주문이 예전같이 쇄도하진 않지만 끊이지 않는 것만도 다행이랄까. 자연 업주들은 호경기였을 때보다 짜지게 마련이었다.

그들은 서서히 의자공장 해서 번 돈으로 업종전환을 시도하고 있었다. 유명메이커 소파 대리점을 연다거나 술집을 차렸다. 새생활의자공장 배사장도 예외는 아니었다. 공장 해봤자 푼돈만 벌리고 일한 놈하고 나눠먹자니 그것 또한 배아픈 일이 아닐 수 없었기 때문이다. 그러저러한 이유로 의자공장 사장노릇 해먹기도 심란한 차에 민정당 똘마니노릇 하겠다고 나선 배사장 꼴이 아무래도 위준에겐 역겹기 그지없다.

"오늘 팔려나간 저 귀퉁이만 메꿔주고 그만둘라요."

생각 같아서는 당장 사장의 멱살이라도 뒤흔들고 나오고 싶었지만 절반쯤 완성시킨 의자는 마무리지어놓고 그만둬야 될 성싶었다. 그만큼 생각해주면 사장도 누그러질 것을 얼마간 기대하기도 했었다.

그러나 그것은 순진한 생각이었다. 위준이 순하게 굴면 사장은 그런 점을 이용해먹으려 들었다. 금방이라도 폭발해버릴 것 같은 신경은 그대로 두면 자신도 제어할 수 없는 상황이 될 것임을 위준은 잘 알았다. 진정을 시키려면 며칠간이라도 사장 면상을 보지 말아야 했다. 그러나 아쉬운 쪽이 먼저 수그러질 수밖에 없는 이치고, 사나흘 버팅기다 나온 아침부터 위준이 나올 것을 미리 알고나 있었던 듯 사장은 코빼기도 보이지 않는 것이다.

사장이야 있건 없건 위준은 일을 시작했다. 사장이 올 때까지 죽치고 있기도 심심하고 일거리를 앞에 두고 에헴 하고 앉아 있을 그의 성미도 아니었다. 작업은 사나흘 전 중단된 상태 그대로였다. 대패는 위준이 아무렇게나 던져둔 그대로 톱밥더미 위에 꽂혀 있었다.

팔걸이 대패질은 무척 신경이 쓰이는 부분이었다. 곱게 각을 세우고 모난 곳을 다듬어 한옆에 세워놓고 마대포를 재단해서 재봉틀에다 누볐다. 다듬어둔 목재를 끼워맞추고 마대포를 붙이고 속에다 짚더미와 솜뭉치를 채워넣는다. 대충의 의자 형태가 갖추어지면 속엣것이 새어

나오지 못하도록 꼼꼼이 태커질을 해준다.

그것만으로도 땀이 차오고 시장기가 돈다. 위준이 가게 쪽에다 대고 소리친다.

“새때거리 좀 주쇼.”

사장을 닮아 오종종한 면상을 한 사장 마누라가 식빵 서너 조각을 쟁반에 담아 밀어넣어준다. 울컥 치미는 욕지기를 간신히 꿀꺽 삼키고 위준은 식빵 조각을 우걱우걱 씹는다.

공장 구석에 있는 수도 호스에 입을 대고 맹물로 입기심을 하고 담배 한대를 태우고 있을 때 삐꺽 공장문이 열리며 배사장이 교활한 얼굴을 쑥 디민다.

“고만두신다더니 미련은 있어서 나왔냐?”

“돈은 갖고 오셨수?”

“더런 자식이네. 돈 돈 해쌓지 마야.”

“잔꾀 부리지 마슈.”

“저쪽서 너 좀 보자고 혀야.”

순간 위준의 눈에서 불꽃이 튀었다. 내내 팽팽히 당겨져 있던 신경 한줄이 툭 끊어지면서 피가 거꾸로 솟아올랐다. 자신도 모르게 옆에 놓인 각목으로 사장 얼굴을 내려쳤다.

“날 더 추잡한 인간으로 만들지 마쇼.”

“요놈 새끼, 폭도는 폭도네이.”

그새도 입은 살아서 비아냥대는 사장의 얼굴을 두번째 강타하고서도 분은 풀리지 않았다.

“내 돈 줘!”

“없다, 씨발놈아.”

“공으로 일해준 거 아냐.”

사장의 입에서 벌건 피가 새어나온다.

“돈 안 주고 미루다가 어떤 수작 붙일지 다 안다. 그런 거 소용없어. 내 돈이나 줘.”

“아나 돈. 상해죄, 기물파손죄로다가 엮여들어갈 뻔한 비용은 빼고 준다.”

사장이 던져준 봉투 안에 접혀진 지전 몇장이 노랗게 들떠 보였다.

“알았어.”

위준은 사장을 노려본 뒤에 토끼눈을 뜨고 서 있는 사장 마누라를 밀치고 금고 문을 열어젖혔다. 위준 몫의 수표 두 장이 거기 있었다.

“내 것 내가 갖고 가우.”

“개놈의 자식.”

사장의 멱살을 다시 한번 들었다 놨을 때 눈알을 디룩거리며 그새도 욕을 퍼붓는 사장 꼴에 구역질이 치민다. 더이상 맞상대할 마음도 없고 기운도 빠져 위준은 밖으로 나왔다.

입에 고여 있던 끈끈한 타액을 모아 탁 뱉어냈다.

더러운 놈의 인간.

더러운 놈의 세상.

욕지거리가 절로 뱉어져나왔다.

기껏 일해주고 억지로 억지로 몇푼의 돈을 받아내고 나자 갈 곳이 없었다. 출렁이는 햇빛 속을 뚫고 거리 저쪽에서 황사바람이 불어왔다. 어지러운 머리를 식히느라 길가 가로수 밑에 한동안 눈을 감고 앉아 있었다.

빵빵 클랙션을 울리는 소리가 나 눈을 떠보니 택시 한대가 위준 앞에 멈춰서 있다. 택시운전수 박폭(폭도 박)은 싱글거리는 표정으로 대뜸 욕부터 내질렀다.

“염병 지랄땐스허고 자빠졌네. 대낮부터 술 처묵었냐?”

“오랜만이우.”

"근디 자식아, 요새 뭣 묵고 사냐?"

"보믄 모르겄수?"

"아가, 속 좀 채려라이. 그럴라믄 깡통(마누라)은 왜 찼냐?"

위준은 그냥 웃었다. 축 늘어진 위준의 꼴이 한심해 보였는지 기동타격대 5조 조장 박명수는 지전 몇장을 막무가내로 위준의 주머니에 찔러넣어준다.

"찬물 묵고 속 채려라이."

그 말만을 남기고 박명수는 마침 올라탄 손님을 태우고 위준이 뭐라고 말할 새도 없이 쌔앵 달아난다.

택시운전수 박명수. 그의 어디에도 한때 그가 폭도(?)였으며 내란을 일으킨 불순분자로 감옥살이를 하고 나왔다는 표시는 없었다. 감옥에서 나와 한때는 야학을 다녀보자느니 어느 천주교회에서 무슨무슨 써클이 있으니 같이 가보자느니 위준을 꼬드겨놓고 정작 위준이 비록 건성으로나마 대학생들 틈에 끼여 학습이란 걸 시작했을 때 그는 쏙 빠져나가 먹고 살 방편을 마련하느라 운전을 배우러 다녔던 보람으로 지금은 어엿한 택시운전수가 되어 있는 것이다.

위준은 자리를 털고 일어났다. 당분간 일자리가 생기기 전에는 '그곳' 사무실에서 살 생각이다.

'그곳'이란 재야운동단체 사무실이 밀집해 있는 YWCA를 이름이다. 바쁘게 해야 할 일도, 누군가와 약속한 일도 없는지라 위준은 천천히 걷는다. 빈 공간이라곤 없이 인도까지 좌판이 벌어져 북적이는 시장통을 지나 광주천 다리를 건너고 고속터미널을 지나 길을 건너서 Y건물 앞에까지 왔어도 한 시간이 채 걸리지 않는다.

엘리베이터를 놔두고 계단을 오른다. 6층까지 올라서자 숨이 차다.

NCC, 민가협, 민문협, 전청련. 고만고만한 사무실마다 눈 맑아 보이는 젊은이들로 수런거린다.

그중 한 사무실 문을 밀고 들어섰다. 양쪽 벽면에는 벽돌과 합판으로 만든 간이책장에 책들이 가득하고 다른 가구라고는 낡은 소파에 철제책상이 전부다.

책꽂이 위 벽면에 '고(故) 박관현'의 사진틀이 걸려 있다. 사진 속의 그는 아직 까까머리 고등학생이다.

"왔냐?"

현욱은 사무실에서 먹고 자고 하였다. 떡애기 때 어머니를 잃고 홀아버지를 모시고 살다 난데없이 불이 나 아버지와 루핑집 한채를 한꺼번에 잃고 결국 날마다 출근하다시피 하던 이곳으로 거처를 옮겨버린 것이다. 80년 봄 중국집 요리사로 일하다 총을 멨던 친구다.

"바쁘냐?"

"보믄 모르냐. 창당대회를 미느냐 마느냐로 시방 붙었어야."

사무실 한켠을 베니어합판으로 칸을 지어 문짝을 달고 그 문 위에 '사무국장 승인 없이 출입금지'란 종이가 붙어 있다.

"회의중이냐?"

문짝 위에 붙어 있는 출입금지 표지 때문일까. 문 저쪽에 있는 사람들과 자신 사이에는 넘지 못할 벽이 가로막혀 있는 느낌이다.

"근당께. 그런디 너는 태 내고 다니냐?"

현욱은 약간 짜증 섞인 어조로 위준을 흘겨본다.

"뭔 태?"

"그걸 꼭 말로 하냐?"

"흐응, 내가 부랑아 놈팽이 깡패였단 태야아?"

"아따 개새끼, 말은 바로 알아듣네."

"누가 글디?"

"다 그래야, 니 온전헌 놈 아니라고. 니만 몰랐냐?"

그건 분명 실소였다. 위준은 저도 모르게 웃음을 터뜨렸다.

문 저쪽에서 회의가 끝났는지 수런거리는 소리와 함께 쪽문이 열리면서 사람들이 나왔다. 사무실에 상근하는 김충량이 반갑게 아는 체를 한다.

"얼굴빛이 많이 안좋네이."

"뭔 회의요?"

"황색바람에 편승하냐 마냐지 뭐."

"황색이 쓸든 청색이 쓸든 근본적으로 달라지리라 믿소?"

"대선 후 자네 같은 허무주의에 빠진 사람들 많아졌어. 그러나 정치는 끊임없이 계속되고 변혁의 물길을 거스르려는 무리의 행진은 어쩌면 대선 전보다 더 위협적이라구. 이런 시점에서 우리가 취해야 할 바의 한 가닥일 뿐이야. 전술상이랄까."

"허무주의요? 허무주의에 빠질 바에야 물에 빠져 죽겠수."

"그런 얘긴 접어두고, 자네허고 조용히 이야기 좀 허고 싶은데……"

김충량과 위준은 Y 옆 돼지머릿고기집으로 자리를 옮겼다.

"내가 정신과 의사는 아니지만 말이야. 친구 한 놈이 대학병원에 있거든. 그놈 덕분에 귀동냥으로 들은 바 있어서 좀 알지. 내가 자네헌테 직접적으로 이약허긴 좀 뭣허네만 오해허진 말소. 검진을 좀 받아보면 어쩌겠는가?"

위준은 입에 대려던 술잔을 탁자 위에 조용히 얹었다.

위준은 갑자기 부끄러워졌다. 어릴적 가장 존경했던 선생님으로부터 따귀를 얻어맞았을 때 느껴지던 수치심이 이랬을까. 아니다. 더 근본적인 것은 제 출신성분에 대한 수치심이다.

'주방장, 시다, 하꼬비, 아라이, 웨이타, 조수, 때밀이, 악사, 삥키통, 넝마, 패싸움, 콜박스, 그리고 야숙(野宿).'

잘 곳이 없으면 공원 벤치라도 좋고 냄새나는 천변 다리밑이라도 좋고 아파트단지 안 잔디밭이라도 좋았다. 아무곳이나 다리 뻗으면 곧잘 잠이 오곤 했다.

그러나 그날 오월 이후 그는 한번도 야숙을 하지 않았다. 그는 이제 더이상 허망한 부랑의 길을 택하진 않았다.

교도소에서 나와 처음 피티니 비지란 말들을 배웠고, 비록 짧은 기간이긴 했지만 같은 빵잽이 시몬에게 이끌려 그에겐 그토록 낯설던 학습과 토론의 과정도 거쳤고 조직의 의미도 깨우쳤다. 부마사태가 났을 때 무감했던 그는 부미방사건(부산미문화원 방화사건) 때는 온몸의 세포가 온통 거꾸로 서는 듯한 충격을 받았다.

그리고 어떤 강렬한 충동을 느끼는 것이었다. 그도 무엇인가 할 수 있다는, 무엇인가 오욕의 세월을 씻어낼 수 있는 일을 해야 한다는.

위준은 날마다 제 몸을 화형식하였다. 그 '분신'에의 꿈은 한동안 그를 놓아주지 않았다.

그럴 즈음 친구 시몬이 처음 위준에게 우려성 경고를 했다.

"부처님 가운데토막같이름 순허게 굴어야."

벌써 정신병원을 강제로 두 번씩이나 들락거려야 했던 녀석의 입에서 나온 순하게 굴란 소리가 순하게 안 굴면 정신병원행이란 말로 들렸다.

아내는 어느 순간 울먹이며 말했다.

"왜 적들을 만들어가요."

그가 누구를 적으로 만들었단 말인가.

"나는 좀더 정직해지고 싶었을 뿐이다."

"누구는 정직할 줄 몰라서 그러고 있는답디까?"

위준은 조금씩 고립되어감을 감지하였다. 자기 홀로 부웅 떠서 부초처럼 대상의 표피만을 떠돌아다니는, 하여 하릴없는 허깨비의 몸짓으로 허방만을 딛고 사는 세월이었다.

김충량은 위준이 따라준 술도 마시지 않고 몇마디의 진심어린 동정과 걱정이 섞인 말을 남기고 일어섰다.

"중심을 잡고 살라구. 그리고 몸도 좀 생각하고. 많은 이야기 허고 싶지만 바빠서 말야. 같이 안 올라갈랑가?"

"되얐소."

"자주 놀러 오라구."

김충량이 일어선 자리에 자주 놀러 오라는 말의 울림이 파편이 되어 나뒹굴었다.

'자주 놀러 오라고?'

위준은 제가 따라놓은 잔과 김충량이 남기고 간 잔까지 연거푸 비우고 주모를 불렀다.

"아짐, 한 동우만 더 주소."

"혼자서 대낮인데 먼 술은."

"창새기 뒤집어진 데 쓰는 약은 술 아니고 뭐겄소."

과부 주모는 더는 군말 없이 탁주 한 주전자를 올려준다.

"속 뒤집페졌다고 이녁 속 이녁이 긁아묵지는 말소, 어따."

뜨거운 국물 보시기를 탁자 위에 탁 얹어주며 과부댁은 위준을 측은한 듯이 건너다본다.

사위가 어두워올 때까지 위준은 죽치고 앉아서 술을 마셨다.

그랬다. 처음에 김충량에게서 진단 한번 받아보란 소리를 들었을 때는 밑도 끝도 없는 부끄럽증이 온몸에 스멀스멀 번져올랐었다.

도대체 무엇이 그렇게 부끄러웠을까. 심란하게 살아온 행적이 부끄러웠단 말인가.

아, 그런데 그것은 부끄러움이 아니었다. 김충량이 가고 난 지금 위준은 엉엉 울고 싶게 분하고 서럽다.

그렇다. 그것은 분명 분하고 서러운 감정이었다.

어쩌다가 내가 반미치광이로 몰리고 있는가. 왜 내가 미친 자식이 되어야 하는가. 누가 나를 미친 놈으로 만들고 있는가. 가슴이 답답하다.

“씨발놈들.”

누구에게랄 것도 없이 위준은 거의 본능적으로 오래 입에 익은 욕설을 내질러본다. 그래도 분하고 서러운 감정은 가슴에 앙금처럼 고여 있다.

술에 취해서일까. 세상이 온통 북새가 떠 있다.

낯익은 시내버스, 가로등, 은행나무. 거리 풍경이 온통 붉게 타오르고 있다.

위준은 홀린 듯 취한 걸음을 걷는다.

붉은 유리창에 붉은 얼굴을 댄 사람들이 붉은 차를 타고 지나간다. 언뜻 원숭이 같다는 생각을 하며 위준은 웃었다.

버스 정류장에 사람들이 서 있다.

위준은 그중 한명에게 다가가 물었다.

“혹시 동물원 차가 지나가지 않았나요? 원숭이를 가득 실은.”

아, 그런데 이게 어찌된 일일까. 그도 붉은 얼굴을 한 원숭이였다. 원숭이 얼굴을 한 사내는 저만큼 도망질치며 붉은 얼굴을 더욱 붉혔다.

“별 원숭이 같은 새끼 다 보겠네.”

사내가 위준의 등을 떠다밀었다. 위준은 가로수 밑, 쥐똥나무 아래 쓰러졌다.

분노였던가 싶었는데 그것은 구토였다. 욕지기와 함께 온갖 토사물들이 터져나왔다.

두 눈귀가 흥건히 젖도록 코를 처박고 게워내었다. 습기 찬 흙냄새가 폴폴 콧구멍으로 스며들어왔다.

쥐똥나무 잎사귀를 뜯어 입가와 눈귀를 훔치고 고개를 들었을 때 세상은 온통 어두워져 있었다.

불타오르던 세상은 없어져버렸다. 순간이 아주 먼 옛날인 것처럼 영영 시야에서 사라져버렸다.

그는 공중에 부웅 떠 있는 듯한 기분이다. 술은 말짱하게 깼지만 머릿속은 백치의 그것처럼 텅 비었다. 의식의 무중력 상태.

위준은 어두워오는 거리를 천천히 걸어갔다.

문득 어두운 하늘을 가르며 검은 새 한마리가 마치 죽은 자의 혼불 그림자마냥 휙 날아간다.

귀가 울었다.

또 그 소리가 들린다. 전신주에 에이는 바람소리 같기도 하고 때로는 저 우물 밑 깊은 곳에서 울려나오는 울음소리 같기도 한 소리.

언제부터였을까. 소리들이 그를 따라다니던 때가. 그를 꽁꽁 결박이라도 지을 듯이 아무리 떨어내려 해도 완강히 버티는 소리의 군상들.

일을 하다가도 늘 저 소리를 듣곤 했었지.

마대포를 자르고 미싱질을 하고 대패질을 하면서도 그는 그 이명과도 같은 울림을 듣곤 했었다.

그 소리들 때문일까. 노상 편안하지 못하고 헤매는 이유가. 위준은 양손가락을 벌려 머리를 감싼다. 집으로 돌아갈 길은 아직도 멀었는가. 아득하다. 땅을 버티고 서 있는 다리에 힘이 빠진다.

위준은 그대로 길 가녘에 털썩 주저앉아버렸다. 난데없이 울음 한조각이 울컥 솟아나온다.

그렇게 고개를 수그린 채 얼마나 앉아 있었을까. 그를 부르는 소리가 있었다.

“혀엉 혀엉.”

위준은 깜짝 놀라 뒤를 돌아보았다.

거기 한 소년이 서 있다. 짙은 녹색 판쵸우의 자락을 땅바닥까지 늘어뜨리고 칼빈소총 자루를 비스듬히 보듬어안고. 거기 소년이 하얗게 웃고 서 있었다.

무화과나무가 며칠간의 난리로 그 잎을 전부 떨궈버린 채 앙상하게 서 있었다. 소년은 판쵸 깃을 귀밑까지 끌어올리고 목을 잔뜩 움츠린 채 미동도 하지 않았다.

털그럭거리는 소총 한 자루를 소중히 껴안고 쭈그려앉은 소년의 눈은 어둠 저쪽을 날카롭게 응시한다.

"혀엉, 오늘이 며칠이오?"

"이십칠일."

"날짜 간지도 모르고 싸웠어요."

위준은 소년을 바라보고 희미하게 웃었다. 멀리 화정동 쪽에서 날카롭게 예광탄이 날았다.

"오늘 저녁에 참말로 저놈들이 올까요?"

위준은 불안스레 올려다보는 소년의 눈을 바라보았다. 올려다보는 소년의 이마에 깊은 주름이 패어서 얼핏 오랜 세월의 풍상을 겪은 노인 같기도 하다.

"불안하면, 담배 좀 피워볼래?"

"하먼요."

위준이 건네준 담배를 소년은 판쵸우의 속에서 맛나게 피웠다.

"정 무서우면 집으로 가라. 지금도 늦지 않았다."

"들어가지 않아요. 갈 집도 없지만요."

"혼자냐?"

"예, 어머닌 날 데리러 온다 해놓고 간 지 십년째여요. 고아원에서 나와서 총 잡기 전까지 뻬키통 들고 간판일 따라다녔죠."

"왜 넌 총을 들었냐?"

"내가 총을 들지 않으면 꼼짝없이 내가 죽게 생겨서요. 형은 왜 잡았지요?"

"나도 마찬가지지. 살고 싶어서다. 사람답게 살고 싶어."

소년이 주머니를 뒤져 낡은 사진 한 장을 꺼냈다.

"제 이거여요."

소년은 새끼손가락을 곧추세우고 눈을 찡긋해 보였다.

"우리 둘 다 가불면 할 수 없지만 한나라도 남는다믄 가서 알리게요."

소년은 사진 뒷면에다 '유기랑'이라고 소녀의 이름을 적었다. 소년의 소녀는 사진 속에서 새하얗게 웃고 있었다.

"양동 발산다리 넘어가 고물장사 하는 한씨네가 살아요. 거기 가믄 알 수 있을 겁니다."

위준도 주머니를 뒤져보았다. 한참을 뒤진 뒤에야 천원짜리 종이돈 한장이 손에 잡혔다. 무엇을 써줄까. 위준은 한참 망설였다. 도대체 무엇을 쓸 수 있단 말인가. 이 죽음의 면전에서.

"주소를 써주셔요."

소년이 짧게 웃으며 말했다. 웃는 소년의 모습이 위준의 눈을 파고들었다. 순간, 가슴 한구석에서 뜨거운 격정이 회오리처럼 일었다.

위준은 지폐 위에다 주소 대신 난생 처음으로 '사랑한다'는 말을 썼다. 그리고는 더 아무것도 쓰지 못했다.

종이돈을 속주머니 깊이 찔러넣으며 소년이 악수를 청했다. 소년의 손은 뜨겁게 달군 돌덩이 같았다. 짧은 순간 위준의 손을 그러쥔 소년의 손이 굳어졌다.

"혀영, 저 앞쪽에 뭐가 있어요."

검은 그림자가 순식간에 도심빌딩 저쪽으로 사라졌다.

“총을 잡아라.”

어둠을 향해 겨눈 총구가 밤이슬을 받아 번들거렸다.

전일빌딩 옥상에서 딱 하는 총성이 울렸다. 밤하늘의 별 몇개가 산산조각이 난 채 밑으로 떨어져내렸다.

“저놈들이 죽을라고 환장했나봐요.”

“어차피 죽기는 매한가지 아니냐?”

“별이 무슨 죄가 있어요.”

“이런 세상에 죄 아닌 것이 있냐. 이런 세상을 가만히 놔두고 있는 한은. 별이나 바람조차도.”

“그애는 죄 없어요.”

위준은 고개를 끄덕였다.

화약 냄새 풍기는 바람 한점이 눅눅하게 불어왔다.

애인의 죄없음을 항변하는 소년과 죄없는 별에다가 조준을 하는 또 다른 소년들. 그리고 또 곧 다가올 죽음 앞에 소총자루 하나로 버티고 앉아 있는 나는 무엇일까.

저들이 오면 나는 총을 쏠 수 있을 것인가.

아, 총을 쏘기도 전에 도청 지하 티엔티는 폭발할 것이다. 차라리 그걸 원한다. 죽음보다 못한 오욕의 세월을 견디느니보다 죽더라도 싸우다 죽는 쪽을 원한다.

초저녁에 ‘최후의 만찬’을 들다가 위준에게 저승에서 만나자며 악수를 청하던 1조 대원 자개장이 박승택은 어디로 갔을까.

기동타격대 동료들은 다들 제 위치에 붙박혀 보이지 않는다.

위준이 소년과 한조가 되어 도청 맨 아래층 화단가에 자리를 잡고 앉았을 때 그는 문득 집으로 돌아갈까도 생각해보았다. 며칠째 들어오지 않는 아들을 찾아 눈물로 날을 새울 어머니. 난리통에 일감도 잃은 채 망연히 시간을 축내고 있을 아버지, 동생들.

위준은 잠시 어둠에 묻힌 시가지를 둘러본다.

그때였다. 날카로운 여자의 비명과도 같은 방송이 거리를 흔들었다.

"시민 여러분, 지금 계엄군이 쳐들어오고 있습니다. 시민 여러분, 도청으로 도청으로 모여주십시오. 지금 우리 형제자매들이 계엄군의 총칼에 죽어가고 있습니다. 우리 모두 계엄군과 끝까지 싸웁시다. 시민 여러분, 시민 여러분……"

여자의 애끓는 호소는 마른 밤하늘로 유성의 꼬리처럼 메아리를 남기고 사라져갔다. 총을 그러쥔 그의 손이 부르르 떨렸다.

"돌아갈 순 없어. 돌아가서는 안돼. 다시는 다시는 비루먹게 살 수는 없지."

그는 생각했다. 아, 죽지 않고 살아서 저들을 물리칠 수만 있다면. 아니다, 죽더라도 싸움에서 이길 수만 있다면 그는 죽어서도 가족들을 염려하지 않아도 될 것이다. 그는 죽더라도, 이 싸움에서 이겨서 이 억압과 수탈의 세월에서 해방될 수만 있다면.

그는 다시 어둠속을 노려본다.

"좋은 세상이 온다면 정말로 나는 뼁키통을 들겠어요."

"좋은 세상이 온다면 정말로 나는 대패질을 다시 할란다."

"형도 기술자였군요."

"그래. 그러면 너도 기술자지."

"좋은 세상이 오지 않는다면 형은 어쩔라요?"

"다시 총을 잡지."

소년이 어두운 얼굴로 묻는다.

"다시 총을 잡을 수 있을까요?"

소년의 말이 채 끝나기도 전에 광고(광주고) 쪽에서 불이 붙었다.

총소리는 뒤엉켜 있었다. 날카로운 M16, 딱딱 둔탁한 칼빈과 M1.

이쪽과 저쪽을 총소리만으로도 구별할 수 있었다.

순식간에 하늘이 대낮처럼 밝아왔다. 기관총탄이 상공에서 요란하게 날았고 탱크가 굉음을 내며 질주해왔다. 앙상한 무화과나무가 사시나무 떨듯 바들바들 떨었고 위준은 총을 쏘았다. 눈에는 아무것도 보이지 않았다. 갑자기 소년이 피를 분수처럼 뿜어내며 쓰러졌고 둔탁한 물체가 위준의 어깨를 찌르는 순간 그는 그대로 고꾸라졌다. 희미한 의식 속에 뒤돌아본 도청건물은 불바다였다.

창틀 밑을 엄폐물 삼아 사격을 가하던 시민군들이 창문 위까지 솟아오른 은행나무 위로 훌쩍 뛰어올라 주르르 미끄러져내렸다. 그러고는 끝이었다. 그렇게 미끄러져내린 사람은 사지를 늘어뜨린 채 꼼짝도 하지 않았다.

위준의 어깨 위에서 벌건 선혈이 흘러나왔다. 위준은 소년을 안고 필사적으로 기었다. 어디로 간들 적을 피할 수는 없었지만 그대로 있을 수는 없었다.

그때 바로 이마 위에서 총을 겨눈 계엄군이 날카롭게 휘파람을 불었다.

"총을 버려."

"손들어."

손은 들어올려지지 않았다.

계엄군 두어 명이 죽은 소년을 휙 낚아챈 뒤 위준을 번쩍 들어올려 트럭 위로 던졌다.

"고개 숙여."

얼핏 도청 외벽 화단가를 휘둘러보았다. 소년의 모습은 간데없었다.

어디로 갔을까.

한떼의 시민군이 굴비두름처럼 엮여서 도청 철책가를 돌아나왔다.

계엄군 사병 하나가 돌아나오는 시민군의 등판에다 사정없이 매직으로 휘갈겼다. 너덜너덜 찢어진 내의가 피로 물든 시민군의 등판에다, 화약으로 꺼멓게 그슬린 교련복의 어린 고교생의 등판에다 저들은 각인하듯 새겨넣었다.

'극렬 난동자.'

'불순분자.'

'M1 소지자.'

'폭도 1' '폭도 2'……

군용트럭 위로 계엄군들은 짐짝 던져올리듯 죽은 시민군들을 집어올렸다. 시신이 사라진 그 자리에 피웅덩이가 패었다.

위준은 그때 보았다. 저들이 주검을 실은 트럭 위로 검은 휘장을 치는 것을. 그리고 그 트럭은 아직 어둠이 채 가시지 않은 어둑신한 저쪽 골목길로 급히 사라져가는 것을.

소년의 모습은 이제 아무데서도 찾을 수가 없었다. 그는 형체도 없이 어느 순간에 영영 사라져버린 것이다.

언제 그가 살아서 웃으며 말하고, 따스한 손으로 무기를 들었었던가. 살겠다고 살아보겠다고.

계엄군 사병이 몽둥이로 후려치기 시작했다.

"모가지 꼬나박아."

주검을 실은 트럭 위에 검은 휘장을 덮씌웠듯이 산 자들을 던져올린 위에도 두터운 천이 씌워졌다. 마소가 끌려가듯 한데 뒤엉킨 산 자들은 그러나 죽음보다 못한 삶의 한 길로 들어서고 있었다.

어느 순간 총개머리판의 감촉이 목뼈 위에 둔탁하게 느껴졌고 위준은 어느 시민군의 발목을 보듬어안은 채 그대로 정신을 놓아버렸다.

눈을 떴다.

하마 영창 안이런가 했더니 낯익은 천장이 눈에 들어왔다. 방 한귀퉁이로 새어들어온 햇빛 한줄기를 따라 먼지의 입자들이 춤을 추고 있다. 방안에서는 술지게미 쉬어가는 듯한 시큼한 냄새가 코를 찌른다.

"알콜중독자맨치로 손가락을 부르르 떨믄서 테이프를 끼우데. 김영동이 꺼. 에호에호 허능 거."

"물 좀 주소."

"술독에 들린 수전증이라 허데. 손 떠는 게."

목이 바짝바짝 말라왔다. 위준은 짐승의 본능으로 물을 찾았다.

"물 줘."

아기를 안고 옹송그리고 앉아서 종알대던 아내 진예가 튕겨지듯 밖으로 나가며 말했다.

"오일팔 구신에 단단히 물려가지고서네 으이구."

그러고도 뭐라 궁시렁거리는 소리가 나고 대문 여닫는 소리가 들린다.

아내는 끝내 물을 가져다주지 않을 모양이다.

위준은 허청거리는 다리를 겨우 딛고 부엌 구석 수도꼭지에 입을 댄다. 평시에는 소독약 냄새로 역겹던 맹물이 달기만 하다. 뱃속이 물로 꽉 찰 때까지 위준은 걸신들린 사람모양 물을 마신다.

부엌 바닥에 밥상이 차려져 있다. 먹으려면 먹고 말려면 말란 투다. 밥상 차려진 폼새가.

아내가 화가 났다는 유일한 표시다. 상보를 젖히자 젓가락으로 눌러놓은 쪽지가 보인다.

'일, 양말 시납 꼬매기. 삯, 하루쥉일 삼천원.

그리 알으시고 밥 뜨시우.'

그러고 보니 어디선가 들들거리는 양말 꿰매는 기계소리가 들리는 것도 같다.

들들들들 드륵드륵 들들.

한낮의 정적을 뚫고 끊임없이 들려오는 양말 꿰매는 기계소리. 하루 종일 삼천원에 목을 매는 아내의 시름소리.

위준은 밥상 위에 놓인 김치국물을 한모금 마시고 쪽지 뒷면에다 쓴다.

'술을 마심은 아직 죽지는 않았다는 증거. 고로 당신은 아직 과부가 아니니 그 또한 복 아니오. 그대가 고대하는, 일을 찾으러 가오. 늦진 않겠소.'

3

가톨릭센터.

계단 위에 설치된 화단에 걸터앉아 지나가는 사람들을 무심히 구경한다.

은행나무 잎사귀가 제법 청청하다. 사월 오후의 햇빛이 찬 기운을 묻어내며 조금씩 사위어간다.

저쪽에서 김선배가 돗수 높은 안경 너머로 특유의 따뜻한 웃음을 머금고 다가온다.

"많이 기다렸지?"

"사람 구경하느라고 지루한 줄 몰랐습니다."

"행사 준비 때문에 영 바쁘다."

"올해도 사진 전시할 건가요?"

"할 수 있다면 해야지."

김선배는 가톨릭센터 정의평화위원회에서 간사로 일하고 있었다.

막돼먹고 심란하기 그지없는 놈들도 그 따뜻한 인간성으로 늘 살펴주는 사람 아우스틴. 아우스틴은 그의 세례명이다.

그들은 센터 뒷골목 포장마차로 자리를 잡았다.

“잘 다니냐, 의자공장은?”

“사장 야료속이 비위 틀려서요, 나왔습니다.”

“좀 참아보지.”

“그 바닥은 갈수록 힘들어져요. 그런다고 큰 데 가서 견딜 힘은 없고. 이번참에 직장을 바꿔보고 싶어요.”

“무엇으로?”

“비빌 언덕도 없는 놈이 벨수 있나요. 노가다라도 할 수밖에.”

“박준채 그 사람, 어저께부터 성당 신축공사 들어갔나보더라.”

말을 하다가 김선배는 위준의 손을 물끄러미 바라본다.

“술을 끊어. 그거 손 떠는 거 다 술 때문이야. 허리는 어떠냐?”

“견딜 만합니다. 아직은.”

“내가 직업소개쟁이도 아니고 뭐냐 이거. 그나저나 일은 할 수 있겠냐?”

“목수가 뭔 일을 못헙니까. 상량도 올릴 수 있는데.”

박준채는 김선배와 대학동기로 건설현장 소장으로 있다 하였다. 위준의 입에서 노가다 소리가 나오자 묻지 않아도 김선배는 대뜸 박준채 얘기를 한 것이다. 김선배는 말은 해주면서도 못내 편치 못한 표정이다.

“괜찮습니다.”

위준은 일부러 크게 웃는다. 김선배도 따라 웃으며 잔을 든다.

그때였다. 포장을 들치고 들어온 사내들 중 한사람.

얼룩무늬 군복, 베레모. 공수부대였다. 술잔을 든 위준의 손이 부들부들 떨리기 시작했다.

"야, 과민반응이야. 저치들은 아무 상관이 없어."

"모르겠어요, 나도."

얼룩무늬 군복이 위준을 바라보았다. 순한 얼굴이다. 그런데도 그 군복에서 그날의 기억을 몸서리치게 떠올리지 않을 수 없었다.

"위준아, 그때는 그때고 지금은 지금이야. 저들은 지금 일개 개인이란 말야. 진정해."

김선배가 안타깝게 소리쳤다.

"요런, 정신병자 아냐?"

얼룩무늬와 동행인 가죽점퍼의 사내가 경멸어린 한마디를 야무지게 내뱉었다. 위준이 술잔을 가죽점퍼에게 던져버리고 싶은 충동을 가까스로 참고 포장을 들치고 나왔다. 김선배가 뒤따라나오며 외쳤다.

"야, 왜 그래?"

그는 위준의 뺨을 철썩 때린다. 볼따귀에서 별이 튄다. 위준은 그대로 가만히 있었다.

"혀엉, 나도 모르겠어요. 혀엉."

휘청거리는 다리를 벌리고 서서 하늘을 올려다보는 위준의 흐릿한 시야로 반짝 별 몇개가 들어왔다.

"자식아, 정신 차리고 살자."

"미안허요."

"낼 일 나가는 거 잊지 마. 농성동 성당이야."

그러고도 그는 못미더웠던지 한참을 위준의 뒤꽁무니를 지켜보다 센터 건물 안으로 사라졌다.

신축공사장. 소장이 직접 일하는 사람들을 만나고 있다.

"박이라고 해요. 센타 김한테 가끔 말 들었소. 교우지요?"

"………"

위준은 아직 종교를 갖지 않았다고 말하려다 그만두었다.

"나도 들어갔다 온 사람이오. 김허고는 같이 십년 묵었지. 한 이년 살다 나왔소."

"………"

"더런 놈의 세상에 한 안 품은 놈이 어디 있겄소. 그런디 한만 품고 있다고 묵고 살 길이 해결된다믄야 얼매나 좋겄소만 그것도 아니고……"

"………"

"잘해봅시다, 허허."

그는 위준의 손을 움켜쥐듯 잡고 연신 흔들어대며 호탕하게 웃어제치더니 직접 삽질을 해 보이는 것이었다.

꾸역꾸역 사람들이 제 일들을 찾아 흩어졌다. 박소장은 삽질을 하다 여기저기 공사 지시를 한 다음 십장을 불러 이것저것 주의를 주더니 외부 인사를 만나러 가야 한다며 코란도 지프차를 타고 사라졌다.

"아따 거, 요새는 감방 갔다 온 거이 자랑거리여 뭐여."

"시민군 헌 사람들 여그서는 추앙받잖어."

"추앙이고 뭐고간에 시민군 했다가 몸 베리고 신세 조진 사람들 어디 한둘이여?"

"허기사 추앙받는다고 밥까지 멕여주는 것은 아닝게."

위준은 붉은 벽돌을 차곡차곡 등지게에 쌓아올린다.

"아따, 몸도 약허게 생긴 사람이 먼 짐 욕심은 그리 많은가. 좀 덜소 덜어."

구레나룻이 구수해 보이는 중노인이다.

"지가 이기나 내가 이기나 해봐야지요."

"이 사람아. 그러다가 사고 나면 자네만 밑창 뚫어지는 거여."

"밑창은 뚫어질 대로 뚫어진 사람입니다."

"젊은 사람이 늙은이 앞에서 못허는 말이 없네그려."

"죄송합니다."

등짐은 허리께를 치받으며 절로 출렁출렁 힘을 쓰고 있었다.

"벽돌 힘이 자네 힘보다 더 커서 그래."

"두어 장만 들어내주실랍니까?"

"허어 그 사람, 진작 내 말 듣지 않고."

위준은 발에다 힘을 준다. 발에 힘을 주지 않으면 위준은 그대로 고꾸라질 것이다.

고꾸라지지 않기 위하여, 고꾸라져서 진흙투성이의 맨바닥에 처참한 꼴로 처박히지 않기 위해서라도 그는 두 다리에 힘을 주고 등짐을 져날라야 한다. 등짐. 이 무거운 등짐을 지고 위준은 어디로 가는 것일까.

끝없는 고행, 그 무거운 삶의 무게.

땀은 이마를 거쳐 눈썹으로 그리고 눈으로 스며든다.

한 짐. 두 짐. 석 짐. 한나절을 겨우 넘기고 샛거리로 나온 막걸리로 목을 축이고 있을 때 뜻밖에 시몬이 찾아왔다.

"집에 갔더니 니 마누라가 갈쳐주데."

"뭔일이냐?"

"시방 난리났다. 기정이가 지 몸에 불을 댕겨부렀어야."

"………"

"오늘 낼 한다 시방."

"왜 그랬대?"

"돈 삼백 받아묵었는갑더라. 어쩌겄냐, 병신 몸에다가 그래도 그놈의 것은 살아서 그새 또 새끼 하나 더 늘었지. 묵고 살 길 아득해서 받기는 받았는갑더라. 너라도 안 그러겄냐. 안 받겄다고 내빼도 자꾸 주겄다고, 줘야 쓰겄다고 꼬드겨싸면 우선 보면 존 것이 돈인디 받아부렀제. 받아묵고는 났지만 그놈이 또 보통 꼬장꼬장헌 놈이 아녀야. 지 마누라는 돈 몇푼에 좋아 죽겄다만 지는 속이 팍 썩어문드러졌등갑더라. 술은 술대로 들어가고 속은 속대로 썩어가고. 지 마누라라고 그런 서방 좋겄냐. 지 남편 몸 팔아 마음 팔아 받은 돈 보따리에 싸갖고 날라부렀단다. 그래도 여자가 사람꼴 낸다고 새끼들은 꼬랑지에 달고 갔등갑제. 요놈이 인자 마누라 없어졌제 새끼들 없어졌제 몸은 망가졌제, 불 댕기는 수 말고 뭔 수 있어?"

막걸리잔 위로 말간 물이 떠올랐다. 위준은 손가락으로 술잔 속을 저었다.

"마실래?"

"지금 마시는 게 문제가 아니다. 그놈한테 가보는 것도 문제고 뭔 대책이 있어야 된당께."

"뭔 대책?"

"시방 불 댕긴 일이 기정이 일인지 아냐?"

위준은 자기를 손가락으로 가리키며 웃었다.

"그래, 나도 요새 미치광이 소리 듣고 산다. 알콜중독자, 정신병자, 또라이, 또 뭐 있더라……"

"범폭적으로 대책을 강구해야 쓰겄다, 정신병원행 제2호로서."

"범폭은 뭐고 2호는 뭐냐?"

"범폭도적으로, 그리고 영철이 형님이 제1호다."

위준은 시몬의 얼굴을 바라보았다. 그 얼굴 위에 어떤 비장감마저 어려 있다.

시몬. 그는 그래도 기동타격대원 중에서는 먹물을 먹은 축에 속했다. 서울 어느 대학 한의과대 일년을 다니다 그의 말에 의하면 의도적으로 광주에 잠입 폭도가 되었던 (공소장에 보면 북의 사주에 의해 투입된 불순분자) 머리 좋고 똑똑한 친구. 그렇게 머리 좋고 똑똑했던 그도 벌써 정신병원을 두 번씩이나 드나든 경력을 가지고 있었다.

눈이 떡가루처럼 내리퍼부어대던 12월의 마지막날쯤이었던가. 위준과 시몬은 황금동 콜박스를 돌아 영양센터라 간판을 붙인 막걸릿집에 앉아 있었다. 병원에서 막 나온 시몬의 민둥머리가 주점의 낮은 천장에 매달린 백열등 불빛에 푸르스름한 빛으로 반짝이고 있었다. 주모는 인심이 좋았다. 잔술로 막걸리 한잔을 시켜도 뜨거운 김이 설설 오르는 시래기국물을 듬뿍듬뿍 내어주곤 했다.

국물을 막 뜨려다 말고 시몬이 눈을 반짝 빛냈다.

"야, 저거 좀 봐. 그 여자여."

"누구?"

술집 홑유리창 너머로는 아예 동이로 내리퍼부어지는 눈발만이 도심의 뒷골목을 풍성하게 뒤덮고 있었다.

"내 여자."

그리고 그는 뛰어나갔다. 한참 뒤에야 눈을 함빡 뒤집어쓰고 들어온 그가 말했다.

"분명 내 여자였어."

"여자가 있었냐?"

위준은 짐짓 모르는 체 시치미를 떼고 물었다.

위준도 알고 있었다. 대인동 창녀. 시몬이 사랑했던 그 여자. 결국은 그로 인하여 그가 정신병원까지 끄집혀갔던 일을.

"너도 느꼈을 테지만 말야, 막 나와서 얼마나 추웠냐. 진짜 나는 추워서 미쳐버릴 것 같았어."

시몬은 열정적인 친구였다. 말을 쏟아내면 건잡을 수 없는 폭포수 같았다. 그 폭포수 너머로 위준은 시몬의 여린 속마음을 종종 들여다보았다. 그 여리디여린 속살은 늘 상처받고 부대끼면서도 저 깊은 속에서 찬란한 빛을 발하는 산호같이나 시몬의 내면 속에 감추어져 있었다.

“계절이 겨울이어서……”

“겨울? 겨울이 아니었더래도 그래. 나는 여름에도 추워. 다 추워. 진짜 추워. 그런데 그때는 그래, 겨울이었지. 날씨가 추웠어. 무턱대고 걸었지. 봐. 우리 같은 놈들 지금도 어느 누가 대접해주냐? 부모 자식간도 그러는데 남들이? 그때는 지금보다 더 심하지. 정말 죽겠더라. 총? 함성? 금남로? 아무것도 없었어. 연놈들은 꼭 붙어갖고 히히덕거리고 팝송은 찢어지고 불빛은 휘황하고 장사꾼은 오징어다리 사라 외치고. 변한 건 하나도 없더라. 개좆도, 나만 빌어먹고 있었던 거야, 이년 동안. 나와보면 달라졌으리라 믿었지, 지미랄.”

“너는 그래도 한가닥 희망은 있었잖냐. 다시 돌아갈 수 있는 곳 학교 말야.”

“학교? 우습지, 내가 학교를 가야? 에이 씨발놈, 울아부지 존 대학 나와 존 변호사질 해서 얻은 명성 갖고 헌 게 뭔 줄 아냐? 기껏해야 유지라는 이름으로 수습위원 했다. 아부지 상무대서 곤장 몇대 맞고 풀려나와서 허는 소리가 뭔지 아냐. 아부지는 해도 너는 하지 마란 거다. 학교? 지식인? 나는 절대로 그렇게 살지 않아.”

“아까 하던 이야기나 계속해.”

“대인동 골목 갔더니 웬 이쁜 지지바들이 주욱 섰더라. 몰랐어, 걔네들이 몸 파는 애들인 줄도. 그때 그 여자를 만난 거야. 따순 방 있다 같이 가자. 오지게 춘 놈한테 말 붙이는 인간은 그 여자밖에 없더라. 갔지. 가서 잤어. 그리고 나는 대번에 그 여자한테 빠져부렀다 이 거야.”

“기가 막히는구나.”

“맘 붙일 곳 없는 놈이 갈 데라곤 거기밖에 더 있냐. 몇번 찾아갔지. 그런데 말이다. 나는 같이 살 방까지 구해놨었어. 갔더니 나갔다고 하더라. 무턱대고 찾아 헤맸지. 헤매던 도중에 딱 길에서 그 여잘 만난 거야. 나보다 잘난 놈 팔짱을 끼고 가데. 가서 확 멱살을 낚아챘지. 그러고는 기억이 안 나. 눈떠보니 병원이었어. 요한병원. 너도 알잖냐, 쇠창살 살벌헌 병원."

"아직도 안 나았냐?"

"너도 병이라고 생각허냐?"

"………"

"병은 병이지, 씨펄."

그러던 시몬이 두번째 병원행을 했다. 순전히 강제로 처박혀졌다고 해야 옳을 것이었다.

처음에는 그의 아버지에 대한 폭언으로 시작되었다고 했다. 그의 야수성은 언제 어디서 폭발할지 모르는 폭약 같은 것이었다. 그의 두 눈은 타는 듯이 이글거렸고 아무것에도 어느 조건에도 타협할 수 없는 어떤 분노로 그의 온몸은 불덩어리 같았다. 처음엔 유망한 의대 인턴 과정에 있던 큰형을 향해 덤벼들었고 어머니가 가장 아끼는 성서를 발기발기 찢어버렸으며 그것을 막는 아버지를 향해 분노의 화살을 쏟아부었다. 그런 후 그는 입에 게거품을 물고 스스로 동맥을 끊었다. 살아 있어야 할 어떤 목적도 의미도 그에게는 더이상 없는 듯이 보였다. 제 속으로 난 자식에게 욕을 본 아버지는 그러나 차마 감방 살다 나온 지 얼마 되지도 않는 자식에게 또 쇠고랑을 채울 수는 없었다. 감옥 대신 다시 병원으로 실려갔던 것이다. 병원에서 그는 실습 나온 간호대생을 애인으로 삼는 성과(?)를 올리고 두어 달 만에 퇴원을 했다. 그렇듯 본의는 아닐지라도 두 번씩이나 병원을 드나든 놈이 되어놔서 아무리 열정적이 됐든 어쨌든간에 썩 미덥지 않은 것만은 사실이었다.

"너 아직도 날 못 믿는 거냐?"

"아니, 못 믿는다는 것보다……"

"야 개새꺄, 나는 인자 괜찮아야. 살아낼 만해야. 너 같은 놈들이 문제란 말여. 서기정이, 오위준이, 너 같은 놈들."

"생각해줘서 고맙구나."

"가자."

"십장이나 만나보고."

"묵고 살라면 또 절차는 착실히 밟아줘야제이."

"그으래."

십장은 떨떠름하게 고개를 끄덕이다 말고 반말 비스름히 다짐을 둔다.

"혹시 낼 못 나오능 거 아니겄제?"

"아이고 염려 놓으십쇼."

시몬이 위준이 대신 너스레를 떤다.

"우선 사람을 모아야 쓰겄다."

"어중이떠중이 다 모으냐?"

"일단은 모아놓자. 저쪽으로 넘어간 놈들도 속으로는 양심들은 있어 갖고 괴로워해야. 다 같은 피해자여. 이러고 있다가는 씨발, 오일팔 때 몸 병들어, 뭔 생활보조금이란가 뭔가 땜시 맘 병들어 다 죽겄다 다 죽어."

"어디로 가지?"

"잘 알믄서 그러냐! 오늘 창당대회 허능 거. 그쪽 동네도 몇 건지고 알음알음으로 수소문허믄 죽어뿐 놈들만 빼놓고 솔찬히 모아줄 것이다."

"모아서?"

"그건 모아놓고 이야기하자. 일단 모이고 나믄 서로 얼굴 쳐다보는 것만으로도 알 만헌 놈들은 충분히 알 것이다. 왜 다시 우리들이 모였는가를. 다 못 되고 못 배우고 던지런 놈들이거든 우리가."

"가자."

○○당 광주 서구갑 지구당 창당대회장 입구.

풍물소리가 기분을 축제 분위기같이 돋군다. 막걸리 좌판도 벌려놨다. 건물 외벽은 온통 진노랑으로 도배질되었다.

"야, 저놈 봐라. 아예 열성분자셔."

시몬이 가리킨 봉고차 지붕 위에 올라선 강석은 제법 자신이 국회의원 후보자라도 된 듯이 열변을 토한다.

"……긍게 멋이냐, 저놈들이 시방 우리의 정당한 진로조차도 방해를 허고 있다 이겁니다. 왜 민정당 차에는 벽보를 붙여도 되고 우리 선거홍보반 차량은 맨몸으로만 다니라 헙니까. 도저히 형평에 어긋난 일이고 본인 또한 참을 수 없는 일로 이렇게 열불을 받았다 이겁니다. 자, 다시 한번 외쳐봅시다. 민주시민 여러분! 아, 열받친다. 민정당을 박살내자. 박살내자 박살내자."

꼬마들이 뜻도 모를 박살내자를 노랫가락의 후렴처럼 따라 부른다.

강석은 참으로 믿음직스럽고 우직한 폭도였다. 다른 폭도들이 감방을 나온 후 모두 기죽고 풀죽어 있을 때 그는 이미 지금까지 전혀 딴 세상의 사람들이나 읽고 쓰고 배우는 것인 줄만 알았던 소위 의식화 학습을 시작한 것이다. 그는 그 우직스런 성격만큼이나 맹렬하게 공부하였고 그리고 누구보다 빨리 무기력한 패배감에서 일어설 줄 알았다. 그해 오월 스물한살의 어린 그가 이젠 서른이 가까운 장년이 되었어도 장가갈 꿈도 꾸지 않고 야당 재야인사추천 국회의원 후보자의 선거운동원이 되어 제 나름대로 열심히 투쟁하며 살고 있는 것이다.

위준은 때로 그의 당당한 태도가 은근히 부럽기까지 했다. 자신의 정치적 노선이 어느 쪽이거나간에 그는 확실히 투사의 모습 그대로였기 때문이다.

그랬다. 강석은 이제 정말로 투사가 되었던 것이다. 그리하여 그가 내어뱉는 말, 그가 내어뻗는 팔 그 하나하나의 소리와 움직임에는 힘이 있었고 그것은 그대로 빛나는 아름다움이었다. 그해 오월은 그의 인생을 그렇게 바꿔버렸던 것이다.

위준은 황금동 뒷골목에서 강석을 처음 만났던 때를 떠올린다.

그때 강석은 낮에는 청색아파트라 불리는 노동자합숙소에서 백원짜리 잠을 자고 밤에는 모 국악인의 첩이 운영하는 기생집에서 아코디언쟁이 노릇을 하고 있었다. 그리고 또 때때로 그는 역전거리의 꼬마들을 시켜 그림(춘화)장사도 하곤 했다. 위준은 그 시절 얼토당토않게 스물두어살의 나이에 직공노릇 작파하고 공장주 한번 되어보겠다고 힘없고 요령없는 그의 아버지가 마지막 생계수단으로 간신히 쥐고 있던 고물트럭을 겨우겨우 꼬셔내서 팔아치운 돈으로 엄벙덤벙 설치다가 결국 죽도 밥도 안되고 가족들 생계수단이나 끊어놓고 있던 신세였다. 아버지 볼 면목은 죽어도 없고 제 몸 하나 안 보이면 어떻게 해결이 나주겠지 하는 심정으로, 불법으로 저질 등유를 파는 뒷골목 선배의 주차장에서 나라시질이나 해주고 밥을 빌어먹던 시절이었다. 주차장 앞에서 구두를 닦던 장군(張君)의 숙소인 그곳 청색아파트에서 강석을 처음 만났을 때 그 음습하고 황량해 보이던 눈빛을 위준은 아직도 잊지 못한다.

그렇게 습기찬 도시의 그늘 밑에서 썩어가고 있던 강석. 그의 어디에서고 이제 그때의 음습한 모습은 찾아볼 수 없다.

"헐 만허냐?"

"열받아서 못해묵겄다야."

"기정이 소식 아냐?"

"갔다가 왔다. 뒤져부면 어쩌냐."

"우리 모이자."

"왜, 성금이라도 모으자고?"

"시방 성금 차원이 아니랑께."

"심란헌 놈들끼리 모여서 뭘 어쩌자는 거여. 또 말아묵어보자는 모의는 아닐 것이고."

"좆도, 또 한번 말아묵어보믄 어쩌냐. 기껏 대갈통 두어 놈 작살날 뿐인디."

"짜식아, 아무데서나 찬물 찌크는 소리 허지 마야. 여기는 시방 오월항쟁의 주체가 당당허게 제도권으로 입성하사 싸워나갈 첫 발판이 되는 자리랑께."

"당선은 자신 있냐?"

"씨펄, 누구 빽이냐."

"누구 빽이간디? 김선생?"

"김선생이 아니고 바로 너 같은 놈들이다. 글고 오월영령들이시고 광주시민들이다."

"빽 한번 든든해서 좋겄다."

"또 그 중국집이냐?"

"그래. 내일 저녁 여섯시, 고맙다."

시몬은 고맙다는 말을 던지듯 남겨두고 군중 속으로 헤치고 들어간다. 위준은 고맙다는 말 대신 악수를 했다. 강석이 위준의 손을 꼬옥 그러쥔다.

"힘내고 살아 임마. 저놈같이 미친 놈도 잘만 살잖냐."

저쪽에서 감색 싱글 차림의 국회의원 후보자가 환히 웃으며 다가온다.

"오랜만이다."

위준은 참으로 오랜만에 그를 본다.

"형."

"그래, 잘 사냐?"

"………"

그러나 국회의원 후보자의 손을 오래 잡고 있을 수는 없었다. 그는 또다른 반가운 사람들을 향해 물결같은 군중의 틈을 헤엄쳐다닌다.

위준은 '잘 사냐'라고 묻던 말의 의미를 입속으로 굴려본다.

잘 사냐고? 자알 사냐고?

아무리 생각해도 그는 자신이 잘 살고 있는지 없는지 분간을 못하겠다. 어떻게 사는 걸 잘 산다고 할 수 있을까. 말을 한 사람은 무심코 던졌을 한마디가 영 그의 머릿속 한가닥을 다잡고 떨어지지 않는다.

그는 햇빛 속을 걸어가며 한참을 되뇐다.

자알 사안다아.

아무리 생각해도 박관현이올시다가 아니고 아니올시다이다.

먹고 살아가는 행색은 말할 것도 없거니와 도도하게 흐르는 정당한 역사의 움직임에서 자기 혼자만 일탈된 듯한 고립감이 그를 더욱 움츠리게 한다.

센터 김선배가 하던 말들이 떠오른다. 만물의 영장인 사람이 만물의 영장답게 살고자 부단히 노력하는 과정이 역사의 과정이고 그 속에서 각자가 해야 할 역할을 찾아내는 것이야말로 가장 잘 살아내는 방법이라고. 나는 내가 꿈꾸고 내가 정당한 모습이라 여기는 사람 사는 모양(꼴)을 만드는 데 어떤 수고를 보태고 있는지, 아무런 힘의 투자도 없이 그냥 무수히 많은 젊은 피들이 뿌려진 그 위를 아무런 보상도 없이 무임승차해서 방향도 없이 목적지도 모른 채 떠밀려가는 못난 놈은 아닌지.

창당대회장을 완전히 빠져나와 한길에 서자 위준은 저 홀로 거대한 빛 속에 갇힌 느낌이다.

답답하다.

창당대회장에서 자신과 확신에 찬 연설의 마디마디가 문득문득 바람에 실려온다.

위준은 햇빛 속에 자신의 몸이 녹아내리는 기분을 떨쳐내기라도 하듯 훌쩍 송정리행 버스를 탔다.

위준은 지금 자기가 찾아가는 김치수를 생각하면 절로 웃음이 배어난다.

털북숭이 사람좋은 노총각 김치수. 그는 넝마주이 출신으로 항쟁에 참가했다가 사십이 넘은 나이에 장가도 못 가고 지금은 도시 변두리 송정리에서 개를 치고 있었다. 태극기를 몸에 휘감고 자신에게 총을 겨누는 계엄군 앞에서 무슨 혁명가라도 되는 양 '싸나이로 태어나서……'를 목이 터져라 불러대던 그. 또 그런 그의 모습이 외국기자의 카메라에 잡혀 세계적으로 매스컴을 탔다고 자랑 아닌 자랑을 하던 사람. 징역 십년을 때리는 군사재판소의 법관에게 고무신짝을 냅다 집어던지던 의기 넘치고 푸근하고 넉넉한 사람 김치수.

송정리를 벗어나고도 한참 들판길을 걸어서 야산 입구에 그의 거처가 있었다. 위준은 벌판 한가운데 서서 지는 저녁해를 바라본다.

멀리 벌판을 휘돌아 냉기 품은 바람이 불어온다. 그 바람에 묻혀 개 짖는 소리도 들린다.

위준은 성큼 들판을 가로질러 김치수의 조그만 막사 안으로 들어섰다. 어둠침침한 개사를 돌아나오던 김치수가 반갑게 위준을 맞는다.

"글 안해도 어떤 놈 하나 안 찾아오나 기둘리던 참이다."

"왜 좋은 일 있으쇼?"

"묵을 일 있다, 괴기국."

"개장시도 개를 묵으요?"

"아따 오사럴 놈, 고상한 척도 허네. 사람 처묵는 놈도 있는디 개를 못 묵어야."

개장국을 안주 삼아 대두병짜리 소주를 거진 비우고 났을 때는 밤이 이윽히 다가와 있었다.

"형! 기정이가 일 저질렀소."

"………"

김치수는 아무런 대답이 없다. 대답 대신 고개만 끄덕인다.

"시몬이가 찾아왔습디다. 아마 모일 모냥이오. 다 죽어나가기 전에."

"야, 돈 받아묵으면 괴로워야. 허지만 어쩔 수 있냐? 개같은 목구멍이 포도청나리님인디."

김치수는 봉창 위에 걸친 살강 위에서 단지 하나를 내려 푼다.

"더 못 마시겠수."

"니 알아서 해라. 썩으."

그는 혼자서 모과주를 따라 마신다. 그는 그러고 세월을 나는 것일까. 허허 너른 벌판에서 따스한 살 붙일 여인 하나 없이 낮에는 짐승을 치고, 밤이면 찾아오는 극심한 허리통증을 잊기 위해 그는 술을 마신다고 한다.

어찌 찾아오는 게 허리통증뿐일까. 이런 벌판에 그가 움막을 친 까닭을 위준은 안다.

바람 부는 벌판을 휘돌다 끝내는 갈 곳 없는 원혼들이 그의 움막 안으로 기어들어온다고 했다. 그러면 그는 구천을 헤매다 잠시 그의 집을 들른 그 망자들과 밤이 새도록 술을 마신다고 했다.

"유령님들이 뭐라 근지 아냐? 야, 김치수. 우리들 이렇게 구만리장천 떠돌게 해놓고 니놈만 한곳에 편히 살기냐? 우리도 좀 쉬게 해다고. 이젠 다리가 아파. 이젠 제발 좀 우리들 뼈다귀는 아무렇게 돼도 좋으니 혼이라도 쉬게 해다고."

밤이면 밤마다 불러싼다고 했다. 아니, 어떤 날은 낮에도 그는 죽은 원혼의 혼불을 본다고 했다.

"아니, 몇년이 지났는데 무참히 죽은 혼불이 남아요?"

"야 씨파. 이따가 저쪽 개울밭에 한번 가봐라. 독자갈 우게 시퍼런 불들이 펀득펀득헌 것 보믄 알 것이다."

"오실 거죠? 장소는 장안회관, 낼 오후."

"좆같은 것, 못 갈 것 있냐? 혼불들 줄레줄레 달고 갈란다."

개들의 킁킁거리는 소리를 뒤로 하고 위준이 움막을 나왔을 때는 밤이 꽤 깊어 있었다.

"자고 가랑게."

"낼 일 나가요."

"가기 전에 저거나 보고 가라."

위준은 김치수가 가리키는 저쪽 실개천가를 본다. 거기 손가락 끝, 혹시 도채비불이 아닐까 싶다.

"뭔 불이오?"

"인(燐)."

"핏자욱?"

"그래."

"뭔 핏자욱이오?"

"글씨 나도 모르겄다. 낮에는 희미해서 잘 안 보여야. 지울라고 해도 절대 안 지워지고. 근디 밤에는 꼭 저렇게 뻔뜩뻔뜩헌다."

위준은 저도 모르게 소름이 확 끼친다.

"어째 기분이 안 좋소."

"그래도 나는 저거이 꼭 밤마다 날 불러쌓는 놈들 것 같으다."

위준은 털북숭이 김치수의 얼굴을 올려다본다. 겉은 장대한 기골이지만 속은 꺼멓게 썩어버린 고목 같다.

"혀엉, 낼 꼭 오소. 우리 다시 시작해봅시다."

위준은 손을 한번 흔들어주고 어둠속을 뛰었다.

지워지지 않는 핏자욱, 인.

그것은 어쩌면 망월동과, 망월동에도 묻히지 못한 숱한 망자들의 원혼이 그와 김치수의 가슴속에 들어와 생긴 씨앗불인지도 모른다.

다른 사람들은 볼 수 없는, 위준만이 알고 김치수만이 아는 가슴속에서 끊임없이 타오르는 불씨 한톨. 그것은 새빨간 잉걸불로 가슴 한복판에 자리하고 있다가, 활활 활화산처럼 타오르다 죽어간 그들처럼 어느 순간 터져오를지도 모른다.

위준은 그 씨앗불이 마침내 거대한 불길이 돼서 산화되는 모습을 몇해 전 금남로의 홍기일에게서 보았고 한국은행 네거리에서 제 몸에 불을 지른 목원이형에게서 보았으며 그리고 그 자신 종종 뜨거운 불길에의 예감을 느끼곤 하지 않았던가.

위준은 천천히 개울가로 다가갔다.

돌자갈 새로 차가운 물이 흐르고 돌미나리들이 청청하다. 개울가 어덩바지에 쇠뜨기가 바람에 소소거릴 뿐 정작 가까이 가서 보니 빛의 흔적은 없다. 위준은 개울물을 손으로 움켜낸다. 움켜낸 물을 마시고 얼굴에 끼얹는다.

그는 개울을 번쩍 건너뛰었다. 한 세월을 건너뛰듯이.

'라스베가스' '센추럴파크' 등의 불빛이 휘황한 송정리 읍내에는 이국의 병사들이 무리지어 간다.

이태원, 동두천, 또는 어디, 그리고 이곳 송정리.

미국. 미국사람. 미국양반. 에이 우라질것 미국놈.

벌판을 달려나올 때 느껴지지 않던 취기가 휘황한 불빛의 거리에서 고개를 든다. 취하게 하는 거리, 사람의 의식을 송두리째 마비시키는 도시.

집에 가는 버스를 타려면 아직 한참을 더 걸어야 한다. 코끝으로 맡아지는 양내는 노르끼하게 메스껍다.

그는 건들거리며 걷는다. 집에 가는 막차를 놓치지 않기 위하여. 방세 내고 나니 돈이 없다고 울상인 아내를 위하여서도 그는 내일 또 등짐을 져날라야 한다.

그는 필사적으로 걷는다. 의식이 꿈속마냥 몽롱하다. 마음은 한없이 앞으로 나아가고 있는데 걸음 한번 떼기가 겁나게 힘들다.

누군가 다리를 잡아끈다. 누굴까, 자신을 한없이 잡아채는 정체는. 그는 홱 뒤돌아본다.

달걀귀신인가. 한없이 발목을 물고 늘어지면서 따라오다가 뒤돌아보면 미동도 형체도 없이 딱 숨어버리는 달걀귀신. 그는 어둠속을 노려본다. 여자의 습진 곳을 더듬기라도 했는지 오우 뎀프리 어쩌고 속살거리던 미군 지아이가 소리를 딱 멈추고 냉큼 어둔 골목을 나선다.

흑인. 그는 아메리카 남부 어디에서나 왔는가. 목화밭 노예들의 후예. 이젠 미국자본의 노예로 이곳 이역만리 조선땅 송정리까지 흘러들어와 이국 창녀와 하룻밤 사랑을 속살거리는가.

위준이 막 돌아서려 하는 순간 흑인이 위준의 어깨를 확 잡아 낚아챈다.

"고우 투 데비일……"

위준은 순식간에 그 자리에 쓰러졌다. 독한 위스키 냄새가 확 얼굴 위로 끼친다.

흑인 병사는 또 뭐라고 짐승처럼 씨부려대며 위준의 얼굴을 후려친 뒤 두 손을 꽉 끼는 바지 뒷주머니에 끼고 건들거리며 휘파람까지 불며 유유히 사라진다. 어둔 골목에서 술 취한 흑인 병사에게 몸을 맡기던 여자가 손을 흔든다.

"허니 빠이빠이 싸랑해요."

양키하고 입을 맞춘 혓바닥은 꼬부랑 혀로 돌아갔는가. 위준은 확

올라오는 비위를 참지 못하고 저만큼 걸어가는 흑인 앞에 멈춰섰다.

"요런 쌍녀르 새끼. 이땅이 뉘 땅인디 네깟것들이 판을 치냐 시방."

위준은 자기보다 고개 하나는 더 큰 흑인 병사의 가슴팍을 잡고 땅위로 뒹굴었다.

"니 죽고 나 죽고 한번 해볼래?"

어디서 그런 힘이 나왔을까.

순전히 술 때문이었다. 그놈의 됫병짜리 쐬주 덕분이었다. 골목에서 한참 헤어짐의 정을 나누던 그들을 노려봤던 건 전혀 위준의 본의가 아니었다. 그들은 어둔 곳에서 밝은 곳을 보니 웬 녀석이 재수없게 자기들의 하는 양을 보고 있었던 게 보였을 테지만 위준은 사실 소리로만 어렴풋 짐작할 뿐이었지 그들이 지지고 볶든 풀어지든 엉켜지든 눈으로는 전혀 보지 못했던 것이다.

위준이 한참 흑인병사와 뒤엉켜서 치고 패고 있을 때 난데없이 여자의 비명소리가 들린다. 흑인에게 날아가던 위준의 주먹이 그만 여자의 복부에 내려가 꽂힌 것이다. 흑인은 그 순간 이때다 싶었던지 한길을 건너 반대편으로 도망친다.

"댁은 뭐요?"

"보믄 모르냐?"

"비켜!"

"니놈 한번 작살내기 전엔 못 비키겄다."

고개를 추켜세운 여자가 꼿꼿하게 다가선다.

'이 여자와 내가 싸워야 할 이유가 있을까.'

위준은 여자를 밀치고 찻길로 선다. 버스는 끊어진 지 오래다. 택시라도 잡아탈 요량이다.

위준이 막 다가오는 택시를 향하여 손을 쳐드는 순간 호루라기 소리와 함께 방범대원 두 명이 위준의 양팔을 붙든다. 포주 같아 보이는 늙은 여자가 히물거리며 그 곁에 서 있다.

“사람을 쳐놓고 어디로 도망가.”

“사람을 치다니요. 오히려 맞았습니다.”

“매급시 불쌍헌 저 여자들을 당신이 건드렸잖아.”

“누가 그럽디까?”

“보믄 몰라. 엎어져서 일어나지도 못허네.”

흑인 군인에게 날아가던 주먹이 본의 아니게 여자의 배 위로 꽂힌 기억은 있다.

“저 여잘 치려고 그런 건 아니었소.”

“그럼 누굴 치려고 했소?”

“군인이오. 양키.”

“이 사람이 보니까 아주 질이 나쁘구만. 갑시다, 파출소로.”

어느새 모였는지 여자들이 줄레줄레 따라나선다.

“아주 저런 놈들이 꼭 있어요. 이런 바닥에 있다고 우리를 아주 똥년 취급헌다니까요.”

“요런 기회에 조런 놈들은 아조 뜨건 맛을 뵈야 된다니께네.”

입술은 새빨갛고 머리칼은 샛노란 여자들이 아주 신이 났다. 파출소에서 대충의 조서 작성을 끝내고 순경은 합의할 것인지 말 것인지를 물었고 여자들은 펄쩍 뛰었다.

“합의고 뭐고간에 당장 경찰서로 넘겨요, 저런 놈들은.”

“꼭 서까지 갈 필요 있습니까. 끝낼 수 있으면 이 자리서 끝내는 게 피차간에 좋아요.”

위준에게 한대 얻어맞은 여자가 괴로워 죽겠다는 듯 눈꼬리를 새쭉하니 치켜뜨고 고개를 살래살래 흔든다. 순간 저도 모르게 위준의 목구멍에서 헛웃음이 터져나온다.

“썅 개같은 년들.”

웃음을 딱 그치고 위준의 입에서 나온 소리다. 여자들이 눈을 화등잔만하게 뜨고 그런 위준을 본다.

"저 입 더런 것 봐. 순 깡패새끼야 저거."

순경은 전화에 대고 본서로 넘길 놈 있으니 차량 좀 보내달라 어쩌고 전화질을 했고 이윽고 파출소 문앞에 경찰서 호송차가 도착했다.

"오냐. 갈 테면 한번 가보자."

위준과 여자들이 호송차에 올라탔다. 여자들은 무엇이 그리 좋아 죽겠는지 껌들을 짝짝거리며 궁둥이를 들썩거린다. 다만 위준에게 한대 얻어터진 여자만 눈을 새초롬히 뜨고 그를 노려본다. 위준이 앉은 양옆은 꽉꽉 막혀 있다. 그나마 유리창이 달린 앞쪽도 구멍이 뻥뻥 뚫린 양철판으로 가려져 도무지 같잖다는 생각만 든다.

위준은 양손으로 관자놀이께를 지그시 눌러본다. 지끈지끈 머리가 아프다.

바로 이 길이었다.

그해 오월, 꼭 소 돼지를 실은 짐차같이 포장을 들씌워서 고개를 처박힌 채 위준네들이 상무대 영창으로 끌려가던 길.

꽉 막힌 찻속이 답답하다.

경찰서까지 보호자입네 따라나선 여자들의 시뻘건 입술. 얼토당토않게 아파 죽겠다는 시늉으로 위준을 잡아먹을 듯이 노려보는 여자의 도끼눈. 위준은 고개를 꺾는다. 발 속에서 나오는 축축한 땀내가 그대로 콧속으로 스며든다. 끝없는 낭떠러지로 떨어지는 기분이다. 위준은 그대로 눈을 감아버렸다.

그는 꿈을 꾸고 있었다.

탱자나무 울타리가 구불구불 이어진 좁다란 황톳길 위로 달빛이 일렁거렸다. 달은 만월이었다.

어디선가 음악소리가 흘러나왔다. '철새는 날아가고.' 그윽한 음률은 달빛을 타고 끝없이 굽이지어 이어진 탱자나무 길 위에 흘렀다.

여자의 머리카락이 가끔씩 부는 미풍에 흩날려 와서 그의 얼굴을 간지럽혔다. 탱자꽃이 눈처럼 우수수 내려쌓이고 질식할 듯이 내뿜어져 나오는 꽃향기는 그와 여자의 가슴을 야릇한 예감으로 설레게 했다.

탱자나무 길이 끝나는 곳에 여자의 집이 있었다. 그의 손바닥에 땀이 축축히 배어나왔다.

여자는 묵묵히 걷기만 하였다. 비록 작업복이지만 무명바지 위에 정갈하게 받쳐입은 물빛 블라우스 자락이 손에 잡힐 듯 다가왔다가 저만큼 멀어지곤 했다.

그는 숨을 한번 크게 들이마셨다.

밤공기.

오래 낯익은 야기. 그 공허롭고도 쓸쓸한 냄새.

여자의 집 뒤로 낮게 에둘러진 야산에서 꾹꾹거리는 밤새 소리가 간헐적으로 들려왔고 낡고 오래된 나무대문 옆, 이제는 말라버린 우물 속으로 목련꽃 이파리들이 무리지어 내려왔다.

그녀의 차가운 이마 위에 그는 그의 입술을 대었다.

여자의 긴 머리카락 위로도 꽃잎 하나가 가벼이 내려앉았다. 서늘한 이마의 감촉.

그는 여자의 얼굴을 떠올려보려고 애썼다. 그러나 아무리 애를 써도 그 얼굴은 떠오르지 않고 서늘했던 이마의 감촉만이 살아있는 듯 다시 한번 그의 가슴을 내리눌렀다.

그는 답답하여 몸을 한번 뒤챘다.

"요런 쌍녀르 자식. 뭘 살겄다고 꿈틀대냐?"

날카로운 금속성의 새된 소리.

이제 모든 희망은 끝났는가. 우리들이 다시 만날 날도, 다시 만나서

꽃잎 같은 사랑을 나눌 세상도 이제는 영영 가버렸는가.

트럭 그득그득 포개져서 실려온 불순분자, 극렬난동자, 깡패, 부화뇌동자, 폭도 들은 트럭에 실려오던 그 모습 그대로 뜨거운 땅 위로 쏟아져내렸다. 붉은 황토에서 후끈 지열이 올라왔다.

황토가 끝나는 둔덕 위에 붉은 장미가 흐드러졌다. 가끔씩 바람이 불 때마다 장미꽃 향기가 여자의 화장내같이 아릿하게 풍겨왔다.

계엄군 상사가 박달나무 몽둥이를 꼬나들고 죄수들 사이를 왔다갔다하다가 위준에게 물었다.

"여긴 왜 오셨나?"

뭐라고 대꾸를 해야 했다. 그러나 입만 달싹거릴 뿐 말이 되어 나오지 않았다. 그대로 그 자리에 폭삭 가라앉듯 차라리 자신의 몸이 형체도 없이 사라져버리길 그는 그 순간 바라고 있었다. 나는 어쩌다 목숨을 붙여 저들 앞에 비루먹은 강아지의 몰골로 이같은 수모를 당하고 있는가. 뭐라고 대꾸를 하려 했으나 말은 되어 나오지 않고 입꼬리만 씰룩거렸던 것이 상사의 비위를 건드렸고 위준은 그대로 나동그라졌다. 군인의 거대한 워카발이 얼굴을 짓눌렀고 허리는 허리대로 총개머리판이 장작 내리패듯 난타하였으므로 동강 분질러나 진 듯 도저히 힘을 쓸 수 없었다.

아픈 세월은 그렇게 시작되었다.

여기저기서 다 죽어가는 비명소리가 음습하게 위준의 귓부리에 부딪쳐왔다. 동료들의 절망적인 신음소리를 느끼며 위준은 점점 의식을 잃어갔다. 아득한 의식 너머로 지난 며칠간의 기억이 먼 옛일인 것처럼 아련히 떠올라왔다.

동운동 방면으로 경계 순찰을 돌 때였던가. 앞서 달려가던 1조 대원들 중 한명이 갑자기 픽 쓰러졌다. 유탄이었다. 앞차와, 위준이 탄 유리창이 다 깨어져나간 고물 지프차가 그대로 미동도 하지 않고 그 자리에 붙박혔다.

얼마간의 시간이 흘렀을까. 뻐꾹새 소리만 적막한 공기를 채우고 있었다.

총은 다행히 팔뚝 위로 스쳐가기만 했는지 앞차 대원들은 옷을 찢어 동료의 팔뚝을 동여매고 먼저 시내 쪽으로 빠졌다.

"우리도 총을 쏠까?"

옆에 엎드려 있던 기석이가 적막을 참지 못하고 위준에게 속삭였다.

"조금만 더 기다려보자."

숨막히는 고요를 깨고 저 앞쪽에서 경운기 한대가 달려왔다. 경운기를 모는 사람은 수염이 희끗희끗한 노인이었다.

짐칸에 이불을 뒤집어쓰고 앉아 있는 아이는 한눈에 봐도 홍역이었다. 얼굴에 고름을 가득 담은 붉은 뾰루지가 촘촘히 돋아 있었다.

"지 애비 지 에미가 저쪽 굽은댕이 너머 야 외갓집에 갔에요. 애가 저 모냥으로 애비 에미만 찾아대서 내라도 가볼라고 나섰더니 가운데 군인들이 턱 껴서 오도가도 못허요."

아이는 입술이 허옇게 부르터서 이불을 뒤집어쓰고도 부들부들 떤다.

"할아버지, 시내 병원으로 가보시지 그래요."

"홍진 허는데도 병원에 간다요? 그러고 요런 난리판에 우리 겉은 사람 끼여들 병원도 없에요. 죄다 총 맞고 칼 맞아 죽어나가는 북새판에 홍진 하나로 병원을 가겄소?"

그러고 노인은 저쪽 산모롱이 쪽을 은근히 턱끝으로 가리켰다. 눈을 껌벅거려 보인 노인은 다시 털털거리며 오던 방향으로 경운기를 몰았다.

"사방에 쫙 깔렸어."

“언젠가는 다시 들어오겄다는 거 아니오?”

“아마 한번은 잔치가 벌어지겄다. 죽음잔치 말이다. 지금까지 죽어나간 것은 어림도 없이.”

“멀리는 아니겄죠?”

“수습위원들과의 담판이 결렬되는 그 순간부텀 게다.”

“총을 버릴라요?”

“버릴 총이라믄 왜 들었겄냐.”

“맞아요. 뒤로 빠질 놈들은 거진 다 빠졌어요.”

“차를 빼자.”

“한방 쏘고 갈까요?”

“아끼자. 언제가 될지 모르는 그날을 위해.”

기석이가 씩 웃었다. 운전대를 잡은 상준이 머리에 눌러쓴 녹색 헬밋에 햇빛이 반사되어 반짝 빛났다.

기석이 호주머니 속을 뒤적거려 ‘무등산 빵’을 꺼냈다. 아침녘에 서방에서 사람들 실어나를 때 아줌마들이 올려준 빵이라고 했다.

“도저히 먹을 수가 없었어요.”

기석은 목이 메는지 금세 두 눈이 빨개졌다.

“아무튼 난 참 좋아요, 요 며칠간의 광주가.”

“사람 사는 것 같지?”

“맞아요, 죽은 사람만 없다면.”

상준이 고개를 쑥 빼고 뒤돌아본다.

“광주공화국 만세다 작것.”

그는 철모에다, 아스팔트 위에 함부로 버려진 아카시아 가지들을 주워 꽂았다. 거기다가 번쩍이는 방수포 판쵸까지 입어놓으니 흡사 어디 열대지방의 무장 게릴라 같다.

그들은 빠르게 도청을 향하여 나아갔다.

'도청 상황실 나와라 오바. 기동타격대 제5조 경계근무중 동운동 방면에서 시민군 한명 부상 이상.'

위준이 갖고 있는 무전기는 불통이었다. 불통인 무전기를 두드려가며 위준은 타전을 했다.

길 양옆 은행나무가 반짝거렸다. 반짝거리는 은행나무 아래 깨어져나간 유리 파편들이 어떤 암시처럼 흩어져 있었다.

'광주 일어섬.'

'시민군 총.'

'끝까지 항전할 것임.'

'사람답게 살고 싶음.'

유리 파편 조각들이 아우성쳤다.

'우리는 그냥 유리조각이 아니야요. 살고 싶어 몸부림치다 깨져버린 숱한 시민들의 아우성이야요.'

시내 쪽으로 갈수록 조각난 파편들이 와글거리는 소리들은 거의 함성이었다. 사람들이 물밀듯이 도청 쪽으로 걸어가고 있었다. 걸어가는 사람, 혹은 골격만 남아서 구르는 시민군의 버스에 올라타고 가는 사람, 저마다의 몸짓으로 손을 흔들거나 노래를 불렀다.

위준은 기석이 준 '무등산 빵' 봉지를 주머니 속에 간직했다. 부적이나 되는 것처럼. 그들은 다 어디로 갔을까. 그토록 정다웠던 사람들은 모두 다 어디로 간 것일까.

부모, 형제, 애인의 얼굴 위로 동무들의 얼굴이 겹쳐졌다.

그리고 한 얼굴. 미처 이름도 알지 못하고 보내버린 소년의 얼굴.

그를 어디 가서 다시 찾을 수 있단 말인가.

채 여명이 트기 전 휘장에 덮여 황망히 어둔 골목으로 사라지던 주검들.

위준이 겨우 정신을 차렸을 때는 밤이었다.

영창 안에 개몰이 하듯 몰아넣어진 위준은 그날 밤 무서운 굉음을 듣고 소스라쳤다. 그 소리는 지구가 거꾸로 곤두박질치는 소리였다.

아아, 사람 사는 세상이 짐승의 세상으로 처박히는 소리.

허물어지는 역사의 소리.

그때 문득 내장을 다 갉아먹는 듯한 통증과 함께 허기증이 격렬하게 몰려왔다.

살아야겠다. 살고 싶다.

짐승의 세계에서 살아남는 유일한 방법은 짐승처럼 기는 것뿐이다.

"밥 좀 줘, 씨발 새끼들아! 물 줘어, 약 줘어……"

그는 악을 썼다. 곧이어 문이 열리고 밥 대신 물 대신 빠따가 들어왔다. 지옥이 그보다 더할까.

"순 무식헌 폭도 개망나니 자식 같으니라구."

죄수복을 입고 가슴에 수형번호를 달고 강제로 사진을 박을 무렵의 위준은 고개가 한옆으로 비뚜름히 기울고 아무런 사고도 할 수 없게 뇌가 마비되어버린 듯 먼눈을 뜬 한마리 짐승이었다. 전기고문은 너무나 혹독한 것이었다. 영창에 돌아와서 아파 죽겠다고 고래고래 한 사나흘 뒹굴면 갖은 협박 끝에 겨우겨우 군의관이 약을 가져다주었다. 흰 알약이 한주먹 모였을 때 그걸 한꺼번에 먹고 위준은 정신을 잃었다. 통합병원 의사는 게게풀린 위준의 눈동자를 한번 까뒤집어 보더니 정신분열 증세의 시초라고 소견을 썼다.

'수형생활은 지장 없음.'

병원에의 꿈은 좌절되었고 졸지에 정신병자 누명을 쓰고 돌아온 위준에게는 다시 저 아우슈비츠 형무소의 형극과도 같은 몽둥이 타작만이 기다리고 있을 뿐이었다.

4

"인나쇼."

호송차의 운전수가 위준의 어깨를 흔들었다. 그새 잠이 들었던 것일까. 호송차에서 내리자 한기가 오슬오슬 옷 사이로 스며든다. 오밤중인데도 경찰서 창문마다엔 불빛들이 환하다.

이 한밤중에 저치는 또 어디를 갔다오는 것일까. 박진구 Y담당 형사. 그가 먼저 위준을 아는 체했다.

"어이, 웬일인가 이 밤에."

"보믄 모르슈?"

"잘해야지. 어쩌다 걸렸나, 자네가."

"낸들 알겠소."

"요새 바쁘담서?"

"나허고는 상관없는 일이오."

"아따, 시침떼기는, 장안반점 저녁 여섯시."

직업이 직업인지라 정보 하나는 신속히도 캐낸다.

"어때? 협조 좀 해줘, 이 사람아."

"………"

"섭섭허지 않게 해줘어."

그가 눈을 동글게 뜨고 위준에게 다가든다. 그 눈이 파충류의 디룩디룩한 그것이다.

"비키쇼."

욕지기가 올라오는 걸 간신히 참는다.

선거철 비상이라도 걸린 걸까. 경찰서 안은 난장 같다. 조사를 받는 사람들은 가해자나 피해자, 피의자도 모두 죄인이다.

타자를 찍는 형사들의 혀는 전부 반토막짜리다.

“잤어 안 잤어?”

“잤어요.”

“했어 안했어?”

“안했어요.”

“요런, 했어어 안했어어?”

“안했어요.”

“돈은?”

“사천원이오.”

“여그 있는 이만원은 누구 거야?”

“제거예요.”

“썅, 이만사천원 훔쳤잖아아.”

“제거예요, 이만원은.”

“넓죽넓죽 잘도 줏어 생키는구만.”

같이 자다 소녀의 돈을 빼냈다는 소년. 그리고 그들을 합숙시킨 여인숙 주인. 형사 앞에 두 손을 모으고 머리를 조아리고 있다.

“저 새끼들은 지치지도 않나벼.”

“심심허먼 한번씩 내쏴지른당께.”

“느그들, 산에 올랐냐? 외쳐대지 좀 마야. 들어줄 사람 없어.”

“호로자식들이여 죄다.”

민정당 지구당사에 불을 지른 대학생들을 두고 하는 소리다. 대학생들은 경찰서 한귀퉁이 보호실 창살 안에 웅크리고 돌아앉아 있다가 이따금씩 구호를 외쳐대곤 했다.

“죅일 놈들이네 거. 지 애비를 한번 꼬실라보제.”

사복을 입어 직위를 알 수 없지만 와이셔츠 속 뱃가죽이 튀어나올 듯이 퉁실퉁실한 대머리 형사가 신경질적으로 보호실 안을 노려본다.

"학살원흉 부정선거 ○○○는 자폭하라!"

"민중생존권 압살하는 민정당 해체하라!"

"타도 군사독재, 건설 민주정부!"

"시위하고 데모하고 농성을 해도 보이는 건 캄캄한 군사도옥재뿌운, 자 떠나자 독재 잡으러어, 헤이헤이 일등일등 역사를 위해해해해~"

학생들의 외치는 소리를 몽땅 듣고 난 대머리가 다가가 위협인지 협박인지 씨부린다.

"잠 한숨 못 자 미치겠는데 학생놈들까지 염병이네. 인자부터 너거들 한번만 더 떠들믄 아가리를 봉해불텡게 알아서 해!"

경찰서 안으로 들어서자마자 위준은 보호실 안으로 처박혔다.

"댁은 조금 쉬쇼."

위준을 싣고 왔던 의경은 여자들만을 데려다가 담당형사 책상 앞에 앉힌다. 위준은 보호실 안에서, 여자들은 형사 책상 앞에서 담당형사에게 조사받을 아침을 기다렸다.

이윽고 날이 부옇게 밝아오고 한밤 내내 구호와 노래를 외쳐대던 대학생들이 어디론가 끌려나가고, 밤중에 조사를 받던 소녀은 보호실 철창 안으로 들어오고, 경찰서 안은 출근한 형사들로 북적거리고 그리고 위준은 보호실 안에서 풀려나와 여자들과 같이 형사 앞에 앉았다. 경찰서 안의 그 모든 풍경들을 위준은 건조한 눈으로 그냥 바라만 본다. 자기와는 아무 상관도 없는 여자들에게 떠밀려 억지로 형사 앞에 앉은 느낌이다.

"전화 한통 씁시다."

위준이 책상 위에 놓인 전화통을 가리키며 형사에게 말했다. 형사가 눈 속에 경멸의 빛을 담고 위준을 째려본다.

전화를 받고 그의 아내가 달려나왔다. 그녀의 얼굴은 납빛이다. 한 살배기 딸아이는 엄마 품속에서 바알간 볼을 내놓고 방싯거린다.

형사의 묻는 말에 또박또박 참고인 조사를 끝내고 그녀가 손도장을 찍고 있을 때 또 한 사람이 들어선다. 아우스틴. 센터 김선배다. 틀림없이 아내의 소행이다.

그는 위준에게는 눈길 한번 주지 않고 곧장 담당형사 직속상관인 듯싶은 형사에게 다가간다. 아내가 위준의 귀에 대고 조그맣게 속삭인다.

"교우래요."

아내의 눈빛이 교활하게 빛난다. 까닭 모를 수치심이 지그시 위준의 목젖을 눌러온다. 그는 치욕의 덩어리를 꿀꺽 삼킨다. 삼켜버리는 수밖에 그 순간 다른 도리가 없다.

여자들이 뾰족구두 뒤축을 구부려서 찍찍딱딱거리며 경찰서 문을 나선다. 진단서를 떼러 간다는 거다.

"형사님, 하필이면 밥 벌어먹고 사는 곳을 직통으로 안 맞았습니까. 그래서 형사님한테 뵈드릴 수도 없어요."

"가서 진단서 끊어와요."

여자들이 나가고 김선배가 위준에게 다가온다.

"어쩌다 이런 일이 벌어졌냐."

"모르겠어요."

"일은 나갔냐?"

"예."

"저녁에 모임 있담서?"

"예."

그는 두어 번 위준의 등을 두드려 보이고 아내 진예를 불러 밖으로 나간다.

조서용지에 마침표를 찍고 난 형사는 위준의 손가락을 가져다 종이 접혀진 면마다에 붉은 도장밥을 묻혀 꽉꽉 눌러댄다.

이놈의 형사들 눈치 하나는 빠르다. 김선배가 속닥거려논 직속상관 형사가 눈짓 몇번 끄덕인 기척이 나는가 싶게 살벌하기 그지없던 형사가 대번에 누그러진다.

"당신 말야, 오늘은 일단 돌아가요. 운이 좋아 불구속허는 거요. 시민군이랑 했담서 왜 그리 칠칠허지 못허우 그래."

위준이 조서를 끝내고 밖으로 나왔을 때는 아내 혼자 화단가에 앉아 애기 젖을 물리고 있다.

"형은?"

"그 여자들이랑 다방 갔어요."

다방 갔다니 일은 또 왜 이렇게 돌아가는가. 그렇잖아도 어지러운 머리가 이제는 핑핑 돌 지경이다. 김선배가 여자들을 데리고 다방엘 들어갔다면 안 봐도 뻔한 일이고. 위준은 왜 죄없는 김선배가 이런 구차한 일까지 떠맡아서 처리사 노릇을 해야 하는지, 자신이 어쩌다가 이런 병신머저리가 돼버렸는지 저 속에서 또 울컥 치밀어올라오는 주먹덩이를 목구멍이 아프게 꿀꺽 삼킨다.

아내의 얼굴에 한심하다는 표정이 역력하다.

"그 여자들 상습범들이래요, 돈 뜯어먹는. 한 몇십만원은 떨어질 거래요, 아마."

"벌금 낼 돈 있으면 술 마시겠다."

"몸으로 때워요. 벌금 낼 돈도 술 마실 돈도 없어요."

그렇게 말하는 진예의 얼굴에 씁쓸한 빛이 스친다.

'그래, 가진 것이라고는 몸뚱이 하나밖에 없다. 살아내는 방법은 오직 몸 하나로 부딪치고, 싸우고, 때우고, 굴리고, 개기는 것 그외엔 아무것도 없다. 머리를 굴리고 입을 놀리고 손끝을 까딱거리고 사는 방법도 있다. 하지만 그런 것은 애초부터 나와는 상관없는 딴 사람들 얘기. 그래 각시야, 나는 또 폭력배가 되어 몇십만원어치 징역살이를 기다리며, 오늘밤 세상에서 가장 못났지만 그래도 세상에서 가장 질기고 튼튼한 놈들을 만나러 가야겠다.'

아직 저녁 시간까지는 상당히 남아 있다. 아내를 먼저 버스에 태워 집으로 보낸다. 아내와 자신의 아기가 부옇게 먼지 낀 차창 너머에 눈물 어린 모습으로 박혀 있다.

위준은 시내 쪽으로 걷기 시작했다. 헝클어진 심사를 푸는 방법으로는 낯모르는 군중 속을 걷는 게 제일이다. 그가 걷는 또 하나의 이유는 그동안에 한놈이라도 더 챙겨보기 위해서다.

김만희는 천변 위에 막 포장을 치고 있었다.

둥근 나무판 위에 동글동글한 해삼이 꿈틀거린다.

M16 파편의 흔적은 김만희의 다리뿐이 아니고 목 언저리에도 깊게 남아 있다. 다리병신 김만희는 살아남기 위하여 그 몸으로 포장마차를 차렸다.

"가자."

만희는 빙그레 웃는다. 이미 알고 있다는 얼굴이다.

포장마차를 대충 정리한 뒤에 낮에는 공장엘 나간다는 제 각시한테 맡겨두고는 위준을 따라나선다.

중국음식점 장안회관까지는 그리 멀지 않은 거리다. 만희가 말을 꺼냈다.

"우리 같은 놈들이 만나봤자 뭔 얘기 나오겄냐?"

"그런 생각들은 스스로 버려."

"스스로 버릴라고 해도 다시 옭아매지는 게 이 사회 아니여?"

"그러니 그런 사회를 까뒤집든지 해야지."

"노동자도 아님서 요런 밑바닥 인생들이 뭔 힘으로?"

"공장노동자뿐만이 아니고 우리 같은 놈팽이들도 자본주의 세상의 희생물이여. 우리 일자리, 우리 권리, 우리 인생 스스로 되찾아야 해."

"어치케?"

"차근차근 천천히 힘을 모으자. 결국은 싸울 수밖에 없어, 민중이."

"우리 겉은 사람들도 민중이냐? 민중하빠리나 되까?"

"억압받고 수탈당하고 착취당하고 살아왔으니까 민중이야 바로 말이지. 억압허고 수탈허고 착취허는 것들은 한주먹밖에 안 되어야. 어느 계급이 주도권을 잡느냐가 문제여."

"계급?"

"야 씨발놈아. 너는 총 맞은 것 다 매급시 뿐으로 맞았냐? 그만큼 죽기 일보직전까지 갔다 와서 고생고생허고 산 보람으로 그 정도는 알아둬라."

"다리병신이 먹고 살다 보면 언제 그런 것 신경쓰냐."

"으이구."

위준은 김만희의 등짝을 아프지는 않게 후려친다.

장안회관은 시큼한 술냄새와 사람소리로 수선스럽다.

김치수가 옆으로 다가온다.

"잘 갔냐?"

"예."

"근디 얼굴빛이 안 좋다?"

"별말씀이오."

위준은 짐짓 딴청을 피운다. 시몬이 저쪽에서 냅다 욕설을 뱉어내며 위준을 부른다.

"야 씹새야, 어디를 돌아댕겼냐?"

"한 건 또 올리고 왔다, 왜?"

"먼 건?"

"전과자 건."

"씨벌놈, 자알 논다."

시몬은 분주히 오가며 유인물을 돌린다. 유인물은 학생운동 쪽인 전청에서 나온 것에 비하면 형편없이 초라하다. 글씨도 삐뚤삐뚤 제멋대로 날뛴다. 그러나 읽을 만은 하다. 시몬을 위시한 몇몇이 급히 만든 문건임이 틀림없다.

'기동타격대 동지 여러분. 피의 항전이 저들의 무참한 학살로 짓밟힌 지 8년이 지났습니다. 기만적인 6·29를 통해 등장한 ○○○정권은 지금까지 음성적으로 거래해오던 보상대책을 6공 정책의 하나로 내세우려고 하고 있습니다. 진상규명도 제대로 안된 처지에 살인자 처벌은커녕 살인자가 권력을 차지한 작금에 누가 누구에게 보상을 하고 보상을 받는단 말입니까.

저들은 지금 더러운 돈의 힘으로 우리 동지들을 이간질하고 한 동지의 인간성마저 파괴시키고 말았습니다.

저들의 어떠한 술책에도 넘어가지 맙시다. 오월영령의 뜻 이어받아 더욱 강고하게 투쟁합시다. 제2, 제3의 서기정 동지를 막는 길은 힘을 합쳐 싸우는 것밖에 없습니다.

동지 여러분 흩어지지 맙시다. 투쟁, 투쟁의 길만이 살 길입니다.'

유인물의 어구는 두서는 없었지만 사뭇 격정적이었다.

눈썹 위로 길게 문신처럼 유탄의 흔적이 새겨진 전희택이가 가래 섞인 탁한 음성으로 책상을 탁 치며 일어섰다.

"없는 놈은 안 받아묵으면 꼴값나게 산다 손구락질이고, 잘나고 배운 놈들은 안 받아묵고도 묵고 살 만허고 그렇게 존 소리 듣고. 이왕지사 요래도 욕묵고 조래도 욕묵을 놈으로 정해진 이상은 받아묵고나 욕묵는 거이 낫겄소."

위준은 전희택의 말이 무슨 뜻인지 복잡해진다. 저런 식으로 한 사람 한 사람씩 잡아먹다가 나중에는 공식적으로 보상책 운운 터뜨릴 건 뻔한데 그때 가서 진상규명 없이, 책임자처벌 없이 못 받겠네 나설 참이란 말인가.

여기저기서 술렁거린다. 기정이 새끼 받아먹고 태 내느라고 약 먹었다느니, 돈 받아먹은 것 때문이 아니고 가정불화 때문이었다느니 우동 그릇 위에다 침들을 튀겨가며 설왕설래다. 그때 맨 앞쪽에서 하는 꼴들을 지켜보던 기동타격대 3조 조장 유병오가 마이크를 잡는다.

"오늘 여그 모인 여러분 중에서 펜대 잡고 밥벌어 묵는 사람 손들어 보씨요!"

없다.

"없지요? 바로 그점임다. 우리가 오늘날 여그 모인 뜻이 딴 데가 있는 것이 아니고, 만약에 혁명이 나고 저놈들이 말허는 내란의 날이 온다 치면 총알받이로 맨 앞장 설 사람들이 바로 우리들이고 그런 사람들이 오늘 여그 모였다 허는 이야깁니다. 뭔 뜻인지 아요? 지식인? 먹물 좀 먹었단 사람덜 암것도 아니오. 맥없는 사람들 편싸움 시키고 저거들은 에헴허고 귀경허는 사람들이 바로 배웠단 놈덜인 거요. 작금의 현실을 좀 보씨요. 지난번 대선 때도 마찬가지고 도대체 우리덜이 낑길 만헌 데가 어데 있소. 쪼까 가서 찌웃거릴라치면 빗자락질이나 시키고 저거들은 또 하나 문 맹글아서 꽉 걸어장구고 뭔 회원가 뭔가로 지지바나 사내나 한가지로 담배 솔솔 태와감서 아모 쓸데없는 소리 주억거리다가 눈 뻘개갖고 다음날 아침에 이빨들만 부르터서 나오는 것이 그들이오. 우리요? 우리 힘 과소평가허지 맙시다. 우리끼리 뭉치면 배운 사람덜 입심 맥 못 추요. 아, 말이야 바른 말이지, 주먹심이 더 쎄제 입심이나 글심이 어디 그만 허요? 막말로 입은 봉해불면 되고 글은 태워불면 되는 세상 아니오."

유병오는 점점 흥분된 어조로 바뀌어가고 있었다.

"다시 본론적인 이약을 헌다 허믄 세상을 돌려치는 건 말할 것도 없고 운동판도 돌려치자 그거요. 우리 같은 놈들도 대빵 한번 해보자 그거요."

몇몇 사람들이 박수를 쳤다.

시몬이 술 때문인지 분위기 때문인지 벌겋게 달아오른 얼굴로 일어서서 좌중을 휘둘러보더니 유병오의 말허리를 비집고 들어선다.

"오늘 우리가 여기 모인 이유는 못 배우고 무식헌 우리들끼리 모여 지식인을 타도하고 운동권의 헤게모니를 장악해보자고 모인 게 아닙니다. 저들은 지금 대량의 물량공세로 우리 동지들의 양심을 팔게 하고 우리들의 투쟁의지를 희석시켜 이간질하는 데 혈안이 되어 있습니다. 어떻게 하면 제2, 제3의 서기정 동지가 나오지 않게 할 수 있는가를 의논하고 앞으로의 투쟁대책을 논의하자는 데 목적이 있는 것입니다. 여기는 결코 먹물들의 성토장이 아닙니다."

"하아 그으래요. 그런디 지금 발언허신 댁은 귀헌 집 자제로서 대학물 조까 묵은 걸로 아는디요. 그런 말 헐 자격이나 있소?"

"지금 우리가 배우고 안 배우고를 떠나 어떻게 모든 민중이 합세해서 군부독재를 몰아내고 민주정부를 세울 것이냐 이게 문제지, 단지 학력의 차이라는 이유로 서로가 서로를 사갈시허는 것은 온당하지 못허다고 봅니다."

"언제 우리가 먹물들을 사갈시했냐, 외려 그들이 우리를 밀어냈으면 밀어냈제."

"그들이 우리를 밀어내는 빌미를 준 것도 인정해야 해요."

그때 김치수가 어어, 손을 휘저으며 일어났다.

"배워서 좋은 행실 허는 거는 정한 이치고, 못 배워서 여러모로 사회적 정치적 불이익당허는 설움풀이를 배우지 못헌 꼴로 허는 것도 다

개인적인 문제들은 아니오. 여그서 일개일개 개인이 나쁘고 좋고 헐 것이 없단마시. 뭔가 모임의 뜻을 요상시레 끄집고 갈 요량이 있는 사람은 일찌거니 자수해서 광명 찾드라고. 시방 생사를 같이했던 서기정이가 어쨌거나 죽네사네 허고 갈수록이 민주주윈가 뭣인가는 뒷걸음치고 문어대가리 대신 노가리가 턱허니 자리 차지허고 앉았는디 아, 배우고 안 배우고간에 따질 새가 어딨어. 바로 저놈들이 못 배워서 약한 고런 것을 노린다고오."

"그러나 노상 이판이나 저판이나간에 소외낭허고 사는 건 분명허잖소."

"그 소외라는 것이 사회적인 문제랑게."

"그러먼 뒤집페져야 우리도 사람 흉내내고 살 수 있다 그거요?"

"사람 한나 간다고 해서 안돼야."

방 쪽에서 누군가 꽥 고함을 지른다.

"화따, 김치수 저거 진짜 빨갱이 겉은 소리 허네."

"멋이?"

사람들의 시선이 일제히 김치수를 향한다.

"존 시상 맹글라믄 먼 소리를 못 들어야."

김치수가 위준을 은근히 건너다보며 눈을 찡끗한다.

모임은 난장이다. 여기서 불쑥 저기서 불쑥, 시몬은 그런 좌중을 정리하고자 안간힘을 쓴다. 급기야 성질 거센 강석이 자리를 박차고 나간다.

"개좆도, 오늘 모임 소집헌 대표가 누구여? 그렁게 놈팽이 소리 듣고 폭도 소리 들은당께."

그 뒤를 시몬이 부리나케 따라나간다. 시몬과 강석이 입구에서 실랑이다.

"선거사무실에 가봐야 해."

“너까지 나가면 모임은 엉망이 되고 만다.”

“어차피 오늘 모임은 틀렸어.”

강석이 나가고 난 뒤 판은 이제 완전히 깨진 모양으로 여기저기 움쑥움쑥 빠져나간다.

“더 앉아 있다가는 맥없이 오해받게 생겼다.”

자리에 남아 있는 사람은 전희택이와 유병오, 둘레에 도레도레 앉은 몇사람과 김만희, 김치수 그리고 위준, 자기뿐이다. 시몬은 출입문에 기대고 서서 안과 밖을 번갈아 쳐다만 볼 뿐이다.

김치수가 위준과 김만희의 손을 끌어 재빨리 밖으로 나선다. 뒤에서 누군가가 욕설을 뱉어낸다.

“기동타격대를 사적인 조직으로 맹글아서 무식헌 놈들 우려먹을라는 음모가 있어.”

“그게 누구요?”

“척허믄 척이지 머.”

“씨발놈들.”

“욕만 허믄 뭣허냐, 니 입만 더러지제. 쌈을 해야제. 쌈을 헐라믄 힘을 내야 허고 고런 힘 내라고 오늘 한판 살란다.”

시몬, 강석, 위준네들이 따로 들어간 술집 안은 왁자지껄 먹고 마시는 남녀들의 육질의 웃음소리와 기름 타는 냄새로 확확 달아오른다. 그들은 삐꺽거리는 나무계단을 타고 이층 다다미방으로 들어갔다. 불이 나면 확 타버리기 딱 좋은 왜식 소줏집이다.

“개들은 다 어쩌고 왔소?”

“묵을 것 몽땅 쟁여주고 왔제.”

김치수는 어깨를 으쓱해 보이며 씩 웃었다.

낮은 여닫이 창 너머로 도시의 뒷골목이 환히 내려다보인다. 저쪽 인파가 북적대는 사거리쯤에서 패싸움이라도 벌어졌는지 난리법석이고 이쪽 골목에 짝 붙어 늘어선 강남집 못니저집들의 홍등 아래 색시들의 허벅지들이 고기 살집처럼 희멀겋다.

뒷골목의 풍경에서 위준은 십여년 전 자신의 모습을 본다.

무엇인가 늘 불만스러웠고 조갈증 났지만 그토록 갈증나게 하는 원인이 무엇인지도 모른 채 탁류같이 휩쓸려 살아가던 시절. 고달프고 암담하고 일찌감치 늘어질 대로 늘어져버린 고무줄의 형세로 살아내던 시절.

그때 오월이 왔고 맨처음 총을 들었을 때 슬프고 암담하고 비루했던 자신이 새로 태어나는 듯 무기는 얼마나 신선하고 충격적이었으며 생명적이었던가. 그 총 한 자루에 그의 눈물과 사랑과 꿈이 한꺼번에 실려 있음을 확인하고 또 확인했었다.

설사 총 한번 쏘아보지 못하고 죽을지라도 위준은 결코 비참한 기분은 들지 않을 거라 생각했다. 그토록 누추하고 못나게 살았던 자기도 뭔가 이 세상에서 누군가 꼭 해야 할 일을 하고 죽었다는 자부심을 지녀도 좋을 것 같은 생각이 들었다.

죽을 때까지 이 총을 놓지 않으리라. 총을 놓아버리고 다시 저 암울한 뒷골목으로 들어서지는 않으리라.

무참하게 짓밟혀버린 마지막 날 새벽 자신의 꿈이요 생명선이던 그 총을 빼앗겨버린 이후 위준은 다시 자기의 무기를 되찾으리라는 꿈을 꾸었다. 실제로 엉망으로 술이 취했을 때 낡았지만 소중한 총 한 자루가 그의 손에 들려 있는 것 같은 착각이 들기도 했다. 그럴 때 벅찬 감격이 전신을 타고 흘러내리는 기분이 들기도 했다.

아내는 그런 위준을 보고 꺽꺽 울기도 하고 굿판을 벌리자고도 하였다. 귀신이 씌었다는 거였다.

때때로 들려오는 그에 대한 사람들의 쑥덕임은 턱없이 과격하고 깡패기질은 어쩔 수 없다느니 하였으며 정신이 온전치 않은 것 아니냐는 소리도 들렸다.

위준은 어제부터 굶은 깔깔한 빈 속에다 소주를 들이붓는다. 장안회관에서 나온 듯한 한떼의 사내들이 공중에다 삿대질을 쳐올리며 한길 쪽으로 사라지고 있었다. 그 모습을 지켜보던 시몬이 내뱉듯이 중얼거렸다.

"니기미, 존 일 한번 해볼락 해도 나 같은 놈은 안돼야."

"존 일을 좋게 못허게 허는 무리가 누구냐?"

"오늘 모임을 사리사욕의 도구로 이용하려 했던 놈."

"또 그런 놈조차 권력의 도구로 이용해 묵고 사는 놈."

"저렇게 삿대질허고 나가는 사람들은 누구요?"

"거대한 물결 같은 힘을 가진 백성."

강석이 급하게 술과 삼겹살을 통째로 입에다 털어넣고 자리를 일어선다.

"난 가봐야겠어. 형, 잘 묵었소이."

두툼하게 선거홍보용 유인물을 뒷주머니에 찔러넣은 꽁무니를 내보이며 강석이 나가자 김치수가 허어 웃으며 말했다.

"저자식은 갈데없는 정치꾼 똘마니여."

"그럼 뭐 하겠어요. 저놈이 살아있다는 유일한 확인의 방법일 텐데요."

"아무려면 어떠냐. 괴기 다 탄다. 묵고 힘내자."

밤이 이슥하여 거리엔 인적이 뜸해가고 있었다. 밤바람이 서늘하게 취한 얼굴을 어루만졌다.

위준이 몽롱해진 기분으로 집골목으로 들어섰을 때였다. 갑자기 뒤통수에 거센 각목이 부딪치는 소리와 동시에 눈앞이 캄캄해졌다. 누군가가 위준의 목을 꽉 움켜쥔 채 귓부리에 대고 낮게 속삭였다.

"이시몬이, 오위준이. 괜히 고상헌 척 먹물들한테 빌붙지 마. 구린 놈들은 구린 놈들끼리 살어야 구린내가 안 나는 거여. 또 한번만 설쳐봐. 눈구녁을 까서 우렁장을 해묵어불텡께."

사내가 목을 한번 더 세게 움켜쥐고 재빨리 어둠속으로 사라져간 뒤에야 위준은 머리가 찢어져 피가 나고 있음을 알았다. 통증은 느껴지지 않는데 자꾸만 뭉클뭉클 샘솟듯이 피가 솟아나고 있는 느낌이 가물가물한 의식인데도 절박한 기분이 들게 했다.

쓰러져선 안되지. 위준은 안간힘을 써서 일어나려고 애썼다.

그때였다. 안간힘을 쓰는 위준의 희미한 시야 속에 번쩍하는 불빛이 확 들어왔다.

그 불빛은 이내 활활 타오르는 장작처럼 벌겋게 점점 그에게 다가오고 있었다.

무슨 불일까.

위준은 눈을 크게 뜨고 그 불빛을 주시했다.

그런데 어찌된 일인가. 불이 위준의 가슴으로 들어와버린 것이다.

가슴속이 정말 불타오르고 있었다. 한톨의 씨앗불로 들어온 불이 거대한 불기둥이 되어 위준의 속에서 뜨겁게 타오르기 시작했다.

위준은 자신의 몸이 다 타도록 내버려두었다.

이미 다 타버렸다고, 이젠 시커먼 한줌의 재로 남겨졌을 것이라고 여기던 어중간한 사이에 어디선가 아기 울음소리가 들려왔다. 울음소리는 아주 먼 듯하면서도 바로 머리맡에서 우는 거였다.

아내가 울부짖으며 위준을 깨우고 있었다.

위준은 천천히 일어났다. 머리가 깨져나갈 듯이 아픈 와중에서도 위준은 속으로 만족한 웃음을 웃었다. 그리고는 가슴 위를 한번 다독거려본다.

아내는 모를 것이었다. 그의 가슴속에 이제는 굿을 해도 나가지 않을 귀신을 묻은 사실을.

기석이, 상준이, 효남이 그리고 이름도 알 수 없는 그 소년.

그들의 넋이, 아내가 말하는 오일팔 귀신들이 이제는 영영 그의 가슴 한복판에 씨앗불로 남아 이글대고 있음을. 그 씨앗불의 힘으로 그가 살아갈 것임을 아내는 모를 것이었다.

아무리 거센 바람이 불어도 가슴속에 꽉꽉 묻어둔 그 불은 꺼지지 않을 것이고 꺼서도 안될 것이었다.

딸아이는 한밤중의 한기에 질렸는지 그악스럽게 울어댔지만 위준의 귀에 울음소리는 앞으로도 그 울음마냥 질기게 튼튼하게 살아가겠다는 선언처럼 들렸다.

위준은 어지러운 머리를 한번 세차게 흔든 다음에 두 팔을 크게 벌려 참으로 오랜만에 자신의 아기를 힘껏 안았다.

<1991, 창작과비평 겨울호>

▩ 해 설

소재와 방법의 새로운 모색

이 상 경
문학평론가

1

공선옥은 1991년 「씨앗불」로 독자들 앞에 나선 이래 각각 1년 정도의 기간을 두고 1992년 「목숨」과 1993년 「목마른 계절」을 발표했다. 그리고 1993년 여름부터 최근까지의 1년 동안 장편소설 『오지리에 두고 온 서른살』(「떠도는 나무」와 「장마」 함께 수록)을 위시하여 이 책에 실린 6편의 단편을 발표했다. 올해는 이상문학상, 동인문학상 후보작에 오르고 현대문학사에서 내는 '올해의 좋은 소설' 대열에도 들어섰다.

그런데 공선옥의 소설은 그리 쉽거나 혹은 재미있게 술술 읽히는 소설은 아니다. 즉 일반 독자가 쉽게 추체험해 들어가는 것을 거부하는 예술적 요소들이 그의 소설 속에 있다. 그렇지만 그것이 바로 작가 공선옥의 개성적인 작품세계의 핵심이며, 독자에게는 좀더 진지한 독서를 요구하는 것이다.

그것은 우선은 소재 및 소재의 원천이 되는 작가의 체험의 특이함이며 그 다음은 삶을 보여주는 방법의 특이함이다.

공선옥은 가난한 농민의 딸로 자랐고, '그해 오월' 시민군이었다 살아남은 이를 남편으로 만났고, 이혼했고, 딸 둘을 데리고 노동자로 일하다가 지금은 광주의 임대아파트에서 창작에 전념하고 있다. 어느 작가인들 그렇지 않겠는가마는 공선옥의 소설 곳곳에는 그의 삶의 편력이 드러나 있다. 다음의 글은 그대로 작가 공선옥의 삶과 소설에 대한 자기진술로 읽어도 무방하게 진솔하고 절실한 것이다.

나는 무서웠다. 상처 입은 짐승과도 같은 남편을 아무렇지도 않은 듯 가까이서 지켜볼 자신이 없었다. 아, 솔직히 말하자. 진정 내가 지켜볼 수 없었던 것은 무엇이었나. 그것은 바로 나 자신이었을지도 모른다. 남편이라는 사람의 가슴앓이를 아무렇지도 않은 듯 바라보며 날마다 태연하게 가계부나 정리하고 맛난 반찬을 만들어서 아금아금 씹고 밤에는 상처 입은 짐승의 품 안으로 들어가 사랑을 요구하고.

나는 떠나기로 하였다. 상처 입은 사람에게 상처 입고 싶지 않았다. 물론 나는 그의 가슴앓이의 정체를 정확히 알고 있었다. 상처의 요체는 무엇이었나. 그렇다. 그것은 대선에서의 패배가 아니다. 뜻을 같이했던 동료들과의 헤어짐이 아니다. 그것은 무엇이었나. 무엇이었나.

나는 그 시절 말할 수가 없었다. 알고는 있었지만 차마 입 밖으로 내뱉을 수가 없었다. 그것은 입 밖으로 후후 내뱉어버려도 무방할 그런 성질의 상처가 아니었다. 이제 와서 말하건대 그것은 십여년 전 저 참혹했던 봄날의 학살 현장에 그가 있었다는 것이고, 그리고 그곳에서 그의 지인들과 애인들이 죽었으며 그럼에도 불구하고 그는 살아남았다는 사실에 있다.

나는 그 시절 그것을 알고 있었다. 그러나 나는 모른 척했다. 나는 모른 척하는 것만이 내가 상처를 입지 않을 유일한 길이라고 믿었다.

(…)

그런 글을 써놓고 나는 좀 허전했고 쓸쓸했고 무엇인가 진짜 내가 하고 싶은 말은 정작 하지 못한 듯한 느낌에 몇날을 시달리고 있었다.

나는 무엇을 말하고 싶었던 것일까. 나의 한이었나. 서른살 내가 품을 수 있을 만큼의 또 다른 서른살 여자의 한이었나. 한이란 또 무엇인가. (「떠도는 나무」, 『오지리에 두고 온 서른살』, 삼신각, 215~18면)

이처럼 공선옥은 자기 세대의 다른 여성작가들과는 삶의 체험을 달리한다는 것, 자신의 삶을 소설화할 기회와 여유를 좀처럼 얻기 어려운 그러한 궁핍한 인생들로부터 솟아올라온 그러한 삶의 재능있는 대변자라는 것, 폭넓은 체험과 사물의 본질을 서슴없이 묘사해 들어가는 섬뜩함 등에서 우리 시대의 다른 작가들 그리고 여성작가들과 구별되는 면모를 가진다. 길게 이야기할 수는 없지만 나는 공선옥의 작품을 대했을 때 1930년대의 외로웠던 여성작가 강경애(姜敬愛)가 연상되었다. 남달리 빈궁한 환경에서 자라났고, 인생행로도 순탄치 않았던 불행한 여성. 서울 중심의 문단에서 멀리 떨어진 간도의 용정에서 생활하면서도 오히려 그 시대의 핵심적인 문제를 소설로 담기에 끊임없이 노력했던 작가. 그래서 지금은 당시에 화려했던 어느 작가보다도 그 가치를 평가받는 여성작가가 강경애이다.

이 소설집에 실린 소설들은 작가 공선옥의 인상을 독자에게 뚜렷하게 해준 '그해 오월'의 후일담을 다룬 것, 여러 문학상의 후보작으로 오른 일상 속의 절실한 심리를 치밀하게 묘사한 것, 작가의 행로에 일말의 우려를 가지게 하는 추상적 상황 속의 주관적 심리를 주로 묘사한 것으로 나누어 읽을 필요가 있다. 그것은 예술적 방법의 변모를 수반하는 것으로, 등단해서 신인으로부터 벗어나 인정받는 작가로 되어가는 길의 몇가지 어려움을 보여주는 것이기도 하다.

2

첫째 경향의 작품들은 공선옥이 작가로 등장하면서 다른 사람들과 구별되는 뚜렷한 자기 세계를 보여준 「씨앗불」 「목숨」 「목마른 계절」과 같은 작품들이다. 이 작품들에서 공선옥은 찌든 인생살이의 솔직한 내면을 적나라하게 파헤치면서도 그 세계를 구성하는 근본적인 것으로 사회적 존재로서의 인간에 대한 성찰을 잊지 않는다.

그의 등단작인 「씨앗불」은 1980년 '그해 오월'에 시민군이었다가 살아남아 스스로 오욕의 세월을 견디고 있다고 생각하는 사람들의 이야기이다. 주로 시민군 전사였던 위준과 그 동료들의 행태를 그리면서도 '그해 오월'과는 직접 관계가 없는 위준의 아내 진예의 시선을 배치함으로써 후일담 문학이 범하기 쉬운 감상적인 회고나 미화 혹은 근거없는 폄하로 떨어지지 않고 객관적 거리를 유지할 수 있었다.

'그해 오월'의 후일담 문학인 셈이나, 상투적인 후일담 문학에서 저만큼 벗어나 있다.

공선옥이 등단한 1990년대 초입은 한 시대를 지배하던 역사적인 당위 혹은 이데올로기의 짓누름이 부서져나간 시대이다. 소련과 동유럽 사회주의권의 붕괴로 시작되었고, 30여년간 늘 타도해야 될 대상으로 존재하던 군부독재정권이 타도이든 교체이든 어쨌든 물러났다. 이런 환경에서 우리 현실과 삶의 진실이나 희망 등에 진지한 관심을 기울여왔던 작가들은 혼돈과 절망을 이야기하고 그러한 혼돈과 절망의 상태를 그려내기 시작했다. 그렇지 않으면 혼돈스럽지 않았던 과거를 미화하고 좋았던 그 시절의 이야기를 회고하기 시작했다. 그리고 좋았던 과거를 그리든 절망스러운 현재를 그리든 과거와 현재는 서로 동떨어진 것으로 있고, 현재를 발생학적으로 설명하기 위한 것으로 과거를 객관화하려는 노력은 별로 보이지 않았다.

그런 지점에서 공선옥의 「씨앗불」은 시민군이었다가 친구와 애인을 잃고 자기만 살아남아 '죽음보다 못한 삶의 한 길'로 접어들어, 그 기억을 잊은 척하고 일상을 꾸려나가는 것을 치욕으로 여기는 인물들의 내면을 섬세하게 파고들었다.

현재는 과거로부터 나온 것이기에 주관적이고 감상적인 추억이 아닌 과거 돌아보기는 과도기를 건너가는 유효한 방법일 수 있다. 시대와 미래에 대해 절망한다면, 과거를 회한이나 향수로 즉 과거를 과거로 돌리거나 섣불리 출구를 찾기보다는 그 절망의 바닥 끝까지 내려가볼 필요가 있는 것이다. 우리는 공선옥의 소설들에서 그것을 본다.

「목숨」과 「목마른 계절」은 모두 '그해 오월'에는 직접 관련이 없던 여성들을 중심에 놓고, 그들이 남편이나 애인과의 관계를 통해 그 역사에 얽히게 되는 운명적 삶을 그려내고 있다.

「목숨」에는 어미가 개가하면서 구박덩이가 된 딸이 의붓아비와 한 방을 쓸 수 없어 상경하여 여공이 되고, 야학에 다니다가 해고되어 여차장이 되고, 여차장이 필요없어지면서 해고되어 술집 작부가 된 삶이 그려져 있다. 술집 작부의 이야기는 경제개발로 이농이 본격화된 70년대 농촌과 도시를 이어주는 민중문학의 단골 소재였다. 그리고 그녀들을 그리는 시선은 으레 연민이었다. 그러나 90년대의 혜자는 기지촌이라든가 하는 별다른 생활권에 있는 것도 아니고 특별한 우수나 절망의 소유자도 아니다. 그녀는 하룻밤 손님으로 만난 재호와 살면서 싸구려 맥주집을 경영하는데, 재호라는 인물은 오월만 되면 오월병이 도지는 인물이다. 시민군이 되어 다 죽었는데 자기만 살아남았다는 자책감에서 일상의 생업을 꾸리지 못하므로 그의 전처도 그것을 못 견뎌 아들을 두고 재호를 떠나버렸다고 한다. 재호가 떠난 자리에서 혜자는 임신 사실을 확인하며 이 세상에서 목숨 붙이고 사는 일의 귀중함으로 재호를 기다린다.

뱃속에 들어 있는 생명에 삶의 희망을 붙이는 것은 자칫 상투적인 처리일 수 있다. 그러나 '그해 오월'과는 전혀 관계없던 혜자가 재호를 만남으로써 그 이전까지 별 의식 없이 지내온 자신의 삶의 역사도 함께 통찰하면서 '목숨' 붙이고 사는 일의 귀중함을 깨달아가는 것은 그러한 상투성을 뛰어넘는다.

「목마른 계절」 역시 개인이 자의로 벗어나지 못하는 운명의 얼굴을 한 역사에 관한 이야기이다. 아주 평범한 일상을 동원하여 지난 대통령선거 이후의 광주의 우울한 분위기와 절망을 그려내었다. 한편으로는 밤마다 수돗물 흘러내리는 소리에 버려지는 수돗물이 아깝고, 늙은 할머니가 죽어 있을지도 모른다고 조바심을 내는 동안에 미처 잊고 있던 미스 조는 시민군이었던 애인의 죽음을 뒤따라 아파트에서 뛰어내렸다. "물소리가 시끄럽다. 그리고 아깝다. 그러나 정작 중요한 그 말, 혹시 사람이 죽었을지도 모른다는 소리는 이상하게 목구멍 밖으로 나오지 못했다"는 억눌리고 갑갑한 심사가 소설 전체에 깔리면서 비극적 정조를 드리운다. 그러나 그 갑갑함이 시국에 대한 개탄담으로 이어지는 것은 아니다. 그렇게 거창한 정치적 사건과는 별 관계없을 듯한 일상의 삽화들을 연결시키면서 슬쩍 사건의 본질을 비춰주는 작가의 능청스러움이 엿보이는 뛰어난 작품이다. 이웃집의 까페 주인 현순씨가 미성년자를 고용했다는 죄목으로 쇠고랑을 차고서 하는 다음 말이야말로 작가로 하여금 '그해 오월'의 후일담을 계속 이야기할 수밖에 없도록 하는 운명의 얼굴을 한 역사를 말하는 것이다.

> "그만 얘기하고 그만 덮어두고 그만 울고 그만 그만하고 싶어도 할 수 없어. 역사란 그런 거야. 갑오년이 따로 없고 기미년이 따로 없다구. 그러드키 오일팔이 따로 있는 게 아냐. (…) 역사는 귀신이여. 귀신은 상관 있는 놈도 물고 늘어지지만 상관 있는 놈하고 끈이 맺어진 상관 없는 놈들도 끌고 가거든. 그것이 바로 역사귀신이거든. 상관 없는 년이 어쩌다 상관 있는 놈을 만나 덜커덕 물린 게라

고. 그 귀신한테, 배곯은 귀신한테 잡아먹힌 거거든. 거 멋이냐, 역사 앞에서 자유로운 사람은 없는 거거든." (32면)

일상 속에 드리운 역사를 부조하는 솜씨는 장편소설 『오지리에 두고 온 서른살』에서 훨씬 더 심화된 면모를 보인다. 은이와 채옥이가 살아온 서른살은 절망의 밑바닥에 이르는 길이었으며, 작가는 절망을 그 바닥에 이르기까지 냉정하게 그려낸다. 오지리라는 시골 마을에서 소꿉친구이자 경쟁자로 성장한 두 여성이 한 남성을 사이에 두고 벌이는 삶과 사랑의 섬뜩한 운명이라는 일견 통속적으로 보이는 구조 저 밑에는 지주로 군림한 남성의 집안과 그에게 지배받는 여성들의 사회경제적인 요인에 의한 갈등이 깔려 있고, 다시 그 밑에는 남성과 여성이라는 생물학적 차이가 사회적 차별로 굳어지면서 깔려 있다. 이러한 갈등구조의 중첩이 튼튼한 서사구조를 구성하면서 '오지리에 두고 온 서른살'의 희망과 절망 그리고 다시 희망을 부조해내는 것이다.

1980년대에 계급적 갈등을 중심으로 하여 소설을 구성하던 작가들은 인간을 주체로부터 소외시키고 모든 관계들을 물화시키는 자본주의가 전일화된 90년대로 들어서면서, 그런 갈등으로 박진해 들어갈 매개를 찾지 못한 채 세태와 일상성의 표면을 부유하거나 아니면 지식인 작가로서 자신의 주관적 고민을 아무런 소설적 매개의 여과 없이 드러내 보이고 있는 형국이다. 그런데 공선옥은 그런 본질적인 문제를 회피하지 않고 당당하게 맞서고 있다. 오지리 출신 두 여성에게도 해방 후의 토지개혁, 70년대의 경제개발, 80년대의 노동운동은 남의 일이 아니었다. 박채옥과 남상훈의 사랑이 깨어지고 오은이가 상훈과 결혼하고 버림받고 하는 그 우여곡절에는 해방 후의 토지개혁의 불충분함이 먼 원인으로 있고, 가까이는 상훈을 사로잡았던 1980년대 지식인의 노동자로의 존재 이전의 한계가 놓여 있다. 작가는 이런 것들에 대해 그 역사적 연원을 세세하게 설명한다거나 혹은 노동운동 이론을 늘어놓지 않는다. 한 제도가 남진태와 박승채에게서 구체적으로 실현된 결과를 간단히 스케치하듯 지나면서도 그것이 가졌던 문제점을 핵심적으로 드러내며, 출신계급과 운동이론이 사랑과 결혼을 한정하고 왜곡하는 양상을 두 여성의 불행을 통해 냉정하게 제시할 뿐이다.

이러한 부류의 작품을 가능하게 한 것은 작가의 독특한 체험으로서의 '한(恨)'이었다. 그 한이란 역사에 희생된 삶의 한이라고 할 것이다. 그것은 커다란 역사적 사건과 직접적으로 연관이 없으면서도 그 역사에 휘말릴 수밖에 없었던 사람들의 삶에서 빚어지는 것이다. 그리고 이것이 그 사건을 직접 그리지 않으면서도 그 의미와 그것이 인간의 삶에 끼친 영향을 드러내는 작가 공선옥의 고유한 방법을 가능하게 한 삶의 체험이다. 대부분의 등단작이 그러하듯 작가의 자전적 요소가 강하게 드러나 있는 공선옥의 등단작인 「씨앗불」의 시민군 전사 위준과 그의 아내 진예의 형상에는 작가와 작가의 남편의 모습이 상당히 겹쳐 있고 그 진예의 시선에서 우리는 작가의 한을 감지할 수 있다.

이런 면모는 「흰 달」에까지 이어진다.

「흰 달」은 '그해 오월'과 십년 후의 일상 속의 아버지와 남편을 교차시키면서 처음에는 그들에 분노했던 순(純)이 그들의 배다른 자식과 화해하는 것을 주된 구성으로 하고 있다. 소설은 순의 의식을 따라가면서 계속 올림픽이 끝난 다음해의 오월과 '그해 오월'이 교차되는 방식으로 전개된다. '그해 오월'에 아버지는 딴 여자와 살림을 차려 떠났고 어머니는 딸들의 자취방을 찾아와 대성통곡을 하고 결국은 그곳에서 죽었다. 포탄과 총탄을 뚫고 순은 아버지를 찾아갔으나 아버지는 없고 여자만 부른 배를 하고 있었다. '그해 오월' 아직 순의 남편이 되기 이전의 그는 시민군으로 사랑이 필요했고 향숙이라는 창녀와 사랑을 나누었다. 그 뒤 그 여자는 그가 죽은 줄 알고 포주에게서 달아나 시집갔으나 실패하고 그를 기다리다 죽었으며, 아이가 있었다. 그를 만나 결혼한 뒤 그 사실을 알게 된 순은 '불결'하다고 하면서 남편을 떠나 아버지 곁으로 와 있다.

아버지 곁에는 아버지의 여자에게서 난 호길이란 동생이 있고 순은 호길에게서 남편과 향숙이란 여자 사이에 태어난 아이를 겹쳐보며 불쾌하게 대한다.

그러나 순은 아버지에게서 버림받은 어머니나 남편에게 피해를 입은 자신의 입장과, 그럴 수밖에 없었던 아버지의 외로움이나 "죽음의 계절이었지만 또한… 뜨거운 사랑의 계절이었"던 '그해 오월'의 남편의 심정, 그리고 "자신의 운명에 대하여 아직 생각조차 해보지 않은 어린 영혼"을 가진 죄없는 이복동생과 '그해 오월'의 죽음과 사랑의 절실함 속에서 잉태된 남편의 아이를, 그 각자의 처지의 필연성을 받아들이며 아버지와도 남편과도 화해를 한다.

이 「흰 달」은, 아버지와 아버지의 여자들인 어머니들에 얽힌 가족사와 그들을 이해할 만한 인생의 체험을 쌓은 나의 한스런 삶을 이야기하겠다는 자의식을 드러내 보이는 「떠도는 나무」의 한 부분이라는 느낌을 준다. 「흰 달」에서 시도된 연상이나 의식의 교차라든지 「떠도는 나무」에서 시도된 언술 주체 드러내기, 그리고 「장마」에서 이루어진 여성의 내면에 대한 치밀한 묘사는 그 이후의 작품들에서 훨씬 더 분명한 소설적 장치와 소재로 동원된다.

3

언술 행위, 작품을 만드는 과정 자체를 작품 내용의 한 부분으로 삼는 것은 언술된 내용이 절대적인 진리로 혼돈되지 않도록 하는 장치이다. 즉, 작품이 부분적이고 특정한 방식으로 현실을 구성한 것이라는 점을 드러내어 독자가 이를 비판적으로 수용해서 이것이 완전히 다르게 일어날 수도 있다는 사실을 자각하도록 고무하는 장치인 것이다. 이 작품집에 실린 두번째 경향의 작품들로서 「피어라 수선화」나 「우리 생애의 꽃」은 이러한 방법적 모색이 돋보이는 작품이다.

「피어라 수선화」는 다음과 같은 식으로 언술 주체를 계속 드러내고, 언술 주체가 자기 이야기를 바로 꺼내지 않고 빙빙 돌려 하고 있음도 동시에 밝혀 보인다.

> 일곱살 유년시절부터 서른살 지금에 이르기까지 나는 수도 없이 많은 사람을 내 마음속에서 혹은 죽이고 혹은 죽여버리고 싶어하며 살아왔다. 그러므로 생각해봐야 한다. 맨 처음 죽여버리고 싶을 만큼 내게 증오의 감정을 심어준 사람이 누구였는가를.
>
> 내가 왜 지금 이런 이야기를 하는가. 글 첫머리부터 괴이스럽기 짝이 없는 '죽임' 운운, '살인' 운운하는 것인가. 그것은 나중에, 그 나중이 이 글을 쓰는 도중이 되든 그렇지 않든간에 나중에, 나중에 알아보기로 하자. 대신 우선은 어차피 첫머리부터 '죽임' 운운했으니 얼마간까지는 그 죽임과 살인 운운하는 그 대목에 유의해보자. (88면)

서른살 지금의 살의(이것은 소설 후반부에서 떠나버린 남편 때문에 낙태와 자살을 시도하는 것으로 구현된다)를 말하기 위해, 일곱살의 어린 나이에 큰어머니에 대해 느꼈던 살의와 옆방의 아들이 그 어머니에게서 느끼는 살의를 먼저 해명한다.

유년시절 나는 아버지가 큰집 논문서를 들고 나가 날려버린 뒤 큰집에 얹혀 살면서 불을 내었고, "애비는 형 집이 논문서 팔아묵고 느그들은 큰집이 태워묵을라고 작당들을 허냐? 애비 자식들이 작당들을 혀?"라는 큰어머니의 소리에 살의를 느꼈다. 옆방의 공고생 아들이 어머니의 직업과 의붓동생을 증오하는 모자간의 다툼에도 살의가 느껴졌다. 떠나간 남편, 임신, 그래서 뱃속의 아이를 죽임으로써 아이와 남편과 그 남편과 함께했던 자기의 추억까지 다 죽일 수 있을 것으로 생각한 서른살 나는 자살을 기도했다. 그러나 옆방 모자가 공고생의 의붓동생인 어린 여자아이의 행방을 놓고 다투다가 내 방문을 들여다보게 되어 나의 자살 기도는 실패하고 나는 구제된다. 옆방에서 들리던 칼 가는 소리는 공고생이 공작 숙제하던 소리로, 내 속의 살의의 유혹은 생명의 꿈틀거림으로 어느덧 바뀌었다. 큰어머니에 대한 살의가 '잠밥'을 먹이는 육친의 정에 녹아내렸던 것처럼.

이처럼 나의 유년의 살의와 공고생의 살의는 가장 가까운 육친을 향한 것이고, 그들은 죽이고 싶은 만큼 좋은 사람이라는 감정의 양면성이 깔려 있는 대상이다. 작가는 이런 장치를 통해서 낙태를 생각하는 여성의 미묘한 내면을 그려들어가는 데 일정하게 성공하고 있다. 그런 묘사의 치밀함에 비하면 결말이 상투적으로 비약하기는 하지만.

작가는 「우리 생애의 꽃」에서는 젊은 과부의 '바람기'에 대해 계속 뒤집어 보여주기를 통해 진부한 상식이나 도덕적 판단을 뛰어넘는 여성의 욕망의 절실함을 그려 보인다.

「우리 생애의 꽃」은 여덟살 난 딸을 둔 순직 공무원의 미망인인 내가 꽉 짜인 일상으로부터의 탈출을 시도하는 이야기이다. 나의 탈출에 대해 딸아이는 밥을 먹지 않는 것으로 엄마를 규탄하고 그 '나와 딸'의 관계 위에 '어머니와 나'의 관계가 겹쳐 묘사된다.

어린 시절 나는 젊었던 어머니의 부재를 욕했고, 어머니가 늙어 일상에 충실해졌을 때 젊은 나는 그 어머니와 일상에 반란했다. 그 동기를 꼭 집을 수는 없는 젊은 여자의 반란은 어린 딸의 규탄의 대상이고 늙은 어머니의 근심거리였으며, 남편 후배의 눈에는 부도덕해 보이는 것이다. 그러나 그것은 지리멸렬한 일상 속에서 '우리 생애의 꽃'이라고 이름붙이고 싶을 만큼 내면의 열망을 담고 있는 것이다.

일상의 황량함과 일탈의 황홀함을 대비시키고, 그 일탈의 순간에 어린 딸, 어린 시절의 나, 늙은 어머니, 남편의 후배의 비난과 우려의 눈길과 젊은 어머니, 젊은 내가 느낀 희열의 심리를 교차시킴으로써

'나'의 복잡한 내면세계를 드러내는 방법을 취했다. 그런데 그 다면적인 접근법은, 나에게는 일탈인 것이 오히려 생존을 위한 일상이 되어 있는 수자씨와의 대비를 통해 다시 한번 뒤집힌다. 이처럼 계속적인 뒤집기를 통해 젊은 과부의 '바람기'를 다면적으로 파헤쳐 보이는 것이다.

작가가 일상 속의 역사적 삶을 그리는 자리로부터 벗어나(한걸음 물러서?) 주관의 세계를 파고들면서 얻은 득의의 부분인데, 빙빙 돌려 말하거나 뒤집어 보여주는 이런 방법은 관련되는 인간관계나 심리의 필연적인 친연성을 바탕으로 할 때라야 설득력이 있다. 그렇지 않고 단지 추상적인 유사성으로 서로 다른 관계나 심리들을 접합시킬 때는 엉성하고 작위적으로 되기 쉽다.

4

이 작품집에 실린 「불탄 자리에 무엇이 돋는가」「그들이 사라진 저쪽」「목포는 항구다」 같은 작품은 추상적 상황 속에서의 존재의 보편적 고독이나 소외의 심리 혹은 분위기의 묘사에 주력한 작품들이다.

「불탄 자리에 무엇이 돋는가」는 불량소녀 해희의 이야기와 할머니 집 갓방에 세든 여자의 이야기가 가까스로 접합되어 있다. 해희는 남학생을 열망했으나 거부당한 절망감에 술을 마시다가 적발되어 정학을 당한 처지이다. 갓방에 세든 여자의 처지는 훨씬 복잡하다. 갓방 여자는 최루탄에 맞아 백치가 된 언니를 부양할 의무를 지고 있었다. 삼대독자인 남편은 처음에는 그런 상황을 모두 받아들이겠다더니 딸을 낳은 뒤에 그 여자를 떠났다. 백치 언니와 딸을 데리고 양품점을 꾸려나왔으나 전세 인상금을 구하지 못해 문을 닫을 수밖에 없게 된 절박한 날, 여자는 사랑도 놓치고 이념도 놓쳐 오갈 데 없는 처지의 남자를 만나 갓방에 세들어 온 것이다. 갓방 여자는 이 남자에게서 백치가 된 언니를 연상하며 친밀감을 느꼈으나 그 남자는 다시 과거의 세월로 돌아가야만 한다고 떠나버렸다.

이 소설에서 해희와 갓방 여자, 갓방 여자와 그 남자를 연결시키는 고리는 열망이 불타버린 자리에 놓여 있다는 것이다. 그 열망의 구체적 근거나 내용은 사상해둔 채 추상적 상황의 유사성에 근거해 몇가지 삽화가 느슨하게 연결되어 있기에 이 작품에서는 「피어라 수선화」나 「우리 생애의 꽃」에서 추구된 바 심리 묘사의 박진성도 떨어지게 되었다.

「그들이 사라진 저쪽」「목포는 항구다」와 같은 소설은 거기서 더 나아가 추상적 상황 속에서 인간관계의 추상적 유사성을 근거로 그런 상황이 빚어내는 비애스러운 분위기의 묘사에 치중함으로써 체험내용의 절실성이나 구성의 긴밀성을 잃고 수필화하는 경향을 보여준다.

이 지점에서 작가는 새로운 고비를 맞이하는 것 같다.

5

공선옥 소설의 출발은 '그해 오월'이 안겨준 환희와 그 이후의 일상의 고통을 조심스럽게 뒤집어 드러내거나 돌려 말함으로써 오히려 핵심을 찌르는 독자적인 세계를 보여주었다. 즉 90년대의 변화한 분위기 속에서도 여전한 진실을 말하기 위해 독특한 소재와 구성을 취한 것은 성공이었다. 그런데 작가로서의 모색의 한 과정이겠지만, '무엇을 말하는가'에서 '어떻게 말하는가'로 예술적 관심이 이동하면서 그가 가졌던 절실성과 진솔함이 약화되는 듯한 느낌을 주는 것은 사실이다.

작가가 한마디로 규정하고 평가하기 어려운 상황과 대상을 입체적으로 보임으로써 독자에게 객관적 비판의 대상으로 제시하는 소설적 방법은 상황에 대한 하나의 대처이기도 하지만, 한편으로는 작가의 시각의 혼란의 징표이기도 하다. 인물과 환경의 상호관계를 통해서 세계의 총체성을 구현하는 서사장르로서의 소설의 특성상, 작가가 세계를 통어하고 제현상을 취사선택하는 서술시각을 가지지 못할 때는 서사성이 약화되어 인물의 주관화된 내면이나 외부세계의 현상들만을 나열하거나 그렇지 않으면 사물의 내적 필연성을 무시하고 안이하게 관습적인 통속적 갈등 구성에 기대어 이야기를 꾸미게 된다. 그러나 신변의 일상생활이나 작가 자신의 이야기를 한다고 해서 그 속에 우리가 함께 느낄 수 있는 보편적인 어떤 것이 담기지 않는 것은 아니다. 소설이야말로 사사로운 개인의 일상을 통해 우리 시대 인간존재의 본질을 드러내는 양식이다. 누차 이야기되어왔듯이 문제는 소재가 아니고 그 소재를 다루는 방법인 것이다. 그리고 '그해 오월'의 후일담을 주로 다룬 공선옥의 작품들은 좀더 간절하게 좀더 절실하게 일상으로부터 출발하여, 그런 큰 덩어리들이 우리의 아주 일상적인 삶에 들어오는 경로의 겹겹의 매개들을 벗기고 다시 입히는 작업에 성공함으로써 깊은 인상을 남겨주었다.

그런데 90년대의 작가들 모두가 직면한 새로운 상황——세계적으로는 이데올로기의 대립으로 추상화되어 드러났던 냉전체제가 무너지고 한국에서는 문민정부가 들어서면서, 전 시대의 대립과 비극의 현재적 의미를 묻는 공선옥에게 붙은 '광주 작가'라는 꼬리표가 작가에게 부담스럽게 느껴졌는지도 모르겠다. 실화를 바탕으로 한 것으로 보이는 「목마른 계절」에서 화자인 작가를 향한 선배 시인의 "이젠 아줌마도 광주에서 벗어나야 해요. 2,30년대의 신파가 그보다 낫거든. 한마디로, 아직도 광주? 웬 광주? 거든"이라는 질타가 그것을 보여준다. 이것이 그후 소설에서 '그해 오월'을 벗어나 일상 속의 일탈의 심리를 묘사하는 방법의 개척으로 나아가게 했지만 그 대신 일상 속에 내재된 보편을 그려내는 데서는 한걸음 물러서게 된 것 같다. 거기다가 작가의 역량을 인정받으면서 한꺼번에 너무 많은 작품을 써내게 된 것이 작품의 밀도를 떨어뜨리는 부정적 현상을 보이게 된 것은 아닐까 하는 아쉬움을 필자는 느낀다.

지금 흔히 이야기되는 새로운 국면이란 지난날처럼 보편적인 어떤 것을 '손쉽게' 말할 수 있는 도구를 잃었다는 것이지, 우리 삶의 모순이 해결된 상태는 아니다. 삶은 더 찢어지고 인간은 서로 소외되어 마침내 그 찢어지고 서로 고립된 상태를 오히려 자연스럽게 느끼게 된 그런 어려운 시대로 된 것이다. 그럴수록 감각적인 형상으로 그런 상태를 드러내고 그런 상태를 극복하는 조화로운 삶을 모색하는 것이 또한 우리 시대 소설의 과제라고 생각한다. 그리고 공선옥은 그런 과제를 누구보다도 잘 수행할 수 있는 능력을 가졌음을 이 작품집에서 읽으면서 그 길로의 진전을 기대한다.

후 기

친구가 왔다 간 때문인가. 늦은 밤 고구마를 쪄먹고 앉았자니 이상하게 지나간 세월 중에 생각나는 장면이 있다.

초가을 밤, 헉헉거리며 가파른 골목을 오르고 있었다. 선선한 바람이 부는데도 아이가 달라붙어 있는 내 등어리에선 땀이 났다. 나는 부지런히 걸었다. 좁은 골목 양켠의 굴뚝에선 연탄연기가 피어나오고 있었다. 아이의 궁둥이를 받친 내 손에는 이제 막 나온 햇감과 햇밤 봉지가 들려 있었다. 달은 바다 같은 밤하늘에 휘영청 떠올라서 우리 모녀를 따라오고 있었다. 집에 와서 나는 늦은 밤인데도 감을 깎고 밤을 삶았다. 그것을 아이와 나눠먹고 잤다. 불을 끄고 누웠고 골목으로 난 창 밖을 바라보았다. 창문은 달빛으로 가득 차 있었다.

까마득히 잊고 있다가 문득 그날 밤이 생각났다. 아무 일도 없던 날이었다. 정말로 아무 일도. 내가 그날을 생각하고 울어야 할 이유가 없는 그런 날이었는데도 그날이 떠올랐고 물기 없는 고구마 때문이기도 했지만 목 안이 칼칼해오는 어떤 느낌 때문에 나는 컥컥거렸다.

내가 헉헉거리며 골목을 올랐었지. 선선한 바람이 부는데도 내 등어리에선 땀이 났지. 늦은 밤인데도 나는 감을 깎아먹고 밤을 삶아먹었지. 아까 나를 따라오던 달이 창 밖에 머물러서, 한쪽은 유리가 깨져 창호지를 바른 그 창에 달빛이 그득히 차올랐지.

내가 아이를 업고 가파른 골목을 올라야만 당도할 수 있는 집에 살 때, 친구는 가파른 골목 초입의, 마당에 사철나무가 무성한 여인숙 방

한칸을 얻어 살고 있었다. 아마 87년 노동자 대투쟁이 있던 해였을 것이다.

그해 여름, 더웠다. 더운 그해 여름 나는 간고등어 반찬을 자주 해먹었다. 수배중이어서 언제 거처를 옮겨야 할지 모르던 그 친구의 여인숙 방에는 냉장고가 없었으므로 나는 소금기 때문에 냉장고에 안 넣어도 오래 먹을 수 있는 간고등어를 부지런히 구워서 나도 먹고 그 친구네 여인숙 방에도 갖다 날랐다. 어느날, 그날도 간고등어 한마리 구워서 사철나무 무성한 그 여인숙 방으로 갔다. 친구의 방에 친구는 없었고 며칠 전 내가 두고 간 간고등어는 구더기가 무성한 채 내가 둔 그대로 있었다.

유독 간고등어 반찬을 많이 해먹었던 그해 여름이 가고 가을이 왔을 때 나는 아이를 업고 시장에 나가 햇감과 햇밤 천원어치씩을 사서 가파른 골목을 오르기 전 여인숙 방엘 갔다. 친구가 없는 그 방에 햇감과 햇밤 한주먹씩을 놓아두고 나는 휘적휘적 달 밝은 골목을 올랐다.

그해 여름 내 등에 업혔던, 이제는 아홉살이 된 딸과 함께 늦은 밤에 햇고구마를 쪄서 먹고 앉았자니 자꾸 그때가 생각난다. 물기 없이 먹어서였는지 고구마는 목에 걸려 잘 넘어가지 않는다. 잘 넘어가지 않는 고구마 때문에 컥컥거리다가 문득 내가 컥컥거리는 것이 물기 없는 고구마 때문만은 아님을 알았다.

1991년 『창작과비평』에 처음 글을 실었던 때부터 쓴 모음집이다. 부끄럽고 고맙고 서럽고 기쁘다.

1994년 8월 어느 밤
광주에서 공 선 옥

공선옥 소설집

피어라 수선화

초판 1쇄 발행/1994년 11월 10일
초판 3쇄 발행/2012년 3월 22일

지은이/공선옥
펴낸이/강일우
펴낸곳/(주)창비
등록/1986년 8월 5일 제85호
주소/413-120 경기도 파주시 회동길 184
전화/031-955-3333
팩시밀리/영업 031-955-3399 · 편집 031-955-3400
홈페이지/www.changbi.com
전자우편/literat@changbi.com

ISBN 978-89-364-3631-5 03810

* 책값은 뒤표지에 표시되어 있습니다.